O PESO DE NOSSOS NOMES

Emily Giffin

O PESO DE NOSSOS NOMES

Tradução
Flora Pinheiro

Rio de Janeiro, 2023

Copyright © 2022 por Emily Giffin.
Copyright da tradução © 2023 por Casa dos Livros Editora LTDA. Todos os direitos reservados.
Título original: *Meant To Be*

Todos os direitos desta publicação são reservados à Casa dos Livros Editora LTDA. Nenhuma parte desta obra pode ser apropriada e estocada em sistema de banco de dados ou processo similar, em qualquer forma ou meio, seja eletrônico, de fotocópia, gravação etc., sem a permissão do detentor do copyright.

Publisher: *Samuel Coto*

Editora executiva: *Alice Mello*

Editora: *Lara Berruezo*

Editoras assistentes: *Anna Clara Gonçalves e Camila Carneiro*

Assistência editorial: *Yasmin Montebello*

Copidesque: *Thaís Carvas*

Revisão: *Thaís Lima e João Rodrigues*

Design de capa: *Renata Vidal*

Ilustração de capa: *elena_aldonina / Shutterstock*

Diagramação: *Abreu's System*

Dados Internacionais de Catalogação na Publicação (CIP)
(Câmara Brasileira do Livro, SP, Brasil)

Giffin, Emily
   O peso de nossos nomes / Emily Giffin ; tradução Flora Pinheiro. Rio de Janeiro: HarperCollins Brasil, 2023.

   Título original: Meant To Be
   ISBN: 978-65-6005-014-3

   1. Ficção norte-americana I. Título.

23-151156   CDD-813

Índices para catálogo sistemático:
1. Ficção : Literatura norte-americana   813
Cibele Maria Dias – Bibliotecária – CRB-8/9427

Os pontos de vista desta obra são de responsabilidade de seu autor, não refletindo necessariamente a posição da HarperCollins Brasil, da HarperCollins Publishers ou de sua equipe editorial.

HarperCollins Brasil é uma marca licenciada à Casa dos Livros Editora LTDA.
Todos os direitos reservados à Casa dos Livros Editora LTDA.
Rua da Quitanda, 86, sala 218 – Centro
Rio de Janeiro, RJ – CEP 20091-005
Tel.: (21) 3175-1030
www.harpercollins.com.br

Para Jennifer New,
cujo coração generoso
deixa tudo mais especial

CAPÍTULO 1

Joe

Não me lembro do meu pai. Pelo menos é o que digo quando as pessoas perguntam. Eu tinha pouco mais de três anos quando ele morreu. Li certa vez que é impossível ter lembranças de antes da idade em que a linguagem começa a se desenvolver de verdade. Parece que precisamos de palavras para traduzir nossas experiências e, se as lembranças não forem linguisticamente codificadas, tornam-se irrecuperáveis. Ficam perdidas nas nossas mentes. Então, aceitei que as vagas lembranças do dia do enterro dele no Cemitério Nacional de Arlington tinham sido fabricadas; um amálgama de fotografias, recortes de notícias e relatos da minha mãe que de alguma forma foram plantados no meu cérebro.

Mas há uma memória que não pode ser explicada com a mesma facilidade. Nela, estou de pijama vermelho, cruzando o chão de largas tábuas de madeira na nossa casa em Southampton. É noite e estou seguindo o brilho branco das luzes de Natal e o murmúrio das vozes dos meus pais. Chego ao fim do corredor e espio mais adiante, escondido para não levar bronca. A minha mãe me vê e me manda voltar para a cama, mas o meu pai a desautoriza, rindo. Sou tomado de alegria enquanto corro para ele, subindo no seu colo e sentindo o cheiro de baunilha e cereja do cachimbo. Ele me abraça e eu descanso a cabeça no seu peito, ouvindo as batidas do seu coração. As minhas pálpebras estão pesadas, mas luto contra o sono, concentrando-me em uma bola dourada na árvore, querendo ficar com ele o máximo que puder.

É possível, suponho, que essa lembrança também seja ilusória, uma cena que imaginei ou sonhei. Mas isso quase não importa. *Sinto* que é real. Então decidi que *é*, apegando-me à única coisa do meu pai que pertence apenas a mim.

Sei o que as pessoas diriam sobre isso. *Não, Joe, você tem muito mais. Você tem o relógio de pulso dele e a cadeira de balanço. Você tem os mesmos olhos e o mesmo sorriso. Você tem o* nome *dele.*

Sempre voltamos ao nome — Joseph S. Kingsley —, que também compartilho com o pai *dele*, o meu avô. O *S* é de Schuyler, o nome da família que desembarcou em Nova Amsterdã vindos da República Holandesa no século XVII. De alguma maneira, viemos dessas pessoas — assim como os Roosevelt vieram de Oyster Bay —, com privilégio e riqueza gerando mais privilégio e riqueza conforme várias famílias se casavam entre si, trocavam favores e, assim, se tornavam cada vez mais proeminentes nos negócios, nas forças armadas, na política e na sociedade. O meu bisavô, Samuel S. Kingsley, um financista e filantropo, tinha sido amigo íntimo de Teddy Roosevelt. Os dois cresceram a poucos quarteirões um do outro em Manhattan e estudaram juntos em Harvard. Quando Samuel morreu em um estranho acidente de caça, Teddy se tornou o mentor do meu avô, trazendo-o para a Grande Frota Branca e, até mesmo, apresentando-o à minha avó, Sylvia, uma jovem sufragista impetuosa de outra família importante de Nova York.

Joseph e Sylvia se casaram em 1917, pouco antes de o meu avô embarcar para a Primeira Guerra Mundial. Enquanto Joseph comandava um contratorpedeiro da classe Sampson e era condecorado com a Cruz da Marinha, a minha avó continuou a lutar pelo direito de voto das mulheres, ajudando a organizar o "Plano Vencedor", uma campanha relâmpago que pressionou os estados do Sul a ratificarem a Décima Nona Emenda. Essa luta seria mais longa do que a guerra, mas, em 18 de agosto de 1920, as sufragistas finalmente conseguiram o trigésimo sexto estado de que precisavam quando um jovem na Assembleia do Estado do Tennessee mudou o voto na última hora, graças a uma mensagem fervorosa que tinha recebido da mãe.

A minha avó me contava essa história com frequência, citando-a como um sinal auspicioso para o próprio filho, o meu pai, nascido naquele mesmo dia de verão. Mais dois meninos e três meninas vieram a seguir, seis filhos no total, e, embora cada um tivesse dons e habilidades únicos, a minha avó estava certa. O meu pai *era* especial, e revelou-se a estrela do clã Kingsley.

Quando jovem, ele se destacava em tudo, então se formou como o primeiro da classe em Harvard antes de se matricular na Faculdade de Direito de Yale. Quando a Segunda Guerra Mundial estourou durante o seu segundo ano na universidade, ele entrou no NROTC — o programa para estudantes que desejavam se tornar oficiais das Forças Navais — e se juntou ao meu avô no Pacífico. Livros inteiros foram escritos sobre o tempo que passaram em combate, mas o momento mais significativo ocorreu no final de 1944, quando os dois Joseph Kingsley se encontraram lado a lado na Batalha do Golfo de Leyte, o contra-almirante e o subtenente escapando por pouco de uma série de ataques kamikaze, além de um tufão, antes de tomarem a cabeça de ponte para o Sexto Exército dos EUA. Ao voltarem para casa, alguém tirou uma foto da minha avó abraçando o marido e o filho na pista de pouso. A imagem foi capa da revista *Life*, junto com a manchete de uma palavra: HERÓIS.

Após a guerra, o meu avô integrou o Departamento de Estado de Truman enquanto o meu pai se dedicava ao amor pela aviação naval. Completou o treinamento de voo avançado, depois foi para a escola de pilotos de teste, destacando-se como nenhum outro. Ninguém se esforçava mais, tirava notas mais altas ou era mais ambicioso do que meu pai, mas ele também sabia se divertir e ganhava de qualquer um em competições de quem bebia mais. Era um homem de contradições ou, como descreveu um biógrafo: "Durão, mas elegante, impetuoso, mas introvertido, Joe Jr. era um sonhador disciplinado e um perfeccionista que corria riscos".

É uma descrição à qual sempre recorro, embora me pergunte se é mesmo real ou se as pessoas apenas veem o que querem.

Uma coisa que sei com certeza, porém, é que o meu pai não tinha inimigos. Tal afirmação é muito comum em homenagens ou biografias, em especial sobre homens que morrem jovens, mas, no caso do meu pai, era verdade. Todos o amavam. Claro, isso incluía as mulheres e, para a frustração da minha avó, ele amou muitas quando jovem — e achou difícil escolher apenas uma.

Tudo isso mudou em abril de 1952, quando ele foi a um jantar oficial na Casa Branca e conheceu a minha mãe, Dorothy "Dottie" Sedgwick. Filha de um diplomata, Dottie era uma linda socialite, recém-saída da Sarah Lawrence, e acabara de aparecer na lista das mais bem-vestidas da revista *Look*. O que mais intrigou o meu pai, porém, não foi a beleza ou o estilo, mas a postura e cultura. Ela parecia muito mais velha do que seus dezenove anos e, depois de entreouvir uma conversa dela com a rainha Juliana, da Holanda, ele ficou apaixonado.

Mais tarde naquela noite, ele a convidou para dançar, e os dois se deram muito bem, conversando e rindo enquanto o meu pai a conduzia pelo salão da Casa Branca. Na manhã seguinte, o *Washington Post* publicou a foto dos dois na seção de estilo de vida, junto com uma descrição do fino paletó marfim dele e do vestido de chiffon azul-claro dela. As colunas sociais acompanharam cada acontecimento do namoro que se seguiu e, quando ficaram noivos, um ano depois, Joe e Dottie eram nomes conhecidos. Os queridinhos da América.

Um casamento luxuoso foi planejado nos Hamptons, mas a Guerra da Coreia adiou os planos, pois o meu pai voltou ao combate. Da cabine de comando do F-86 Sabre, o capitão Kingsley derrubaria seis aeronaves inimigas, tornando-se um dos dois únicos aviadores da Marinha a alcançar o status de ás da aviação, antes de voltar para casa e se casar com Dottie no verão de 1954. O casamento foi *o* evento do ano, fazendo de minha mãe um ícone da moda. Mulheres de toda parte, incluindo Audrey Hepburn, imitaram o seu vestido de noiva longuete, combinado com luvas até o cotovelo.

Pouco tempo depois, o meu pai anunciou a sua candidatura à vaga no Senado de Nova York. Ele concorreu como democrata, mas conquistou amplo apoio de ambos os partidos e venceu a eleição com margem de folga, tornando-se uma estrela política em ascensão. A minha avó ficou animada e a minha mãe, aliviada, acreditando que a política manteria o marido fora de perigo. Por vários anos dourados, foram felizes, dividindo o tempo entre Georgetown, Nova York e Southampton.

Mas, no outono de 1957, quando estavam planejando ter filhos, o *Sputnik 1* deu início à Corrida Espacial, e o meu pai ficou inquieto, sonhando em pilotar. A minha mãe implorou para que ele continuasse no caminho mais seguro, mas o meu pai tinha uma vontade de ferro e acabou trocando o Senado pela NASA, a agência que ajudou a criar. Qualquer pessoa nascida naquela época sabe que os astronautas eram figuras de grande destaque, venerados como os maiores heróis dos Estados Unidos em um conflito global entre a democracia e o comunismo. O objetivo final, como o presidente Kennedy proclamou antes de uma sessão conjunta do Congresso, era "levar um homem à Lua e trazê-lo de volta à Terra em segurança". Parecia um sonho impossível para a maioria, mas não para ele e seus colegas que iniciaram o projeto em Cabo Canaveral.

A minha mãe demonstrava confiança em público, como todas as esposas de astronautas eram obrigadas a fazer, mas vivia com medo do que poderia acontecer ao fim da próxima contagem regressiva de trinta segundos. Para piorar a situação, sofreu três abortos espontâneos em sequência. O médico não conseguia encontrar uma explicação, mas ela acreditava que era devido ao estresse causado pelo trabalho do marido. A dor foi agravada pelo ressentimento.

Então, milagrosamente, em dezembro de 1963, ela teve um filho saudável — *eu* — e as coisas voltaram a ficar bem, especialmente depois que o meu pai prometeu que deixaria o programa espacial no meu terceiro aniversário. Era um prazo arbitrário e ele acabou pedindo uma pequena extensão para poder aceitar uma última missão: um teste na órbita baixa da Terra, do Módulo de Comando e Serviço Apollo, marcado para fevereiro de 1967.

Claro, essa missão nunca chegou ao espaço. Em vez disso, em 27 de janeiro de 1967, um incêndio repentino irrompeu na cabine do módulo durante uma simulação, asfixiando os quatro homens lá dentro: Gus Grissom, Ed White, Roger Chaffee e o meu pai, Joseph Kingsley Jr..

O resto é história, como dizem. Uma nação em choque. Incontáveis *e se* e *deveria ter*. Muito se falou sobre como o meu pai provavelmente teria voltado à política após a última missão, com aspirações além do Senado. A maioria dos especialistas acredita que ele teria conquistado a indicação democrata no lugar de Humphrey em 1968, derrotando Nixon nas eleições gerais e se tornando o trigésimo sétimo presidente dos Estados Unidos.

Em vez disso, o país ficou de luto pelo herói caído e voltou as suas esperanças e os seus sonhos para um menino.

Durante grande parte da infância, eu não vi as coisas por essa ótica. Tudo o que eu sabia era que as pessoas idolatravam meu pai, o que me deixava orgulhoso e feliz. Eu gostava quando desconhecidos me paravam na rua para falar dele. Em sua maioria, prestavam condolências ou contavam uma anedota sobre a importância daquele grande homem. Às vezes, falavam sobre o dia em que ele morreu, sempre parecendo se lembrar exatamente de onde estavam quando ouviram a notícia. Independentemente do que contavam, a minha mente sempre retornava àquele momento no colo dele, na frente da árvore de Natal.

À medida que cresci, as coisas mudaram. Eu ainda o via como um herói, mas comecei a sentir o peso de tantas expectativas. As pessoas usavam descrições bizarras como *herdeiro natural* e *príncipe dos Estados Unidos*, incentivando-me a honrar o "legado" dele. Enquanto isso, a minha mãe sempre o mencionava, comparando e medindo, principalmente quando eu me metia em alguma encrenca na escola. Eu não queria ser um grande homem como o meu pai? Aprendi a olhá-la e assentir com a maior solenidade possível. Com certeza eu não ia lhe dizer a verdade. Que eu só queria ser um *bom* homem. Ser *eu mesmo*.

Ela teria desmaiado se me ouvisse dizer uma coisa dessas. Uma das suas passagens favoritas na Bíblia era: "A quem muito foi dado, muito será exigido". Eu sabia o que queria dizer. Ser um Kingsley significava ter acesso às melhores escolas particulares, a clubes privados, a *private banking*, a aviões particulares. Eu era grato pelas bênçãos na minha vida. Mas caramba... O meu pai morreu em uma explosão quando eu tinha três anos — o que, do meu ponto de vista, soava muito mais como: "De quem muito foi tirado, muito será esperado".

Em resumo, eu teria trocado todo o orgulho e o privilégio de ser um Kingsley por um nome comum como Smith ou Jones, e por um pai que não estivesse morto. Eu teria trocado por muito menos, até. Talvez por apenas mais alguns anos com ele e por algo a mais do que uma lembrança que pode nem ser real.

CAPÍTULO 2

Cate

Meu pai morreu em um acidente de carro em Nevada quando eu tinha três anos. Eu era nova demais para compreender, então entendi apenas o que a minha mãe me disse: o meu pai não voltaria para casa e iríamos morar com a minha avó em um lugar chamado Hackensack. Lembro-me de guardar os nossos pertences do apartamento em Las Vegas e colocar tudo no porta-malas do carro azul da minha mãe, um Pinto. Chorei ao me despedir de Pimenta, o meu gatinho preto, que deixamos com uma vizinha porque a minha avó era alérgica a gatos. Mais tarde, passei a achar estranho o fato de ter ficado mais triste por perder Pimenta do que por perder o meu pai.

Quando comecei o jardim de infância, reparei que os meus colegas colocavam pais nos desenhos, junto com irmãos e irmãs e cachorros. Eu tinha uma avó, mas ela era malvada com a minha mãe, então não a incluía nos meus. Certa vez, desenhei o meu pai ao meu lado, e ela ficou brava, chamando-o de inútil, o que fez a minha mãe chorar.

Pouco tempo depois, a minha mãe e eu nos mudamos para o nosso próprio apartamento. Quase não víamos mais a minha avó, o que por mim tudo bem. Melhor ainda, adotamos um novo gato, que batizei de Pimenta Jr.. Naquela época, ela também me deu uma foto do meu pai — a única que eu já tinha visto. Era em preto e branco, mas de alguma forma eu conseguia ver que ele tinha cabelos loiros e olhos azuis como eu. Na imagem, ele está encostado no batente de uma porta, vestindo camisa xadrez e botas de caubói. Ele tem longas costeletas e uma expressão neutra; não parecia nem feliz nem triste. Não é muita informação, mas a partir disso preenchi as lacunas, imaginando que ele tinha sido do tipo caladão, forte, destemido e um pouco misterioso. Como o caubói da Marlboro. A minha mãe não corroborou com essa imagem, mas também não a contradisse. Na verdade, ela não falava muito sobre ele, e aprendi a não perguntar. O assunto a deixava triste demais.

Depois de um tempo, ela começou a procurar um novo marido. Era linda: mais alta e mais magra do que as outras mães, com cabelos loiros compridos nos quais colocava bobes à noite. Aonde quer que ela fosse, os homens paravam para puxar papo. Ela também conhecia muitos na lanchonete Manna, onde trabalhava como garçonete. Pediam o seu telefone, e ela quase sempre lhes dava o número, até para os feios e carecas; ela dizia que nunca se sabe quando um homem pode ter dinheiro. A minha mãe sempre falava em dinheiro e homens, fazendo os dois parecerem pré-requisitos para a felicidade.

Na minha cabeça, aquilo não fazia sentido. Eu era pobre. Era órfã. Mesmo assim era feliz. Adorava o nosso apartamento aconchegante e atulhado no terceiro andar em Queen's Court, com o carpete verde felpudo e a varanda de concreto com vista panorâmica para o estacionamento. Eu ficava sentada ali por horas, brincando de Barbie enquanto esperava a minha mãe chegar do trabalho. Sempre havia algo emocionante acontecendo lá embaixo — desde um jogo de *kickball* e alguém fazendo escândalo a uma sessão de amassos —, e quase sempre era mais divertido do que os programas a que Gloria, a velha senhora que cuidava de mim, assistia na nossa televisão em cores, com a pequena tela distorcida por linhas em zigue-zague e, às vezes, um monte de chuviscos. Na minha opinião, a televisão era a única coisa que precisava ser melhorada. Tirando isso, eu achava a nossa vida boa.

Quer dizer, até a minha mãe arrumar um novo namorado. Sempre que ela fazia isso, as coisas ficavam ruins. Ou eu seria expulsa da cama que dividíamos e seria obrigada a dormir no sofá duro e áspero, ou ela desapareceria por dias, deixando-me aos cuidados de Gloria. A pior parte, porém, era quando aqueles homens inevitavelmente desapareciam, e ela passava dias dormindo, bebendo e chorando.

Depois de um tempo, ela superava, mas só quando surgia outro homem. Não sabia ser feliz sem um e vivia sonhando que seríamos resgatadas e levadas para uma bela casa em Montclair. Nunca estive lá, mas ela disse que era um subúrbio de Nova Jersey onde as pessoas ricas moravam.

Em teoria, eu entendia o conto de fadas que a minha mãe buscava e torcia para que ela o encontrasse, pelo seu próprio bem e pelo meu. Sonhava em ter um padrasto bondoso, imaginando Mike Brady: um belo arquiteto que a beijaria na cozinha e me ajudaria com o dever de casa. Seria melhor ainda se ele viesse com três filhos, um cachorro e um quintal de grama sintética com direito a balanço e gangorra. Mas eu sabia que isso não iria acontecer. Também entendia, por intuição, que *homem nenhum* ainda era melhor do que o *homem errado*. Se ao menos a minha mãe concordasse com isso…

Quando eu tinha dez anos, ela conheceu Chip, um policial que foi à lanchonete e a conquistou enquanto comia seus mini-hambúrgueres e uma torta de creme de coco, antes de deixar uma gorjeta maior do que a conta. O seu número de telefone estava escrito no verso.

— Ele é *perfeito* — disse a minha mãe enquanto se preparava para dormir naquela noite, passando óleo Olay no rosto e no pescoço.

— E ele não usava aliança? — perguntei, porque isso já tinha acontecido algumas vezes.

— Tenho *certeza* de que não — respondeu ela. — Eu olhei a mão dele assim que se sentou.

— E ele tinha boas maneiras? — indaguei.

Este era o seu critério favorito para fazer a triagem, embora ela também saísse com os mal-educados.

— Tinha — disse. — Não derrubou uma migalha, e até empilhou os pratos sujos e dobrou o guardanapo no prato.

Isso pareceu um pouco extremo para mim, como um tipo diferente de sinal de alerta. Nós éramos bagunceiras e gostávamos de ser assim, chamando a cama de "ninho", que nunca arrumávamos.

Quando apontei isso, ela me interrompeu.

— Estou dizendo, Cate. Aquele homem é um sonho. E vou me casar com ele.

Ela parecia tão segura que quase acreditei, e até fiquei animada quando Chip apareceu alguns dias depois para levá-la para sair. Sem que ela sequer me pedisse, coloquei um vestido e uma fita no cabelo, decidida a causar uma boa impressão. Se as coisas não dessem certo entre os dois, não seria por minha causa, como já aconteceu antes, quando outros homens decidiram que não queriam uma mulher com "passado"; ou seja, uma filha.

Assim que Chip entrou na sala, levantei-me do sofá, onde estivera lendo um livro em silêncio, e fiz contato visual com ele. Eu era tímida, então não foi a coisa mais fácil de se fazer. Não ajudava que ele fosse maior e mais alto do que os namorados de sempre.

— Oi, Cate! — cumprimentou ele em uma voz estrondosa que combinava com a estatura.

— Olá, *policial Toledano* — falei, como a minha mãe havia instruído.

— Me chame de Chip!

Olhei para ela, que assentiu, me dando permissão.

— Oi, Chip — falei.

Sorrindo para mim, ele me entregou uma sacola plástica e disse:

— Trouxe uma coisinha para você.

Sorri e agradeci, achando que iria receber um doce ou uma bugiganga de farmácia, os dois presentes mais comuns dados pelos namorados da minha mãe. Em vez disso, enfiei a mão na sacola e encontrei uma caixa da Barbie *com* um Ken. O casal bronzeado de Malibu usava roupas de banho combinando, com monogramas roxos e azul-petróleo. Fui conquistada.

Eu deveria ter desconfiado, é claro. Acabou que tudo aquilo não passou de uma estratégia; uma *excelente* fachada que ele manteve por quase três meses, apenas o tempo necessário para pedir a minha mãe em casamento e ela aceitar. Pouco depois, Chip mostrou a sua verdadeira personalidade, e percebi que não só era um maníaco por limpeza, como também um babaca, que nos rebaixava o tempo todo. Logo passei a odiá-lo e a temê-lo, e fiz o possível para convencer a minha mãe a mudar de ideia sobre o casamento. Mas ela não me ouviu, dando incontáveis desculpas para o comportamento daquele homem. A favorita era o imenso estresse pelo qual ele passava como um "agente da lei"; ela dizia que não havia trabalho mais difícil no mundo.

— As coisas vão melhorar quando a gente se casar — prometeu ela.

— Aguente só mais um pouco e dê uma chance a ele.

Tentei acreditar naquelas palavras. Eu *queria* acreditar. Mas o humor de Chip só piorou, junto com suas ameaças e agressões verbais. Eu disse a mim mesma que ele não a machucaria fisicamente, não importava quanta raiva sentisse, porque homens não *batiam* em mulheres, ainda mais os policiais, que eram os mocinhos.

Em uma noite de sábado em dezembro, Chip convidou a minha mãe para a festa de Natal do chefe de polícia. Ela estava animada e passou a tarde toda se arrumando no banheiro enquanto eu fazia as vezes de dama de companhia, entregando-lhe vários pincéis de maquiagem e frascos de loção e perfume, e opinando sobre joias e sapatos. Quando terminamos, ela estava mais linda do que o normal, o cabelo loiro emplumado em volta do rosto, os dedos das mãos e dos pés pintados de vermelho para combinar com o vestido brilhoso de lantejoulas. Quando Chip chegou, a acompanhei até a porta, querendo ver a reação dele, esperando que a cobrisse de elogios. Em vez disso, ele a olhou de cima a baixo, fez uma careta e disse:

— Pelo visto você resolveu ir vestida de prostituta hoje, né?

O meu coração se apertou e ela ficou arrasada.

— Quem você está tentando impressionar, afinal? — continuou Chip, as palavras saindo arrastadas como se ele tivesse bebido. — Nick?

Nick era o parceiro de Chip, e eu o achava igualzinho ao Homem de Seis Milhões de Dólares. Infelizmente, a minha mãe cometeu o erro de falar com Chip sobre essa comparação algumas semanas antes; ele ficou maluco, acusando-a de querer trepar com Nick. Eu já tinha ouvido a palavra ser usada com essa conotação antes, mas nunca como uma acusação contra a minha mãe.

— Eu me arrumei para você — explicou ela, os olhos tomados de desespero. — Não para Nick.

— Bem, é uma grande coincidência, não é mesmo? — retrucou Chip.

— Você está sempre horrorosa quando saímos só nós dois e aí coloca esse vestido quando sabe que Nick vai estar lá.

A minha mãe gaguejou, dizendo que mudaria de roupa, e ele continuou a escorraçá-la, seguindo-a pelo corredor até o quarto. Fiquei paralisada no corredor, me perguntando se deveria ir atrás ou fugir para o apartamento de Gloria. Sentindo que ela poderia precisar de reforços, decidi ficar, e até me obriguei a respirar fundo e defendê-la.

— Chip, só para você saber, ela não comprou o vestido para Nick. Comprou para você. Gastou um dinheirão e achou que você ia adorar.

Percebi que foi a coisa errada a dizer quando Chip começou a gritar a plenos pulmões que eu era uma fedelha mimada e mal-educada. Então ele voltou a sua ira para a minha mãe, questionando a maneira como ela havia me criado e perguntando a si mesmo se ainda queria se casar com alguém com uma pirralha tão desrespeitosa. A essa altura, a maquiagem da minha mãe estava arruinada, o rímel escorrendo pelo rosto enquanto ela soluçava, pedindo desculpas. Dizendo que nós duas estávamos arrependidas.

— Você está arrependida de quê, Jan? — gritou ele.

Eu sabia que era uma pergunta capciosa, e ela também.

— De tudo — sussurrou, o que parecia uma resposta segura.

— De ser uma piranha? — disse ele. A minha mãe abriu a boca para responder, mas ele a interrompeu, gritando mais alto: — De querer dar para o Nick?

— Eu não... — Ela choramingou. — Eu só quero você...

— De ter dado para metade da cidade? Olhe só você neste vestido vulgar. A puta de Hackensack. Meu Deus, a gente *precisa* se mudar.

Enquanto ele continuava a ofendê-la, a minha mãe começou a vasculhar o armário freneticamente e pegou um terninho marrom de poliéster.

— E este aqui? Você gostou?

— Você está falando sério? Uau — disse Chip. Ele balançou a cabeça, então olhou para mim. — A sua mãe tem dois extremos. Ela sabe se vestir como uma vadia... ou como uma sapatão. O que você acha, Cate? Será que é melhor eu ser visto com uma puta ou uma sapatão?

Eu não sabia o que era uma sapatão, mas entendi que ele não considerava um elogio.

— Não posso levar você a lugar nenhum, hein, Jan? — gritou ele. — Você é uma vergonha. Uma grande vergonha.

Àquela altura, senti uma onda de esperança de que Chip finalmente fosse terminar com ela, como os outros fizeram. A minha mãe ficaria triste por um tempo, mas superaria e poderíamos continuar com nossas vidas. Em vez disso, ele a empurrou contra a porta do armário. Quando ela bateu com força na porta e caiu no chão, ele a mandou se levantar e ir se arrumar, que eles iriam se atrasar. Quando ela não se mexeu, ele a chutou no abdome. Eu assisti à cena horrorizada e me perguntei se deveria chamar a polícia.

Mas logo em seguida me lembrei, com uma nova onda de terror, que ele era a polícia e não havia algo que alguém pudesse fazer para detê-lo.

CAPÍTULO 3

Joe

Quando criança, eu não tinha pai ou irmãos, mas era muito próximo das minhas tias, dos meus tios e dos meus primos, especialmente pelo lado dos Kingsley. Infelizmente, a morte do meu pai não seria a última tragédia da família, nem de longe. Um ano depois de ele falecer, a segunda irmã mais velha dele, Betty, morreu em um incêndio em casa (na véspera de Natal, para piorar); no ano seguinte, a minha prima Eloise, de três anos, saiu do quintal da família em Sag Harbor e se afogou na piscina dos vizinhos; e, quando eu tinha oito anos, o meu primo mais velho, Frederick, morreu em uma avalanche enquanto esquiava nos Alpes franceses.

As pessoas chamavam isso de "a maldição dos Kingsley". A expressão deixava a minha mãe furiosa, talvez porque também a deixasse com medo, em especial quando os meus primos e eu estávamos nos divertindo. Adorávamos praticar esportes radicais, tanto terrestres quanto aquáticos — surfe, esqui, asa-delta, escalada, tudo —, e eu era o líder. Um de nós sempre acabava na sala de emergência por algum acidente que considerávamos distintivos de honra, sem jamais perder a conta de quantos pontos levamos e de quantos ossos quebramos. A minha mãe não achava isso nem remotamente engraçado e vivia com o medo constante de que eu fosse acabar com um machucado sério. Acho que não posso culpá-la, considerando o que ela e a família já tinham passado, mas ainda parecia injusto. Ela queria que eu seguisse os passos do meu pai e, para mim, o amor pela aventura fazia parte disso. Eu não era tão inteligente quanto ele, mas poderia ser igualmente corajoso, se ela deixasse.

Felizmente, a mãe do meu pai (que eu chamava de Gary, porque não conseguia pronunciar *granny*, vovó em inglês, quando era pequeno) me entendia e me deu a liberdade de ser exatamente quem eu era. A única coisa que me pedia era que eu alcançasse o meu potencial. Ela fazia eu me sentir especial e, quando eu cometia algum erro, era sempre a primeira a me perdoar. Eu a adorava e nunca perdia a oportunidade de passar tempo com ela, fosse na casa em Southampton ou no apartamento no Upper East Side. Eu adorava ainda mais quando ela me buscava na escola e me levava até o Tavern on the Green para tomar sorvete. Tivemos algumas das nossas melhores conversas tomando sundaes com calda de chocolate quente e vaca preta de *root beer*.

— Conte-me o que anda acontecendo no seu mundo, Joey — dizia ela.

Eu sabia que, ao contrário dos outros adultos, que apenas fingiam, a minha avó esperava uma resposta interessante.

Certa tarde, quando eu tinha uns dez anos, ela me fez essa pergunta, e eu lhe contei que Charlie Vance estava sofrendo bullying no recreio.

— Por que ele está sofrendo bullying? — perguntou, comendo um pouquinho de chantilly, enquanto eu pegava uma colher e devorava o sorvete.

— Porque ele é um maricas — falei.

— E o que faz ele ser um maricas?

— Ah, você sabe. As coisas de sempre — falei, explicando que Charlie não sabia arremessar uma bola e tinha medo de aranhas e falava de um jeito bobo, trocando algumas letras. E o exemplo mais notório: diziam que ele brincava com as bonecas da irmã.

Ela assentiu e disse:

— Hum. E quando as crianças o provocam, você o defende?

— Sim — falei.

O que era verdade, mas ela deve ter adivinhado pela minha expressão que os esforços para defender Charlie foram pouco entusiasmados, na melhor das hipóteses. Eu queria mesmo era que ele entrasse na linha e parasse de ser seu pior inimigo.

Gary de repente baixou a colher e me olhou nos olhos.

— Joey, você sabe que Charlie pode ser homossexual, não é?

Eu a encarei, processando a informação. Nunca tinha me ocorrido que Charlie fosse gay — nem tinha me passado pela cabeça que alguém da nossa idade pudesse ser —, mas eu queria que a minha avó, a pessoa mais sábia que eu conhecia, pensasse que eu também era sábio e conhecedor do mundo. Assenti com a cabeça, sério.

— Se for esse o caso, Charlie terá uma vida muito difícil, Joey — disse ela. — Ele não pode deixar de ser quem é, e você precisa fazer tudo o que puder para deixar a jornada dele mais fácil.

— Eu vou, Gary — falei, envergonhado por não ter feito mais por Charlie até o momento, e pelo fato de que o que eu encarava como uma besteira por parte dos meus colegas mais indisciplinados era, na verdade, um comportamento cruel.

— Você é um líder natural. As pessoas ouvem você — continuou ela. — Andei observando isso.

— Onde? — perguntei, imaginando-a com um par de binóculos apontados para a cerca do pátio da escola.

— Quando você está com os seus primos — respondeu ela. — O tempo todo.

Olhei para minha avó do outro lado da mesa, me sentindo orgulhoso.

— Eu puxei ao meu pai nisso? — perguntei. — Ele era assim?

Ela balançou a cabeça, o que me surpreendeu.

— Não me interprete mal. Ele era um menino de bom coração como você — disse. — Mas não era tão extrovertido nem tão corajoso.

Eu a encarei, achando difícil acreditar que eu pudesse, com a idade que fosse, ser mais corajoso do que alguém que se tornou piloto de caça e astronauta. Expressei esse pensamento, e a minha avó explicou:

— Ele se tornou um líder, mas não nasceu assim. Não era natural para ele. Não como é para você. Isso é um superpoder, Joey. E você precisa sempre usar esse poder para o bem.

Ela começou a falar sobre defender os mais fracos e sobre ativismo, além da luta pelo sufrágio feminino quando era jovem, e o quanto ainda precisava ser feito pelas mulheres e pelas minorias.

— Consigo ver você nessa luta pela igualdade — disse ela. — E talvez tudo comece aqui. Defendendo Charlie. Você pode fazer isso por mim? Por ele?

Endireitei a postura e prometi a ela que sim.

Nas semanas que se seguiram, dei um fim ao bullying que Charlie sofria, e em grande estilo. Em vez de apenas defendê-lo quando necessário, fiz amizade com ele, e no fim do ano letivo Charlie era até popular. Sei que deve soar arrogante, mas é verdade. Fiquei muito satisfeito comigo mesmo.

Alguns anos depois, no primeiro dia do sétimo ano, o sr. Wilkes, nosso diretor, convocou-me à sua sala e me informou que haviam entrado alguns alunos novos, inclusive no meu ano, e que eu seria encarregado de dar as boas-vindas e apresentar a escola.

Eu assenti e disse:

— Sim, senhor. Qual o nome dele?

O sr. Wilkes me disse que o nome *dela* era Berry Wainwright e que ela havia acabado de se mudar de Londres. Havia estudado na Thomas's Battersea, e a sua entonação deixava óbvio que se tratava de uma escola impressionante.

— Berry que nem Barry White? — interrompi. — Ou com *e*?

— Com *e*, Joseph — disse o sr. Wilkes.

— *E* de excelente! — falei, dando-lhe um sinal de positivo.

Ele me encarou por um instante, parecendo cansado, então disse:

— Joseph, preciso que você leve essa responsabilidade a sério.

— Sim, senhor — falei, de repente ficando um pouco desconfiado de seus motivos para me escolher para aquela tarefa.

Perguntei-me se tinha mais a ver com o status social ou o patrimônio líquido dos pais de Berry. Eu tinha apenas treze anos, mas já tinha visto o sr. Wilkes me usar assim antes e, naquele momento, fiquei incomodado por não estar lá no pátio com os meus amigos. Também previ que não seria fã dessa nova Berry com *e*.

Mas a minha atitude mudou no segundo em que a porta da sala dele se abriu e o orientador escolar a conduziu para dentro. Ela era igualzinha a Tatum O'Neal, e vou dizer uma coisa, havia um motivo para eu ter assistido a *Garotos em ponto de bala* três vezes. Levantei-me, como fui ensinado a fazer quando uma garota entra na sala, e o sr. Wilkes se levantou, pigarreando.

— Joseph, esta é Berry Wainwright — apresentou ele, apontando-a.

— E Berry, este é Joseph Kingsley III.

— Como vai? — falei, olhando-a diretamente nos olhos, outra regra de etiqueta, mas também o que eu queria fazer.

— Estou bem, obrigada. E você? — respondeu Berry.

— Tudo bom — falei, por algum motivo saboreando a gramática imperfeita, talvez porque quisesse compensar qualquer ideia equivocada que tivesse surgido por eu ser o tipo de cara com um numeral romano no fim do nome.

O sr. Wilkes pediu para nos sentarmos e, nos minutos seguintes, fez um longo discurso monótono sobre como a escola era maravilhosa e estávamos felizes em receber Berry. Então ele me informou de que a grade dela era quase igual à minha, com exceção das aulas de matemática no sétimo período.

— Deixa eu adivinhar — falei com uma risada. — Ela está em uma aula de matemática mais avançada do que eu?

— Está, sim — disse o sr. Wilkes, olhando para mim. — Se você se esforçar mais, talvez possa se juntar à turma dela no ano que vem.

— Ou talvez — retruquei, ciente de que a autodepreciação fazia sucesso com as pessoas — o nosso esforço seja igual, e ela só seja mais inteligente do que eu.

O sr. Wilkes ignorou o comentário, levantou-se e disse:

— Vou deixar vocês se conhecerem melhor antes do primeiro período... Berry, por favor, saiba que está em excelentes mãos.

Ele me lançou um último olhar que dizia *Não faça besteira*, então nos conduziu para fora da sala.

Finalmente sozinhos no corredor, Berry e eu nos encaramos por alguns segundos desconfortáveis antes de eu pigarrear e fazer a pergunta padrão de volta às aulas:

— Como foram as férias?

— Foram boas — disse Berry. — E as suas, como foram?

— Divertidas... Bem legais... Eu surfei muito.

Ela assentiu, parecendo desinteressada, mas não rude. Mudei de tática, perguntando:

— Ei, alguém já disse que você se parece Tatum O'Neal?

— Não — respondeu ela.

— Bem, você parece. Você viu *Garotos em ponto de bala*? O filme?

— Não — disse ela, outra vez. — Não gosto muito de esportes.

Eu estava prestes a dizer que gostar de esportes não era um pré-requisito para gostar do filme, mas de repente me dei conta de uma coisa.

— Ei. Cadê o seu sotaque britânico? Você já perdeu?

— Não. Eu nunca tive um. Não sou britânica — respondeu ela, sustentando o meu olhar de uma maneira que muitas garotas não conseguiam fazer, não só comigo, mas com *qualquer* garoto. — O meu pai trabalhava na embaixada.

Eu balancei a cabeça, voltando mentalmente à minha teoria sobre os pais ricos e bem relacionados dela.

— O que ele faz agora? — perguntei, embora na verdade não me importasse.

Ela mordeu o lábio.

— Ele não faz nada — respondeu, hesitante. — Ele morreu. Em março.

O tom foi tão banal que, a princípio, pensei que havia entendido errado. Mas então ela começou a piscar como se fosse chorar.

— Ah. Nossa. Sinto muito — gaguejei, sentindo a onda de empatia que sempre me dominava quando encontrava outras crianças que perderam um dos pais.

Era um clube no qual você não queria estar, mas ainda assim não deixava de ser um clube.

— Obrigada — disse ela, uma resposta que eu preferia a alguma variação de *tudo bem*.

Afinal, *não* estava tudo bem, isso era apenas o que dizíamos para deixar outras pessoas menos desconfortáveis.

Naquele momento, fiquei sem palavras; algo raro para mim.

Certamente eu não faria perguntas sobre como ele morreu. (*Foi de repente?* era o eufemismo que as pessoas usavam para *Foi um acidente?*)

No entanto, também não parecia certo apenas mudar de assunto. Mais alguns segundos se passaram até eu decidir lhe dizer que o meu pai também havia morrido.

— Mas eu era novo demais para me lembrar dele direito — acrescentei logo em seguida. — Então a sua situação é bem mais difícil.

— Não. Elas só são difíceis de jeitos diferentes — disse ela, reconhecendo algo sobre o que eu já havia pensado antes.

Teria sido melhor se eu tivesse conhecido o meu pai? Ou isso só teria me deixado mais triste? O fato de Berry pensar nessas nuances me impressionou.

— Aposto que foi por isso que o sr. Wilkes nos colocou juntos — falei, pensando em voz alta.

— Talvez. Mas, por favor, não se sinta obrigado a ficar de babá.

— Ah, não foi isso que eu quis dizer. É um prazer mostrar as coisas para você.

Berry deu de ombros e disse:

— Tudo bem. Mas não preciso de nada, sério. Já mudei de escola antes. Não é grande coisa.

Eu balancei a cabeça, dando-lhe o meu olhar mais sincero.

— Eu entendo — falei. — Mas vou ter que ajudá-la mesmo assim. Você não gostaria de me arranjar problemas, não é?

— Não — respondeu ela, dando-me o menor dos sorrisos. — Claro que não.

No fim do dia, a escola inteira estava em alvoroço com a história de Berry. Segundo os rumores, ela havia perdido não só o pai, mas também a mãe, ambos estando entre as 585 vítimas da infame colisão em solo de dois Boeing 747 lotados, na ilha de Tenerife. Rezei para que não fosse verdade, que não passasse de um boato inventado por algum idiota. Quer dizer, Berry com certeza teria comentado se a mãe tivesse morrido também.

Naquela noite, a minha mãe, que aparentemente havia conversado com o sr. Wilkes, confirmou os boatos. Ela me contou que Berry era filha única como eu, e que morava com os tios, ambos ocupados com empregos importantes. Eu não podia acreditar. Berry era *órfã*.

Não preciso dizer que levei as obrigações a sério, o que alguns dos meus amigos confundiram com uma quedinha pela novata. Eu neguei, pois, embora ela fosse bonita, os meus sentimentos por Berry não traziam nenhuma das marcas das paixões habituais. Eu não queria beijá-la; só queria ser amigo dela.

Em algum momento, começamos a nos encontrar fora da escola, passeando no parque, fazendo o dever de casa na mesa da minha sala de jantar e indo a lojas de discos por toda a cidade. (Berry tinha ótimo gosto musical, o que compensava o seu desprezo por esportes.) Ela era uma excelente ouvinte e fazia perguntas sobre como eu me sentia, questionamentos que teriam sido intrometidos ou críticos vindos de qualquer outra pessoa. Além disso, fazia as próprias confidências, contando coisas pesadas sobre luto e os seus terrores noturnos. Certa vez, ela me disse que era grata pelos pais estarem juntos quando morreram, mesmo que isso significasse perder os dois. Essa declaração realmente me surpreendeu. Nunca conheci ninguém tão altruísta ou tão forte.

Com o passar dos anos, Berry e eu nos aproximamos cada vez mais e, no primeiro ano do Ensino Médio, quando nós dois fomos para Andover, ela se tornou uma Kingsley honorária, passando a conviver com todos os meus primos. A minha mãe a adorava tanto quanto eu, chamando-a de a filha que ela nunca teve. Às vezes, eu chegava em casa e encontrava as duas já conversando na cozinha. Achei o relacionamento delas reconfortante, como se nos fizesse mais normais. Eu nem me importava quando elas se uniam contra mim, embora fingisse estar irritado.

A especialidade das duas era criticar as garotas de quem eu gostava — ou, para ser mais exato, Berry as criticava e a minha mãe aceitava a palavra dela como verdade absoluta. Embora de vez em quando considerasse alguém digna da minha atenção, quase sempre torcia o nariz em desaprovação às minhas escolhas amorosas, descartando-as como muito carentes, alpinistas sociais ou superficiais demais. Com o tempo, todas as garotas na nossa órbita social passaram a ver Berry como a segurança de Joe Kingsley. Algumas até tentaram fazer amizade com ela para se aproximar de mim. Era uma tática que Berry percebia na hora. Nada passava batido.

Nós só brigávamos quando eu me colocava em perigo com os meus primos. Como a minha mãe, Berry tinha um bom motivo para ficar com medo, mas nunca entendi por que esse medo se traduzia em raiva. Enquanto outras pessoas me chamavam de imprudente, Berry me chamava de egoísta, arrogante e estúpido.

No verão anterior ao último ano da escola, depois de um acidente especialmente perigoso envolvendo um caiaque virado e um leve caso de hipotermia, Berry ficou sem falar comigo por uma semana.

— E se algo tivesse acontecido com você? — disse ela quando finalmente conversamos. — A sua mãe ficaria sozinha. Sozinha, Joe!

— Ela não ficaria sozinha. Ela teria você.

— Não é a mesma coisa, Joe, e você sabe disso. Eu não sou da família.

— É como se você fosse — retruquei. — E, além disso, nada vai acontecer comigo.

— E por que não? — perguntou ela, a voz ficando mais alta. — Porque você é invencível?

Suspirei, reconhecendo para mim mesmo que *de fato* eu me sentia meio imbatível. Mas não ia admitir isso para Berry, então disse:

— Não. Porque sou *engenhoso*.

— Você atravessou a baía de caiaque durante uma *tempestade*, Joe. Isso não é engenhoso. É idiota.

— Não estava chovendo quando eu saí.

— E você não olhou a previsão do tempo? Nem pensou em contar a alguém para onde estava indo? Isso é o oposto de engenhoso.

— Bem, mas e o fato de que sou um ótimo nadador?

— Ser um bom nadador não ajuda em nada quando você sofre de hipotermia…

— Ei, eu cheguei à praia, não foi?

— Chegou, e teve que invadir a casa de um estranho para tomar um banho quente!

— Exatamente! *Super*engenhoso — afirmei, presunçoso.

Berry me lançou um olhar de desprezo e balançou a cabeça.

— Você é um tremendo idiota.

— Mas eu estou *certo*. E estou *aqui*. São e salvo — falei, embora ainda sentisse calafrios ao pensar na água gélida e nos tremores violentos que me abalavam enquanto eu batia às portas para pedir ajuda.

— *Desta* vez — retrucou ela. — Talvez não tenha tanta sorte na próxima se continuar assim.

Hesitei e, então, disse:

— O universo já puniu a minha família o suficiente.

— Ah. Agora entendi. Como sou tola. Esqueci que o universo é *justo*.

— Não estou dizendo que o universo é justo — falei, pensando nos pais dela, como sempre. — O que estou querendo dizer é... qual é a probabilidade?

— Qual é a probabilidade de um astronauta correr risco de vida? Ou um idiota que sai de caiaque sozinho no meio de uma tempestade? — Mordi o lábio e baixei os olhos enquanto Berry continuava: — O seu pai tinha esposa e filho. Ele não tinha que estar no programa espacial. Ainda mais quando a sua mãe implorou para que ele o largasse.

Eu a encarei, um pouco atordoado com a direção que a conversa estava tomando.

— Era o *sonho* dele — falei.

— E daí? — Berry atirou de volta. — E o sonho da sua mãe?

— Literatura francesa? Jornalismo? — brinquei.

A primeira opção era o diploma dela; a segunda, o primeiro e único emprego depois de terminar a faculdade. O nome do cargo era "câmera entrevistadora", um trabalho no qual ela vagava pelas ruas de Washington tirando fotos de estranhos a quem ela fazia perguntas sobre acontecimentos recentes e outros tópicos aleatórios. As fotos, junto com as respectivas respostas, apareciam em uma coluna diária no *Washington Times-Herald*. Era um emprego legal, mas nunca me pareceu ser o sonho dela.

— Não, seu idiota — disse Berry. — O sonho dela *de verdade*. De criar uma família com o marido. E ver o filho crescer com um pai. *Esse* sonho.

— Ah — falei.

— Se ele tivesse escutado a sua mãe, ainda estaria vivo. Mas era teimoso demais... egoísta demais.

— O que a minha mãe contou para você? — perguntei, o estômago revirando.

Berry deu de ombros e continuou me encarando.

— Ela me contou muitas coisas, Joe — respondeu.

— Tipo?

Ela respirou fundo e soltou um longo suspiro.

— Bem. Você sabia que eles tinham um acordo? Que ele fez uma promessa?

— Que promessa? — questionei, o rosto quente.

— Ele prometeu que pararia de aceitar missões quando você completasse três anos. Sabia disso? — Neguei com a cabeça, sentindo uma onda de intensa tristeza. — Bem, ele prometeu. Mas quebrou a promessa. Porque *tinha* que participar de só mais uma missão. O ego dele era grande demais...

Eu já tinha ouvido os sussurros de alguns dos meus tios, e havia lido rumores na imprensa sobre os casos extraconjugais do meu pai, mas nada jamais foi confirmado pela minha mãe.

— Berry. Para. Agora! — falei no tom mais severo que já havia usado com ela. Ou com qualquer outra garota.

Mas é claro que ela não parou.

— É verdade — continuou. — O seu pai era egoísta, Joe...

— Ele era um *herói* — retruquei, a voz trêmula.

— É, Joe. Ele era um *herói de guerra*. Mas ele não *morreu* como um herói.

— Morreu, sim!

— Não. Ele morreu colocando o desejo por aventura, fama e ambição acima de você e da sua mãe. Foi o que aconteceu. Aceite os fatos.

Eu não conseguia acreditar no desrespeito e explodi:

— Cala a boca, Berry!

— Não, Joe. *Eu me recuso.* Alguém precisa enfrentar você...

— Ah, para de falar merda. Muita gente me enfrenta — retruquei, pensando em todos os adultos da minha vida que me repreendiam quando eu fazia algo errado.

— Sim, mas você não *ouve... ninguém* — disse ela, os olhos de repente se enchendo de lágrimas.

Agora eu me sentia irritado *e* culpado, a pior combinação.

— Poxa, Ber. Não chore.

— Eu não consigo evitar — disse ela, as lágrimas agora escorrendo pelo rosto. — O paraquedismo. Escalar sem equipamento de segurança.

Andar de moto sem capacete. Essa idiotice sobre tirar o brevê. É tudo tão idiota e sem sentido. Isso me assusta. E assusta a sua mãe.

— Me desculpe, Berry. Você tem razão. Vou tomar mais cuidado. Prometo — falei.

Naquele momento, eu estava sendo sincero. Não porque acreditei, nem por um segundo, que qualquer coisa ruim fosse acontecer comigo, mas porque amava Berry e a minha mãe e não queria deixá-las chateadas. Então, pelo resto daquele verão e durante o último ano inteiro, fiz o possível para cumprir a promessa. Não me interpretem mal; achei outras maneiras de irritá-las; mas nenhuma das minhas más decisões poderia ter me matado. Então era um começo, pelo menos.

CAPÍTULO 4

Cate

Apesar de todos os protestos e súplicas, a minha mãe foi em frente com o casamento. Casou-se com Chip no Dia dos Namorados, uma mancha permanente em uma data comemorativa já meia-boca. Ela insistia que ele poderia mudar. E, mesmo que não mudasse, ninguém era perfeito, e as coisas boas superavam as ruins. Chip nos amava de verdade e o seu temperamento era um pequeno preço a pagar por uma "vida melhor" em Montclair, onde Chip, tão generoso, comprara uma casa para nós.

Se você não soubesse o que de fato estava acontecendo, nós devíamos parecer sortudas, já que não havia dúvida de que uma casa de três quartos em Montclair era bem melhor do que o apartamento de um quarto em Hackensack. Também admito que adorei ter um quintal de verdade, com uma cerca, e o meu próprio quarto, que a minha mãe me deixou pintar com uma cor chamada limonada rosa. Outra grande vantagem foi que ela não precisava mais ser garçonete. Na verdade, não precisava mais trabalhar, pois Chip queria uma "esposa dona de casa" em quem mandar e desmandar.

Mas a minha mãe estava errada. Não era uma vida melhor — nem de longe —, já que nenhuma dessas mudanças compensava a náusea de ver Chip chegar em casa com a arma no coldre e um brilho maligno no olhar. Ou o fedor de álcool no hálito quando ele me chamava de burra e preguiçosa — *uma inútil que nem a sua mãe*. Ou os ruídos aterrorizantes que atravessavam as paredes do quarto (e o travesseiro cobrindo a minha cabeça), o barulho de quando ela chorava, gritava e suplicava. Por algum motivo, eram as súplicas que mais partiam o meu coração. Nunca funcionavam e tenho certeza de que só pioravam as coisas.

Naquele outono, comecei o sexto ano no Colégio Mount Hebron, um alegre prédio de tijolos vermelhos na Bellevue Avenue. Assim como nossa casa, Mount Hebron era melhor que a minha antiga escola, que fedia a peixe empanado e alvejante. Eu amava em especial a srta. Wilson, a professora de artes, que falava com uma voz muito calma e sempre elogiava os meus trabalhos. No caso, *qualquer* escola era melhor do que a minha casa, um refúgio longe de Chip. Mas não me entendam mal: a minha autoestima também era baixa na escola e eu vivia com medo de que os outros alunos fossem descobrir a verdade sobre a minha família.

Sempre lembrava a mim mesma de que ninguém sabia do que o meu padrasto me xingava e o que ele fazia com a minha mãe, mas ainda assim sentia vergonha. O fato de eu ser a garota mais alta do ano também não ajudava em nada; era mais alta, inclusive, do que a maioria dos meninos. Além disso, eu usava roupas diferentes das daqueles adolescentes ricos. Calça jeans Lee e camisas da Izod imitando as da Braggin' Dragon, tudo comprado na Sears, compunham o meu visual básico, já que Chip insistia que a minha mãe não iria me mimar com calças jeans de grife e as camisas da Lacoste que os outros adolescentes usavam. Era irônico, eu pensava com frequência. Pela primeira vez em nossa vida, a minha mãe e eu éramos classe média, mas nunca me senti tão pobre.

Nos fins de semana, eu ficava no meu quarto com Pimenta, ouvindo música (em um volume baixo para não incomodar Chip), lendo romances de Judy Blume sobre outros jovens infelizes e folheando revistas *Bop* e *Tiger Beat*. Não gostava de nenhum garoto que conhecia, mas tinha uma lista robusta de celebridades por quem era apaixonada, incluindo Shaun Cassidy, Leif Garrett e Donny Osmond. Porém, meu favorito, de longe, era Joe Kingsley.

Eu sempre soube quem Joe era. Alguns anos mais velho do que eu, ele tinha um pai famoso que morrera em uma missão espacial que dera errado e morava na Quinta Avenida com a sua mãe glamorosa. Também tinham uma casa nos Hamptons, onde se reuniam com os tios e primos dele, jogando futebol americano, *croquet* e outros esportes de gente rica em um extenso gramado verde. Eu sabia dessas coisas porque a minha mãe nunca resistiu aos tabloides nas filas do caixa do supermercado. Quando criança, não entendia bem o interesse dela ou por que aquelas pessoas eram tão dignas da admiração dela. Embora, eu deva admitir, também tenha ficado intrigada com aquelas fotos. As minhas favoritas eram as de Joe andando pela cidade, passeando com o seu cão pastor pelo Central Park ou saindo do metrô com o uniforme escolar amarrotado e cadarços desamarrados.

Ao longo daquele primeiro ano traumático do casamento da minha mãe e Chip, Joe se transformou em um adolescente galã (o termo que as revistas sempre usavam), e fiquei obcecada. Ao contrário das outras celebridades, Joe Kingsley nunca posava para fotos. Em vez disso, era fotografado no dia a dia, muitas vezes com uma expressão confusa e cativante. A minha imagem favorita, que saiu em uma página dupla da *Tiger Beat*, era de Joe emergindo das ondas cinzentas de Long Island, o peito bronzeado brilhando, o cabelo escuro e ondulado molhado, um dente de tubarão pendurado em um cordão de couro no pescoço. Destaquei a foto da revista, desdobrei o pôster e colei-o na parede do meu quarto.

Em algumas noites, quando me sentia especialmente triste e solitária, eu fingia que Joe era meu namorado. Inventava todo tipo de cenas elaboradas, mas a minha favorita era uma comigo e Joe na praia ao entardecer. Eu quase podia ouvir as ondas quebrando na areia, sentir o cheiro da água salgada e ver os seus olhos escuros sensuais enquanto ele colocava o colar de dente de tubarão em volta do meu pescoço antes de se inclinar para me beijar de leve nos lábios.

De vez em quando eu sentia um pouco de vergonha de mim mesma e passava pela minha cabeça de pré-adolescente que eu estava fazendo a mesma coisa que a minha mãe sempre fez: depender de um menino para ser feliz. Mas então lembrava a mim mesma que a fantasia com Joe era o oposto. Era uma maneira de evitar os garotos *reais* que um dia poderiam me magoar; também era uma forma de escapar do homem que já fazia isso.

No verão antes do nono ano, passei pela minha própria metamorfose. Parte dela foi apenas o processo natural da puberdade e do corpo ganhando leves curvas nos quadris e nos seios. Mas uma grande parte foi resultado da minha determinação obstinada. Li conselhos nas revistas para adolescentes sobre "fingir até conseguir". Pratiquei boa postura, certa vez até equilibrando livros na cabeça do jeitinho que ensinavam. Aprendi a me maquiar e a arrumar o cabelo. Mais importante, comprei algumas roupas decentes, graças a um bico de babá para uma família rica que me pagava seis dólares por hora para cuidar dos filhos no Glen Ridge Country Club. Como bônus, fui ficando mais loira e bronzeada também.

Então, quando voltei para a escola em setembro, todos me notaram, as meninas *e* os meninos, distribuindo elogios sobre como eu "tinha ficado" bonita. No fim daquela primeira semana, Bill Adams, um jogador de futebol do segundo ano, me convidou para uma festa (eu disse não) e Wendy Fine, a garota mais popular do nosso ano, perguntou se eu queria me sentar com ela no almoço (eu disse sim).

A princípio, a atenção me surpreendeu. Afinal, quanto uma pessoa poderia mudar em apenas três meses, e por que tanto interesse na minha aparência, aliás? Era mais uma prova de como as pessoas eram Maria-vai-com-as-outras, um momento à la "a roupa nova do imperador". Alguém no topo, provavelmente Wendy, decidira que eu era digna de interesse, e todo mundo só estava seguindo o exemplo e me dando uma chance.

Mas eu ainda precisava passar no teste e, ao me sentar à mesa de Wendy na hora do almoço, fiz questão de sorrir e fingir confiança. Enquanto isso, Wendy e as suas amigas me bombardearam com perguntas. Claramente era uma espécie de prova de fogo, e percebi pela expressão no rosto de algumas das garotas que elas torciam para que eu fracassasse. Kimberly Carrigan, em especial, parecia aborrecida, talvez preocupada que eu pudesse ameaçar a sua posição como a melhor amiga de Wendy.

— E aí, Cate, você está a fim de alguém? — perguntou Wendy em determinado momento, olhando de relance para a mesa de futebol, onde Bill Adams estava sentado.

Balancei a cabeça em negativa.

— E Bill? — perguntou ela. — Ouvi dizer que ele chamou você para sair.

— Ele não me chamou para sair — falei. — Ele só me convidou para uma festa.

Wendy soltou uma gargalhada e disse:

— Hum... isso é chamar você para sair.

Por um segundo, me senti idiota. Mas usei isso ao meu favor, fingindo ser descolada com o dar de ombros mais indiferente que consegui.

— Que seja. Eu disse não.

Várias das meninas pareceram impressionadas, enquanto Wendy continuava o interrogatório:

— Por que você disse não? É porque o seu pai é policial e você teria problemas em casa?

Senti o estômago dar um nó com a menção inesperada a Chip. Como Wendy sabia que ele era policial? Eu estava prestes a explicar que ele não era meu pai, que era apenas o meu padrasto. Mas então me lembrei da professora de inglês falando com pena sobre as crianças dos "lares desfeitos" de *The Outsiders: vidas sem rumo* e mordi a língua.

Eu balancei a cabeça, jogando o cabelo para trás do ombro como as garotas populares sempre faziam.

— Não. Ele não sai por aí acabando com festas ou coisa do tipo... Ele é um detetive... Trabalha na cidade.

Wendy pareceu impressionada, assentindo com aprovação ao me contar que o pai também trabalhava na cidade. Ela então voltou a falar de Bill, perguntando por que eu disse não.

— Você não o acha bonitinho?

Eu hesitei, a mente em turbilhão. Como eu poderia explicar que não tinha nada a ver com o quão bonito Bill era? Eu não confiava em garotos, simples assim. Um relacionamento romântico nunca trouxe nada de bom. Eu não poderia dizer essas coisas sem parecer estranha, então, pensando no meu pôster de Joe, contei uma grande mentira:

— Eu meio que estou saindo com alguém.

— Quem? — perguntaram algumas garotas em uníssono, todas se inclinando para a frente, ansiosas.

— O nome dele é Joe.

— Joe Miller? — Kimberly tentou adivinhar, mencionando outro jogador de futebol.

— Não — respondi, tomando um golinho do achocolatado com um canudo para ganhar tempo. — Vocês não o conhecem. Ele não estuda na nossa escola.

— Onde ele estuda? — quis saber Wendy.

— Hum... Ele estuda em Manhattan.

— Ah, nossa. Em que ano ele está?

— No último — falei.

— Como vocês se conheceram?

— Fui trabalhar com o meu pai um dia — falei. — Quer dizer, ele foi trabalhar enquanto eu fui fazer compras com minha mãe. E encontramos Joe no parque... do nada. Ele estava passeando com o cachorro.

— Ah, nossa. Como ele é?

— Ele é *muito* fofo, com cabelos castanhos ondulados e olhos castanhos...

— Ele é alto?

— É — falei, assentindo com a cabeça. — Eu só saio com caras altos.

— Faz sentido. Já que você é tão alta — disse Wendy. — Você poderia ser modelo.

— Obrigada — falei, com uma surpresa sincera.

Wendy assentiu com a cabeça e disse:

— Ele é romântico?

— Ah, é. Outro dia ele me deu o colar dele de dente de tubarão na praia... nos Hamptons. Foi muito fofo... — A minha voz falhou, pois eu sabia que estava indo longe demais e, de repente, fiquei com medo de alguém perguntar por que eu não estava usando o colar.

Foi quando eu dei de ombros e disse:

— Ele é ótimo, mas na verdade acho que a gente vai acabar terminando.

— Ele é bonzinho *demais*? — perguntou Wendy.

A pergunta me confundiu: como alguém poderia ser bonzinho demais?

— Não. Ele é ótimo — falei. — Mas, você sabe, às vezes os meninos dão mais trabalho do que valem a pena.

Daquele dia em diante, tornei-me oficialmente popular, ganhando convites para ir ao cinema, ao shopping e à pista de patinação com o pessoal. O instinto de Chip era dizer não para qualquer coisa que eu pedisse. Mas, quando se tratava da minha vida social, a resposta era, para a minha surpresa, sim, desde que não gerasse inconvenientes para ele. Chip ficava sempre feliz em me ver fora da "casa dele" e ter a minha mãe só para si; era óbvio que ele sentia ciúme de qualquer coisa ou pessoa que a afastasse dele, e eu estava no topo da lista.

Comecei a passar o máximo de tempo possível na casa de Wendy, e era como estar hospedada em um hotel chique. Ela tinha uma piscina no quintal, uma televisão com som integrado no console da sala de estar e um aparelho de som enorme no quarto, além de milhares de cartuchos e fitas cassete que o pai dela conseguira de graça no trabalho como advogado do ramo musical. Ela também tinha uma cama king-size com colchão de água e a própria suíte, com banheira de hidromassagem. Wendy era mimada, mas eu tinha mais inveja dos pais dela do que do dinheiro. Eu nunca tinha visto um casamento tão harmonioso, a não ser na televisão. Para o sr. Fine, a mãe de Wendy nunca fazia nada de errado. Ele pedia a opinião dela e se importava com o que ela tinha a dizer. Na verdade, mais parecia que a sra. Fine era quem mandava, e era ela, não ele, que às vezes tinha um gênio difícil (e Wendy puxou à mãe). Eu sempre ficava nervosa quando uma delas estava mal-humorada, mas o sr. Fine nunca explodia como Chip. Na verdade, as reclamações e expressões petulantes das duas só o faziam tentar agradá-las ainda mais.

Enquanto isso, mantive Wendy o mais longe possível da minha casa. Não que ela fosse esnobe; ela nunca pareceu se sentir superior a mim ou às outras garotas do nosso grupo com menos dinheiro e casas menores. Mas eu queria desesperadamente impedi-la de descobrir a verdade sobre o meu padrasto. Eu sabia que não era culpada pela minha mãe ter se casado com um monstro daqueles, e suspeitava que Wendy se mostraria compreensiva e solidária. Mas grande parte de mim temia que, se ela e as outras garotas descobrissem o que acontecia na minha casa, passassem a me enxergar de maneira diferente. Talvez até me colocassem na categoria de "pessoas sem classe" — termo que usavam para falar de coisas que estavam completamente fora do controle de quem era classificado assim. No mínimo, eu ficava preocupada com a possibilidade de Wendy mudar de ideia sobre me querer como melhor amiga, e não podia correr esse risco. Tirando Pimenta, a nossa amizade era a única coisa que me fazia feliz.

Para evitar qualquer forma de rejeição, fiz o possível para me manter indiferente. Fingia que nada me incomodava. Também estabeleci como regra não gostar de garotos. Era um jogo muito arriscado. Assim, desisti das revistas de adolescente e desmontei a ode a Joe Kingsley, substituindo-a por uma colagem de fotos artísticas retiradas das páginas de *Vogue, Elle* e *Harper's Bazaar*. Havia algo naquelas modelos, com as expressões passivas e o *glamour* irreverente, que me intrigava. Que me inspirava, até. Queria ser como elas — como eu as imaginava, pelo menos — e passei a ver roupas e maquiagem como uma espécie de armadura. Eu não podia mudar a minha vida de uma maneira significativa, mas, com a moda, podia construir uma identidade diferente, ou pelo menos esconder a verdadeira. É claro que eu não tinha dinheiro para fazer compras na The Limited, na Benetton ou nas outras lojas que as minhas amigas frequentavam no shopping. Em vez disso, tive que ser criativa e engenhosa, vasculhando brechós e usando os parcos ganhos como babá, para cuidadosamente montar um guarda-roupa de artigos de grife de segunda mão e várias peças que pareciam melhores do que eram.

Era divertido, na verdade, tanto as compras quanto o processo de montar os estilos, e eu ficava lisonjeada quando alguém elogiava a minha roupa ou perguntava se eu já havia pensado em ser modelo. Claro que isso nunca havia passado pela minha cabeça, e eu sabia que estavam tentando ser legais. Ou isso ou eles estavam apenas confundindo ser estilosa com ser bonita. Mas ainda era algo bom de se ouvir.

Então, certa noite na casa dos Fine, Wendy e eu fizemos cabelo e maquiagem e nos vestimos com as nossas roupas mais glamourosas. Nós nos revezamos tirando fotos uma da outra com a Nikon chique do pai dela. Quando revelamos o filme, fiquei chocada ao descobrir que a câmera parecia preferir as minhas maçãs do rosto salientes, olhos separados e pele clara ao bronzeado dourado, sorriso fofo e narizinho arrebitado dela. Outra grande surpresa foi que as minhas fotos ficaram mais interessantes. Enquanto Wendy olhava diretamente para a câmera com um sorriso óbvio, tentei imitar as expressões indecifráveis das minhas supermodelos favoritas.

— Uau, Cate! Você ficou incrível — exclamou Wendy, olhando as fotos.

Ela parecia tão surpresa quanto eu, e talvez um pouco irritada. Eu tinha começado a perceber que as coisas corriam melhor quando Wendy estava por cima.

— Você ficou melhor ainda — falei, então fiz uma piada sobre como o meu nariz estava grande em uma das fotos.

— Adoro o seu nariz — disse Wendy. — Me lembra o de Christy Turlington.

— Obrigada — falei, pensando que era um grande elogio.

— Mas se você não gosta... pode fazer uma plástica. Eu contei que o meu pai disse que vou poder fazer uma cirurgia nos seios quando fizer dezoito anos?

Balancei a cabeça em negativa, armazenando essa informação no arquivo "Wendy vive em outro planeta". E ela vivia mesmo.

Mais tarde, mostrei as fotos para a minha mãe, sentindo-me orgulhosa quando o rosto dela se iluminou.

— Catherine Cooper! Que lindas! Precisamos arrumar um agente para você! — Eu ri. — Estou falando sério! Ou você pode participar de um daqueles testes para modelos... Eu vi o anúncio de um no shopping Cherry Hill.

Naquele momento, Chip veio pelo corredor com uma lata de Coors Light e interrompeu:

— Ela não vai participar de teste para modelos nenhum.

— Por que não? — perguntei, por minha própria conta e risco.

— São todos organizados por cafetões e pedófilos — disse ele, autoritário. — E só servem para dar golpe. Não vamos jogar dinheiro no lixo por causa de um sonho impossível.

Troquei um breve olhar com a minha mãe, que cedeu na hora.

— Você tem razão, querido.

— Além disso — acrescentou Chip, olhando para mim —, o seu nariz é grande demais para você ser modelo.

CAPÍTULO 5

Joe

Algumas noites antes do meu aniversário de dezoito anos, e logo depois de Berry e eu voltarmos das férias de inverno em Andover, a minha mãe pediu para nós três termos uma conversa na sala de estar. A palavra *conversa* era, em geral, um indício de que eu estava prestes a ouvir um sermão, mas as nossas notas ainda não haviam sido anunciadas e eu não conseguia pensar em mais nada de errado que eu pudesse ter feito.

Enquanto Berry e eu nos sentamos lado a lado no sofá, a minha mãe tomou o lugar de sempre na poltrona ao lado da lareira, e observei-a tirar um cigarro da caixa de prata entalhada na qual os guardava. Ela o segurou entre os dedos sem acendê-lo, um ritual que fazia parte da mais recente tentativa de parar.

— Então — começou. — Vocês conseguem acreditar nisso? Só mais um semestre até se formarem no Ensino Médio e entrarem na faculdade.

Assenti enquanto Berry dizia algo sobre como o ano estava voando.

A minha mãe conversou um pouco mais sobre Andover, perguntando se ainda estávamos satisfeitos com a nossa decisão de pedir transferência da antiga escola. Nós dois respondemos que sim, e eu resisti à vontade de fazer uma piada sobre toda a liberdade que eu tinha agora que estava morando longe de casa.

— E você está prestes a fazer *dezoito* — disse ela, lançando-me um olhar decidido que era uma pista sobre o assunto que viria a seguir.

O meu aniversário de dezoito anos sempre foi um grande acontecimento para a minha mãe, algo sobre o que falava há anos. Obviamente, eu sabia que era um marco do ponto de vista legal: naquele dia eu me tornaria uma pessoa que poderia votar e lutar pelo meu país. Mas, para ela, parecia ter um significado maior, algo que via como uma representação do meu amadurecimento oficial como um homem Kingsley.

— Pois é — falei, assentindo com a cabeça. — Estou mesmo.

Ela respirou fundo e disse:

— Você está animado para a festa?

— Aham — falei, então me corrigi antes que ela o fizesse. — Quer dizer, estou sim. Muito animado. Obrigado.

Eu ainda não conseguia acreditar que a minha mãe estava organizando uma grande festa para mim, em uma boate da moda no centro da cidade. Não era muito do seu feitio; ela era sempre muito discreta nas comemorações, talvez por não querer me mimar ou alimentar uma prepotência além daquela que automaticamente vinha com o sobrenome. Gosto de pensar que ela atingiu o seu objetivo, mas também fiquei feliz por ela ter feito uma exceção este ano.

— E como estão os seus amigos? — indagou.

A pergunta era vaga; como eles estão em relação ao quê, exatamente? Então, escolhi uma resposta segura e disse:

— Ótimos.

Berry assentiu com a cabeça e completou:

— Todos estão muito animados… Vai ser tão bom reunir o pessoal.

— Sim. Deve ser maravilhoso — disse a minha mãe, enquanto eu via as duas trocando um olhar significativo.

— Certo. O que está acontecendo aqui? — perguntei, suspeitando de repente que as duas estavam em conluio, e que a minha mãe tinha esperado Berry chegar antes de ter essa pequena conversa.

— Não tem nada acontecendo, Joe — disse ela. — Só quero falar com você sobre algumas coisas…

— Como o quê?

— Como certas expectativas…

Lá vamos nós, pensei, enquanto a minha mãe começava um longo discurso sobre todos os adultos que estariam presentes, incluindo algumas figuras notáveis da política e dos negócios, do mercado editorial e do mundo jurídico.

Eu não tinha pensado muito na lista de convidados além dos nomes que Berry e eu havíamos lhe passado algumas semanas antes, e fiquei um pouco surpreso com a ideia de que não era apenas uma festa divertida para os meus amigos e familiares. Não havia nada que eu odiasse mais do que jogar conversa fora com adultos que mal conhecia e ouvir perguntas sobre os meus planos para o futuro, que, naquele momento, eram inexistentes. Eu ainda estava esperando uma resposta de Harvard, um tiro no escuro, junto com outras opções: Brown, Middlebury e a Universidade da Virgínia.

Fiz o possível para esconder a irritação, pois não queria parecer ingrato, e disse simplesmente:

— Legal. Vai ser muito divertido, tenho certeza.

— Espero que sim. Quero que você se divirta. Mas, por favor, lembre-se de que você é um adulto agora. E está na hora de começar a pensar em fazer contatos no mundo profissional.

— Isso não vem *depois* da faculdade? — perguntei com um sorriso.

— Não. Começa agora. O seu aniversário de dezoito anos é um rito de passagem. As coisas vão mudar daqui para a frente. No passado, você foi perdoado pelos seus erros...

— Erros? — perguntei, sorrindo. — Que erros?

— Hum. Aquela vez que você pulou a catraca do metrô. Ou quando colou naquele teste de matemática. Ah, a identidade falsificada... — enumerou Berry, antes de murmurar baixinho: — Como se *aquilo* fosse funcionar.

— Obrigado, Ber — falei, mostrando-lhe dois polegares para cima. — Adorei os exemplos, ajudou muito.

— Ela está certa — disse a minha mãe. — Essas tolices são perdoadas muito mais facilmente quando você é um garoto. Mas agora os riscos são maiores. Você vai ser mais avaliado do que nunca. Não vou poder protegê-lo, e a imprensa não vai mais pegar leve.

— Espere. Era isso que eles estavam fazendo até agora? — perguntei, rindo. — Droga, estou ferrado mesmo.

Berry me deu uma cotovelada e disse:

— Leve isso a sério, Joe.

— Sim, Joseph. Por favor — pediu a minha mãe. — Isto é importante. O que você fizer daqui para a frente pode afetar o resto da sua vida, entende?

A declaração parecia melodramática e óbvia, mas resolvi me comportar, querendo que a conversa acabasse logo.

— Sim, entendo.

— Você também entende que será considerado culpado por associação caso os seus amigos… ou a sua namorada… se comportarem mal? — perguntou ela, lançando a Berry outro olhar rápido, mas inconfundivelmente conspiratório.

Suspirei tão alto que soou mais como um gemido de desgosto.

— Ah. Então isto é sobre Nicole — falei.

— Não é sobre nenhuma pessoa em particular — retrucou a minha mãe. — Mas, agora que você a mencionou, acho que seria melhor você pedir a Nicole para chegar na festa sozinha…

— Por quê? — perguntei, já tendo planejado buscá-la em um táxi. — Isso parece bem grosseiro. Você não me ensinou a ser sempre um cavalheiro?

— Normalmente, sim. Seria grosseiro. Mas, se vocês chegarem juntos, a imprensa vai saber que estão namorando… e vão começar a desenterrar o passado dela.

— O passado dela, hein? — falei, cruzando os braços e lançando um olhar acusatório para Berry.

A minha mãe comprimiu os lábios e disse:

— Nicole foi pega *furtando* uma loja, Joe?

— Ah, pelo amor… — comecei, erguendo as mãos. — Foi um desafio idiota… anos atrás. Ela tinha, sei lá, *doze*…

— Catorze, na verdade — disse Berry.

— Isso — falei. — Uma menina.

— Mas é o que a sua mãe estava dizendo — disse Berry. — Ela era uma menina… e as pessoas *ainda* usam isso contra ela. Então agora… Imagine se ela tivesse dezoito? Ela estaria na cadeia.

— Por causa de um par de brincos de dois dólares? Duvido muito.

— Você não está entendendo — disse Berry.

— Sim, Joseph — concordou a minha mãe. — Você não está.

— O que eu devia entender, então?

— O ensaio acabou. Os olhos do público vão estar em você como nunca antes. Você é um homem...

— Eu sei — falei, interrompendo-a. — Um homem Kingsley.

— Sim, um homem Kingsley. E você precisa ter muito cuidado e tomar boas decisões. As pessoas esperam muito de você... E lembre-se, Joseph, a quem muito foi dado...

— Muito será exigido — completei por ela. — Entendi.

NA NOITE DA COMEMORAÇÃO do meu aniversário, minha mãe, Berry e eu chegamos cedo à boate em uma limusine preta. Pelas janelas escuras, pude ver que a imprensa já estava no local, esperando para tirar fotos de nós. Examinei a calçada, reconhecendo alguns dos rostos de sempre, inclusive Eduardo, o único que eu conhecia de nome. Eduardo invadia a minha privacidade tanto quanto os outros, mas ele era tão engraçado e amigável que eu não conseguia deixar de gostar dele.

Enquanto o motorista ajudava minha mãe e Berry a saírem do carro e as escoltava até a entrada, sai para o meio-fio e sorri para Eduardo.

— Feliz aniversário, menino Joey! — gritou ele.

— É Joe! — gritei de volta. — Sou um homem agora.

Os paparazzi riram enquanto tiravam muitas fotos, mantendo-se atrás das cordas de veludo vigiadas por dois seguranças de pescoço grosso resmungando em walkie-talkies.

— Ei! Cadê a sua namorada? — perguntou Eduardo.

— Quem disse que eu tenho namorada? — brinquei de volta.

Eduardo riu e disse:

— Você *sempre* tem uma namorada, Joey.

A FESTA COMEÇOU SEGUINDO o roteiro planejado pela minha mãe. Estávamos nos comportando o máximo possível, conversando educadamente com ela e com os outros adultos. Os meus amigos, em especial as garotas, sempre ficavam intrigados e impressionados com a minha mãe, talvez porque ela era uma lenda entre as mães *deles*, e naquela noite, observei a sutil disputa por uma oportunidade de falar com ela. A minha mãe era simpática com todos, mas não era muito calorosa com ninguém além de Berry, uma dinâmica que parecia irritar Nicole. Na verdade, tudo em Berry parecia irritar Nicole naquela noite e, a certa altura, ela até me acusou de flertar com a minha amiga.

— Argh, que nojo — falei. — Ela é como uma irmã para mim.

— Mas ela *não* é sua irmã.

— É como se fosse.

— Eu ainda acho que você gosta dela.

— Claro que *gosto* dela — retruquei, fingindo não entender o que ela estava insinuando.

— Não. O que quero dizer é que acho que você tem uma *quedinha* por ela — disse Nicole. — E é bem óbvio como ela está apaixonada por você.

— Para com isso. Ela é a minha melhor amiga. E só — falei, encerrando o assunto. Eu não aceitaria que ela atacasse Berry, nem que questionasse a nossa amizade.

Claro, minha resposta brusca só aumentou o ciúme e a insegurança de Nicole, e por volta das dez da noite, enquanto a minha mãe e os outros adultos se despediam, pude sentir uma onda de drama feminino prestes a rebentar. Escolhi ignorá-la, torcendo para que passasse; a minha estratégia para qualquer conflito. Enquanto isso, os meus amigos e eu começamos a beber, os funcionários do bar ignorando o fato de que a maioria de nós era menor de idade.

Por volta de uma da manhã, muito depois de quando a festa deveria ter acabado e quando as coisas estavam saindo do controle, Berry se interpôs entre Nicole e eu enquanto estávamos nos beijando na pista de dança.

— Joe, posso falar com você um segundo?

— Qual é o seu problema, porra? — explodiu Nicole, encarando Berry.

— O meu *problema* é que Joe está bêbado. E está na hora de ele ir para casa.

— Pare de mandar nele — disse Nicole. — Você não é a mãe dele.

— Bem, pelo menos a mãe dele gosta de mim — retrucou Berry baixinho.

Não era do feitio dela ser tão mesquinha, e não pude deixar de sorrir, o que deixou Nicole ainda mais furiosa.

— O que você quer dizer com isso? — gritou ela.

— Eu quis dizer: a mãe dele gosta de mim. E confia em mim. E você não tem um pingo de bom senso. Então vou levar Joe para casa. Agora.

— Ela se virou para mim e disse: — Vou chamar um táxi. Encontro você lá fora em cinco minutos.

Para a fúria de Nicole, eu obedeci, pegando as minhas coisas e indo me despedir das pessoas. Então, quando estava prestes a deixar a boate, um dos meus amigos gritou que os paparazzi ainda estavam acampados do lado de fora. Com o discernimento coletivo prejudicado, elaboramos um complicado plano de fuga que envolvia uma isca e uma barreira protetora ao meu redor. A ideia era evitar fotos nítidas no caminho para o táxi, embora àquela altura fosse menos sobre a minha privacidade e mais um jogo. Quando todos saímos para a rua, um dos meus amigos gritou com Eduardo:

— Sai da frente, seu gordo de merda.

Eduardo levou na esportiva, rindo e dando tapinhas na própria barriga, mas outro fotógrafo nos provocou com os próprios insultos.

Antes que eu soubesse o que estava acontecendo, eles começaram a trocar socos e o quarteirão foi iluminado pelos flashes das câmeras. Foi tudo uma confusão depois disso, mas eu me lembro de mostrar o dedo do meio para um dos fotógrafos antes de Nicole e eu entrarmos no banco de trás do táxi de Berry, já esperando por nós.

— Droga, Joe! — gritou Berry, enquanto nos afastávamos da calçada. — Por que você fez isso? Ele tem uma câmera!

— Eu sei que ele tem uma câmera! Por que você acha que eu estava com raiva dele, para início de conversa?

— Ele queria deixar você com raiva! Queria que você reagisse. É por isso que você não mostra o dedo do meio para os paparazzi! Você caiu no joguinho deles!

— Eles mereceram! — exclamou Nicole.

— Não é esse o ponto, sua idiota! — gritou Berry de volta.

— Ai, meu Deus, Joe! — choramingou Nicole. — Você vai deixá-la me chamar de idiota?

— Berry, por favor, não chame a idiota de Nicole — falei por engano, depois ri. — Ops. Você sabe o que eu quis dizer...

Nicole olhou feio para mim enquanto Berry fitava a janela e dizia em voz alta:

— Meu Deus, a sua mãe está certa.

— Sobre o quê? — Não pude resistir a perguntar.

Ela se virou, me deu um olhar bem desdenhoso e disse:

— Você é o seu pior inimigo. O seu *único* inimigo.

— O que você quer dizer com *isso*? — gritou Nicole.

— Quero dizer que ele faz umas escolhas de merda.

— Tipo o quê? — disse Nicole.

— Tipo ficar bêbado. Tipo brigar com os fotógrafos. Tipo namorar você — explicou Berry. Então se virou para mim e acrescentou: — Isso vai ser feio, Joe. Vai ser *bem* feio.

Naquele momento, fiquei sóbrio apenas o suficiente para saber que ela estava certa.

A CONFUSÃO DAQUELA BEBEDEIRA aconteceu tão tarde — ou, melhor dizendo, tão *cedo* — que a história não saiu no jornal da manhã. Em vez de encarar o adiamento com alívio, eu me sentia pior a cada hora que passava, temendo o momento em que a minha mãe descobrisse.

O momento finalmente chegou com a edição noturna do *New York Post*. Ela entrou no meu quarto, onde eu ainda estava de ressaca, e colocou uma cópia do jornal na minha cama. Eu me preparei para o pior, então olhei para baixo. Na primeira página havia uma foto minha enorme. Nela, eu estava todo desgrenhado, os olhos cansados, com as costas da camisa para fora e a gravata frouxa. O dedo do meio estava levantado, um grande *foda-se* para toda a cidade de Nova York, incluindo a minha mãe.

— Como você pôde fazer isso? — perguntou ela em uma voz baixa e dura.

— Sinto muito, mãe — falei, muito envergonhado.

— Eu também sinto muito.

— Por que você sente muito? — perguntei com uma esperança irracional de que talvez ela fosse me ver como a vítima, pelo menos uma vez.

Em vez disso, ela me olhou bem nos olhos e disse:

— Sinto muito por ter tanta fé em você. Está evidente que eu estava errada. Você não está à altura do desafio.

Eu queria perguntar o que ela queria dizer com "o desafio". O desafio de não me meter em problemas? Ou o desafio de ser filho do meu pai? De alguma forma, eu sabia que ela queria dizer as duas coisas — e provavelmente muito mais —, então apenas falei mais uma vez que sentia muito.

Ela me encarou por um longo tempo, parecendo tão triste e desapontada que partiu meu coração.

— Eu sei — disse, por fim. — Mas sentir muito não vai consertar a situação.

Eu balancei a cabeça, sentindo um nó na garganta e um enorme buraco se abrindo no estômago.

— Eu prometo que vou me comportar melhor — falei. — Isso nunca mais vai acontecer.

Ela respirou fundo, como se estivesse prestes a dizer outra coisa. Mas não disse. Apenas balançou a cabeça e saiu do quarto, deixando o jornal na cama.

A MINHA MÃE NUNCA me perdoou explicitamente pelo que aconteceu na noite do meu aniversário de dezoito anos, mas acabou superando, talvez porque a imprensa rapidamente deixou o assunto de lado. Alguns meses depois, eles cobriram a minha formatura no Ensino Médio com entusiasmo, e então o mochilão pela Europa e o meu caso pós-Nicole com uma *au pair* dinamarquesa gostosa.

Quando me matriculei em Harvard naquele outono (com Berry ainda ao meu lado, graças a Deus), o incidente da boate estava quase esquecido. Eu tinha um novo começo e estava determinado a deixar a minha mãe orgulhosa. Seguindo os passos do meu pai, entrei nos clubes e nas sociedades certos — do Spee Club e do Hasty Pudding ao *Crimson*. No fundo, porém, eu me sentia uma fraude e um impostor, sabendo que só fui aceito nessas organizações, assim como na própria Harvard, por causa do meu nome. Era algo sobre o que eu falava com Berry com frequência.

— Você precisa superar essa síndrome do impostor besta — disse ela depois que fui mal em um exame de biologia no fim do nosso primeiro ano e confidenciei que parecia uma confirmação da minha hipótese. Era um raro dia de sol em Cambridge, e estávamos passeando pelo Harvard Yard, onde alunos descansavam, liam e jogavam frisbee. — Quer dizer, olhe em volta. Metade dos alunos são fanfarrões e só entraram aqui por causa de bons contatos.

— Isso não é muito reconfortante — falei.

— Não era para ser — respondeu ela.

— Credo. Eu estava falando sobre as minhas inseguranças, e você responde isso?

— Exatamente. Porque você está se esforçando ao máximo para transformar essas inseguranças em uma profecia autorrealizada.

— Do que você está falando?

— Estou falando sobre esse seu teatrinho de "poxa vida, eu sou péssimo".

— Não é um teatrinho.

— Bem, então é ainda *pior*. Olhe, Joe. Você sabe muito bem que não estudou para a prova.

— Estudei, sim!

— Fazer sexo com Evie não conta como estudar biologia — debochou Berry, revirando os olhos.

Tentei não sorrir ao pensar na sessão de estudo que tive com a assistente do professor, uma gostosa, e como tínhamos nos desviado um pouco da matéria. Também estava me perguntando como Berry sempre conseguia saber o que eu fazia ou não. Eu contava muitas coisas para ela, mas, mesmo quando eu não contava, ela sempre acabava descobrindo.

— Bem, *era* uma prova de anatomia. — Sorri.

Berry fez cara feia e me disse para não ser nojento. Eu teria ficado ofendido, mas sabia que ela não estava falando sério. Eu estava longe de ser perfeito, mas tratava as mulheres de maneira respeitosa. Nunca traía, não mentia sobre as minhas intenções (pelo menos não de propósito) e cumpria promessas. Se eu prometia telefonar, então eu telefonava.

— É só se esforçar mais, Joe — disse ela, por fim, com um suspiro.

— Você não precisa ser o seu pai. Seja só o *seu* melhor eu.

— E se este *for* o meu melhor eu? — falei.

— Não é. Nós dois sabemos muito bem disso.

Levei o conselho de Berry a sério. Nos últimos três anos em Harvard, consegui não me meter em problemas e tirar notas decentes. Quando cometia algum erro, aceitava as consequências e me desculpava com toda a sinceridade que conseguia reunir. Em geral, era o suficiente. Descobri que ser um cara decente e humilde era muito útil. Infelizmente, a humildade não me rendia tantos pontos com a minha mãe, que esperava bem mais de mim do que as outras pessoas. Na verdade, acho que às vezes ela desejava que eu fosse um pouco menos pé no chão, parecendo acreditar que uma certa indiferença conferia um ar de mais seriedade. Não que ela fosse uma esnobe ou mesmo elitista, e nunca a ouvi falar mal das pessoas, pelo menos não diretamente. Ela só queria que eu seguisse determinado caminho: o do meu *pai*. Essa era a diferença entre ela e Gary, acho. Gary queria que eu fosse a melhor versão de *mim mesmo*, e a minha mãe queria que eu fosse como *ele*. Não posso culpá-la por isso, por querer que eu carregasse a tocha e continuasse o legado paterno. Talvez também sentisse ter uma responsabilidade e um dever para com o marido morto. Quando eu não fazia jus à honra daquele herói americano, fosse no meu currículo ou nos meus relacionamentos, acho que ela sentia que nós dois havíamos falhado com ele.

A boa notícia era que, depois de sair com uma série de garotas que a minha mãe não aprovava, enfim encontrei uma da qual ela gostou bastante. Conheci Margaret Braswell na primeira semana de faculdade; ela era uma das três colegas de quarto de Berry e, de longe, a sua favorita. Margaret era inteligente, mas calada e despretensiosa — não vivia determinada a provar o quão inteligente era, como várias garotas em Harvard. Ela também era muito bonita, com grandes olhos castanhos e cabelo curto escuro e brilhoso. Ex-bailarina, era esguia, quase magricela, bem diferente do meu tipo habitual. Quanto mais tempo passávamos juntos, porém, mais eu gostava dela, e percebi que ela também gostava de mim. Demorou um pouco, mas enfim começamos a namorar no outono do primeiro ano. A minha mãe ficou felicíssima. Margaret tinha todas as qualidades que ela queria, inclusive vir de uma "boa família", seja lá o que isso signifique. De certa forma, parecia que aquele relacionamento compensava as notas não brilhantes.

— Então, Joseph, você acha que Margaret é "a escolhida"? — perguntou a minha mãe em uma noite agradável de junho depois de me encontrar na varanda dos fundos da nossa casa nos Hamptons.

Eu tinha acabado de voltar de uma longa corrida na praia e estava aproveitando a onda de endorfina pós-exercício, junto com uma Schaefer gelada, direto da lata.

A pergunta me pegou de surpresa. Margaret e eu estávamos namorando havia apenas um ano, e foi o que eu disse.

— Bem, acho que ela é perfeita para você — argumentou a minha mãe.

Assenti com a cabeça, porque, de muitas maneiras, eu também achava. Margaret era tão gentil, e eu adorava a sua mente aberta e o seu temperamento descontraído.

— E ela daria uma primeira-dama maravilhosa — continuou a minha mãe, olhando para mim por cima da taça de Chardonnay.

— Caramba, mãe — falei, rindo. — Estamos nos precipitando um pouco, não?

— Talvez. Mas sei reconhecer qualidade. Ela é tão inteligente, elegante e graciosa.

— Verdade. Ela é todas essas coisas. Mas você sabe que, para ela ser primeira-dama, eu teria que não só me casar com ela, como também *ganhar* a eleição para presidente?

A minha mãe fez um gesto de indiferença, como se fosse um trabalho comum ao qual qualquer um poderia se candidatar e conseguir.

— Eu sei disso, Joseph. Esse é o meu ponto.

Tomei um gole da cerveja e ri.

— O que é tão engraçado? — perguntou ela.

— Sei lá, mãe. É como se você estivesse dizendo que quer que eu seja o arremessador titular do New York Yankees.

Ela balançou a cabeça.

— Não é, não. Você não era muito bom no beisebol.

— Até parece! Entrei para o time All-Star no quinto ano.

— Mas isso não o qualifica para jogar nos Yankees — retrucou ela.

— Bem, eu não fazia parte nem do grêmio estudantil.

— Acredite em mim, eu me lembro muito bem disso.

Preenchido pelos sentimentos confusos de sempre, tomei um gole da cerveja. Por um lado, eu queria fazê-la feliz. Por outro, queria *me* fazer feliz. Era frustrante que as duas coisas não parecessem possíveis ao mesmo tempo, e eu decidi correr o risco e disse isso a ela.

— Claro que quero que você seja feliz, Joseph — respondeu, como se fosse óbvio.

Olhei para ela, pensando em uma situação que aconteceu no primeiro ano do Ensino Médio, quando me interessei por teatro e consegui o papel principal em *A Tempestade*. A minha mãe veio me ver na noite de estreia, elogiando a minha atuação e falando sem parar sobre como eu estava me tornando um verdadeiro homem da Renascença como o meu pai, complementando o meu lado mais esportista. Mas, quando levantei a possibilidade de estudar Teatro, talvez até seguir como carreira, ela logo descartou a ideia. Sem deixar margem para dúvidas, informou-me que atuar não era uma boa profissão para um Kingsley.

— Bem, atuar me fazia feliz — falei na varanda naquele dia, incapaz de resistir ao comentário.

— Joseph, por favor — respondeu, tomando um gole de vinho. — Você não está pensando nisso de novo, está?

Eu balancei a cabeça em negativa, porque de fato não estava. Também tive que admitir para mim mesmo, olhando em retrospecto, que os meus dias no teatro provavelmente tinham menos a ver com a paixão pelo ofício e mais a ver com Olivia Healey, que interpretava Miranda.

A minha mãe piscou e disse:

— Então, no *que* você está pensando?

— Bem, nós sabemos que a faculdade de medicina está fora de questão — falei.

— Por causa das suas notas?

— Sim. E porque não quero ser médico.

— Certo — disse ela. — E você não gosta de matemática...

— Correto. Portanto, nada de carreira na área de finanças ou engenharia para mim.

A minha mãe assentiu.

— Então, o que sobrou?

Encarei-a, pensando que sobrava um montão de coisa, mas eu sabia aonde ela queria chegar e o que queria que eu dissesse. Também sabia que isso se alinhava ao que a minha avó queria para mim, embora por motivos diferentes, então entrei no jogo, fazendo a vontade dela.

— Eu poderia cursar Direito — concluí, passando o polegar pela condensação na lateral da lata de cerveja.

A minha mãe alinhou a postura, o rosto se animando por inteiro, como se a ideia nunca tivesse lhe ocorrido e essa não fosse a opção automática de jovens privilegiados em todos os lugares dos Estados Unidos.

— É uma ótima ideia! — exclamou. — Quer que eu contrate um tutor para ajudar você a se preparar para o LSAT?

— Claro, mãe — falei. — Seria ótimo.

E ASSIM SEGUI o caminho mais fácil, estudando para o LSAT, depois fazendo o exame, tirando mais uma nota medíocre para acompanhar as outras notas medíocres. Acho que a minha mãe percebeu que, mesmo com o sobrenome Kingsley, eu não tinha as qualificações para Harvard, Yale ou Columbia, mas, quando consegui entrar na NYU, ela até ficou feliz. Eu também fiquei bem feliz, porque estava voltando para Manhattan. Quatro anos em Cambridge tinham sido uma diversão agradável, mas eu sentia falta do burburinho e da vida noturna da melhor cidade do mundo.

Após a formatura, Margaret e eu terminamos, com relutância e de forma amigável. O que pesou na decisão foi mais a distância e a logística, já que ela havia ingressado no Corpo da Paz e ia dar aulas de inglês em Malawi. Em outras palavras, a minha mãe não poderia me culpar daquela vez.

Nos anos seguintes, não assumi qualquer relacionamento sério, para o deleite da imprensa sensacionalista. Tive algumas namoradas na faculdade de Direito, mas nenhuma se comparava a Margaret aos olhos da minha mãe — ou aos meus —, então migrei para o outro extremo, saindo com um bando de atrizes e modelos, sendo Phoebe Mills a mais famosa da lista. Tirando alguns encontros com Brooke Shields durante a faculdade (um amigo meu de Harvard conhecia a colega de quarto dela em Princeton), nunca estive com uma mulher famosa por méritos próprios. A minha mãe preferia o termo *infame* quando se tratava de Phoebe e desaprovava veementemente o seu filme mais recente com Michael Douglas, no qual ela apareceu de *topless*.

A maior controvérsia de Phoebe, entretanto, foi a sua aparição bêbada no programa de David Letterman, em que ela discutiu o nosso relacionamento em termos não censurados, sugerindo que eu era bom de cama. Não ajudou em nada o fato de o corpo dela também acabar acidentalmente exposto durante o segmento por um problema com a roupa, e Dave não deixou passar batido, em nome da audiência. A minha mãe ficou horrorizada com todo o espetáculo. Berry também, chamando-a de vulgar, falsa e acusando-a de me usar para ficar mais famosa. Eu a defendi do meu jeito, apontando que o banqueiro pretensioso que Berry namorava era mais falso do que Phoebe. Além disso, acrescentei, Phoebe tinha a atenção da mídia por conta própria e não precisava de mim para aumentar a própria notoriedade.

Com o tempo, porém, tive que admitir que *era* bastante suspeito como os paparazzi sempre pareciam saber direitinho onde Phoebe e eu estaríamos, às vezes chegando antes mesmo de nós. Também era verdade que sempre havia algum drama acontecendo com ela. A relação acabou se tornando cansativa. Até que, para o alívio da minha mãe, finalmente dei um fim no relacionamento.

Pouco depois desse término, me formei na faculdade de Direito (com uma média de 2,9 de 4!) e Margaret voltou da África, aceitando um emprego de professora no Brooklyn. Naquele verão, para grande alegria da minha mãe, começamos a passar mais tempo juntos, concordando em ir devagar enquanto eu me concentrava nos meus estudos para a prova da Ordem. Bem, pelo menos esse era o plano, mas com bastante frequência eu acabava fazendo outras coisas. Como ir aos jogos dos Yankees. E jogar pôquer. E praticar surf e vela. E andar de patins no parque. E ir a boates onde conhecia mais modelos e atrizes e tinha casos de uma noite, tudo dentro das regras do nosso relacionamento atual.

O resultado previsível, é óbvio, foi que não passei no exame. Duas vezes. As manchetes dos tabloides foram brutais, nunca haviam sido tão ruins. O GALÃ GAIATO e REPROVADO DE NOVO. A minha mãe ficou humilhada, e eu também fiquei com bastante vergonha, embora tenha feito pouco caso, com piadinhas sobre tirar a melhor de três.

Ainda bem que eu finalmente passei na terceira tentativa. Depois, prestei juramento à Ordem dos Advogados de Nova York e consegui um emprego como promotor público assistente em Manhattan. Só ganharia quarenta mil dólares por ano, mas a minha mãe e a minha avó ficaram satisfeitas, provavelmente porque todo mundo sabe que a promotoria é um ótimo caminho para concorrer a um cargo público. Eu não sabia bem como me sentia em relação a essa ideia, mas decidi que poderia me preocupar com isso quando chegasse a hora. Até lá, me deliciei com a aprovação delas, por mais fugaz que fosse.

CAPÍTULO 6

Cate

Quando eu era pequena, a minha mãe me levava para passar o dia na praia. Quase nunca dormíamos por lá — ela não podia se dar ao luxo de tirar folga do trabalho ou de pagar pelo hotel em Atlantic City —, mas, de vez em quando, fazíamos uma extravagância e passávamos a noite. Para mim, não havia nada mais emocionante do que o jeito como o calçadão se transformava ao anoitecer. Eu amava todos os detalhes. As luzes coloridas piscando nos brinquedos e fliperamas, as lojas de lembrancinhas cheias de atrativos, o cheiro delicioso da comida sendo preparada se misturando à maresia.

Claro, depois que Chip entrou em cena nós paramos de ir e passei vários anos sem ver o mar. Felizmente, isso mudou quando virei amiga de Wendy. Os pais dela tinham um apartamento à beira-mar em Margate, cerca de vinte minutos ao sul de Atlantic City, e sempre me convidavam para ir com eles. Wendy e eu nos divertimos muito lá. Foi onde aprendi a beber, fumar e ficar com caras aleatórios que não teria que encontrar no dia seguinte na escola. Mas passear no calçadão à noite sempre me deixava um pouco nostálgica, pensando naquela parte breve e mágica da minha infância, quando éramos só a minha mãe e eu.

Em uma dessas viagens, Wendy conheceu um garoto de quem gostou muito. Enquanto os dois estavam se agarrando em algum lugar, caminhei sozinha pelo Steel Pier, comendo algodão-doce e evitando fazer contato visual com os transeuntes. Sentindo-me melancólica e ressentida por causa de Chip, eu não estava com vontade de flertar nem de conversar com ninguém, então fiquei ainda mais irritada quando uma mulher se aproximou de mim com um grande sorriso.

— Com licença — disse ela em uma voz polida. — Posso perguntar o seu nome?

Hesitei, já que sempre ouvira que não deveria responder a perguntas desse tipo vindas de estranhos. Mas estávamos em público e a mulher não parecia ser uma sequestradora, então respondi. Ela assentiu e disse:

— E quantos anos você tem, Cate?

— Dezesseis — falei com cautela.

A mulher enfiou a mão na bolsa Chanel preta acolchoada, igual à que a mãe de Wendy carregava. Puxou a mão de volta e me entregou um cartão de visita.

— O meu nome é Barbara Bell. Sou caçadora de talentos para uma agência de modelos.

Em um estado de total descrença, olhei para o cartão e vi as palavras ELITE MODEL MANAGEMENT.

— É a mesma Elite que representa Naomi Campbell e Linda Evangelista? — perguntei.

— Sim! Essa mesma — disse ela, parecendo surpresa. — Você já nos conhece?

— Conheço — falei, pensando que o meu fascínio por modelos finalmente estava se mostrando útil.

— E *você* já trabalhou como modelo, Cate?

— Não — respondi com uma risada nervosa. — Nunca.

— Bem, você é uma jovem deslumbrante… Adoraria marcar uma reunião com você e com os seus pais. Acha que seria possível?

— Hum, talvez… Eu teria que perguntar a eles.

A minha cabeça estava um turbilhão. Aquela mulher não poderia estar falando sério. Será que era uma das pedófilas sobre as quais Chip havia me alertado? Então me lembrei das fotos que Wendy e eu tínhamos tirado no quarto dela, de como eu havia saído bonita nelas, e me perguntei se talvez eu estivesse mesmo diante de uma caçadora de talentos de verdade, e que ela realmente visse algum potencial em mim.

— Bem, espero que você me ligue — continuou Barbara. — Porque eu acho mesmo que você tem algo especial.

Por algum motivo, pelo resto da semana, não contei a Wendy sobre Barbara. Talvez eu tenha pensado que ela ficaria com ciúme; talvez eu me preocupasse que ela fosse se mostrar cética e frustrasse as esperanças que eu sentia crescendo em mim. De qualquer forma, guardei segredo até chegar em casa e contar para a minha mãe. Ela pareceu achar que Barbara Bell estava falando a verdade e ficou animada como uma criança na manhã de Natal, falando sobre sessões de fotos no Caribe e desfiles na Europa. Por um segundo, deixei-me levar pela empolgação, mas então me lembrei de que a minha mãe nem sempre tinha muito bom senso. Por mais que eu odiasse concordar com qualquer coisa saída da boca de Chip, ele tinha um pouco de razão sobre aquele tópico. Afinal, ela tinha se casado com *ele*.

Além disso, mesmo que Barbara estivesse falando a verdade, ela provavelmente estava errada a meu respeito. Imaginei que para cada suposta descoberta, deveria haver pelo menos dez alarmes falsos. Garotas que pareciam bonitas ou interessantes em um momento de luz dourada, apenas para se verem sob as luzes ofuscantes de um estúdio e vacilarem. Eu disse a mim mesma que a situação toda era muito arriscada. Seria mais fácil me poupar de muitos problemas e decepções e dizer não logo.

Mas toda vez que eu pensava em jogar fora o cartão de visitas de Barbara, uma vozinha me lembrava de que poderia ser uma rota de fuga. Uma chance de escapar de Chip. E talvez não fosse apenas uma oportunidade para mim, mas também para a minha mãe.

Então decidi correr o risco e pedi a permissão dele. Milagrosamente, ele concordou, talvez por pura ganância. Liguei para Barbara e, na semana seguinte, a minha mãe e eu pegamos o trem da New Jersey Transit até Manhattan. Depois de chegarmos à Penn Station, fomos até os escritórios da Elite na Quinta Avenida e pegamos o elevador até o 24º andar. Eu estava muito animada, mas tudo parecia abstrato até abrirmos as portas de vidro e vermos fotos gigantescas de Linda, Naomi e Cindy adornando as paredes da recepção.

— Uau — sussurrei, arrepiada.

O PESO DE NOSSOS NOMES

— Eu sei — sussurrou a minha mãe de volta, balançando a cabeça, olhando para Cindy. — Pode ser *você* um dia.

Respirei fundo quando uma recepcionista estilosa ergueu os olhos e perguntou se poderia nos ajudar. Informei o meu nome e disse que tinha uma reunião marcada com Barbara, e ela sorriu, assentiu com a cabeça e pegou o telefone.

Um segundo depois, outra mulher bem-vestida chegou. Ela se apresentou como Tonya, a assistente de Barbara, e nos conduziu pelo corredor até uma sala de reuniões com móveis modernos e uma vista deslumbrante do parque.

— Aceitam algo para beber? — disse Tônia. — Café, chá, refrigerante?

— Hum, você tem Pepsi Diet? — perguntou a minha mãe com a voz um pouco trêmula.

— Nós temos, sim. E para você, Cate?

— Vou querer uma também, por favor — falei.

Uma vez a sós, discutimos sobre onde nos sentar, conversando em sussurros. Decidimos pelos lugares de frente para as janelas. Um momento depois, Tonya voltou com os refrigerantes servidos em copos altos com cubos de gelo e canudos finos e nos disse que Barbara logo chegaria.

Enquanto esperávamos, fui ficando cada vez mais nervosa, me sentindo insegura sobre a minha roupa, a maquiagem e principalmente o rabo de cavalo alto, que eu temia que me fizesse parecer jovem demais. Mas talvez isso fosse uma coisa boa. Eu sabia que muitas modelos começavam a carreira antes dos dezesseis anos. Pelos próximos cinco longos minutos, enquanto bebericava o refrigerante e tentava ignorar a tagarelice nervosa da minha mãe, eu não parava de pensar que aquilo não poderia estar acontecendo. Não tinha como dar certo. Em algum momento, porém, cerrei os dentes — literalmente — e disse a mim mesma que aquela não era uma boa maneira de encarar a vida. Eu tinha que parar de entrar em pânico. Se não me acalmasse e acreditasse em mim mesma, pelo menos um pouco, como outra pessoa acreditaria?

Antes que eu pudesse responder a essa pergunta, Barbara entrou na sala acompanhada por dois homens e fez as apresentações. Todo mundo apertou a minha mão e depois a da minha mãe, antes de se sentar à mesa e começar a conversar sobre o tempo, a nossa viagem de trem até a cidade e o meu desempenho escolar. Em algum momento, depois que me acalmei, Bárbara passou a explicar o motivo de estarmos ali, falando sobre a minha aparência, elogiando as feições e o físico.

— Mas você é mais do que um rostinho bonito, Cate — disse ela. — Eu observei você no calçadão. Você tem elegância e confiança. Uma *aura*. A marca registrada dos modelos Elite.

Agradeci, aturdida pelos elogios. Nunca me senti tão bem comigo mesma.

— Adoraríamos que você se juntasse à família Elite — continuou Barbara, com um enorme sorriso para mim.

— Ah, nossa… obrigada — falei, o coração martelando.

Eu seria não apenas só uma modelo, mas parte de uma família? Estava em choque.

— Isso é um sim?

Eu assenti com a cabeça, sem palavras, tamanha a emoção.

— Maravilha! — exclamou Barbara, logo deixando o restante a cargo dos dois homens, que começaram a descrever o que chamaram de "próximos passos".

Eles conversaram sobre uma sessão de teste para tirarmos fotos de corpo e de rosto e montarmos um mostruário — basicamente um portfólio de imagens de divulgação. Em seguida, eu seria encaminhada a um *booker* na agência, que apresentaria o portfólio a vários clientes e conseguiria *castings* para mim — *castings* eram como as audições dos atores. Depois disso, eu só tinha que ir aos *castings* e causar uma boa impressão. Se um cliente gostasse de mim, ligaria para o meu *booker*, mandaria um contrato e agendaria a sessão.

Assenti com a cabeça, mas devo ter parecido pouco à vontade, porque Barbara disse:

— Pode parecer muita informação de uma vez, mas é para isso que estamos aqui. Para ajudá-la a navegar o processo.

Um dos homens assentiu e acrescentou:

— Sim. Bárbara tem razão. A Elite estará com você a cada passo do processo. Não há agência que proteja melhor os seus interesses ao mesmo tempo que promove você neste mercado competitivo.

Eu sorri e agradeci.

— Você tem alguma pergunta? — perguntou Barbara, olhando primeiro para mim, depois para a minha mãe.

— Não — falei, balançando a cabeça.

— Não — repetiu ela.

— Ótimo! Aqui está o seu contrato. É o formato padrão que todos os nossos modelos assinam — disse Barbara, deslizando uma folha de papel na minha direção. — Não tenha pressa. Sem pressão. Se quiser ir para casa primeiro e conversar com o seu pai, ou talvez com um advogado, tudo bem.

— Não — falei, interrompendo-a. Eu não daria a Chip a chance de mudar de ideia, de jeito nenhum. — Estou pronta para assinar. Agora mesmo.

MAIS TARDE NAQUELA SEMANA, nós voltamos à cidade para a sessão de teste. Quando chegamos ao estúdio, fomos recebidas por um pequeno batalhão, incluindo fotógrafo, diretora de arte, cabeleireiro, maquiador, estilista e vários assistentes atarefados. Disseram-me que me dariam roupas e que eu deveria comparecer à sessão sem produtos no cabelo e com o rosto limpo, sem maquiagem. Segui as instruções, mas não estava muito feliz com a minha aparência e quase esperava que cancelassem a sessão de fotos quando vissem o meu cabelo sem graça e a enorme espinha no queixo. Mas ninguém pareceu achar nada estranho, e o cabeleireiro e o maquiador logo começaram a trabalhar.

Nas duas horas seguintes, passei por várias transformações. Na primeira leva de fotos, eu usava calça jeans e uma camiseta branca com maquiagem natural e cabelos ondulados; na segunda, eu estava com um vestido de festa preto rendado e olhos esfumados dramáticos e um penteado mais reto, mas ainda bem cheio; na terceira, coloquei um biquíni branco fio-dental e usei o cabelo tão cacheado que parecia um permanente, com maquiagem dourada cintilante.

Ficar sentada na cadeira giratória e ter o cabelo e a maquiagem feitos foi a parte fácil. O mais difícil foi posar sob aquelas luzes brilhantes com todo mundo olhando para mim enquanto o fotógrafo me dava centenas de instruções para sentar, levantar, olhar para cima, olhar para baixo, olhar para a esquerda, olhar para a direita, abaixar o queixo, levantar o queixo, sorrir, sorrir mais, sorrir menos, sorrir com os olhos, não sorrir. Foi cansativo, e nunca me senti tão sem jeito e constrangida, como se estivesse jogando Twister de salto alto e sendo julgada pelas poses. Mas, no decorrer da sessão, as coisas foram ficando um pouco mais fáceis e aprendi que o segredo era tentar relaxar, ignorar as pessoas que estavam ali e fingir estar em outro lugar, de preferência um bem distante. Eu era boa nisso; pratiquei bastante desde que comecei a morar com Chip.

Ao fim da sessão, depois que vesti as minhas próprias roupas, a diretora de arte me deu um abraço rápido e disse:

— Ótimo trabalho, Cate. Você é muito profissional.

— Obrigada — falei, sentindo mais alívio do que qualquer outra coisa.

Era como se eu tivesse passado em outro teste e feito todos acreditarem que eu era algo que não sou.

Alguns dias depois, voltamos a Nova York pela terceira vez em menos de duas semanas para uma reunião com a *booker* escolhida para mim, uma mulher chamada Daisy, que me lembrou a Yoko Ono. Conversamos um pouco, nos conhecendo melhor, então Daisy mencionou a sessão de teste e o ótimo feedback que tinha recebido.

— Comentaram que você se esforçou bastante... e que foi muito educada. O que ajuda muito neste ramo.

Eu assenti com a cabeça, perguntando-me se havia um *mas* a caminho. Talvez ela estivesse prestes a me dizer que as fotos não tinham ficado boas e que seria preciso refazê-las. Ou talvez a notícia fosse ainda pior. Talvez algum chefão da agência tivesse mudado de ideia sobre o contrato, afinal.

Prendi a respiração enquanto Daisy espalhava umas dez fotos minhas na mesa de centro de vidro entre nós. Olhei para baixo quando ouvi a minha mãe ofegar de surpresa.

— Uau — falei, o olhar pulando de uma foto para a outra.

Quase não me reconheci. Eu parecia uma estrela de cinema.

— Você gostou? — perguntou Daisy.

Parecia uma pergunta retórica, mas respondi mesmo assim.

— Quer dizer... sim, claro — falei, notando que não havia vestígios da espinha no dia da sessão de fotos. A pele estava impecável, na verdade, e os braços e pernas pareciam mais definidos e bronzeados do que na vida real. — Não acredito que sou eu. Alguém editou as fotos ou algo assim?

Daisy riu e disse que as imagens haviam sido retocadas. Foi a primeira vez que ouvi o termo.

— Como fizeram isso? — perguntei a ela.

Daisy explicou que era um processo na câmara escura onde juntavam imagens separadas para criar a foto perfeita.

— Eles fazem isso com todo mundo? — perguntei.

Talvez fosse isso que distinguia as supermodelos: elas eram de fato perfeitas sem todos os retoques.

Daisy sorriu e disse que sim, todo mundo. Então fez uma pausa e a expressão ficou séria quando ela continuou:

— Ouça, Cate. Quero que mantenha algo em mente conforme for avançando na sua carreira. — Eu assenti com a cabeça, ouvindo com o máximo de atenção. — Você vai ser rejeitada e criticada por um monte de coisas pequenas. O tempo todo. Vão lhe dizer que não é magra, bonita ou boa o suficiente. E, um dia, no fim de tudo, vão lhe dizer que você está velha demais. Não importa o quão bem-sucedida você seja, acabará sendo substituída por alguém mais jovem.

O discurso foi o oposto do que eu estava esperando, mas, por algum motivo, me fez gostar ainda mais de Daisy.

— Você entende o que estou dizendo? — perguntou ela, me olhando nos olhos.

— Sim. Entendo — falei, questionando-me que parte da declaração poderia confundir alguém.

Daisy empurrou os óculos para cima do nariz e disse:

— E? Isso assusta você?

Essa pergunta era mais difícil de responder, e fiquei refletindo por alguns segundos antes de balançar a cabeça em negativa. O que me assustava era pensar em Chip fazendo a minha mãe parar no hospital, talvez até matando-a. Não alguém me dizendo que eu estava gorda.

— Ótimo — disse Daisy. — Porque quanto mais cedo você perceber que não existe perfeição, e que tudo isso é uma ilusão, melhor para você.

No mês seguinte, voltei à cidade meia dúzia de vezes para comparecer a *castings*, acumulando rejeições e faltas na escola. Chip parecia se deliciar com o meu fracasso, lembrando que eu não levava jeito para modelo e vangloriando-se de que sempre estivera certo, de que a coisa toda não passava de um golpe. Também reclamou que eu deveria me concentrar nos estudos (como se ele se importasse com a minha educação) e que a minha mãe deveria ficar mais em casa, limpando, cozinhando, bajulando o ego dele e fazendo Deus sabe o que mais ela fazia por ele. Eu estremecia só de pensar.

Então, quando Chip estava prestes a me fazer desistir antes mesmo de eu começar, fui contratada para o meu primeiro trabalho. E então o segundo, o terceiro e o quarto. Nenhum deles era com grandes nomes da moda ou marcas famosas, e Daisy parecia achar que eram pequenos, mas eu considerava muito dinheiro. Mais importante, eu estava ganhando uma experiência valiosa e ampliando o currículo. Daisy garantiu que, se eu continuasse a me esforçar, seria apenas uma questão de tempo até conseguir a minha grande chance.

— Um dia você está tirando fotos com uma saia de vinte dólares para a Macy's e no outro vai se ver desfilando Versace em uma passarela em Milão — afirmou.

Então continuei me esforçando e economizando o pouco dinheiro que Chip não tirava de mim. Seria de imaginar que os pagamentos que ele sugava bastariam para que me deixasse em paz, porém, quanto mais eu ganhava, mais ele parecia me odiar. No começo, pensei que talvez ele estivesse com inveja, mas isso não fazia sentido. Como um policial de meia-idade podia ter inveja de uma modelo adolescente? Então achei que poderia ter a ver com a minha mãe; que ele odiava o quanto ela ficava feliz e orgulhosa ao ver as minhas fotos em catálogos e revistas, porque isso significava menos atenção para ele. De certa forma, deveria ser pelas duas coisas.

Mas percebi que era principalmente uma questão de poder e controle. Tudo com Chip acabava sendo sobre isso. Não era que ele me odiasse, ou mesmo que odiasse o meu sucesso, mas ele se ressentia da confiança e da independência que o acompanhavam. Era evidente que se sentia ameaçado. Acho que ele entendeu, intuitivamente, que, se eu ficasse mais independente e ganhasse dinheiro suficiente, ele não teria tanto controle sobre a minha mãe. Ou seja, Chip precisava que eu soubesse o "meu lugar" e, se percebesse por um segundo sequer que eu não estava onde ele quisesse ou que, nas suas palavras, estava ficando "metida", ele ficava louco. Então, eu tentava ser discreta em casa e muitas vezes lembrava a minha mãe, que não entendia essas dinâmicas tão bem quanto eu, para nunca mencionar a minha carreira ou os *castings* bem-sucedidos quando o meu padrasto estivesse por perto.

Enquanto isso, eu contava os dias até o meu aniversário de dezoito anos, sabendo que poderia sair de casa assim que fosse legalmente permitido, e que Chip não teria o direito de me encontrar e me arrastar de volta para casa para exercer poder sobre mim. Com frequência, sonhava acordada, imaginando um pequeno apartamento de dois quartos na cidade, para que a minha mãe se mudasse comigo. Poderíamos recriar uma versão da nossa antiga vida em Hackensack, apenas um pouco mais glamourosa e sem homens inúteis.

EM SETEMBRO DO MEU último ano do Ensino Médio, um representante da Calvin Klein entrou em contato com Daisy, convidando-me para um *casting* pequeno e exclusivo. O agente disse que eles estavam procurando uma modelo "relativamente desconhecida; um rosto novo com poder de estrela" e que achavam que eu me encaixava no perfil. Eu não conseguia acreditar. Na minha opinião, nenhuma marca era maior ou mais icônica do que a Calvin Klein, exceto talvez a Ralph Lauren, embora eu preferisse a estética simples e sedutora da primeira ao ar esnobe e formal da segunda. Por mais animada e esperançosa que eu estivesse, também estava um pouco preocupada. Não com a chance de ser rejeitada, mas de ser *escolhida*. Eu sabia que trabalhar para a Calvin Klein perturbaria a precária dinâmica de poder na nossa casa. Se Chip não pudesse mais me chamar de "modelo zé-ninguém" e "de segunda categoria", isso o deixaria louco.

Como esperado, na véspera da audição, enquanto eu estava na cama tentando dormir, ele deu um ataque. Através da porta do quarto fechada, eu o ouvi reclamando de mim — e justo da caixa de areia de Pimenta. Chip detestava Pimenta (provavelmente porque o bichinho não dava a mínima para ele) e estava sempre ameaçando botá-lo para adoção ou, quando estava com *muita* raiva, sacrificá-lo.

Coloquei o travesseiro por cima da cabeça, mas a voz de Chip ficou ainda mais alta. Ele berrava que eu era uma patricinha mimada e irresponsável e que nunca "levantava um dedo para cuidar da casa". Quando ele estava do lado de fora da porta do quarto, pude ouvir a minha mãe implorando para ele me deixar em paz, dizendo que eu precisava dormir para o meu "grande dia" amanhã.

Balancei a cabeça, sabendo que ela tinha acabado de deixar as coisas mil vezes piores. Seria uma longa noite, e nós duas estávamos ferradas. Era inevitável. Então, antes que pudéssemos passar pelo ritual cansativo em que ele bateria à porta com força e ameaçaria derrubá-la, eu a abri, olhando bem nos olhos dele. Por um segundo, Chip pareceu surpreso, talvez até mesmo um pouco desapontado, por eu não estar encolhida em um canto.

— Me desculpe, Chip — falei, entrando no jogo para acabar logo com aquilo.

— Desculpe pelo quê? — gritou ele, o rosto bem vermelho. Ele ainda estava de uniforme, a arma no coldre e tudo, a caixa de areia de Pimenta aos pés. — Me diga exatamente pelo que você está pedindo desculpas.

Era o jogo de sempre, e eu nunca conseguia ganhar. Ou eu era específica demais ou não era específica o suficiente. Ou estava sendo irreverente ou me rebaixando de uma forma que ele julgava falsa.

— Me desculpe por não ter trocado a areia da caixa — falei, olhando para ela, mantendo a voz baixa e firme, tentando atingir o tom certo.

— Qual foi a última vez que você trocou essa merda? — gritou ele a plenos pulmões. — E não minta para mim.

Não havia como vencer, porque eu tinha trocado a areia da caixa há dois dias, e as instruções diziam para trocar a cada três ou quatro dias. Então optei por mentir:

— Não lembro. Faz alguns dias. Sinto muito.

— Sente porra nenhuma. Você é uma pirralha mimada. Você se acha boa demais para esta casa, não é?

— Não acho, não, Chip — falei, fazendo contato visual com a minha mãe por um segundo, outro erro tático.

Ele odiava quando sentia que ela estava do meu lado, ainda mais se isso significasse que estávamos unidas contra ele.

— ACHA, SIM, PORRA! E NÃO OLHE PARA A SUA MÃE!

Mordi o lábio, assenti com a cabeça e murmurei mais uma vez que sentia muito. Mas ele já estava executando o próximo lance, estendendo a mão para a caixa de areia e erguendo-a acima da cabeça com as duas mãos. Olhei para ele, confusa, então percebi horrorizada o que ele estava prestes a fazer. Chip arremessou o recipiente de plástico em mim com toda a força. Abaixei a cabeça quando a areia da caixa e as pelotas de cocô de gato voaram pelo quarto, caindo no tapete felpudo, na mesa, na cama.

— Limpe essa bagunça. AGORA! — gritou, parecendo muito satisfeito. Orgulhoso de si.

Eu assenti, caindo de joelhos e tentando recolher a areia do gato com as mãos. Foi um esforço completamente inútil, ainda mais porque a lata de lixo estava do outro lado do quarto.

— Vou pegar o aspirador de pó. — Ouvi a minha mãe dizer.

— Não! Não se atreva a ajudá-la! Você faz tudo por ela! — gritou Chip.

Quando ele se virou e saiu furioso pelo corredor, rezei para que não tivesse ido atrás de Pimenta. Felizmente, a porta de casa bateu e o motor do carro dele foi ligado na garagem. Só então olhei para a minha mãe.

— Sinto muito, querida — disse ela, com lágrimas nos olhos.

Eu estava prestes a lhe dizer que estava tudo bem, como eu sempre fazia. Em vez disso, algo explodiu dentro de mim.

— Por que você inventou de contar a ele sobre o *casting*? — exigi saber. — Ele sempre tenta estragar tudo!

— E-eu estava animada.

— É. Bem, não há motivo para ficar animada. Eu não vou conseguir o trabalho.

Enquanto fui buscar o aspirador, percebi, mais uma vez, que estava ferrada e sozinha. Passou pela minha cabeça ligar para Wendy e pedir para dormir na casa dela naquela noite, talvez finalmente confidenciar a ela e aos seus pais o que acontecia na minha casa. Mas, a longo prazo, o tiro sairia pela culatra. Nem mesmo o sr. Fine, com todo o seu poder, poderia fazer algo para impedir um policial. Era mais provável que ele dissesse a Wendy que era perigoso demais ser minha amiga. O sr. Fine era um bom homem, mas colocaria a segurança da filha em primeiro lugar, o oposto do que acontecia na minha casa. Além disso, Wendy e eu não éramos mais tão próximas quanto antes. Eu estava tão ocupada trabalhando que Kimberly voltou a subir na hierarquia. Às vezes, parecia que Wendy esfregava isso na minha cara, fazendo tudo o que podia para me mostrar a diversão que eu estava perdendo e o quanto ela se sentia mal por mim. Para ser justa, acredito que ela de fato sentia pena de mim, pois acho que o pior pesadelo de Wendy teria sido perder o baile de retorno às aulas e o de formatura, como eu tinha feito. Mas a compaixão constante só fazia eu me sentir ainda mais excluída, como se estivesse no limite entre dois mundos, sem de fato pertencer a nenhum deles.

Quando voltei com o aspirador de pó, a minha mãe estava tirando os lençóis e as fronhas da cama, ainda falando sobre a Calvin Klein e como ela sabia que eu seria escolhida. Era o seu modo robô à la *Mulheres perfeitas*. Os olhos estavam vidrados e a voz, afetada; era um estado catatônico de negação.

— Não, mãe. Eu vou dizer o que vai acontecer — falei, encarando-a. — Vou passar as próximas duas horas limpando o quarto. E então Chip vai chegar em casa e dizer que não arrumei direito e começar a gritar de novo e arranjar uma desculpa para bater em você. Talvez quebre o seu nariz… E amanhã vou chegar na audição com cara de zumbi, com os olhos vermelhos de cansaço, e vão me mandar embora. Justamente o que Chip quer.

O queixo da minha mãe tremeu.

— Ah, querida. Sinto muito — disse. Porque sabia que era verdade.

E, claro, *era* verdade. Tudo o que eu disse aconteceu, com apenas uma diferença: Chip não quebrou o nariz dela; mas sim a clavícula.

———

Enquanto Chip a levava para o pronto-socorro, sem dúvida com outra mentira sobre ela ter caído da escada, passei a noite toda em claro, preocupada com o quanto o abuso de Chip parecia estar se agravando. Finalmente, o alarme tocou e eu me levantei e fui para o *casting*.

Mais tarde, Daisy ligou e me perguntou como foi.

— Foi um desastre — falei.

— Ah, não. O que aconteceu?

Respirei fundo, tentando conter as lágrimas.

— Não sei... Eu só... Não dormi muito ontem à noite. E e-eu... não consegui ser profissional. Começaram a me fazer perguntas e eu não soube responder direito... eu fui péssima... Me desculpe, Daisy.

— Não precisa pedir desculpas, querida — disse Daisy. — Isso às vezes acontece.

Sim, pensei. *E às vezes a sua mãe acaba no pronto-socorro com a clavícula quebrada. Isso às vezes acontece também.*

Algumas horas depois, Daisy me ligou de novo.

— Cate? — disse ela. — Você está sentada?

— Estou — falei, pensando que ela não precisava me tratar feito criança. Ela não fazia ideia de como eu era resistente. — O que eles disseram? Odiaram, não é?

— Não — respondeu, com uma risada alegre. — Você conseguiu!

— O quê? — perguntei, confusa.

— Você conseguiu o trabalho. Eles escolheram você!

— Não é possível — falei, pensando que devia ser algum tipo de piada. — E-eu quase caí no choro...

— Eu sei disso — disse Daisy. — Eles disseram que perceberam que você estava chateada com alguma coisa, mas que adoraram a sua vulnerabilidade... Acharam você crua, real e perfeita para a campanha.

— Jura? — perguntei, em completa descrença.

— Sim, juro... Parabéns, Catherine Cooper. Você é o rosto da próxima campanha da Calvin Klein.

CAPÍTULO 7

Joe

Eu até gostava de ser assistente de promotoria. Era um trabalho árduo, mas os dias não eram tão longos quanto os dos meus colegas da faculdade de Direito trabalhando para as grandes corporações; e os meus casos eram muito mais interessantes. Em vez de ficar discutindo por causa de uma cláusula em um contrato ou de precisar revisar documentos para litígios que nunca chegariam a um tribunal, eu estava na ativa, conversava com policiais, testemunhas e vítimas, formulava casos e os preparava para o julgamento. Eu adorava qualquer tipo de audiência no tribunal. Elas me lembravam o teatro, pois eu tinha que ficar de pé e fazer uma boa apresentação. Às vezes, decorava um roteiro, mas também era bom com improvisações. Basicamente, eu fazia tudo o que precisava para encantar o júri e conseguir uma condenação.

Nesse sentido, eu tinha uma vantagem distinta sobre os demais assistentes da promotoria. Os jurados sentiam que já me conheciam e, na maioria das vezes, gostavam de mim, confiavam em mim. Eu também conseguia conquistar a maioria dos juízes, muitos dos quais eram mais velhos e idolatravam o meu pai. Em outras palavras, o sobrenome sem dúvida me dava privilégios. Pela primeira vez, porém, não me senti culpado por isso, pois estava usando esse benefício para ajudar as pessoas. Eu lutava por justiça, como a minha avó queria que eu fizesse. De vez em quando, ela vinha até o centro para me ver em ação. Então me levava para almoçar e conversávamos sobre o caso. Às vezes, ela ficava com pena de um réu e expressava emoções conflitantes sobre eu ter obtido a condenação.

— Devo dizer, Joey... Eu estava torcendo para que aquele jovem fosse absolvido hoje — disse certa tarde enquanto estávamos em uma pequena padaria.

Eu ri e balancei a cabeça.

— Ah, Gary. Ele era cem por cento culpado. Encontraram crack no carro dele.

— Supostamente. A prova pode ter sido plantada. No fim das contas, você só tinha a palavra de um policial branco. Não se pode colocar a mão no fogo.

— Certo. Mas também conseguimos uma *confissão* — argumentei.

Ela também desconsiderou esse ponto e começou um discurso sobre táticas policiais duvidosas, confissões forçadas e interrogatórios antiéticos.

— E, de qualquer forma, acha mesmo certo mandar aquele garoto para a *prisão perpétua*?

— Bem, ele tem dezoito anos. Então, tecnicamente, é um adulto — argumentei, sentindo vergonha na mesma hora ao pensar na minha festa de aniversário e como dezoito anos não me parecera tão adulto na época. — Além do mais, foi a *terceira* infração.

— Certo. Porque ele é um adolescente *viciado*. Viciados em geral fazem as coisas mais de uma vez.

Suspirei e disse:

— Olhe, eu não crio as regras. E nem os policiais, os juízes ou os júris. Isso cabe ao legislativo.

A minha avó admitiu que eu estava certo nesse ponto, mas insistiu que a chamada guerra às drogas visava injustamente às minorias e às zonas urbanas mais pobres.

— Joey, você já se perguntou por que as diretrizes de condenação são mais severas para o crack do que para a cocaína comum? — perguntou ela.

Eu balancei a cabeça, porque de fato não tinha; sempre achei que o crack parecia pior, mais perigoso de alguma maneira, com maior associação ao crime.

— Pense um pouco sobre essa questão. Mas, por enquanto, vamos deixar isso de lado. Vamos falar da verdinha.

Eu sorri, surpreso ao ouvir a gíria.

— Está bem — falei, assentindo.

— Qual caso tem mais chances de chegar à sua mesa: um adolescente negro fumando um baseado no Harlem ou um garoto branco que ficou chapado em Columbia?

— Nossa. Você tem um ponto aí.

— Você fumou maconha na faculdade, não foi, Joey?

— Gary! Que isso! — exclamei, sorrindo.

— E então? Alguma vez se preocupou achando que ia ser preso?

Balancei a cabeça e disse:

— Não. Não muito.

— E se a polícia tivesse invadido uma das suas festinhas e levado você, o que teria acontecido?

Mordi o lábio, imaginando como tudo teria se desenrolado, e como qualquer cenário com uma cela de prisão parecia absurdo.

— É. Entendi.

— O sistema de justiça criminal é problemático, meu querido.

— Certo. Claro. Mas muitas das pessoas que boto atrás das grades são bandidos de verdade, e me sinto bem por tirá-los das ruas.

— Eu sei, Joey — disse ela. — E não estou tentando criticar a sua profissão. Precisamos de promotores de princípios…

— Mas…? — perguntei.

Gary balançou a cabeça e disse:

— Não tem um "mas". Só quero que você pense na conjuntura.

— Em que sentido? Você quer que eu seja um defensor público em vez de promotor?

— Não é bem isso que estou dizendo.

— Certo. O que você está dizendo, então?

Gary respirou fundo e disse:

— Bem. Você não disse que era responsabilidade do legislativo?

Eu assenti com a cabeça.

— Pois, então… talvez as leis… e as diretrizes de condenação… precisem de uma reforma.

— Sim — concordei. — Talvez precisem.

— Então… nós precisamos de bons homens… e mulheres… como legisladores também…

Eu sorri.

— Que ardilosa, Gary! Já entendi aonde você quer chegar…

A minha avó ergueu as sobrancelhas, sorriu e disse:

— É algo em que se pensar, Joey.

ENQUANTO ISSO, COMO ESTAVA na casa dos trinta, a minha mãe voltou a se preocupar com a minha vida pessoal. Ela vivia perguntando sobre Margaret, fingindo naturalidade, conversando em tom descontraído. Mas a intenção era clara: queria saber quando (não se) eu iria pedi-la em casamento. Esse passo também parecia natural para mim — até adotamos um cachorro juntos, um cão-de-canaã preto e branco que chamei de Quinta-feira. Mas era algo que pensava mais para "um futuro distante" do que para um "pode acontecer a qualquer momento".

Eu disse isso à minha mãe um dia durante o brunch, e ela pareceu chocada, insistindo que garotas como Margaret não deveriam esperar até os *trinta e tantos* para se casar.

— Mãe, trinta anos *não* é velho. Talvez fosse antigamente, mas hoje em dia as pessoas estão esperando para se casarem.

— Esperando *pelo quê*?

— Esperando até estarem prontas, mãe.

— Prontas para *quê*?

— Eu sei lá, mãe. Prontas do ponto de vista financeiro…

— Você já tem uma boa condição financeira.

Eu sabia que era verdade, mas ainda assim estremeci por dentro.

— Prontas do ponto de vista emocional, eu quis dizer.

— Por favor, Joseph. Você tem *trinta* anos. E Margaret é ainda mais velha.

— Só quatro meses, mãe.

— Ainda assim… não é justo com ela.

— Margaret está ótima — falei, pensando que não conseguia me lembrar de uma única vez que ela tivesse me pressionado, feito perguntas ou mesmo insinuações.

Na verdade, no último casamento a que fomos juntos, ela nem se levantou da mesa para tentar pegar o buquê de noiva... o que achei muito legal.

— Ela está *fingindo* estar ótima, Joseph — argumentou a minha mãe. — E só porque ela não está pressionando você não significa que não exista um prazo máximo na cabeça dela.

— Está bem, mãe — respondi, querendo mudar de assunto.

— Só não quero que você a perca, Joseph.

— Não vou perdê-la. Está tudo bem. Estamos ótimos. Aliás, estamos até pensando em morar juntos.

Eu me preparei para a reação dela.

— Joseph, não. É uma péssima ideia.

— Por quê?

— É tanta falta de respeito com ela. Margaret merece mais.

— Não venha com aquela história de *por que comprar a vaca se o leite é de graça?*, mãe. Por favor.

— Bom, é verdade.

— É uma ideia antiquada.

— Eu *sou* antiquada. E a mãe de Margaret também.

— Bem, nós não somos, mãe. Não pensamos assim.

— Joseph, acredite em mim, ela pensa. Só não quer criar problemas. Ela quer fazer você feliz.

— E isso é uma coisa ruim? — indaguei, mantendo um tom leve. Eu não queria aborrecê-la... ou me aborrecer.

— Olhe, Joseph — respondeu ela com um suspiro cansado. — Só não a deixe escapar. Acho que vai se arrepender se isso acontecer. Você precisa de uma parceira, e sei que acha que vivo criticando e pressionando você...

— Porque você vive — interrompi com uma risada.

— Não quero que tenha arrependimentos. Não quero que olhe para trás e pense: "Será que eu poderia ter feito mais? Sido mais? Feito as coisas de um jeito diferente, de uma maneira melhor?". Só estou tentando ajudar…

— Eu sei, mãe — falei, a voz firme. — E eu agradeço a sua preocupação… de verdade. Mas está tudo sob controle.

Apenas algumas semanas depois, Margaret me contou que uma das melhores amigas do Ensino Médio havia acabado de ficar noiva, depois de namorar o sujeito por apenas seis meses. Ela parecia um pouco chateada, talvez até estivesse com inveja, e me perguntei se talvez a minha mãe estivesse certa, afinal.

— Uau. Seis meses? Parece um pouco rápido — falei, pisando em ovos.

— Eu discordo — respondeu Margaret, me encarando. — Eu acho que… quando você sabe, você sabe.

Eu entendia aonde ela queria chegar. E, mais importante, eu sabia que *ela* sabia que *eu* sabia aonde ela queria chegar. Eu precisava dizer alguma coisa.

— É. É verdade… mas cada relacionamento e cada situação são diferentes.

— Claro.

Fingi não notar o tom aborrecido, e acrescentei:

— E quem sabe… talvez ela esteja grávida!

— Ah, é? — surpreendeu-se Margaret, erguendo as sobrancelhas. — Porque é por isso que os casais ficam noivos? Porque *precisam*?

— Não. Eu só quis dizer que… Não sei… Só não quero que você se sinta mal por eles terem ficado noivos antes de nós. — Finalmente mencionei o elefante na sala.

Margaret me encarou por alguns segundos antes de assentir. Então disse:

— Eu *deveria* me sentir mal por isso?

— Não — respondi.

— Bem, então — retrucou ela com ironia. — Então não vou.

ALGUNS MESES DEPOIS, QUANDO eu estava cada vez mais perto de comprar um anel de noivado e acabar logo com aquilo, Margaret precisou viajar para uma conferência. Então fui para os Hamptons para um fim de semana prolongado e alguns últimos momentos de reflexão sobre a vida.

Na manhã em que cheguei, fui direto para a praia, levando Quinta-feira para passear. A cerca de um quilômetro e meio de distância, esbarramos em uma sessão de fotos. Eu planejava passar direto, mas, quando chegamos mais perto avistei uma linda loira que parecia vagamente familiar. Fiquei ali próximo por um momento, jogando o frisbee que trouxe para Quinta-feira enquanto tentava observá-la melhor.

Até me ocorreu que eu não deveria estar fazendo aquilo — usar o meu cachorro como desculpa para conhecer uma mulher —, mas disse a mim mesmo que não havia nada de errado. E, também, só porque eu estava prestes a ficar noivo não significava que eu tinha que parar de interagir com metade da população do mundo. Eu conseguia conhecer uma mulher sem que isso levasse a um flerte, que dirá sexo. Caramba, eu poderia até encarar a situação como um teste. Se eu não conseguisse ter uma simples interação inocente com uma desconhecida na praia, seria um sinal claro de que não estava pronto para ficar noivo. Quanto mais cedo descobrisse isso, melhor.

Antes que pudesse mudar de ideia outra vez, joguei o frisbee na direção da mulher, sabendo que Quinta-feira correria atrás alegremente. Lá foi ele, é claro, e alguns segundos depois eu estava ao lado dela, tentando não ficar encarando, *e falhando*. Para ser sincero, ela era a garota mais linda que eu já tinha visto; o que não era pouca coisa, considerando que eu tinha visto muitas mulheres lindas na vida. Tudo nela brilhava. A pele, os lábios rosados e o cabelo longo e brilhoso que parecia a luz do sol. E isso foi antes de ela olhar para cima e fazer contato visual com aqueles enormes e intensos olhos azul-claros que me fizeram derreter. Por alguns segundos, não consegui falar. Então, de alguma forma, me recompus, tropeçando nas palavras enquanto murmurava um vago pedido de desculpas pelo meu cachorro. A mulher me deu um sorriso distante que dizia que ela sabia o que eu estava fazendo — tipo: *olha, cara, eu não nasci ontem; já usaram esse truque do cachorro comigo antes*

— e, naquele instante, percebi que ela não era boba. Se ela sabia quem eu era, fingiu não saber.

Nos minutos seguintes, nós nos apresentamos e conversamos um pouco. No entanto, embora ela respondesse a todas as minhas perguntas, manteve um ar de mistério. Como se *não quisesse* se abrir. Não para *mim*, pelo menos.

Felizmente, ela estava acompanhada por um maquiador, e ele parecia mais que disposto a fazer a conversa durar o máximo possível. O homem complementava as respostas de Cate com comentários divertidos. Enquanto conversávamos, estudei o rosto dela e de repente percebi que já a tinha visto antes em um outdoor perto do LaGuardia. Sem pensar, lhe contei isso, resistindo ao impulso de dizer também que ela era ainda mais bonita pessoalmente, sabendo que um comentário desses, embora totalmente verdadeiro, soaria como uma cantada.

Enquanto isso, eu sabia que o tempo estava acabando e que ela precisava voltar ao trabalho. A qualquer segundo, eu teria que me despedir e talvez nunca mais a visse. Isso me deu uma leve sensação de pânico. Eu *precisava* vê-la de novo.

Não havia como fazer isso, porém, sem quebrar a minha regra fundamental contra traições. Mesmo se eu mantivesse uma aproximação inocente, ainda seria uma traição, considerando o que se passava dentro da minha cabeça. Nunca acreditei em amor à primeira vista; como é possível amar uma pessoa que você não conhece? Mas essa mulher me fez sentir assim. Foi como uma reação química. Uma pequena explosão no peito.

Enquanto prolongava a interação só por mais alguns segundos, disse a mim mesmo que deveria pensar em Margaret. E funcionou por um instante, mas depois o tiro saiu pela culatra, pois tive que encarar o fato de que nunca, nem por um segundo em nenhum momento do nosso relacionamento, tive algo próximo deste sentimento. Essa constatação me deixou um pouco triste, mas me deu a justificativa que eu procurava tão desesperadamente.

— Então, sei que precisa voltar ao trabalho, mas eu adoraria sair com você algum dia, sabe... Você me daria o seu número?

Ela me encarou por vários segundos, como se estivesse analisando os prós e contras. Então, quando achei que ela iria me rejeitar, Cate assentiu. Antes que ela pudesse se mexer, o maquiador anotou ansiosamente um número no verso de um cartão de visita.

— Aqui está — disse ele, entregando-o para mim.

Agradeci e depois a olhei, pedindo permissão.

— Então eu posso ligar para você? — perguntei.

Ela me deu um pequeno sorriso, então deu de ombros e disse:

— Claro… por que não?

Naquele instante, eu soube que estava ferrado.

No dia seguinte, depois que Berry foi até os Hamptons de última hora para me encontrar, cometi o erro de comentar que havia conhecido alguém "interessante" no dia anterior.

Ela balançou a cabeça, franziu a testa e disse:

— Ai, meu Deus, Joe. Eu conheço essa cara.

— Que cara? — perguntei, fazendo o possível para esconder o sorriso.

— Essa cara de conheci-uma-mulher-gostosa — disse ela.

— Eu nem disse que era uma mulher.

— E então? Era ou não era?

— Era — respondi, parecendo tão envergonhado quanto me sentia.

— Certo — disse Berry. — E… era uma mulher *gostosa* com quem você não deveria estar falando?

— Essa pergunta parece uma pegadinha.

— Argh, Joe — resmungou ela.

— O quê?

— Vamos logo, desembucha. Quem é ela?

— O nome dela é Cate.

— E o que ela faz da vida?

— Trabalha na indústria da moda.

Berry levantou uma sobrancelha.

— Na indústria da *moda*? Então, outra modelo?

Eu a encarei e pisquei sem reação, sentindo uma pontada de culpa.

Ela balançou a cabeça e disse:

— Você pediu o número dela? — Como não respondi, Berry resmungou de novo. — Que merda, Joe. Você vai jogar Margaret fora por causa de uma modelo?

— Calma lá, Berr — falei. — Ninguém está jogando ninguém fora... e não há por que difamar a profissão dela.

Berry respirou fundo algumas vezes e disse:

— Tudo bem. Você tem razão. O trabalho dela não importa. A questão é, se você ligar para essa garota... para *qualquer* garota... a sua relação com Margaret estará acabada. Para sempre.

— Isso parece um pouco extremo.

— É verdade.

Olhamos um para o outro em um impasse que ela acabou quebrando.

— Você ama Margaret? — perguntou ela.

— Sim — falei, pensando nos seus doces olhos castanhos. — Eu amo.

— Então ponha a cabeça no lugar, Joe — disse a minha melhor amiga. — De uma vez por todas.

CAPÍTULO 8

Cate

Na manhã do meu aniversário de dezoito anos, assim que Chip saiu para o trabalho, acordei a minha mãe e lhe disse que estava de mudança; eu tinha feito as malas na noite anterior.

— Para onde você está indo? — perguntou ela, sentando-se na cama e esfregando os olhos.

— Vou morar com Elna, minha amiga modelo — respondi. — Na casa dela no Upper East Side.

Era a primeira vez que eu mencionava o meu plano, mas a minha mãe não pareceu surpresa.

— Fico tão feliz por você, querida — disse, piscando para conter as lágrimas.

Eu não sabia se eram de tristeza ou de felicidade. Provavelmente das duas coisas, e eu estava me sentindo assim também, além de tantas outras emoções.

— Vou voltar para buscar você, mãe — falei. — Em breve. Prometo. Só preciso economizar um pouco mais e arranjar o meu próprio espaço. Podemos ser colegas de quarto de novo, como nos velhos tempos.

— Ah, querida, você sabe que não posso fazer isso…

— Pode sim, mãe. Há um montão de vagas para garçonete na cidade. Restaurantes realmente bons, onde as gorjetas são generosas. Ou você pode encontrar outra coisa para fazer, há tantos empregos por lá… Eu adoraria ter uma agente em tempo integral. Estou precisando mesmo de ajuda. O que acha, mãe? Você sabe que não é feliz aqui. Você precisa escapar desse homem. — Àquela altura, eu estava falando demais... e um pouco desesperada, porque sabia que os meus esforços eram inúteis.

— Não posso ir embora — disse ela, me interrompendo, as lágrimas escorrendo pelo rosto.

— Por que não?

— Simplesmente não posso.

— Você pode, sim, mãe — falei, fazendo a minha melhor cara de influenciadora. — Você precisa. Sabe disso.

Ela respirou fundo e fez o possível para sorrir de volta.

— Ok, querida. Veremos.

— Sim, mãe — falei, me sentindo muito determinada. — Veremos.

ALGUMAS HORAS MAIS TARDE, eu estava levando as malas para o segundo quarto de Elna, que havia sido desocupado pouco tempo antes por outra amiga nossa que decidira abandonar a carreira de modelo para se casar. Tirando a culpa que eu sentia por deixar a minha mãe para trás, eu estava animada e esperançosa. Elna era a pessoa mais inspiradora que eu conhecia. Ela havia crescido em Joanesburgo, na África do Sul, no auge do Apartheid. Depois que o pai foi morto no Levante de Soweto, a mãe se casou de novo com um monstro pior que o meu padrasto. Ele batia na mãe dela, mas também molestava Elna. O abuso começou quando ela tinha onze anos. Três anos e um aborto clandestino depois, Elna juntou coragem para contar à mãe o que estava acontecendo, e o padrasto a chamou de mentirosa; a mãe ficou do lado do marido e os dois a expulsaram de casa. De lá, Elna foi para a Cidade do Cabo, onde esteve em situação de rua até ser descoberta por um fotógrafo de moda britânico na praia de Camps Bay.

Poucos dias depois de conhecê-la, ela me contou toda essa história, sem poupar os detalhes sórdidos. Além do sofrimento, o que mais me impressionou foi o fato de que ela não sentia vergonha. Eu ainda não havia contado a ninguém sobre Chip. Elna acabaria sendo a primeira.

Foi antes de eu morar com ela, em uma noite que fui dormir na sua casa depois de trabalharmos até tarde. Estávamos exaustas e precisaríamos acordar cedo no dia seguinte, mas, em vez de irmos para a cama, abrimos uma garrafa de vinho tinto, ficamos altinhas e nos deitamos na cama dela para bater papo. A certa altura, Elna me perguntou por que eu nunca namorava ninguém ou mencionava homens.

— Você é lésbica?

— Não. Eu só não tenho tempo para namorar.

— Tá. Mas você tem tempo para transar, não? — disse ela com um pequeno sorriso. — Quer dizer, todo mundo tem tempo para isso.

Eu ri, pensando que Elna às vezes era muito franca, bem diferente de Wendy e das minhas amigas de Montclair. Mas considerando a vida que ela havia levado, acho que não havia motivo para pisar em ovos.

— É — falei, rindo. — Acho que tenho tempo para isso.

— E?

— E… nada — falei, olhando para um dos cílios postiços de Elna que estava prestes a cair. Ela sempre se esquecia de removê-los depois do trabalho, e às vezes nem se preocupava em lavar o rosto à noite, o que era muito louco, considerando que tinha a pele mais perfeita que eu já vi.

— Espera. Você é virgem?

— Não — falei, depois lhe contei sobre Jared, o modelo da Burberry que conheci em uma sessão de fotos no verão anterior, o meu único namorado de verdade até então.

— Vocês saíram por quanto tempo?

— Só uns três meses. E foi um relacionamento à distância. Ele trabalha em Los Angeles.

— Você estava apaixonada?

Eu fiz uma careta e disse que não, nem de longe.

— Você já se apaixonou antes?

Balancei a cabeça, pensando que de jeito nenhum eu apresentaria alguém para Chip e para a minha mãe, o que tornava ter um namorado meio complicado. Eu ousei contar isso a ela, mencionando a minha "vida difícil em casa".

— Difícil como?

— O meu padrasto é um babaca.

Os olhos verde-claros de Elna se estreitaram.

— Ele é abusivo?

— Ele bate na minha mãe. E é só um babaca comum comigo. — Dei a ela alguns exemplos, incluindo a história da caixa de areia, e acrescentei: — Não é tão ruim quanto o que você passou...

Elna me interrompeu e disse:

— Abuso é abuso. E a sua mãe está deixando acontecer, como a minha fez.

— Sim. Mas não há nada que ela possa fazer de fato.

— Besteira — disse Elna, sentando-se, acesa. — Ela poderia proteger você. E ela não está fazendo isso. Você precisa se mudar, Cate.

— Eu vou. Assim que terminar o Ensino Médio — falei, embora estivesse prestes a ser reprovada na maioria das matérias devido ao excesso de faltas, aos trabalhos não feitos e aos péssimos resultados nos testes.

— Você pode tirar a equivalência — disse ela. — Todo mundo faz isso.

— É. Mas... Não posso abandonar a minha mãe — contei a ela.

Expliquei como, nos últimos meses, consegui impedir alguns dos ataques de Chip apenas lhe dando dinheiro. E, quando isso não funcionava, eu me punha entre os dois fisicamente.

— Ah. Então você paga as contas e agora é a guarda-costas dela?

Fiquei tensa, sentindo-me ressentida e na defensiva ao mesmo tempo.

— Não tem nada que ela possa fazer. Acho que ele tentaria matar a minha mãe se ela o enfrentasse...

— Bem — disse Elna com um dar de ombros meio insensível. — Esse é o risco.

— Elna, você não pode culpar a vítima!

— *Você* também é vítima. E ela é a sua *mãe*. Sinto muito pelo sofrimento dela, mas, se ela não vai proteger a própria filha, você tem que proteger a si mesma. Dê o fora. Cada uma por si.

Daquele dia em diante, Elna e eu viramos um time, protegendo uma à outra ferozmente. Ela se tornou a minha melhor amiga. Em alguns aspectos, parecia a única amiga de verdade que já tive.

Mantive contato com Wendy, mesmo depois que ela foi estudar em Cornell, juntando-se a uma irmandade e se apaixonando pelo homem com quem acabaria se casando. Ela irritava Elna, que criticava o fato de

Wendy só aparecer nos momentos glamorosos, como a Fashion Week ou outras festas sofisticadas.

— Sinto que ela usa você — disse Elna uma vez.

— Eu não iria tão longe — falei.

— Bem, no mínimo ela é uma amiga com a qual você só pode contar nas horas boas.

Talvez fosse verdade, mas expliquei que não era culpa de Wendy. Ela havia levado uma vida privilegiada, nunca havia precisado trabalhar, exceto por uma curta experiência na Gap, da qual ela saiu porque "odiava dobrar roupas". Wendy não tinha a menor ideia de como ser modelo era cansativo. Os dias longos. As sessões de fotos que varavam a noite. Os voos intermináveis, o *jet lag*, acordar em hotéis e esquecer onde estávamos. As dietas de passar fome deram um novo significado à expressão estômago vazio, já que nos diziam o tempo todo que não havia como ser magra demais; inclusive, algumas das nossas amigas foram parar no hospital devido à anorexia e então foram *elogiadas* por parecerem esqueletos. Não havia uma modelo que não tivesse um distúrbio alimentar; era mais uma questão de grau e método. Elna optava por comer compulsivamente e então botar para fora, mas eu não suportava a sensação de vomitar, então fazia exercícios. Às vezes, eu ia para a academia e andava de bicicleta por três horas seguidas, para compensar algumas tortilhas e guacamole. A nicotina também ajudava, sendo um maço por dia comum para a maioria das modelos, inclusive Elna e eu.

Tínhamos um pacto de não usar drogas pesadas, no entanto; Elna havia percorrido esse caminho antes e estava determinada a não ter recaídas. Os motivos tinham mais a ver com querer estar no controle do corpo, da mente e das emoções. Assim, continuei a manter distância dos homens, percebendo que os bons em geral não vinham atrás de mim, talvez intimidados demais pela dureza que eu tentava ao máximo projetar. Os que pareciam confiantes no começo acabavam sendo os mais inseguros. Eles falavam bastante, gabando-se para os amigos que estavam namorando uma modelo, mas a maioria não aguentava uma sessão de fotos mais reveladora ou uma viagem longa. Às vezes eu terminava com eles por puro aborrecimento; em outros casos, eles me dispensavam preventivamente, logo passando para uma namorada mais segura com um estilo de vida menos ameaçador. Enquanto isso, eu lembrava a mim mesma de continuar tendo apenas relacionamentos casuais com homens que não pudessem me decepcionar.

Na primavera de 1995, eu estava nos Hamptons para mais uma sessão para o Obsession. Foi horrível. Para ser sincera, gravações na praia eram sempre péssimas; a areia acabava entrando nos olhos com o vento e irritando a pele, sem falar na água gelada. O dia estava bem ensolarado e a temperatura era de 15º C, mas o vento ainda fazia parecer que estávamos no inverno. Enquanto diretores de arte, estilistas e fotógrafos usavam casacos acolchoados e botas, eu fingia brincar nas ondas geladas vestindo nada além de um biquíni e uma blusa branca de linho transparente.

Entre as tomadas, a equipe fazia o possível para me manter aquecida, embora isso tivesse mais a ver com não querer que a minha pele ficasse azul nas fotos do que com meu bem-estar. Durante um desses intervalos, enquanto eu estava sentada sob uma lâmpada infravermelha, tomando chá verde de uma garrafa térmica, eu o vi caminhando na nossa direção com o cachorro. O primeiro e único Joe Kingsley.

Curtis, o meu maquiador favorito e amigo próximo, também o viu.

— Caramba, garota! É quem eu acho que é? — meio sussurrou, meio gritou, agarrando o meu braço.

— Com certeza — falei.

Estava maravilhada por ver Joe Kingsley pessoalmente, mas também me perguntando por que estava tão surpresa, quando o ver era algo tão comum, tanto na cidade quanto nos Hamptons. Na verdade, quase todo mundo que eu conhecia o tinha visto em algum momento.

Mas era a *minha* primeira vez e, ao que parecia, também a de Curtis, porque ele suspirou e disse:

— Ele é ainda mais gostoso ao vivo. Olhe só aquelas pernas. *Não aguento.*

— Eu sei — falei, apertando os olhos por causa do sol, protegendo os olhos com a mão para enxergar melhor.

Joe usava um short esportivo preto, moletom cinza e um gorro listrado de arco-íris, com um grande pompom vermelho em cima. Era tão adorável quanto absurdo.

— E eu amo Quinta-feira — disse Curtis.

— Quê?

— O cachorro dele. Esse é o nome do cachorro.

— Ah — falei, assentindo com a cabeça, pensando em como Curtis sabia todas as fofocas sobre as celebridades.

Ficamos olhando enquanto Joe lançava um frisbee em direção ao mar e Quinta-feira corria atrás. O animal saltou no ar, quase conseguindo agarrá-lo, então nadou freneticamente até a espuma das ondas quebrando enquanto o dono batia palmas, perdido no momento ou ciente de que tinha uma plateia. A segunda opção parecia mais provável.

— Misericórdia. — Curtis respirou fundo. — É o homem *mais sexy* que já caminhou pela face da Terra. Morto ou vivo.

— Os mortos não caminham — retruquei, assoando o nariz. Eu estava começando a pegar um resfriado.

Curtis empurrou a minha mão para longe do rosto, então esfumou a maquiagem ao redor do nariz com uma esponja em forma de ovo antes de se virar para olhar embasbacado para Joe.

— Será que ele ainda está com Margaret Braswell?

— Margaret Braswell? — perguntei, lembrando-me da morena esguia que Joe namorava quando estava em Harvard. Eu não ouvia o nome dela havia anos. — Eu achei que ele estava com Phoebe Mills?

— Meu Deus, garota. Se atualize. Ele voltou com Margaret há um tempão.

— Ah. Eu não sabia — falei, lembrando-me dos meus dias sonhando com Joe Kingsley. Do quanto aquelas fotos dele me trouxeram conforto, principalmente aquela dele na praia com o colar de dente de tubarão.

Sorri para mim mesma, pensando em como era incrível nós dois estarmos aqui agora, nos Hamptons. A Cate de treze anos não teria acreditado.

De repente, Joe se virou e jogou o frisbee de novo, desta vez para longe do mar, na nossa direção. O objeto veio voando, pousando a poucos metros de nós.

— Ai, meu Deus — disse Curtis. — Ele fez isso de propósito.

— Não fez nada — falei, enquanto Quinta-feira corria na nossa direção, com Joe logo atrás.

— Ele fez, *sim* — sibilou Curtis, baixinho, mal conseguindo conter o entusiasmo. — Ele quer conhecer você.

— Você não acabou de dizer que ele está namorando Margaret?

— E daí? Talvez eles tenham acabado de se separar. Ou... talvez estejam prestes a se separar. Se é que me entende.

— Que seja — falei, revirando os olhos, enquanto Quinta-feira ignorava o frisbee e vinha até as nossas cadeiras.

Curtis se ajoelhou para acariciá-lo, dizendo:

— Bom menino, Quinta-feira! Você é um bom garoto, não é?

— Você não tem um pingo de vergonha — acrescentei, baixinho, balançando a cabeça enquanto Joe se aproximava, seguindo o cachorro.

— Venha aqui, sua peste — chamou. Então olhou para nós e disse:

— Puxa, me desculpem. Ele não me escuta!

— Não precisa se desculpar. Ele é uma gracinha — disse Curtis em tom derretido. — Qual o nome dele?

Não tem um pingo de vergonha, pensei de novo, enquanto Joe lhe dava a informação que ele já sabia.

— Quinta-feira! Que nome fofo! De onde você tirou?

— Foi porque eu o adotei em uma quinta-feira — disse Joe. — E é o melhor dia da semana. Pois você ainda tem o fim de semana inteiro pela frente.

— Meu Deus, hoje é quinta-feira — disse Curtis. — Quais são as chances?

— Uma em sete — brinquei em tom inexpressivo.

Joe riu, o rosto se iluminando, então me encarou. Sustentei o olhar, sentindo-me um pouco tonta. Eu já havia conhecido celebridades antes, mas ninguém tão famoso quanto ele... ou tão bonito. Um pouco desnorteada, precisei desviar o olhar por um segundo. Quando me virei na direção dele de novo, ainda estava olhando para mim.

— A propósito, sou Joe — apresentou-se, estendendo a mão.

Eu lhe dei um meio sorriso, então apertei a sua mão.

— Eu me chamo Cate. E este é Curtis.

— É ótimo conhecer vocês dois — disse ele, assentindo a cabeça com sinceridade.

— Ai, meu Deus. Idem — disse Curtis. — Sou um grande fã seu. Enorme.

— Obrigado, cara — murmurou Joe. Um olhar inconfundivelmente sem graça surgiu no seu rosto por um segundo. — Então... no que vocês estão trabalhando hoje? Um filme?

— Não. É uma campanha da Calvin Klein — respondeu Curtis, embora tecnicamente não devêssemos divulgar detalhes da filmagem. — Cate é a nossa modelo. Tenho certeza de que você a reconhece, não?

Revirei os olhos e falei:

— Tenho certeza de que *não*.

— Na verdade — disse Joe, olhando para mim com muita concentração. — Você me parece familiar.

— Ah, tá.

Ele não teria sido a primeira pessoa a me reconhecer. Mas, em geral, eram garotas ou homens gays, com um ou outro hétero esquisito.

— Estou falando sério — continuou Joe, o rosto ficando mais sincero a cada segundo. — Você parece mesmo familiar. — Ele estreitou os olhos um pouco e disse: — Espera! Você está em um outdoor perto do LaGuardia?

— Ai, meu Deus, sim! Ela está! — exclamou Curtis.

Joe tinha uma expressão convencida quando me deu uma piscadela.

— Aham. Eu sabia. Nunca esqueço um rosto. Não um tão bonito quanto o seu, pelo menos.

Era o tipo de cantada que em geral soava cafona, mas o tom de Joe foi tão sincero que me desarmou, e senti o coração bater um pouco mais rápido ao agradecer o elogio.

— Então, de onde você é? — perguntou ele.

— Nova Jersey.

— De onde, mais ou menos?

— Montclair.

— Você ainda mora lá?

Balancei a cabeça e disse:

— Não. Não desde que concluí o Ensino Médio. Moro na cidade.

O PESO DE NOSSOS NOMES

— E há quanto tempo você trabalha como modelo? — quis saber Joe.

— Desde os dezesseis anos — respondi, perguntando-me se na verdade ele estava tentando descobrir se eu tinha feito faculdade. Era algo que muitas pessoas tentavam descobrir fazendo o mesmo tipo de pergunta.

— Mas ela é muito mais do que um rostinho bonito — interveio Curtis.

Lancei um olhar que lhe dizia para parar com aquilo, mas ele ignorou e continuou a me promover.

— Ela é ótima… E ninguém tem mais estilo… Ela pode ser a próxima Anna Wintour. Só que não tão malvada.

— Ou *talvez* tão malvada quanto — falei com um sorriso, na esperança de fazer Curtis calar a boca.

Joe riu, mordeu o lábio e baixou a voz:

— Bem. Vou ficar de olho para tentar ver você de novo, com certeza.

Ele parecia estar flertando comigo, e de repente me senti fraca; aquela fraqueza com direito a frio na barriga e mãos suadas. Eu disse a mim mesma para me controlar. Joe era um cara encantador, isso não era novidade para ninguém, e a qualquer segundo ele se afastaria para se ocupar com o seu cachorro, o seu dia e a sua vida.

Mas, com o passar dos minutos, ele continuou absorto na conversa, concentrado em mim, fazendo mais perguntas. Enquanto isso, Quinta-feira arfava aos nossos pés e Curtis mexia no kit de maquiagem, cantarolando "How Will I Know", de Whitney Houston.

— Bem, acho que você precisa voltar ao trabalho — disse ele depois de mais alguns minutos de conversa-fiada.

— É — falei, olhando para a equipe, que claramente estava ficando impaciente.

— Talvez a gente se encontre por aí… no Bubby's ou no The Odeon — comentou, citando dois dos lugares que mencionei quando ele perguntou onde eu gostava de sair.

— Sim. Talvez.

— Tomara — acrescentou, fazendo contato visual outra vez, o rosto sério.

Enquanto sustentava o meu olhar, senti algo estranho. Uma conexão. Era quase como se eu o conhecesse de outra vida; ou pelo menos o conhecesse havia muito tempo nesta. Lembrei a mim mesma que todo mundo devia se sentir assim ao encontrá-lo, que era por causa da fama, além de todas as fotos que vimos dele ao longo dos anos. Tínhamos essa *sensação* de que o conhecíamos, mas era obviamente unilateral, ilusória.

Alguns segundos mais tarde, Joe pediu o meu telefone, dizendo que adoraria sair comigo algum dia. Antes que eu pudesse responder, Curtis lhe entregou um dos cartões de visita, com o meu nome e número escritos no verso.

— Obrigado, cara — disse Joe, com um largo sorriso para Curtis. Até que ficou com a expressão séria de novo ao olhar para mim, segurando o cartão. — Então eu posso ligar para você?

— Claro... por que não? — respondi com um pequeno dar de ombros.

Estava fazendo o meu melhor para aparentar indiferença, dizendo a mim mesma que as chances de ele de fato ligar eram, na melhor das hipóteses, remotas.

CAPÍTULO 9

Joe

Exigiu mais autocontrole do que jamais tive, mas segui o conselho de Berry e não liguei para Cate. Foi uma tortura. Disse a mim mesmo que aquela sensação ia passar, mas não conseguia tirar aquela mulher da cabeça. Eu me via procurando por ela na cidade. Idealmente, eu queria vê-la em carne e osso, mas também a buscava nos outdoors, nas laterais de ônibus e em cartazes do metrô. Uma vez, até peguei uma revista Vogue, folheando as páginas na esperança de encontrar a foto dela.

Cerca de um mês depois, Margaret e eu fomos jantar no The Odeon. Quando terminamos de comer, me levantei para ir ao banheiro. Depois de me afastar alguns passos da mesa, ocorreu-me que a conta poderia chegar enquanto eu não estivesse ali, e eu odiaria que Margaret precisasse pagar. Eu não ganhava muito mais do que ela, e o fundo fiduciário dela provavelmente era tão grande quanto o meu, mas a minha mãe havia me ensinado a nunca deixar uma garota pagar a conta. Então, voltei para a mesa, tirei a carteira do bolso e lhe entreguei, dizendo para ela usar o meu cartão de crédito.

— Deixe essa comigo, Joe — falou.

Mas balancei a cabeça e insisti. Grande erro. Quando voltei para a mesa, vi a expressão de Margaret e na mesma hora suspeitei do que se tratava.

— Qual é o problema? — perguntei, torcendo para estar errado.

Mas ela pigarreou e disse:

— Juro que não estava bisbilhotando... Eu estava procurando o seu cartão de crédito...

Eu assenti com a cabeça, sabendo que era verdade. A minha carteira era uma bagunça, assim como a minha mesa, o meu apartamento e tudo na minha vida. Eu me preparei para o pior quando ela mostrou o maldito cartão de visita.

— Mas eu encontrei isso — avisou.

Assenti com a cabeça, lembrando a mim mesmo que não tinha feito nada de errado.

— O que é isso? — Margaret exigiu saber.

— É de um maquiador.

— Por que você tem o cartão de visitas de um maquiador?

Engoli em seco, convencendo-me a não mentir, que encobrir a verdade era sempre pior do que o crime.

— É de um cara que conheci na praia. Ele estava em uma sessão de fotos — falei.

Ela me encarou por um instante, depois virou o cartão e leu em voz alta:

— Cate Cooper.

Senti um frio na barriga ao ouvir aquele nome, mas não falei nada, esperando.

— Quem é ela? — perguntou Margaret, por fim, respondendo à pergunta que eu havia feito mentalmente nas últimas semanas sobre se Cate era ou não famosa.

Acho que ali estava a minha resposta, embora não necessariamente conclusiva. Margaret não sabia muito sobre cultura pop.

— Ela é... uma garota... que estava com o maquiador...

Margaret assentiu, me encarando. Ela nunca foi de ficar com ciúme ou cheia de suspeitas, nem mesmo de Phoebe, com quem havíamos cruzado em um evento recente, mas parecia estar tomada por esse sentimento agora. Ou talvez fosse apenas a minha consciência pesada.

— Você pediu o número dela? — disse ela.

Hesitei, depois disse a verdade, mais uma vez:

— Sim, eu pedi.

O PESO DE NOSSOS NOMES

— Por quê?

— Ah, não sei... Ela era simpática, legal... Você sabe... — falei, agora completamente atrapalhado.

— Ela é modelo? — perguntou Margaret, parecendo muito magoada.

— Sim — respondi. — Mas eu não liguei para ela.

Ela assentiu devagar, como se estivesse considerando a informação.

— E quando você pegou o número dela? Faz muito tempo?

Parecia uma armadilha. Se eu havia pegado o número há muito tempo e ainda o tinha, passava uma má impressão. Se eu o tinha pegado recentemente, também era um problema. Mais uma vez, falei a verdade.

— Foi naquele fim de semana que você estava em uma conferência e eu fui aos Hamptons com Berry.

— Berry estava com você? Quando você a conheceu?

Neguei com a cabeça.

— Ela sabe que você tem este cartão?

— Hum... sabe — falei. — Eu comentei com ela.

— E o que ela disse? — indagou Margaret, as perguntas chegando cada vez mais rápido.

— Me disse para não ligar.

— Ela não aprovou?

Balancei a cabeça, o rosto ficando mais quente.

— Quem se importa com o que Berry achou? Ou quando recebi o cartão? A questão é que não liguei...

— Então por que você ainda tem o número? Ainda por cima na carteira?

Dei de ombros e disse que não sabia.

Margaret me encarou pelo que pareceu uma eternidade, então colocou o cartão na mesa, com o lado escrito CATE virado para cima. Olhou o papel por alguns segundos antes de deslizá-lo por cima da mesa para mim.

— Bem, não é tarde demais — falou.

Balancei a cabeça, peguei o cartão e o rasguei ao meio, sentindo uma estranha pontada no peito.

Margaret ficou impassível por vários segundos antes de respirar fundo e dizer:

— Olhe, Joe... Acho que não consigo mais fazer isso.

— Fazer o quê? — perguntei.

— Ficar com você.

Dei uma risada nervosa e disse:

— Por causa do telefone de uma garota? Para quem eu nem liguei?

— Por causa de um monte de coisas. É demais... ficar com você... É tão difícil.

— Espera. Isto é por causa do *Post*? — perguntei, referindo-me ao artigo que tinham acabado de publicar listando "cinco coisas que você talvez não saiba sobre Margaret Braswell". Todos os cinco fatos eram positivos ou pelo menos neutros, mas ela ainda detestava a atenção.

— Sim e não... Eu só não sou muito boa nisso... — A voz falhou.

— Sim, você é — falei. — A imprensa ama você.

— Até não amarem mais — retrucou, o que foi bastante perspicaz, como era típico de Margaret. Ela fez uma pausa e depois continuou: — Joe, eu sei que você vai se candidatar um dia... E a atenção só vai aumentar...

— De jeito nenhum. Quantas vezes tenho que dizer que não quero fazer isso?

Ela olhou para mim, a expressão mudando.

— Certo, Joe. Então me diga, o que você quer?

— Estou feliz sendo advogado. Por enquanto.

— Por enquanto — repetiu ela, como se eu tivesse acabado de confirmar o seu ponto de vista.

Comecei a tentar me defender, mas me contive, cedendo.

— É. *Por enquanto*. Quer dizer... Acho que não preciso ter tudo definido aos trinta e poucos anos, não?

Ela respirou fundo, como se estivesse reunindo todas as suas forças.

— Aí é que está, Joe. Acho que você não sabe o que quer. Ou *quem* você quer.

— Isso não é verdade, Margaret — falei.

Ela olhou para mim.

— Eu quero *você* — falei, e naquele momento estava sendo sincero.

Margaret balançou a cabeça.

— Você não sabe quem você quer porque você não sabe quem você *é*. O mundo inteiro pensa que conhece você, mas você não se conhece.

Dava para ver que ela não tinha a intensão ser cruel, Margaret nunca tinha, mas as palavras ainda me machucaram.

— Eu vou descobrir — falei. — Logo. Prometo, Mags. Você pode me ajudar.

Margaret balançou a cabeça, parecendo tão triste.

— Acho que não posso ajudá-lo, Joe.

Forcei um sorriso.

— Espera. Você está dizendo que sou um caso perdido?

Margaret não mordeu a isca.

— Não. Estou dizendo que você precisa fazer isso sozinho. Por conta própria. Tem que vir de dentro.

— Certo. Sim. Você tem razão — falei. — *Vai* vir de dentro. Estou tão perto…

— Que bom — disse ela. — Eu espero mesmo que seja verdade.

Os seus olhos se encheram de lágrimas, o que me destruiu. Não suporto ver *nenhuma* garota triste, mas ver Margaret chorar era mil vezes pior.

— Não chore, Mags. Por favor — falei. — Apenas me dê um pouco mais de tempo. Eu te *amo*.

— Eu também te amo, Joe — respondeu ela. — E sempre vou amar. Mas não consigo mais. Preciso seguir em frente. Desculpa.

Sei que poderia ter me esforçado para salvar o meu relacionamento com Margaret. Eu poderia ter saído e comprado um anel de diamante para ela no dia seguinte. Ela teria aceitado o pedido. Tenho certeza. No mínimo, eu poderia ter tentado amenizar as coisas, tentado tranquilizá--la e, assim, ganhado um pouco mais de tempo. Em vez disso, apenas a deixei ir sem alarde, aceitando a sua decisão. Ao fazer isso, provavelmente só provei a teoria sobre eu não estar no controle da minha própria vida. Mais uma vez, escolhi o caminho mais fácil.

A minha mãe ficou arrasada e furiosa, acusando-me de sofrer da síndrome de Peter Pan. Mas insisti que havia sido uma decisão unilateral de Margaret, quase me convencendo disso. Então, cerca de uma semana depois, ela veio buscar os pertences que havia deixado na minha casa. Combinamos que viria em um momento em que eu não estivesse em casa, mas de alguma maneira a imprensa descobriu e a perseguiu enquanto ela colocava suas coisas no porta-malas do carro.

Nas fotos, ela parecia transtornada, como se estivesse chorando havia dias, o que confirmou a narrativa de todos de que eu havia partido o coração dela. No fundo, eu sabia que eles estavam certos e nunca me senti tão culpado; culpado demais até para procurar a garota que a havia deixado chateada.

QUASE UM ANO DEPOIS, Margaret me ligou do nada. O meu estômago se revirou ao ouvir a voz dela, e senti aquela estranha emoção de quando alguém que você conhecia tão bem agora parece um estranho.

Depois de conversar por alguns minutos sobre as nossas famílias e empregos, ela me disse que tinha novidades, e queria que eu ficasse sabendo por ela.

— Tudo bem — falei, imaginando que me diria que estava se mudando da cidade, algo que eu sabia que ela queria fazer. Talvez estivesse até voltando para a África. — Qual a novidade?

— Estou comprometida.

— Comprometida com *o quê*? — perguntei, confuso.

— Estou noiva. Vou *me casar*, Joe.

Fiquei atordoado e, por algum motivo, o meu orgulho também ficou um pouco ferido. Mas não expressei esses sentimentos, fingindo levar a notícia na esportiva enquanto perguntava a ela quem era o sortudo. Eu o conhecia?

— Sim. Você o conhece.

— É? Quem é?

— Toby — respondeu ela.

Eu só conhecia um Toby, e de jeito nenhum Margaret se casaria com o sujeito. Toby Davis, um colega nosso de Harvard, era brilhante, mas não tinha um pingo de traquejo social.

— Que Toby?

Margaret suspirou e disse:

— O *nosso* Toby.

— Ele não é o *meu* Toby — falei com uma risada, tentando esconder o quão possessivo estava me sentindo.

— Joe, pare com isso.

— Certo. Desculpa. Mas nossa...

— Nossa o quê? — perguntou ela, a voz estranhamente desafiadora.

— Só fiquei surpreso... — comentei, sabendo que estava sendo um pouco cruel. — A gente ria dele. De como ele seguia você como um cachorrinho.

— Bem. Nós estávamos errados sobre ele... Toby é incrível e está fazendo coisas sensacionais.

Parecia uma alfinetada, ainda mais quando ela começou um longo discurso sobre o doutorado em Biologia Molecular do noivo e o sonho dele de encontrar uma cura para o câncer.

— Bem. Acho que estávamos certos sobre *uma* coisa — brinquei, fazendo o meu melhor para levar na esportiva.

— O quê? — perguntou ela.

— Esse cara realmente *é* mais esperto do que eu — falei, esperando não soar amargo.

Ela não refutou a afirmativa, o que me fez sentir pior e ainda mais burro. Também não pude deixar de sentir que fui levado a pensar que Margaret me amava mais do que de fato amava.

— Você está bem? — perguntou ela.

— Ah, sim — falei. — Claro. É uma ótima notícia. Parabéns, Mags.

— Obrigada, Joe.

— Dê os meus parabéns a Toby também. Ele é um cara de sorte.

— Não, Joe...

— O quê? É verdade. Bom para ele.

— Está bem, Joe — disse ela com um suspiro. — Eu só queria que você soubesse e que ficasse sabendo por mim...

— Sim. Sim. Obrigado, Margareth. Eu agradeço.

— De nada.

— Então, você já marcou a data do casório? Eu vou ganhar um convite? — perguntei com uma risada nervosa.

— Não temos data ainda. E não sei bem sobre o convite... Toby quer que todos nós sejamos amigos, mas não sei se consigo.

— Entendo. De qualquer jeito, é uma ótima notícia. Muito boa mesmo. Fico feliz que você esteja feliz.

— De verdade, Joe? — perguntou ela.

— Claro — respondi, em um tom mais caloroso.

— E você? Você está feliz? — quis saber Margaret.

— Ah, você me conhece — falei com uma risada. — Feliz o suficiente.

CAPÍTULO 10

Cate

Como eu imaginava, Joe não me ligou depois daquele dia na praia. Acho que Curtis, que já havia começado a planejar a maquiagem do meu casamento, ficou mais chateado do que eu. Sem dúvida fiquei decepcionada, mas disse a mim mesma que era um choque de realidade muito necessário e um excelente lembrete para não criar expectativas. O que eu estava pensando, afinal? Joe Kingsley era de um mundo diferente; e me parecia bem óbvio que ele tinha ido para casa e chegado à mesma conclusão. O meu trabalho podia até me levar a praias particulares nos Hamptons e me deixar perto de pessoas de uma certa classe social, mas aquilo não significava que eu pertencia a esse mundo.

Provavelmente foi um daqueles males que vêm para o bem. Eu sabia que Joe tinha uma fama de playboy, e não tinha o menor interesse em ser a atração do mês. Uma aventura com um homem como ele só poderia partir o meu coração, algo que eu evitei com tanto afinco.

Quando dividi esses pensamentos com Curtis, ele me deu o sermão de sempre sobre como eu não era uma cidadã de segunda classe só porque não nasci em berço de ouro. Ele também me lembrou de que Joe havia namorado "aquela desgraça da Phoebe Mills".

— Nossa, Curtis. Você está tentando dizer que eu sou uma desgraça também? — perguntei, sorrindo.

— Ai, meu Deus! Não! — exclamou Curtis, protestando um pouco demais. — Estou dizendo que sei o que eu vi. Aquele homem estava atraído por você. Como uma mariposa por uma chama.

— Aham — falei, pensando que Curtis poderia estar certo sobre a atração, mas que ainda havia uma enorme diferença entre querer *dormir* com alguém e querer *sair* com a pessoa.

Joe claramente não tinha interesse na segunda opção e, ao que parecia, não estava interessado o suficiente na primeira para dar um telefonema.

Algumas semanas depois, a minha teoria foi confirmada quando vi nos tabloides que Joe de fato ainda estava com a namorada da época da faculdade. Eu não conseguia decidir se isso fazia dele uma má pessoa, por ter pedido o meu número, ou uma boa, por não ter me ligado. No fim das contas, não importava, mas me peguei folheando mais daqueles artigos de revistas, procurando por pistas nas fotos. O meu maior interesse era nos registros de Joe e Margaret fazendo as clássicas atividades de gente rica: velejando, esquiando, comprando livros raros. Fiquei um pouco enjoada, mas me recusei, por questão de princípios, a ter ciúme de uma mulher com um corte de cabelo sem graça que usava suéteres Fair Isle e pérolas, às vezes ao mesmo tempo.

O que eu invejava, porém, era o respeito que vinha com o currículo de Margaret Braswell, desde o diploma de Harvard até o trabalho no Corpo da Paz e a nobre profissão de professora. Não havia como competir com uma mulher daquelas. Isso me fez pensar um pouco mais do que o normal sobre quem eu queria ser, além de apenas uma sobrevivente. Como Daisy havia me dito anos antes, a minha carreira como modelo tinha prazo de validade, e estava evidente que a minha mãe nunca iria deixar Chip, por mais dinheiro que eu ganhasse ou ajuda que oferecesse. O objetivo final havia mudado e era hora de fazer mudanças. Por mim.

Naquele outono, surgiu uma oportunidade quando Wilbur Swift, um estilista britânico promissor com quem fiz amizade durante o tempo em que ele trabalhou na Burberry, me ofereceu um emprego na sua nova grife. Eu disse que sim, largando de vez a carreira de modelo; pelo menos eu esperava que fosse assim.

No início, Wilbur me contratou para trabalhar na área criativa, mas acabou me transferindo para vendas, elogiando as minhas habilidades interpessoais e decidindo que eu deveria ter um "papel mais visível". Eu vivia entre a loja na Madison Avenue e a matriz em Sloane Square, e ele me botou para trabalhar com a clientela mais importante. Cuidei do visual de socialites e atores, escolhendo as roupas para festas, casamentos e bailes de caridade, assim como sessões de fotos para revistas e aparições no tapete vermelho. Ganhava menos do que como modelo, mas representou uma grande melhora na minha qualidade de vida, e fazia eu me sentir mais respeitada e valorizada. Não me entendam mal, eu ainda era muito insegura por não ter uma formação universitária, mas já tinha visto bastante do mundo e convivido com pessoas ricas e famosas o suficiente para pelo menos saber fingir... Acho que também ajudou quando comecei a ficar próxima de alguns dos clientes e vi que, por mais rico ou bem-sucedido que alguém fosse, a pessoa ainda tinha problemas. Como diz a expressão: mais dinheiro, mais problemas. Não que eu concordasse; eram apenas problemas diferentes.

Peguei-me lembrando dos meus tempos de escola em Montclair, quando usava roupas para me sentir melhor, e como tinha acabado criando uma identidade — ou pelo menos mascarando a verdadeira. Canalizei essa mesma energia ao vestir os clientes, principalmente os que pareciam deprimidos ou com muitas preocupações. Eu os conduzia ao camarim, sentava-os em uma cadeira confortável e oferecia um café expresso ou uma taça de champanhe. Então conversávamos e eu fazia perguntas sobre o que estavam procurando. Às vezes, eles não sabiam. Mas eu descobria, deixando-os à vontade antes de montar um grande visual. O momento em que se olhavam no espelho e sorriam me enchia de satisfação e propósito. Havia muita superficialidade na indústria da moda, mas ela também podia ser transformadora.

DEPOIS DE CERCA DE seis meses no emprego, Wilbur e eu estávamos viajando juntos de Nova York a Londres, desfrutando de coquetéis na primeira classe, quando ele me perguntou, do nada, quem seria a minha cliente dos sonhos. Sem hesitar, eu respondi: a princesa Diana. No meio do processo de divórcio do príncipe Charles, ela tecnicamente não fazia mais parte da família real britânica, mas isso não diminuía o estrelato dela de maneira alguma.

— E cliente *homem* dos sonhos? — quis saber.

Dei de ombros, achava moda masculina bem menos interessante, e disse:

— Não sei. Robert Redford... Paul Newman... talvez Brad Pitt.

Wilbur tomou um gole do Kir Royale (ele trazia o próprio *crème* de cassis nas viagens, misturando-o ao champanhe da companhia aérea).

— E que tal Joe Kingsley? — perguntou ele.

O meu coração quase parou enquanto eu dava de ombros, espremendo mais limão na gim-tônica, sentindo-me aliviada por já fazer um tempo desde a última vez que pensei em Joe.

— É. Ele estaria no topo da lista também, eu acho.

— Cate — disse Wilbur, sorrindo e balançando a cabeça. — *Pelo amor de Deus*, por que você não me contou que conhece Joe Kingsley?

— O quê?

— Nós nos encontramos em uma festa e ele me disse que conhece você. Logo você, a minha diretora de vendas para *celebridades*, não me diz que conhece o homem mais famoso do mundo?

— Bem, em primeiro lugar, eu não o *conheço*. Não dessa forma — falei. — E segundo, há muitos homens mais famosos do que ele.

— Por exemplo?

— Não sei... Muita gente.

— Cite alguns.

— Como eu disse: Robert Redford, Paul Newman, Brad Pitt.

— Bobagem — disse Wilbur. — Ninguém sabe quem são os pais desses caras. Nem liga para as *fotos de bebê* deles.

— E daí? — perguntei. — Isso só diz que esses homens venceram por mérito próprio, alcançaram a fama mais tarde na vida, enquanto Joe é famoso porque nasceu em uma família rica. Ele é famoso desde o *nascimento*.

— Exatamente — concordou Wilbur, como se eu tivesse provado o ponto dele.

— Isso não é impressionante. Ele não construiu nada sozinho.

— Bem, nem Diana. Tudo o que ela fez foi se casar e entrar para uma família importante.

— *Touché* — falei.

— E aí? — disse Wilbur. — Por que você não me disse que o conhecia?

— Porque eu não o conheço de verdade. Só nos encontramos uma vez. Bem rápido. Não foi nada de mais.

— Bem, você foi marcante para *ele* — comentou Wilbur com um sorriso presunçoso.

— Como sabe disso? — perguntei, um pouco incomodada comigo mesma por me sentir lisonjeada.

— Porque ele me disse, garota! Ele me contou que vocês dois se conheceram nos Hamptons… na praia… Disse que perdeu o seu número, mas de alguma maneira sabia que trabalhávamos juntos e quer vir para uma consulta.

— Ah, legal — falei, assentindo e tentando ao máximo fingir indiferença. — O que ele está procurando? Roupas casuais? De negócios? Algo para um evento formal?

Wilbur sorriu.

— Ele não mencionou *roupas*. Mas me perguntou se você está solteira.

— E? — indaguei, sentindo um estranho frio na barriga.

— E eu respondi que você está.

— Meu Deus, Wilbur. Você sabe que tenho namorado — falei.

Eu estava saindo com um jogador de futebol britânico chamado Arlo Smith havia alguns meses. Atletas não eram muito o meu tipo, mas com as tatuagens e o cabelo espetado, Arlo tinha um ar *rock n' roll* que eu adorava. Nós nos divertíamos juntos e as coisas estavam indo bem.

— Você vai rejeitar Joe por um jogador de futebol de terceira categoria? — perguntou Wilbur.

— Nossa! Não seja tão esnobe.

— Sou esnobe mesmo, doa a quem doer.

— Bem, eu não sou — falei, pegando a máscara de olhos de lavanda, pronta para reclinar a poltrona e cochilar. — E vai ser um prazer vender um montão de roupas para Joe Kingsley. Mas não tenho o menor interesse no resto.

— Que resto?

— Você sabe.

— E por que não?

— Porque não quero arrumar dor de cabeça — falei, decidida.

CERCA DE DEZ DIAS depois, Joe apareceu em nossa nova loja no SoHo bem no meio de um *trunk show*, uma espécie de desfile exclusivo para clientes selecionados, lotado. Eu o vi pelo canto do olho, mas estava ocupada com uma cliente e fingi que não havia reparado. Por mais de meia hora, ele ficou ali por perto, recusando a ajuda do meu colega de vendas, claramente esperando por mim.

Quando enfim fiquei livre, ele se aproximou com um ar tímido e disse:

— Olá, Cate.

— Ah. Oi, Joe — falei com um sorriso simpático, mas impessoal. — Você veio para o nosso *trunk show*, foi?

Joe colocou as mãos nos bolsos, mexeu os pés meio sem jeito e disse:

— Hum. Bem… Estou aqui para ver você, na verdade.

Eu ri e disse:

— Bem, é uma pena. Eu preferiria que você estivesse aqui para o *trunk show*. Está incrível.

— Ah, vim por isso também — respondeu ele com um sorriso tímido. — Você pode me mostrar? Por favor?

Eu assenti, então comecei o meu discurso de vendedora, fingindo que aquele homem não passava de mais um cliente com muito dinheiro. Era uma oportunidade profissional. Nada mais. Joe ouviu com atenção e, quando sugeri que experimentasse alguns itens, ele concordou.

— Ótimo — falei, conduzindo-o até um provador, escolhendo de propósito o menor dos dois livres.

Durante a hora seguinte, Joe experimentou várias roupas que escolhi enquanto eu esperava do lado de fora, junto com Yolanda, a nossa costureira. Toda vez que a porta se abria e ele saía e parava em frente ao espelho que ia do chão ao teto, eu ficava um pouco sem fôlego. O corpo dele havia sido feito para modelar roupas, mas me ocorreu que em geral eu não o via tão bem-vestido. A certa altura, ele fez um comentário nessa linha, mexendo na lapela de um paletó e perguntando se estava bom.

— Sim, eu nem acho que você precise de ajustes. O que acha, Yolanda?

— Não precisa. Ele é perfeito — disse ela, os olhos arregalados.

— Sim. O *paletó* ficou perfeito — falei, corrigindo o pequeno deslize.

No fim, Joe escolheu um terno azul-marinho, dois blazers casuais, três camisas, uma gravata laranja e um par de mocassins bege. Quando passei as compras no caixa, ofereci as minhas tranquilizações pós-vendas caras de sempre. *Você fez escolhas muito boas. Adquiriu peças ótimas e versáteis. Acho que vai ficar muito feliz com as compras.*

Joe me agradeceu e concordou. Eu o acompanhei até a porta, pensando que tinha escapado. Mas, no último segundo, ele disse:

— Olha, Cate. Eu queria dizer uma coisa.

— Pois não? — falei, mantendo o tom leve.

— Eu só queria dizer que... sinto muito por não ter ligado para você. Dei a ele um olhar inexpressivo, fingindo confusão.

— Você sabe. Depois que nos conhecemos... — explicou. — Naquele dia na praia.

— Ah. Sim — falei, dispensando as desculpas com um gesto. — Sem problemas.

— Eu queria *muito*, mas não era o momento certo...

— Hum — falei, assentindo com a cabeça, pensando em Margaret.

— Mas *agora* é — disse ele.

— Ah, *é mesmo?* — falei com uma risada, entendendo que ele queria dizer que era o momento certo *para ele.*

— É — repetiu Joe, sem perceber o tom do meu comentário. — Então, você acha que, talvez, eu possa levar você para jantar...?

— Sinto muito — falei, interrompendo-o. — Mas estou saindo com alguém no momento.

— Ah, entendi... Eu não tinha certeza... Wilbur disse que não era nada sério.

— Bem, Wilbur não sabe tudo sobre a minha vida pessoal.

— Ah, sim. Claro — disse Joe.

Eu assenti com a cabeça e dei a ele um sorriso de boca fechada. Ele hesitou, então falou:

— É… Então, hum, que tal um almoço? Você poderia almoçar? Ou tomar um café? Ou dar um passeio no parque?

Sentindo-me fortalecida e determinada, respondi que provavelmente não era uma boa ideia.

— Mas vamos combinar uma coisa — acrescentei, provocando-o. — Se quiser me dar o seu número, talvez eu entre em contato, caso as coisas com esse cara não deem certo.

Joe sorriu e enfiou a mão na carteira para pegar um cartão de visitas. Ele me entregou e disse:

— Ótimo. Acho que as minhas chances são boas.

— Ah, é? E por quê? — falei, a voz soando surpreendentemente sedutora.

— Porque você acabou de chamá-lo de "esse cara". Não é um bom sinal para o coitado.

— E você está presumindo que seria a minha próxima escolha? — falei, esquivando-me de uma resposta direta, decidida a ser cuidadosa.

— O que posso dizer? — Joe sorriu. — Sou otimista.

Naquela noite, Curtis trouxe comida tailandesa para jantarmos. Atualizei ele e Elna sobre os últimos acontecimentos, e eles tiveram reações opostas, como sempre.

— Ele teve uma chance e deixou passar — disse Elna, revirando os olhos.

— Ele estava namorando outra pessoa — argumentou Curtis.

— Bem, agora *ela* está. E Arlo é um cara legal — afirmou Elna.

— Eu sei… mas Joe é tão lindo.

— Ele é bonito demais — disse Elna. — Caras assim são problema.

— Ele não é um "cara assim" — defendeu o maquiador. — Ele é Joe Kingsley. Um ícone americano. Se você tivesse crescido aqui, entenderia.

— Algo me diz que os negros neste país também discordariam dessa história de ícone — comentou a minha amiga.

— Ela tem razão, Curtis. No fim das contas, é só mais um homem branco rico. O que ele fez de fato para ser tão famoso?

O PESO DE NOSSOS NOMES

— Ele é famoso porque é Joe Kingsley, oras — disse Curtis, o mestre do raciocínio circular. — É por isso.

— Pare de encorajar essas baboseiras — falou Elna. — Não é bom para ela. Cate está feliz com Arlo.

— Arlo é só um brinquedinho — insistiu Curtis. — Não é o final feliz dela.

Fiquei ouvindo enquanto os dois discutiam por alguns minutos, então disse:

— Ninguém vai me perguntar se *eu* tenho algum interesse em Joe?

— E você tem? — questionou Elna.

— Não — respondi. — Não tenho.

— Rá — disse Elna, vangloriando-se para Curtis.

— Ela está mentindo, Elna — afirmou ele, balançando a cabeça. — Não sei se está mentindo para *a gente* ou para *si mesma*, mas, de todo modo, ela com certeza está mentindo. Todo mundo tem interesse em Joe Kingsley.

No dia seguinte, recebi na loja um buquê de rosas vermelhas, junto com um cartão que dizia:

Batatinha quando nasce
se esparrama pelo chão.
Ele segue paciente,
esperando a ligação.

Não estava assinado, mas eu sabia de quem era, e preciso admitir que funcionou. Nenhuma parte de mim queria terminar com Arlo, e eu não iria traí-lo, mas me peguei pensando em possíveis brechas, alguma maneira de telefonar para Joe sem que isso fosse errado. Talvez *pudéssemos* ser amigos. Eu quase conseguia imaginar nós dois em uma cafeteria ou indo aos jogos dos Knicks, talvez até mesmo participando de um evento ou outro quando ele não conseguisse encontrar uma companhia melhor. Imaginei Arlo não se importando — Joe talvez pudesse conquistá-lo, assim como eu poderia conquistar a próxima namorada de Joe. Poderíamos ser que nem *Harry e Sally: Feitos um para o outro* sem a tensão sexual e a confusão.

No fundo, porém, eu sabia que estava apenas racionalizando e que não poderia sair com Joe, mesmo como amigos. Também sabia que em breve ele estaria correndo atrás de outra.

Mas, na semana seguinte, recebi um novo buquê de flores, ainda mais espetacular que o primeiro. Ele também se esforçou mais no poema, desta vez oferecendo um versinho:

Era uma vez, uma Cate modelo.
Para tal moça, Joe fez um apelo.
Não quero mocassim, só imploro o seu sim,
Não me deixe com dor de cotovelo.

Dei uma gargalhada, então consultei o cartão de visita no arquivo dele, ligando para ele na hora.

— Você é louco — falei, sorrindo ao telefone.

— Do que você está falando? — perguntou ele, fazendo-se de bobo.

— As flores. E aquele versinho ridículo...

— Você não gostou do meu poema?

— É ridículo — repeti. — E você comprou mais do que mocassins.

— Com certeza — disse Joe. — Gastei rios de dinheiro naquela compra.

Eu sorri e disse:

— Está gostando das roupas novas?

— Eu amei... Na verdade, estou usando os mocassins agora. São muito confortáveis.

— Bom. Me alegra saber que você ficou feliz.

— Eu ficaria mais feliz se você saísse comigo.

— Sim, bem... Eu ainda tenho namorado — falei, sentindo uma pontada de desejo melancólico, querendo poder aceitar. — Mas talvez a gente possa fazer alguma coisa juntos como amigos, como aquele almoço que você mencionou?

— Ótimo! Quando? Hoje à noite?

Eu lhe disse que, até onde eu sabia, as pessoas não almoçavam à noite, e eu já tinha planos, de todo modo.

— Certo. Que tal amanhã? Ou no dia seguinte?

— Eu realmente não posso — falei. — Vou para a Fashion Week... e ainda tenho que cuidar de um monte de preparativos.

— Para onde você vai?

— Paris.

— Incrível. Eu amo Paris. Onde você vai ficar?

— No Bristol.

— Hum... Talvez eu passe por lá para dar um oi.

— Você vai simplesmente pegar um avião e ir a Paris? — falei, rindo.

— Eu poderia... Nunca se sabe — respondeu. — Você toparia jantar comigo? Ou almoçar? Se eu for para Paris?

— Não sei — respondi, sorrindo ao telefone.

— Mas não está dizendo não?

Balancei a cabeça, agora com um largo sorriso.

— Acho que você vai ter que ir a Paris para descobrir.

Três dias depois, quando fiz o check-in no Bristol, a recepcionista me entregou um envelope com o meu nome na parte da frente, informando-me que fora deixado por um cavalheiro hospedado no hotel. Assenti com a cabeça e agradeci, pensando que devia ser de Wilbur. Mas o olhar de alegria no rosto dela me fez pensar melhor.

Não pode ser, pensei, enquanto recusava a ajuda do carregador de malas e pegava o elevador até o décimo andar, sem tirar os olhos do envelope. Quando cheguei ao meu quarto, comecei a abri-lo, mas me senti tão tolamente esperançosa que me obriguei a largá-lo na cama e esperar mais um pouco.

Fui desfazer as malas e me organizar para a semana. Era um ritual do qual eu nunca me cansava, ainda mais quando estava em um hotel de luxo. Arrumei a maquiagem e os produtos de beleza no banheiro de mármore; pendurei os vestidos e as saias no armário; guardei as peças de malha, camisolas e roupas íntimas nas gavetas da cômoda; enfileirei os sapatos contra a parede; e coloquei as bolsas, carteiras e cintos na otomana ao pé da cama. Por último, coloquei as joias no cofre, definindo o código como 3005, o número do apartamento da minha infância, em Hackensack.

Então, sentei-me na cama e peguei o envelope, sentindo-me um pouco menos ansiosa. Provavelmente não era de Joe e, mesmo se fosse, eu não precisava me deixar levar pelos seus gestos românticos. Eu não devia nada a ele. Mas, quando abri a carta e vi as iniciais na parte inferior da página, pude sentir o coração acelerar. Finalmente li:

Querida Cate,

Sei que você vai estar muito ocupada esta semana, mas decidi correr o risco, caso você tivesse um tempo livre em algum momento. Estou no quarto 1010, se quiser falar comigo. Se eu não tiver notícias suas, não tem problema. Paris nunca é uma má ideia.

Com carinho, JSK

Coloquei a carta de volta na cama quando finalmente me dei conta de que Joe não só estava em Paris, como também no mesmo hotel e no mesmo andar que eu — o que, eu tinha certeza absoluta, não era coincidência. Era mais uma prova de que ele podia conseguir o que quisesse. Fosse um quarto em um hotel lotado ou uma garota. *Qualquer* garota. Para ser sincera, a minha mente estava em turbilhão, mas eu não sabia se devia ficar lisonjeada com o esforço ou desconfiada das intenções. Descartei a primeira opção, dizendo a mim mesma que de jeito nenhum ele teria vindo a Paris só para me ver. No mínimo, havia um plano B, outra mulher para quem poderia ligar e levar para jantar. A viagem a Paris de última hora não era um gesto romântico, tinha a ver com a emoção da conquista e o fato de que ele não sabia aceitar um não como resposta. No segundo em que conseguisse o que queria — sexo, sem dúvida —, passaria para a próxima da lista. Eu já havia vivido isso antes, mas nunca em circunstâncias tão extremas ou com um homem tão famoso. Disse a mim mesma que não tinha nada de diferente nessa situação e, desde que eu soubesse as regras de antemão e não ultrapassasse nenhum limite, eu poderia entrar no jogo dele. Então peguei o telefone e disquei para o quarto 1010.

Joe atendeu no primeiro toque com um alô alegre. Com o coração batendo forte, eu disse:

— Oi, Joe. É Cate.

— Cate! — exclamou. — Você recebeu o meu bilhete! Fico tão feliz em ter notícias suas!

— Aham — falei, o mais desprendida possível. — E o que o traz a Paris?

— Hã... Estou aqui para ver você... Quer dizer, eu tinha esperanças de levar você para jantar — respondeu, parecendo um pouco atrapalhado.

— Então você realmente decidiu correr o risco.

— O que posso dizer? Eu vivo no limite.

— Com certeza.

— Bem, e aí? Você está livre? — perguntou.

— Bem, vamos ver... Estou bastante ocupada esta semana, mas estou livre hoje à noite, se você também estiver.

— Eu estou! E *adoraria* jantar com você. Onde gostaria de ir?

— Que tal o Epicure? Lá embaixo? — perguntei, pensando que o restaurante do hotel faria o jantar parecer menos um encontro.

— Perfeito. Vou fazer uma reserva — disse ele. — Que tal às sete?

— Melhor às oito — falei, imaginando que poderia fazê-lo esperar mais uma hora.

DEPOIS DE UMA LONGA soneca e de um banho frio, eu estava na frente do meu armário envolta em uma toalha branca felpuda, com uma segunda enrolada na cabeça, refletindo sobre o que vestir para jantar com Joe Kingsley. Obviamente, queria estar bonita, mas sem parecer que eu tinha me esforçado demais, para não o deixar convencido. Eu também pretendia reforçar o fato de que eu era uma profissional séria, e que ele estava se metendo na minha viagem de negócios. Assim, contemplei a saia lápis cor de camelo de sempre, que eu poderia combinar com um suéter de cashmere preto ou uma blusa branca engomada. Mas não precisava usar algo tão formal. Eu poderia entrar no jogo dele com um visual um pouco sexy, o que poderia ser ainda mais gratificante, especialmente quando chegasse o momento de rejeitá-lo.

Por fim, optei por um vestido preto justo, mas ainda discreto — um modelo da nossa nova coleção —, e uma sandália salto agulha de dez centímetros que me deixaria da altura de Joe, talvez um pouco mais alta. Escolhi joias simples, usando apenas brincos de diamante e uma pulseira de ouro fina, e prendi o cabelo em um coque baixo e apertado. Finalmente, peguei leve na maquiagem, como sempre, usando apenas um pouco de corretivo e pó, junto com o rímel preto e o batom vermelho que eram a minha marca registrada.

Consultei o relógio e vi que ainda tinha alguns minutos antes de chegar ao ponto do "atraso elegante", então me sentei para ligar para Arlo, que estava no Brasil para uma partida de futebol. Eu estava decidida a lhe contar a verdade — que ia jantar com um cliente insistente que por acaso era Joe Kingsley —, mas fiquei um pouco aliviada quando ele não atendeu ao telefone. Conversaríamos mais tarde, sem crise, eu disse a mim mesma enquanto pegava a chave do meu quarto, o batom e o pó compacto. Guardei tudo em uma bolsa-carteira preta e saí pela porta.

Um momento depois, eu estava fora do elevador, caminhando em direção ao restaurante. Enquanto repetia a mim mesma uma última vez para não me apaixonar em hipótese alguma por Joe Kingsley, eu o vi de pé ao lado do pódio do maître usando um terno Wilbur e mais uma vez fiquei maravilhada com o quão bonito ele era. Parei e respirei fundo no instante em que ele olhou para cima e me viu. O seu rosto se iluminou e eu o vi murmurar um *uau* inconfundível enquanto eu percorria o resto do caminho até ele, como se estivesse desfilando em uma passarela.

— Uau — repetiu ele em um sussurro quando o alcancei. — Olá, Cate.

— Olá, Joe — falei com apenas uma sugestão de sorriso.

Ele hesitou, então colocou uma das mãos nas minhas costas e a outra no meu ombro e me deu um beijo na bochecha, o que pode parecer um pouco pretensioso vindo de um americano. Mas decidi que naquele caso funcionava, talvez porque estivéssemos em Paris, ou talvez porque ele fosse Joe Kingsley, afinal. Integrante da realeza americana.

— Você está deslumbrante — elogiou.

Agradeci, pensando se deveria retribuir o elogio. Concluí que ele já tinha ouvido muitos elogios na vida e disse apenas:

— Gostei do seu terno.

— Obrigado — respondeu com um largo sorriso. — É novo.

Alguns segundos depois, o maître se pronunciou educadamente com uma saudação e nos acompanhou até uma mesa isolada com vista para o pátio interno do hotel. Percebi alguns olhares em nós ao longo do caminho e me lembrei da primeira vez que vi Joe Kingsley, na praia. Eu me sentia um pouco envergonhada ao lembrar como tinha ficado deslumbrada.

— *Até que enfim* — disse Joe quando estávamos sentados, acomodados e sozinhos.

Ele se inclinou sobre a mesa, me encarando.

— Até que enfim o quê? — perguntei.

— Até que enfim estamos em um *encontro*.

Ele sorriu e percebi uma covinha na bochecha esquerda que nunca havia notado nas fotos tiradas pelos paparazzi.

— *Não* é um encontro — afirmei, balançando a cabeça.

— Ah, Cate, é sim! Um encontro, enfim.

— Lá vem você com as suas rimas — falei, tentando não sorrir.

— Ei, não se mexe em time que está ganhando. A minha poesia nos trouxe até aqui.

Inclinei a cabeça e disse:

— Você acha mesmo?

— Sim — respondeu, rindo um pouco mais. — Acho que aquele versinho conquistou o seu coração.

— Ah, conquistou, sim — falei, revirando os olhos.

— Admita… você adorou. — Dei um sorriso de lábios fechados e balancei a cabeça. — Tem sorte de eu não ter usado um dos meus haicais mundialmente famosos. Você teria derretido na hora.

Cruzei os braços e provoquei:

— Quero ver.

Joe pigarreou e apoiou os cotovelos na mesa, encostando o queixo nas mãos entrelaçadas. Ele olhou para o pátio, parecendo imerso em pensamentos. Depois de alguns segundos, virou-se para mim, pigarreou outra vez e começou a recitar na voz profunda de um ator shakespeariano:

— Ele veio a Paris… admirar os seus lindos olhos… em um belo encontro.

— Nada mal — falei, rindo. — Bem meloso, mas não ficou ruim.

— Pode ser meloso, mas é verdade — disse ele, parecendo tão sincero que quase acreditei que tinha mesmo vindo de tão longe só para me ver.

Eu ia responder, mas fui salva pelo nosso garçom, que chegou para apresentar o cardápio e a carta de vinhos. Joe respondeu em um francês com sotaque carregado, fazendo algumas perguntas antes de eu tomar a dianteira, em um francês muito mais fluente, pedindo uma garrafa de Borgonha e informando ao garçom que precisávamos de mais alguns minutos para olhar o cardápio.

Quando estávamos sozinhos, Joe disse:

— Seu francês é *tão* bom.

— Obrigada.

— Você aprendeu na escola?

— Não. Eu fiz espanhol. Acabei aprendendo nos meus dias de modelo. Trabalhei muito por aqui.

— Nossa. Isso é impressionante. Eu sou péssimo com idiomas. Estudei francês por uns dez anos e ainda é horrível.

— É mesmo — concordei com uma risada, pensando que era um pouco surpreendente... e interessante.

Eu havia pensado que Joe era o tipo de cara que nunca se arriscaria a passar vergonha e só faria algo se tivesse certeza de que o faria bem.

Nas duas horas seguintes, enquanto pedíamos os pratos, comíamos e terminávamos a garrafa de vinho, Joe continuou a me surpreender. Ele era tão cheio de contradições. Por um lado, era ousado, impetuoso e aventureiro, falando sobre o quanto adorava pilotar aviões, praticar heli-esqui e windsurfe. Por outro lado, parecia introspectivo, atencioso e gentil, quase delicado. Percebi, por exemplo, que Joe sempre fazia contato visual com o ajudante de garçom, mesmo se estivesse no meio de uma frase, agradecendo cada vez que ele enchia nossos copos de água. Não parecia se colocar acima de ninguém, e a sua humildade beirava a autodepreciação, ainda mais quando me contou sobre as notas na faculdade e sobre como foi reprovado na prova da ordem não só uma, mas duas vezes.

Claro que eu já sabia disso, e me lembrava das manchetes vergonhosas, mas me fiz de boba e disse:

— Nossa, deve ter sido uma droga.

— Sim. A primeira vez não foi *tão* ruim... Quer dizer, foi uma grande decepção e uma chatice. Bem, acontece... Mas a segunda vez? — Ele balançou a cabeça e sorriu, como se fosse uma boa lembrança. — Foi realmente péssimo.

— Bem, pelo menos você sabe rir de si mesmo.

— É, eu tento. Mas a minha mãe não achou muita graça.

Imaginando Dottie Kingsley, eu estremeci e disse:

— *Ah*. É, aposto que não.

— Ela ficou fora de si.

— Por quê? Fazia tanta diferença assim? — perguntei, sentindo-me um pouco defensiva com o meu próprio histórico acadêmico. — Pode-se tentar passar na prova da ordem de advogados quantas vezes quiser, não?

— Sim, você pode... mas vamos dizer apenas que não é o que se espera de um *Kingsley*. — Joe pronunciou o próprio sobrenome com uma voz exagerada e esnobe.

— É. Imagino que não — respondi, pensando que nunca tinha me ocorrido que poderia ser meio chato ter pais super bem-sucedidos ou um sobrenome famoso.

Eu também nunca havia considerado o lado bom de ter um padrasto abusador e uma mãe não tão boa. Quer dizer, eu ter me tornado um membro funcional da sociedade fazia de mim uma espécie de história de sucesso.

— Então, depois de tudo isso, você gosta de ser advogado? — perguntei, querendo evitar falar da minha própria vida.

Joe pareceu refletir sobre a pergunta, tomando um gole de vinho.

— Sim e não. Trabalhar como promotor de justiça pode ser divertido... mas pode ser desmoralizante. Talvez eu largue daqui a pouco.

— E vai fazer o quê?

— Ah, não sei. Ainda preciso descobrir — disse ele, lançando-me um olhar que me afetou um pouco.

Eu o encarei de volta, resistindo ao impulso de desviar o olhar, mas não disse nada.

— E você? — perguntou.

— O que tem eu?

— Você sente que a sua vida está... encaminhada?

— A minha *vida*? — repeti com uma risada. — Essa é uma pergunta bastante abrangente.

— Verdade. O seu trabalho?

— Vai bem, eu acho.

— E quanto ao seu relacionamento?

Hesitei por tempo suficiente para dar a ele uma resposta sincera, então tentei voltar atrás.

— A paixão é superestimada.

— Você não acredita nisso, acredita?

— Acredito, sim. E descobri que é melhor não criar expectativas na vida. Sobre nada.

— Caramba — disse Joe, balançando a cabeça. — Isso é meio deprimente.

Dei de ombros e respondi:

— Não para mim.

— Você não criou expectativas em relação a mim? Em relação a hoje à noite?

Eu sorri e disse:

— Não. Nem um pouco.

— Então eu as superei? — perguntou Joe, o rosto todo iluminado.

— *Un peu* — respondi, baixando a voz e dando a ele o meu olhar mais sedutor. — *Mais cela reste à voir.*

CAPÍTULO 11

Joe

Não foi a primeira vez que uma mulher bonita me rejeitou. Em muitos casos, porém, elas só estavam se fazendo de difícil. Eu não me importava em entrar no jogo de vez em quando, mas, ironicamente, as mulheres que faziam isso em geral eram as menos interessantes. Às vezes, porém, eu encontrava uma mulher esquiva de verdade. Cate entrava nessa categoria.

Quando descobri em qual loja ela trabalhava e fui vê-la, Cate foi muito educada e simpática, ajudando-me a comprar um monte de roupas bonitas. Mas eu não conseguia entender as suas intenções e, quando criei coragem para finalmente convidá-la para sair, ela me disse que tinha um namorado. Eu quase sempre respeitava o limite se a mulher estivesse em um relacionamento sério, mas com Cate tive uma forte desconfiança de que aquele namoro estava sendo usado como desculpa, talvez ela estivesse até inventando um.

Então comecei a cortejá-la com afinco, mandando-lhe flores, escrevendo poemas e, finalmente, decidindo de última hora me arriscar a pegar um voo para Paris, onde ela estaria por causa de uma viagem de trabalho. Foi meio exagerado e, lá no fundo, eu estava com medo de que acabasse tendo o efeito oposto e aquele gesto grandioso a afastasse. Mas decidi que não tinha nada a perder além do meu orgulho e de alguns dias de trabalho, mas eu nunca fui muito orgulhoso e ligava ainda menos para o trabalho. Depois que recebi mais um caso de drogas envolvendo um adolescente negro sendo julgado como adulto por vender maconha, as palavras de Gary ganharam muito peso e eu estava prestes a pedir demissão.

No fim, o risco da viagem transatlântica valeu a pena. Cate finalmente cedeu, aceitando o meu convite para jantar. Fiquei nas nuvens, ainda mais quando a vi caminhando na minha direção com um vestido preto sensual e salto alto. Devo admitir que posso ser tão superficial quanto qualquer outro homem.

Mas, quando nos sentamos à luz de velas e conversamos por horas com a garrafa de um bom vinho e a culinária francesa, pude sentir uma mudança, junto com um aperto no peito que só sinto quando começo a gostar de alguém de verdade. Descobri que, como eu, Cate era filha única e havia perdido o pai muito jovem, mas não nos demoramos nesse assunto ou em qualquer outro tópico muito pesado. Em vez disso, mantivemos a conversa leve, falando sobre trabalho e viagens. Ela viajou pelo mundo durante os seus dias de modelo, e achei as histórias fascinantes. Eu adorava o jeito como Cate gesticulava e jogava a cabeça para trás quando ria e não tinha medo de estender a mão por cima da mesa e tocar o meu braço quando fazia perguntas. Ela era tão envolvente, mas também havia algo imprevisível nela, algo que me mantinha alerta da melhor maneira possível. Em determinado momento, me provocava como se fôssemos amigos de longa data; no seguinte, recuava e me encarava com aqueles olhos azul-gelo distantes, completamente indiferente a períodos de silêncio. Eu me atrapalhava para preenchê-los para que nosso tempo juntos não acabasse.

Quando a acompanhei até o quarto para lhe desejar boa-noite, passou pela minha cabeça que eu poderia, pela primeira vez, estar perdendo a cabeça por uma mulher. Essa ideia me empolgou.

Fiquei em Paris mais três noites, deslizando bilhetes por debaixo da porta de Cate todas as manhãs para lhe desejar um bom dia. Eu sabia que ela estaria ocupada com o trabalho, mas ainda tinha esperanças de vê-la novamente antes de partir. Enquanto isso, fiquei mais na minha, descansando no quarto, assistindo a filmes e colocando o sono em dia. Quando resolvia sair, ia a lugares menos badalados. Certa manhã, aluguei uma bicicleta e andei pela Montmartre, descobrindo praças de paralelepípedos muito legais, edifícios *art déco* coloridos e cafés escondidos, além de galerias de arte e livrarias. Sempre me interessei por livros antigos e raros, o que era um pouco estranho, já que eu não lia tanto. Queria muito cultivar o hábito da leitura, e várias vezes "ler mais" esteve entre as minhas metas de Ano-Novo, mas nunca conseguia terminar os livros que colecionava ou, em alguns casos, nem mesmo chegava a começá-los. A minha descoberta favorita, porém, foi uma lojinha diferente, especializada em bolsas vintage e lenços de seda. Imediatamente pensei em Cate e decidi que queria comprar algo para ela. Por mais de uma hora, fiquei debatendo opções, agoniado, e enfim me decidi por um lenço Hermès quase todo azul da coleção "Brides de Gala" dos anos 1950. Enquanto a dona da loja me contava a história daquela peça e como o design havia sido reimaginado várias vezes ao longo das décadas, imaginei como ficaria bonito em Cate.

Na minha última noite em Paris, quando eu havia perdido as esperanças de ter notícias dela, Cate ligou para o meu quarto e perguntou o que eu estava fazendo.

— Ah, nada de mais — falei, na esperança de que ela pudesse querer me ver. — Só passando o tempo… assistindo a um filme.

— O que você está assistindo?

— *Coração valente*. Pela quarta vez — respondi, me perguntando se isso me tornava brega ou romântico aos olhos dela.

Cate riu, fazendo-me entender que a primeira opção era mais provável, então disse:

— Você quer companhia?

— Eu adoraria — falei, me sentindo animado. — No meu quarto ou no seu?

— No meu, por favor — respondeu ela, sem hesitar.

— Legal. Quando devo passar aí?

— Pode ser agora. A não ser que você queira terminar *Coração valente*?

— Não — falei, sorrindo. — Eu já sei o que acontece.

CAPÍTULO 12

Cate

Por mais que eu tentasse, não conseguia tirar Joe da cabeça depois do nosso não encontro. Eu ainda achava que ir atrás dele — ou, para ser mais exata, deixá-lo vir atrás de mim — era uma má ideia a longo prazo. Mas, depois de três noites sabendo que ele estava bem no final do corredor, querendo me ver e até mesmo colocando bilhetes fofos debaixo da minha porta, eu podia me sentir cedendo à sua persistência, até me perguntando que mal faria beijá-lo uma vez. Afinal, ele era Joe Kingsley. Seria um belo troféu. Os homens faziam esse tipo de coisa o tempo todo. Por que eu não podia fazer o mesmo? Se eu entrasse no jogo, poderia me vangloriar para sempre por ter beijado Joe Kingsley, a minha paixão pré-adolescente e um ícone americano.

Decidi que era uma oportunidade boa demais para deixar passar, mas precisava terminar com Arlo primeiro. Liguei para ele e fui direto ao assunto. Disse que tinha sido bom estar com ele, mas não estava mais funcionando para mim. Botei a culpa nas nossas agendas lotadas de trabalho e viagens, e no fato de não morarmos na mesma cidade.

— Além disso, não temos muito em comum. Eu nem sei as regras do futebol — falei, sentindo uma pontada de culpa por nunca ter ido vê-lo jogar.

— Sim. Mas pelo menos nunca precisei me preocupar se você era uma Maria-chuteira — disse ele em um lindo sotaque de Liverpool.

— Ah! Isso com certeza é verdade — brinquei, sorrindo ao telefone.

— Então... Acha que ainda podemos ser amigos? E tomar uma cerveja quando você estiver na cidade?

— Claro — falei, embora não conseguisse imaginar uma amizade entre nós, ainda mais considerando que o sexo era melhor do que a conversa.

— Amigos coloridos? — perguntou Arlo, claramente pensando algo parecido.

— Veremos — cogitei, não muito decidida.

Por um lado, era o arranjo ideal. Eu poderia fazer o que quisesse com Joe, sem culpa, e ainda passar tempo com Arlo. Por outro, adorava um término bom e definitivo. De qualquer forma, eu havia me livrado de mais um relacionamento com sucesso e senti o alívio habitual que vinha com isso.

Quando me despedi e desliguei o telefone, passou pela minha cabeça ir para a cama e não me dar ao trabalho de procurar Joe. Mas a sua atração magnética devia ser grande demais, porque, quando vi, já estava ligando para o quarto dele e o convidando para o meu.

Momentos depois, Joe estava parado na minha porta com um largo sorriso. O cabelo estava uma bagunça, como se tivesse acabado de acordar, e ele usava um short cáqui, uma camiseta desbotada e os chinelos brancos típicos de hotel que eu achava que ninguém jamais calçava.

Sorri de volta para ele — era impossível não sorrir — e o convidei para entrar, apontando para a única cadeira no quarto. Ele avançou alguns passos, parando para me dar um beijo na bochecha; uma bochecha só, desta vez. Quando fechei a porta atrás dele, notei que Joe carregava uma pequena bolsa com um logotipo chique em tons pastel. Cogitei que talvez tivesse comprado uma caixa de chocolates na loja de presentes, já que parecia algo saído do seu manual clichê de conquista, junto com as flores e a poesia.

— Lindos chinelos — comentei, enquanto ele se sentava, deixando a bolsa no chão.

— Obrigado. Mas esteja avisada: nunca tente levá-los para casa. Eu cometi esse erro uma vez.

— Você roubou os chinelos? — perguntei, achando graça, sentando-me na lateral da cama, de frente para ele.

— Não! Achei que eram cortesia. Você sabe, que nem a graxa de sapato e o kit de unhas, mas eles me cobraram o olho da cara depois.

Eu ri, então perguntei como ele tinha passado os últimos dias.

— Ah, você sabe — disse Joe, passando a mão pelo cabelo e bagunçando-o ainda mais. — Muitas sonecas... filmes... Fiz alguns passeios de bicicleta, explorei a cidade e fiz compras. — Ele fez uma pausa e me deu um sorriso tímido, ou pelo menos um sorriso que *fingia* ser tímido, e acrescentou: — Na maior parte do tempo, fiquei esperando notícias suas.

— Até parece — falei, revirando os olhos e gesticulando para dispensar o comentário.

— É verdade — garantiu, franzindo as sobrancelhas com sinceridade —, quer você acredite ou não.

Olhei para ele, decidindo que acreditava, o que era um perigo. Uma coisa era beijá-lo; outra era começar a imaginar que Joe talvez gostasse de mim. Eu não podia deixar isso acontecer. Precisava manter o controle. Com determinação renovada, deslizei para trás na cama e me inclinei contra a cabeceira, as pernas esticadas e cruzadas nos tornozelos. Eu estava usando um short de caxemira e uma regata combinando, então tinha muita pele à mostra e podia sentir os olhos dele em mim. Eu sabia direitinho o que estava fazendo, assim como o efeito que tinha sobre ele.

Dito e feito, Joe respirou fundo e disse:

— Meu Deus, Cate... Você é linda.

Agradeci, depois dei um tapinha ao meu lado na cama.

— Você prefere se sentar aqui e conversar?

— Eu adoraria... Posso tirar os chinelos primeiro? — perguntou com um sorriso.

— Por favor — respondi, rindo.

Ele os chutou para longe, então se levantou e veio até a cama, trazendo a bolsa de papel junto.

— Tenho um presente para você — anunciou, se acomodando ao meu lado, parecendo muito orgulhoso de si.

— É mesmo? — falei, sentando-me de pernas cruzadas enquanto me virava para encará-lo.

— Sim — confirmou, entregando-me a bolsa.

Enfiei a mão dentro e puxei uma caixa achatada e quadrada que parecia leve demais para ser chocolate. Balancei de leve, ouvindo o farfalhar do papel de seda, e perguntei:

— O que é?

— Abra — disse ele, agora radiante.

Sentindo-me constrangida, tirei a tampa da caixa e afastei o papel, encontrando um belíssimo lenço azul-cobalto e vermelho-papoula, o design inconfundivelmente Hermès.

— *Uau* — falei, passando a mão pela seda, surpresa com a generosidade do presente. — É lindo.

— Você gostou mesmo?

— Sim — garanti, pegando o tecido por uma ponta e desenrolando-o no ar antes de colocá-lo sobre a cama. — Eu amei.

— É antigo, dos anos 1960… Encontrei em uma lojinha muito legal, por isso não está em uma caixa laranja — explicou ele.

Eu sorri, resistindo ao impulso de dizer: *Sim, eu já sabia que Joe Kingsley não compraria uma imitação.*

— Ainda não conheço bem o seu estilo, mas achei a sua cara — comentou com a voz suave.

O meu coração quase parou por ele ter usado a palavra *ainda*, e eu reiterei mais uma vez que havia adorado o presente.

— Sempre tive uma queda por lenços — acrescentei.

— Ah, que bom — disse ele. — E a cor? Quase escolhi um preto e branco porque você parece usar cores mais neutras.

Eu lhe falei que era verdade, surpresa por ele ter notado, mas que gostava de toques de cor, ainda mais quando se tratava de acessórios.

— Sim. Como o seu batom — reparou Joe, olhando para a minha boca.

Senti um frio na barriga enquanto olhava de volta para o lenço, traçando a estampa com o dedo antes de dobrá-lo na diagonal e colocá-lo por cima do cabelo. Havia tantas maneiras de usar um lenço — e eu tinha experimentado todas —, mas desta vez optei pelo estilo hippie dos anos 1970, amarrando duas pontas na nuca e deixando a terceira livre, o cabelo caindo pelas costas e ombros.

— Tão chique — elogiou, apoiando-se no cotovelo para me olhar.

Eu sorri, estendendo a mão para desamarrar o lenço, agora amarrando-o sob o queixo.

— Ah, eu amo esse visual — disse ele. — Parece a Grace Kelly... em um conversível ao longo da Riviera Francesa.

Sorri, pensando que esse visual também era a marca registrada de Dottie Kingsley, quando ele disse:

— Você realmente me lembra Grace Kelly.

— O quê? — falei, rindo. — Não nos parecemos em absolutamente nada.

— Eu sei. Mas a maneira como você se comporta... Você é tão, não sei... elegante.

Resisti à tentação de dizer algo autodepreciativo, tendo aprendido que essa tática não leva a lugar nenhum. Em vez disso, agradeci e tirei o lenço da cabeça, dobrando-o com todo o cuidado e devolvendo-o à caixa.

Alguns segundos se passaram antes que ele abrisse um sorrisinho para mim.

— E aí? Você já largou aquele cara?

— Aquele *cara*?

— É.

— O nome dele é Arlo — falei, hesitante. — E sim. Na verdade, larguei.

— É mesmo? — perguntou, sentando-se mais ereto, de repente muito alerta. — Quando?

— Faz uma meia hora — falei, me sentindo ousada. — Pouco antes de eu ligar para você.

— Sério?

— Sério.

— Por quê? Porque está a fim de mim? — indagou com uma risada.

— Eu não iria tão longe.

Joe sorriu e disse:

— Mas você está *um pouco* a fim de mim, não é?

— É. Um pouco — falei, então decidi me arriscar de novo. — O suficiente para beijar você. Uma vez.

— Só uma vez? — perguntou Joe.

— Sim. Apenas uma vez. Tipo "o que acontece em Paris fica em Paris".

O PESO DE NOSSOS NOMES

— Mas e se eu quiser beijar você em Nova York também? — quis saber ele, inclinando-se para mais perto, olhando para a minha boca outra vez.

— Não vamos nos precipitar — respondi, mordendo o lábio.

Joe se aproximou ainda mais, o rosto agora a centímetros do meu. Eu podia ver o seu peito subindo e descendo debaixo da camiseta quando ele estendeu a mão e tocou o meu rosto e afagou a minha bochecha, antes de deslizar a mão para a minha nuca. Puxou-me para mais perto enquanto eu inalava um perfume que mais tarde descobriria ser Eau Sauvage de Dior — a mesma fragrância que o pai dele usava.

As nossas testas se tocaram primeiro, depois os narizes, e, quando fechei os olhos, pude sentir o seu hálito quente no meu rosto. Após um segundo atordoante, os lábios dele estavam roçando os meus no suave e leve sussurro de um beijo. Mal contava como um beijo. Mas eu *queria* que contasse. Porque foi perfeito.

O primeiro beijo perfeito.

Não, o *único* beijo.

Com o coração martelando, afastei-me, recuperei o fôlego e disse:

— Pronto. Um beijo. Acabou.

Ele balançou a cabeça e disse:

— Só mais um?

Tentei dizer não, mas não consegui. Em vez disso, assenti, atordoada, enquanto ele me puxava para os seus braços, me deitava na cama e me beijava de novo e de novo e *de novo*, não deixando absolutamente nenhuma dúvida de que aquilo não ficaria em Paris.

Como eu imaginava, quando voltei para o meu apartamento em Nova York três dias depois, havia uma mensagem de Joe na secretária eletrônica. Eu não consegui acreditar quando o ouvi se perder no recado, dizendo que estava com saudade e "por favor, me ligue assim que chegar em casa, *assim* que chegar".

Sorri, tomada por uma onda de empolgação. Eu estava tentando não ficar obcecada. Mas podia sentir que estava começando a me apaixonar por aquele homem. Lembrando a mim mesma de que era uma péssima ideia, peguei o telefone e liguei para ele mesmo assim.

— Cate! — exclamou quando ouviu a minha voz. — Até que enfim! Quando você chegou?

Pensei em dizer que estava em casa há algum tempo, mas decidi que não havia por que ficar de joguinhos. O que quer que fosse acontecer, aconteceria, e provavelmente era melhor começar essa jornada o quanto antes.

— Acabei de chegar — falei.

— Em casa? Agora?

— Sim. Você me pediu para ligar assim que eu chegasse, não? — perguntei com uma voz brincalhona.

— Boa menina — disse ele. — Quando posso vê-la?

— Quando você *quer* me ver?

— Agora?

— Que tal amanhã? — sugeri, rindo.

— Seria ótimo. O que gostaria de fazer?

— Nada muito elaborado — falei, sentindo-me exausta e com *jet lag*, mas também sem querer escancarar o relacionamento.

— Certo. Eu poderia ir para a sua casa. Podemos alugar um filme e pedir comida, o que acha?

— Hum… Não sei… Eu divido o apartamento com uma amiga.

Elna estava viajando, mas eu não queria que ele viesse ao meu apartamento de qualquer maneira.

— Ela é bem-vinda se quiser se juntar a nós… Só no início, é claro — disse Joe com uma risada.

— Eu não sei — falei, gaguejando. — Eu não queria que ela soubesse que estou saindo com você.

— Por que não? — perguntou. — Ela não gosta de mim?

— Ela não conhece você, mas ela não gosta do que você *representa*.

— Por que não? — perguntou ele, soando um pouco magoado.

— Acho que você pode adivinhar os motivos.

— Hum… Bem, e você? Gosta do que eu *represento*?

— Ainda não decidi — falei com um sorriso.

— Droga. Você não pega leve, não é? — reclamou, rindo.

— Não. Para quê?

— É verdade. Eu gosto disso. — Alguns segundos se passaram antes que ele dissesse: — Certo... bem, que tal você vir aqui em casa amanhã? Posso fazer um jantar para a gente.

— Você sabe cozinhar?

— Na verdade, não. Mas posso pedir comida, transferi-la para pratos e fingir que cozinhei.

— Não precisa — falei com uma risada. — Lembre-se: comigo você não precisa fingir nada.

NA NOITE SEGUINTE, DEPOIS do trabalho, fui para casa tomar banho e trocar de roupa antes de ir para a casa de Joe. Fiquei feliz por Elna estar viajando, pois assim não precisaria responder a nenhuma pergunta sobre aonde estava indo. Por mais que fizesse confidências a ela, não estava pronta para contar. Quando saí do banho, aumentei o volume da música, abri uma garrafa de Amstel Light e sequei o cabelo, deixando-o liso e repartido ao meio. Buscando um visual feminino, mas descontraído, coloquei um vestido vintage de seda Miu Miu com estampa floral marrom e branca e sandália nude com salto baixo Prada.

Até então eu estava no piloto automático e poderia estar me arrumando para um encontro qualquer, mas, quando entrei no táxi, não parava de pensar que estava indo para o apartamento de *Joe Kingsley*, um homem do mais alto pedigree e que era *muita* areia para o meu caminhãozinho. Se não fosse uma verdade absoluta, era uma ideia com a qual 99,9% do mundo concordaria e, quando estava quase chegando ao endereço no SoHo, comecei a entrar em pânico. Onde eu estava com a cabeça, afinal? Como pude pensar que aquilo poderia dar certo?

Eu disse a mim mesma que não havia sentido em questionar a decisão; seria dramático e estranho demais cancelar em cima da hora. Era melhor encarar a situação como um experimento. Ver até onde poderíamos chegar antes que ele percebesse o que eu sabia ser verdade. Ou talvez ele *já* até soubesse. Era suspeito, ou no mínimo algo que chamava a atenção, que Joe ainda não tivesse pedido detalhes sobre a minha família ou formação, apenas aceitando comentários vagos e muito mentirosos sobre "ainda não terminei a graduação". Era tentador acreditar que eu escaparia desses tópicos, mas eu sabia que não seria assim. Homens como Joe sempre começavam com aquela pergunta: *onde você estudou?* Na maioria dos casos, eles queriam saber da faculdade, embora os que estudaram em internato se importassem com o Ensino Médio também. E se você estudou em uma escola pública, então era bom ter sido em um subúrbio nobre. Era bizarro como essas perguntas eram padrão. Eu também sabia que em geral elas não passavam de um artifício disfarçado de conversa-fiada, quando estavam na verdade tentando identificar o meu status social. Em outras palavras: eu era uma garota do proletariado que havia usado a carreira de modelo para melhorar de vida ou tinha vindo de uma "boa família" que insistiu que eu também fizesse faculdade?

O fato de Joe não ter insistido muito no assunto significava uma de três coisas: 1) consegui levá-lo a fazer suposições equivocadas; 2) de certa forma, ele sabia a verdade e gostava de mim mesmo assim; ou 3) ele não estava interessado nos detalhes porque só queria uma aventura. A última opção parecia a mais provável, concluí quando o táxi entrou em um quarteirão moderno, mas um pouco sujo, exalando a essência do SoHo, com ruas de paralelepípedos e armazéns pré-guerra convertidos em apartamentos. Paguei a corrida e saí do carro, olhando em volta, quase esperando ver os paparazzi à espreita nas sombras. Mas não havia qualquer indício de que Joe ou qualquer pessoa importante morasse no prédio cinza à minha frente. Não havia nem porteiro. Subi as escadas da frente, examinando as campainhas, procurando pelo nome dele, sabendo de alguma maneira que não conseguiria encontrar.

Arrisquei tocar no único apartamento não marcado, prendendo a respiração, esperando. Alguns segundos depois, a voz de Joe chiou pelo interfone:

— Alô?

— Oi, sou eu — falei, o coração começando a bater mais rápido.

— Olá! Pode entrar! Pegue o elevador até o quarto andar! — exclamou, destrancando a porta.

Respirei fundo, me lembrando de que não tinha nada a perder, desde que não criasse expectativas, então abri a porta pesada. Atravessei o saguão vazio de decoração fria e esparsa e peguei um pequeno elevador até o quarto andar. Quando as portas se abriram, Joe estava parado ali, esperando por mim com um sorriso enorme. Quinta-feira estava ao lado, abanando o rabo e tentando pular em cima de mim enquanto o dono o continha e o repreendia.

— Não tem problema — falei, acariciando-o e me lembrando daquele dia na praia. — Quinta-feira e eu já nos conhecemos há muito tempo.

— Ah, é verdade! — Joe riu.

Ele estava tão bonito quanto sempre, mas com um estilo mais casual, vestindo uma calça jeans desbotada, um Henley creme e tênis Adidas preto e branco, os cadarços frouxos.

— Então... oi — disse ele com uma risadinha fofa, dando-me um abraço apertado.

— Oi — falei, abraçando-o de volta, sentindo o aroma da sua colônia, que já parecia familiar.

Nós nos afastamos e ele me encarou com um sorriso bobo.

— Você está maravilhosa. *Uau.*

— Obrigada — falei, tímida, tentando fazer mais carinho em Quinta--feira.

Joe segurou a minha mão e me conduziu pelo corredor até o apartamento. Embora tivesse mencionado que morava em um loft, eu ainda fiquei um pouco impressionada com o visual dramático e cavernoso. Com janelas de aço do chão ao teto, paredes de tijolos aparentes e um conceito totalmente aberto, o espaço era muito descolado, mas também um pouco *frio*, e eu não conseguia decidir se tinha amado ou odiado. Enquanto percorria o longo caminho até a sala, deixando a bolsa no enorme sofá de couro marrom, decidi que, como preferia espaços mais aconchegantes, não gostaria de morar em um lugar como aquele, mas que era legal de visitar. Perfeito para um caso de uma ou várias noites.

— O que achou? — perguntou Joe.

— É ótimo — falei, olhando para ele —, para um apartamento de solteiro.

— *Ai!* Talvez você possa me ajudar a melhorá-lo? Preciso de mais mesas de canto, abajures e essas coisas.

— Você não precisa da minha ajuda — comentei, sorrindo.

— Preciso, sim — insistiu ele. — Você tem muito bom gosto. E quero que você goste daqui.

— Ah, é? — perguntei, levantando as sobrancelhas, flertando abertamente. — Por quê?

— Porque eu gosto de *você*. E quero que se sinta à vontade aqui... para voltar sempre.

Antes que eu tivesse tempo de responder, ele colocou os braços em volta da minha cintura e me deu um beijo.

— Eu falei que não ia ser "uma vez e só" — sussurrou.

Com o coração disparando de novo, pensei: *Merda. Você falou mesmo.*

— Certo. Agora que isso está resolvido... Está com fome?

— Um pouco — falei, pensando que nunca sabia como responder à pergunta.

Talvez fosse uma consequência de tantos anos trabalhando como modelo, mas eu tinha me treinado a não pensar em comida a menos que estivesse faminta.

— Bem, como você já está ciente, eu não sei cozinhar. Mas preparo ótimos aperitivos — disse Joe, apontando para a cozinha. — Quer ver?

Eu assenti enquanto percorríamos o longo caminho até o outro lado do aposento, onde ele havia preparado uma tábua de frios própria para um banquete. Estava cheia de queijos, fileiras de biscoitos, embutidos enrolados e frutas secas suficientes para entupir um cavalo.

— Impressionante — falei.

— Espera aí. É impressionante *impressionante*? Ou impressionante *para um solteiro*?

Olhei para a tábua, fingindo examinar o trabalho dele, e então disse:

— Eu diria que é impressionante em um grau absoluto.

— Aaahhh — comemorou ele, erguendo o punho no ar como se tivesse acabado de fazer a cesta da vitória em um jogo de basquete. — Mas, enfim, aceita uma bebida?

— Claro — falei, inclinando-me sobre o balcão.

— Cerveja? Vinho? Ou posso preparar um coquetel? Também sou um ótimo mixologista.

Eu sorri e lhe disse que adoraria uma taça de vinho.

— Tinto ou branco?

— O que estiver aberto.

Ele balançou a cabeça e declarou:

— Não. Vou abrir uma garrafa para você. Para *nós*. Por favor, escolha.

— Está bem — falei, balançando a cabeça. — Eu adoraria uma taça de vinho tinto, por favor.

Joe assentiu rapidamente feito um barman enquanto esfregava as palmas das mãos, então caminhou até uma pequena adega embutida, examinando as garrafas e escolhendo uma da fileira de baixo. Observei enquanto ele usava um saca-rolhas à moda antiga, pegava duas taças de vinho de um armário e as enchia, secando a lateral da garrafa com um pano de prato. Ele voltou à bancada da cozinha para me entregar a taça que estava um pouquinho mais cheia, e se apoiou no canto da bancada, perpendicular a mim.

Agradeci enquanto ele erguia a taça e me encarava.

— Ao nosso *terceiro* encontro.

— Mas quem está contando? — perguntei, tilintando a minha contra a dele.

— Eu estou — respondeu Joe, enquanto nós dois tomávamos um gole. — Eu sou do tipo sentimental.

— É mesmo?

— Bem… Para as coisas que importam.

Mordi o lábio, sentindo que começava a corar e desejando que a pele clara não me denunciasse com tanta facilidade.

— Não paro de pensar em você desde Paris — admitiu Joe.

Senti um frio na barriga, mas fingi não me afetar.

— Sim — respondi. — Paris foi legal.

— *Você* é legal — disse ele, colocando a mão por cima da minha, que estava descansando no balcão, ao lado da taça.

— Na verdade, eu não sou tão legal assim — falei, tentando não sorrir.

Ele me encarou por um instante e disse:

— Sabe quem você me lembra?

— Iiih. Eu quero saber?

— Bem. É meio aleatório… Mas aquela mulher sobre a qual Billy Joel canta…

— A garçonete que faz política enquanto o empresário fica chapado? — Eu ri.

— Não. "She's Always a Woman" — respondeu, sorrindo.

Tentei me lembrar da letra da música e, quando alguns dos versos mais marcantes me vieram à mente, eu disse:

— Espera aí. Aquela sobre a mulher cruel e mentirosa que vai esfaquear você e rir enquanto você sangra?

Ele sorriu e respondeu:

— Não essa parte. Eu estava pensando mais em como você tem tanto autocontrole. — Ele me encarou impassível por vários segundos antes de cantar baixinho: — *Ohhh, she takes care of herself, she can wait if she wants.*

Eu entrei na brincadeira.

— Agora você me pegou. As duas partes são verdade — falei.

— Você é mesmo um mistério.

Revirei os olhos e disse:

— Não, na verdade não sou.

— Certo, então me conte mais sobre *você* — pediu Joe.

Fiquei um pouco tensa e perguntei:

— O que você quer saber?

Ele respirou fundo, então soltou o ar com ainda mais força, parecendo perdido em pensamentos.

— Tudo bem — disse ele. — Quem você mais ama no mundo?

Eu ri, comentando:

— Essa é uma pergunta estranha.

— É?

— É — respondi. — De que tipo de amor estamos falando?

— Amor. Na forma mais pura.

— Não faço ideia de como responder a isso…

— Sim, você faz.

— Não, eu não faço… Quem *você* mais ama no mundo?

— Certo. Bem, a minha avó em primeiro lugar. Com certeza. A segunda é a minha mãe — disse ele, contando nos dedos. — A terceira é a minha amiga Berry. A quarta pessoa é o meu primo Peter. A quinta é o meu tio Mark, o pai de Peter. — Ele me deu um sorriso presunçoso e disse: — Fácil.

— Ai, meu Deus — falei, rindo. — Isso é tão estranho.

— O que há de estranho nisso?

— Você consegue listar em ordem de preferência todas as pessoas na sua vida, sem qualquer hesitação... Quem faz isso?

— Eu faço — disse ele.

— Certo. Bem, diga-me uma coisa — falei, sentindo-me ousada. — Em que posição ficava a sua última namorada?

— Na época ou agora?

Intrigada em saber se ela ainda era importante, respondi *agora*.

— Não sei... bem abaixo. Talvez vinte e alguma coisa, trinta e alguma coisa?

Ri, pensando que não conseguiria nomear trinta pessoas que eu amava ou até mesmo de quem gostasse muito.

— Então, vocês ainda são amigos? — perguntei.

— Mais ou menos... Nós não nos falamos... mas acho que ainda a considero uma amiga.

— O que ela anda fazendo?

— Ela ficou noiva — disse, dando de ombros. — É professora no Brooklyn.

Fazendo uma anotação mental para perguntar a Curtis se ele sabia alguma coisa sobre o noivo de Margaret, assenti com a cabeça e disse:

— Tudo bem. E *antes*? Quando vocês estavam juntos?

— Hum. É uma pergunta difícil — afirmou Joe, desviando o olhar por alguns segundos antes de se virar para mim. — No auge, ela provavelmente ficou empatada com o tio Mark.

— Ela nunca passou da *quinta* posição? — perguntei, rindo. — Ai.

Joe riu e disse:

— Espera aí. Espere um segundo! Eu sei o que você está fazendo aqui. Você virou o jogo, me fez falar sobre mim mesmo...

Dei de ombros e abri um meio sorriso.

— Desculpe se não consigo classificar todas as pessoas na minha vida.

— Certo, vou deixar mais fácil para você. Quem é a sua melhor amiga ou o seu melhor amigo? Pode responder a isso?

— Elna — falei.

— Ela é a colega de apartamento que não gosta de mim?

— Do que você *representa*. E sim.

— Certo. E quem vem depois?

— Não sei. Provavelmente Curtis, o cara que você conheceu na praia, no dia em que pegou o meu número e não me ligou...

— Caramba! — exclamou, rindo. — Você algum dia vai me deixar esquecer isso?

— Provavelmente, não. E a terceira seria Wendy. Uma amiga do colégio.

— Como ela é?

Dei de ombros e respondi:

— Ah, não sei... Ela é muito divertida, extrovertida, fala um pouco alto. Era a capitã das líderes de torcida. Esse tipo.

Joe assentiu e perguntou se eu também tinha sido líder de torcida.

— O que você acha? — perguntei, sem expressão.

— Bem, você era modelo... entããão...

— Não chega *nem de perto* de ser a mesma coisa — falei. — Modelos não precisam ser alegres... Elna não é alegre. Nem eu.

— Então Elna é modelo? — Assenti. — Foi assim que vocês se conheceram? — Assenti de novo. — E quanto a Wendy? O que ela faz?

— É dona de casa — contei, pensando que nunca conseguia decidir se a vida de Wendy parecia chata ou agradável. Dependia do dia.

— Você gosta do marido dela?

Dei de ombros e disse que ele não era uma pessoa ruim.

— Ele é advogado como o pai dela. Meio sem graça, mas agradável o suficiente.

Ele sorriu e perguntou:

— Eu sou sem graça?

Pensei por um segundo antes de responder.

— Não. Você é um piadista... mas não é sem graça.

Ele sorriu, então me puxou para seus braços e me deu um beijo *nada* sem graça.

ALGUMAS HORAS MAIS TARDE, depois de beliscarmos a tábua de frios, terminarmos a garrafa de vinho e nos beijarmos no sofá, Joe me levou até o quarto, na penumbra, deitou-me na cama e me beijou um pouco mais. Eu estava um pouco alta, mas ainda perfeitamente lúcida e muito certa de como queria que a noite terminasse. Fazer sexo com Joe parecia inevitável — um fato. Aconteceria agora ou mais tarde, então podia muito bem ser agora.

Com a decisão tomada, assumi o comando, levantando-me, alcançando as costas para desabotoar o fecho do vestido e, em seguida, rebolando para tirá-lo. As luzes da rua iluminavam o quarto de leve, e eu podia sentir Joe me olhando enquanto eu estava apenas de calcinha e sutiã de renda combinando e puxava as cobertas, acomodando-me na cama entre os lençóis leves e frescos.

Quando finalmente encontrei o olhar dele, vi uma expressão que ia além da luxúria e estava perto do encanto. Aquilo me deixou ainda mais ousada.

— Meu Deus, Cate. Você é linda — disse ele, mas não se moveu.

Apenas ficou ali por cima das cobertas, deitado de lado, contido e respeitoso.

— Venha cá — falei, o coração batendo forte no peito.

— Hum?

— Tire a roupa e venha — falei em termos mais diretos, levantando as cobertas para mostrar o corpo, provocando-o.

— Tem certeza de que devo? — sussurrou.

— Tenho — falei, assentindo. — Certeza absoluta.

Joe respirou fundo algumas vezes, depois se levantou e fez o que pedi. Agora era a minha vez de ficar olhando enquanto ele se despia. Como modelo, eu já tinha convivido com muitos homens bonitos com corpos lindos — e o de Arlo era tão malhado e esculpido quanto o de qualquer um deles —, mas havia algo diferente no corpo de Joe. Algo melhor. Talvez fosse o cabelo no peito, que eu adorei. Talvez fosse saber que era Joe. Pensei naquele pôster na parede, lembrando-me de repente de uma memória que eu havia esquecido ou reprimido. O meu primeiro orgasmo aconteceu enquanto eu olhava para o pôster, fantasiando que era ele quem estava me tocando. Eu não tinha ideia do que estava fazendo, e só tinha lido sobre sexo no romance *Forever*, de Judy Blume, que não cobria os pormenores nada irrelevantes dos orgasmos. Mas descobri como tudo funcionava naquela noite. Por um segundo, a lembrança me envergonhou. Mas, então, uma chave virou na minha cabeça e me senti ainda mais excitada. Poderosa, até.

Um momento depois, vestindo apenas uma cueca boxer, Joe se juntou a mim debaixo das cobertas. Ele se deitou ao meu lado, beijando-me com ainda mais avidez do que em Paris ou mais cedo no sofá, parando apenas para estender a mão e desabotoar o meu sutiã, arrancando-o de mim e jogando-o ao lado da cama. Passei os braços ao redor do seu corpo e suspirei quando nos tocamos pele a pele pela primeira vez. Passou pela minha cabeça que aquilo poderia ser o suficiente por enquanto, afinal já estava tão bom, mas o pensamento não durou muito, pois as mãos dele começaram a percorrer o meu corpo, passando por todos os lugares que conseguia alcançar. Isso continuou por um tempo até que ele me virou e me beijou nos seios e na barriga. Joe tentou descer mais o rosto, mas eu o impedi, agarrando os seus ombros, dizendo-lhe para voltar para mim. Quando ele obedeceu, deslizei as mãos pelas costas dele, passando-as por baixo do cós elástico da cueca.

— Tire isso também — sussurrei. — Por favor.

Ele gemeu um pouco em resposta, mas atendeu ao pedido. Quando a cueca foi retirada, pousei a bochecha no seu peito, olhando para ele, para todo o seu corpo, e então o toquei pela primeira vez. Ouvindo a sua respiração, acariciei-o o mais suavemente que consegui, vendo-o ficar ainda mais duro.

— Meu Deus, Cate... — Joe gemeu baixo.

Tirei a calcinha, peguei a mão dele e a guiei até entre as minhas pernas.

— Nossa — disse ele, a respiração agora pesada. — Você está *tão* molhada.

— Você me deixou assim — sussurrei, enquanto os seus dedos se moviam em círculos no ponto exato que até então só eu tinha conseguido encontrar.

Então eu o puxei para cima de mim, beijando o seu pescoço, arqueando as costas e abrindo as pernas.

— Eu quero você — falei.

— Ai, meu Deus, eu sei — gemeu ele.

— Estou falando sério. Agora. Quero você...

— Tem certeza...? — começou ele, me olhando nos olhos.

— Tenho — respondi, o coração batendo forte.

Parecendo tão nervoso quanto eu, ele assentiu e estendeu a mão para abrir a gaveta da mesa de cabeceira, pegando uma camisinha. Colocou-a rapidamente, as mãos trêmulas.

Abri as pernas um pouco mais, então baixei a mão para guiá-lo devagar para dentro de mim. Como no nosso primeiro beijo, tudo pareceu acontecer em câmera lenta. O seu toque era leve, demorado e incrivelmente bom. Ele me provocou por um tempo. Então, quando não aguentei esperar nem mais um segundo, envolvi-o com as pernas, apertei as suas costas com as duas mãos e o puxei para dentro de mim. E então soube com certeza absoluta que não havia como voltar atrás.

CAPÍTULO 13

Joe

Quando Cate e eu transamos pela primeira vez, eu já sabia que ia me apaixonar por ela. A nossa química era boa demais. Mas, por outro lado, talvez o sexo tivesse sido incrível justamente por eu já ter sentimentos tão fortes por ela. Uma situação à la "o ovo ou a galinha". Impossível saber qual dos dois veio primeiro, mas nas semanas seguintes fiquei viciado naquela mulher. Ela era *tão linda*, mas ia muito além disso. Eu adorava o seu ar misterioso e a personalidade desafiadora. Adorava como ela era tão forte em um instante e silenciosamente vulnerável um segundo depois. Adorava o jeito que tinha de me olhar e me tocar e o som da sua voz e a sua risada e o cheiro da sua pele. Não só o perfume, mas a *pele* dela em si, ainda mais quando o sexo foi ficando mais intenso e ela começou a suar. Cate me deixava louco. Era como uma droga da qual eu jamais conseguia o suficiente. Mesmo depois de fisicamente saciado, quando eu teria me afastado de outras mulheres, no fundo desejando poder estalar os dedos e ficar sozinho, eu me peguei querendo *mais* dela. Segurando-a nos braços e acariciando o cabelo dela, eu lhe perguntava no que estava pensando.

— Nada — murmurava Cate, na maioria das vezes; a minha resposta mais comum no passado quando me faziam essa pergunta.

— Você tem que estar pensando em *alguma coisa* — retrucava.

Foi algo que me disseram antes, e agora eu entendia se tratar de uma expressão de leve frustração. Naquele ponto, Cate em geral fazia *shhh* ou me ignorava. Não saber era um pouco perturbador. Ao mesmo tempo, o mistério do que se passava naquela linda cabeça me atraía ainda mais.

Enquanto isso, ela insistia que mantivéssemos o nosso relacionamento em segredo; embora ela não chamasse de relacionamento nem o rotulasse de qualquer maneira. Cate se recusava a sair em público comigo, exceto uma vez, quando a convenci a me encontrar nas últimas poltronas de um cinema para assistirmos a um filme independente do qual um velho amigo meu, Charlie Vance, havia sido produtor. Acabamos perdendo boa parte da segunda metade quando ela decidiu fazer um boquete em mim. Depois, ela se recompôs e se despediu aos sussurros.

— Você já vai? Antes de o filme acabar?

— Você pode me contar o que acontece depois — sussurrou. — É arriscado demais sairmos juntos.

Como se não tivesse sido arriscado colocar o meu pau dentro da boca dela.

— Tudo bem — falei, sabendo que era ela quem mandava. — Posso ver você mais tarde? Por favor?

Ela balançou a cabeça e disse:

— Vamos parar enquanto estamos ganhando. Tenho um pressentimento de que os paparazzi vão estar esperando você.

Assenti com a cabeça, porque na verdade tinha a mesma sensação; eu só não me importava. Mas Cate, sim, então, fim de papo. Isso era algo novo. A maioria das garotas *queria* ser vista comigo, e em geral parecia um teste no qual eu precisava passar. Em outras palavras: eu gostava delas o suficiente para tornar o relacionamento público? Essa era sempre a questão. Acho que até Margaret, que detestava a imprensa e os holofotes, às vezes sentia que os paparazzi validavam a nossa relação.

Mas Cate não precisava de validação; nem de mim, nem de qualquer outra pessoa. Deixei a indefinição do nosso relacionamento se prolongar por mais algumas semanas, esperando o momento certo, então, hesitante, toquei no assunto mais uma vez.

— Você contou a alguém que está saindo comigo? — perguntei quando estávamos sentados no sofá comendo comida chinesa e bebendo Sapporos, que ela tinha comprado no armazém perto da minha casa.

Sem olhar para mim, Cate deu de ombros, como se eu não tivesse acabado de fazer uma pergunta que pedia um sim ou um não.

Eu ri e disse:

— E aí?

— Talvez eu tenha comentado com Elna — disse ela.

— *Talvez?*

— É. Eu acabei tendo que comentar. Ela perguntou com quem eu estava saindo e por que eu estou voltando para casa no meio da noite... então... é... Eu disse a ela que era você... — A voz de Cate foi diminuindo.

— E então? O que ela disse?

— Não disse muito. — Cate deu de ombros mais um vez. — Mas concordou que eu não deveria ser vista com você.

— E por que isso, exatamente? — perguntei, olhando o perfil dela. Ela largou os hashis e olhou para mim.

— Porque eu não quero nem preciso desse tipo de drama. Sei que você já está acostumado, mas eu, não.

Assenti, um pouco magoado. Era como se ela estivesse me dizendo que eu não valia a pena.

— Então, quero fazer uma pergunta... — Ela respondeu com o *aham* de sempre, como se estivesse ouvindo, mas um pouco entediada. — Se você gostasse mais de mim, eu valeria o drama?

Cate sorriu, olhou na minha direção e disse:

— Talvez.

— Droga — falei, fingindo fazer bico.

— Ah, coitadinho. Eu magoei você? — perguntou, provocando.

— Um pouco — falei, enquanto ela suavizava a situação vindo para o meu colo.

— Não magoei nada — disse ela.

— Magoou, sim — retruquei, gostando da atenção.

Ela colocou os braços em volta do meu pescoço, depois montou em mim, me empurrando contra as costas do sofá com o peso do corpo antes de acariciar o meu rosto com o nariz.

— Vamos lá, Joe. É melhor assim.

— Assim como?

— *Assim* — repetiu, me beijando. — Só nós dois.

Eu assenti, porque parecia algo positivo quando ela colocava nesses termos. Um relacionamento mais íntimo, como sempre acontece quando há um segredo envolvido.

— Então isso quer dizer que você não vai ao Baile Proust comigo? — perguntei, apontando para o convite que acabara de chegar pelo correio.

— *Bailes* não são o meu estilo — disse ela.

— Mas preciso de uma acompanhante.

— Tenho certeza de que você pode arranjar alguém.

— Você não ficaria com ciúme? Se eu fosse com outra mulher?

A mandíbula dela ficou tensa por um segundo, e aquilo me encheu de esperanças. Mas, então, ela deu de ombros, balançou a cabeça e disse:

— Não. Sentir ciúme também não é o meu estilo.

— Você nunca fica com ciúme?

— Não — repetiu ela. — Para quê? Não muda nada.

— Caramba — falei.

Realmente não havia ninguém como ela.

Cerca de duas semanas depois, decidi tentar de novo. Tínhamos acabado de fazer amor e estávamos nus na minha cama quando eu disse:

— Estou morrendo de fome. O que acha de irmos ao El Teddy's?

— Não podemos pedir por telefone?

— Eles não entregam — falei.

— Bem, podemos pedir para viagem, então. Quer que eu vá buscar? Não me incomodo.

— Por que não podemos comer lá de uma vez? — perguntei.

— Você sabe o porquê.

— Vamos lá, Cate. Está com medo de quê?

— Quem disse que estou com medo? — retrucou ela. — Eu não estou com medo.

— Então por que não podemos sair juntos?

Ela suspirou e disse:

— Já discutimos isso.

— Mas eu quero me sentar à mesa com você e ter um garçom trazendo a nossa comida... e não podemos pedir margaritas para viagem — argumentei.

Ela hesitou e percebi que eu estava fazendo um pequeno progresso. Mas, então, Cate balançou a cabeça, beijou a minha bochecha e disse:

— Hoje, não, Joe.

— Por que não? Qual o problema com hoje?

— Porque não — disse ela. — Eu não trouxe as minhas coisas...

— Que coisas?

— Coisas para tomar banho e me arrumar... os meus produtos de higiene e maquiagem.

— Pode usar as minhas coisas. E não precisa de maquiagem — continuei. — Você tem uma beleza natural.

— Aham.

— Isso é um sim?

— Não. Não é um sim.

— Vamos lá. Posso ligar e pedir uma mesa mais reservada. Ninguém vai nos ver...

— Até parece — disse ela com uma risada. — Como se você conseguisse passar despercebido em algum lugar.

— Às vezes eu consigo. Como em Paris. Ninguém sabia que eu estava em Paris.

— Tenho certeza de que *alguém* sabia.

— Bem, a imprensa não... e a imprensa também não vai estar no El Teddy's.

— Como você sabe?

— Porque é um restaurante de bairro — falei, correndo os dedos pelo cabelo sedoso dela. — É discreto. Ninguém liga. E, além disso, está na hora.

— Por quê? — perguntou ela. — Por que está na hora?

— Porque estamos juntos há quase dois meses.

— Não estamos, não.

— Se contar Paris, estamos, sim. E você não me deixou levá-la para sair uma vez sequer aqui... A gente só transa no meu apartamento.

— E você ainda está *reclamando*? — perguntou ela com uma risada.

— Não é um sonho para a maioria dos caras?

— Talvez. Para a maioria dos caras. E talvez para mim também, antigamente — falei, sendo o mais honesto possível, como se a franqueza pudesse de alguma forma ajudar a convencê-la. — Mas, Cate... Eu gosto mesmo de você... — A minha voz falhou quando senti uma onda de nervosismo pouco familiar, que ficou ainda pior quando ela não respondeu. Então acrescentei, em voz baixa: — Diga alguma coisa.

Ela suspirou e disse:

— Eu também gosto muito de você. Você sabe disso.

Sorri, sentindo-me como um cachorrinho que tinha acabado de fazer um truque e ganhado um petisco.

— O quanto você gosta de mim?

— Bastante.

— O suficiente para ir tomar algumas margaritas comigo? Em público?

Ela soltou um longo suspiro, fingindo estar imersa em pensamentos.

— Certo. Sim. Eu gosto de você nessa exata quantidade. Nem mais nem menos.

Eu me animei, torcendo para que não fosse uma pegadinha.

— Então você vai?

— Ok. Está bem. Eu vou.

— Vai... agora?

— Bem, acho que deveríamos vestir algumas roupas primeiro — disse ela.

Eu ri.

— Será que é mesmo necessário?

— Acho que sim. Me chame de louca, mas algo me diz que as pessoas notariam se Joe Kingsley entrasse no El Teddy's como veio ao mundo.

CAPÍTULO 14

Cate

Depois que dormi com Joe pela primeira vez, foi um caminho sem volta. Nós nos víamos quase todos os dias, mas sempre em segredo, por insistência minha. Eu lhe disse que não queria drama, e era verdade.

O que *não* lhe disse foi que eu sabia que o seu interesse por mim tinha prazo de validade e que eu estava convencida de que, seja lá qual fosse o feitiço que eu havia lançado nele, o encanto seria quebrado assim que as pessoas soubessem de nós e descobrissem a verdade sobre mim. Não havia como os sentimentos de Joe resistirem ao escrutínio do seu círculo mais íntimo, muito menos ao dos tabloides e ao dos milhões de pessoas obcecadas pela família Kingsley. Com o tempo, mostrariam para ele, ou ele mesmo descobriria, que éramos incompatíveis. Enquanto isso, o nosso segredo parecia me resguardar contra uma humilhação pública. Eu poderia até me apaixonar por Joe, mas não deixaria o mundo inteiro me ver na fossa quando o inevitável acontecesse.

Durante dias, que depois se transformaram em semanas, permaneci vigilante. Tirando Elna, não contei a ninguém sobre o nosso relacionamento. Nem a Curtis ou a Wendy ou mesmo à minha mãe quando a levei para almoçar no aniversário dela, embora soubesse que a novidade seria o melhor presente possível, ainda melhor do que o colar de diamantes que lhe dei. Eu não podia correr o risco de que Chip descobrisse e tentasse me sabotar de alguma maneira. Era triste — trágico — que o abuso dele tornasse o meu relacionamento com ela tão superficial, até mesmo distante. Se aquele homem não fizesse parte da vida da minha mãe, acho que eu dividiria tudo com ela. A minha mãe teria sido a primeira pessoa para quem eu teria ligado quando Joe e eu nos conhecemos na praia e quando ele apareceu em Paris. Mas havia muito tempo aprendi que não podíamos manter uma relação muito próxima e que não havia nada que eu pudesse fazer até que ela estivesse preparada para deixar Chip. Você não pode ajudar alguém que não quer ser ajudado, simples assim.

Enquanto isso, eu tomava muito cuidado com os paparazzi que de vez em quando ficavam do lado de fora do prédio de Joe. Sempre que avistava alguém, mesmo que vagamente suspeito, eu seguia em frente, voltando apenas quando a barra estava limpa. Às vezes, eu apenas voltava para casa e pronto, o que trazia o benefício adicional de deixar Joe maluco. Não é que eu quisesse fazer joguinhos com ele, mas estava muito ciente de que devia manter as coisas equilibradas. Então, não importava o que eu estivesse sentindo, o que já era um sentimento bem forte, eu fazia o possível para parecer blasé. Era a única maneira de me proteger.

Acho que a ideia de um relacionamento secreto intrigou Joe no início, pois ele mencionou várias vezes que a situação parecia romântica. Ele também adorava levar a melhor sobre a imprensa sensacionalista. Considerando as histórias que me contou, a sua relação com os paparazzi podia ser tensa, mas, mesmo quando não era o caso, Joe ainda queria ganhar o jogo de gato e rato.

Uma parte cínica de mim se perguntava se Joe gostava de poder ir direto para a cama comigo e não precisar me levar para sair. Quer dizer, que homem não gostaria de sexo sem compromisso, ainda mais sabendo que o relacionamento não poderia ir a lugar algum?

Depois de um tempo, porém, ele começou a me pressionar para sairmos em público. Foi reconfortante ter uma prova de que Joe de fato gostava de mim, mas eu ainda demorei a aceitar, querendo viver no limbo da nossa fantasia o máximo possível.

Então, uma noite, quando ele implorou para me levar para jantar, finalmente cedi. Quando saímos do apartamento e caminhamos pelas ruas do SoHo até Tribeca, eu estava bastante apreensiva, muito ciente de todos os olhares surpresos e encaradas dos demais transeuntes.

Em determinado momento, até comecei a andar alguns passos atrás dele, só por segurança.

— O que você está fazendo aí atrás? — disse Joe, rindo, aparentemente alheio à atenção que atraía a todo momento.

Eu o enxotei para que seguisse na frente, mas ele insistiu em me esperar. Mesmo depois de alcançá-lo, porém, tentei fazer parecer como se não estivéssemos juntos. Mas, assim que nos acomodamos no canto do restaurante com tortilhas de milho, salsa mexicana e uma jarra de margarita, pude sentir que estava começando a relaxar. Joe deve ter notado a mudança, porque segurou a minha mão por cima da mesa, dando-lhe um pequeno aperto.

— Viu? — perguntou ele. — Olhe só para nós. Totalmente anônimos.

Olhei em volta e tive que admitir que ele estava certo. O restaurante estava lotado, mas ninguém prestava atenção na gente. Era a vantagem de um lugar moderno no centro da cidade; a multidão era descolada demais para ficar encarando uma celebridade.

— Então, o que você acha de fazer isso com mais frequência?

— Sair para jantar?

— Isso. E… oficializar a nossa situação.

— E o que isso significa? — perguntei. — Um comunicado à imprensa?

Eu estava fazendo uma piada, mas aparentemente não era uma ideia tão inverossímil.

— Bom, talvez não um comunicado à imprensa em si — respondeu. — Mas talvez algum tipo de declaração…

— Espere. É sério? — perguntei, pegando uma tortilha, nervosa.

— Bem, sim. Sabe, poderíamos apenas emitir uma nota confirmando o nosso relacionamento.

— Isso é mesmo necessário?

— Não é necessário. Podemos optar por um "sem comentários", se você preferir… mas às vezes o silêncio sai pela culatra.

— Como assim?

— As pessoas tiram as próprias conclusões sobre o que está acontecendo.

O PESO DE NOSSOS NOMES

Engoli em seco, sentindo uma onda de nervosismo, desejando de repente que estivéssemos de volta no apartamento, aninhados no sofá, ainda brincando de faz de conta.

— Olhe, eu não me importo com o que as pessoas pensam — continuou ele. — Só quero poder fazer coisas com você.

— Nós temos feito coisas — falei com um sorriso sugestivo.

Ele sorriu de volta para mim e disse:

— Sim. E eu tenho gostado muito de fazer esse tipo de coisa. Pode acreditar. Mas gostaria de fazer outras coisas também. Sair para jantar, ir a eventos, festas e jogos.

Assenti, ouvindo, pensando.

— Quero levar você para os Hamptons no fim de semana. E *viajar*… E quero conhecer os seus amigos e a sua família. Principalmente a sua mãe… Você contou a ela sobre mim?

— Ela já ouviu falar de você — falei, sorrindo para ele.

Ele riu e disse:

— Você sabe o que eu quis dizer… Você contou a ela sobre *nós*?

Balancei a cabeça.

— Bem, eu quero conhecê-la. E quero que você conheça a minha mãe também.

O meu estômago virou gelo enquanto eu tentava decidir qual situação eu temia mais.

— Então, o que você acha?

— Não sei, Joe…

— Certo, não quero apressar você… Mas podemos pelo menos parar de nos esconder? E dizer a verdade a todos?

Baixei a voz e me inclinei para perto dele.

— Que estamos transando há dois meses, você quer dizer? *Essa* verdade? — falei, mais para jogar água fria nos meus sentimentos. Mas acho que também estava testando-o.

— Meu Deus, Cate — disse Joe com uma risada. — Você precisa colocar dessa maneira?

Dei de ombros e respondi:

— Bem, não é isso que estamos fazendo?

— Não — respondeu ele, segurando a minha mão. — Nós estamos fazendo amor há dois meses.

Revirei os olhos e afastei a mão, dizendo:

— Eca. Por favor, nunca mais use essa expressão.

Ele riu e disse:

— Está certo. Bem, independentemente de como chamamos, eu não saio contando dos meus romances por aí...

— Até parece — falei com um sorriso.

— É verdade!

Tomei um gole da margarita, então lambi um pouquinho do sal da borda do copo.

— Então você está me dizendo que *nunca* falou com os seus amigos sobre como foi transar com Phoebe Mills?

— Argh! Pare de usar essa palavra!

— Certo, está bem. Sobre como foi *fazer sexo* com Phoebe Mills?

Ele corou e desviou o olhar.

— É. Foi o que eu pensei.

— Está bem. Você me pegou — disse Joe. — Mas não era um relacionamento de verdade.

— Era o quê, então?

— Era praticamente só sexo. Quero dizer, nós nos divertíamos juntos, mas...

Eu dei a ele um sorriso de "peguei você".

— Não me olhe com essa cara — reclamou ele.

— Não estou olhando para você com cara nenhuma.

— Está, sim. Você pensa mal de mim?

— Não. Por que pensaria? Você acha que nunca fiz "só sexo" antes? Sem compromisso? — perguntei.

— Sei lá — disse ele, parecendo intrigado. — Você já fez?

Assenti com a cabeça e disse que sim, claro que sim.

— Espera. É isso que estamos fazendo? — perguntou ele, com uma expressão no rosto que eu não consegui decifrar. — Você está me usando pelo sexo?

— Estou — falei, levantando o copo. — Sexo e margaritas.

Joe sorriu e disse:

— Vamos lá. Falando sério. Nós somos… um casal?

O meu coração começou a martelar e tudo o que eu queria era dizer que sim. Em vez disso, respondi:

— Achei que tínhamos combinado de não rotular o relacionamento.

— Está na hora de rotular, Cate — disse Joe, lançando-me um dos seus olhares sensuais, o que só me abalou ainda mais. — Você é a minha namorada?

Respirei fundo, me lembrando de que não havia como isso acabar bem. Mas assenti, sentindo a minha primeira onda de esperança de que talvez pudéssemos ser um casal mais ou menos normal, pelo menos por um tempo.

CEDO NA MANHÃ SEGUINTE, depois de me arrastar da cama de Joe na intenção de voltar para casa e tomar banho antes de ir ao trabalho, fui emboscada do lado de fora do prédio por um homem musculoso de jaqueta de couro preta. Por um segundo desorientador, achei que estava sendo assaltada. Então me dei conta de que a arma dele na verdade era uma câmera e percebi, tarde demais, que estava sob um outro tipo de ataque. Desorientada pelo flash cegante, coloquei a bolsa na frente do rosto e disparei pelo quarteirão, debatendo se pegava o metrô — que era o plano original — ou um táxi, que seria uma fuga mais definitiva, porém mais difícil àquela hora. Optei pela segunda opção, rezando para ter sorte e encontrar um taxista.

Enquanto caminhava a passos rápidos até a esquina, o cara me seguiu sem dificuldades, chegando até a me circundar, tirando fotos enquanto corria *para trás*, me provocando.

Ei, querida, qual é o seu nome? Clique, clique. *Pode me dar um sorriso sexy?* Clique, clique. *Há quanto tempo você está transando com Joe?* Clique, clique. *Você é uma prostituta?* Clique, clique, clique.

Era irônico, considerando que usei a palavra *transando* na noite anterior, e de repente percebi que, em algum nível, eu vinha tentando antecipar o que os outros poderiam dizer sobre nós. Se eu dissesse primeiro, doeria menos. Mas, mesmo assim, ouvi-lo falar daquele jeito foi degradante, e não ajudou que as pessoas estivessem me encarando enquanto o paparazzi e eu avançávamos em zigue-zague pela calçada. A certa altura, tropecei e quase caí, esbarrando em um homem grisalho de terno que teve a cara de pau de me dar um olhar de nojo, resmungando que eu precisava prestar mais atenção por onde andava. Como se não estivesse nítido que eu estava sendo perseguida.

Quando cheguei ao cruzamento, saí para a rua, procurando freneticamente por um táxi enquanto o paparazzi tirava fotos e disparava perguntas grosseiras. Era surreal como ele era implacável, mas o que mais me chocou foi que ninguém tentou me ajudar. Em vez disso, as pessoas iam e vinham nas faixas de pedestre ao redor.

Finalmente, uma boa alma que havia saído para uma corrida matinal interveio. Ela era jovem e baixinha, mas tinha uma expressão feroz, e olhei com admiração e gratidão quando ela se colocou entre mim e o paparazzi, gritando para ele me deixar em paz. A interferência me deu tempo de fazer sinal para um táxi.

Sentando-me no banco de trás do carro, dei o endereço ao motorista, percebendo, então, que estava suada e à beira das lágrimas.

— Você está bem, senhorita? — perguntou ele quando fizemos contato visual pelo espelho retrovisor.

— Estou, obrigada. Tudo bem — falei, secando as lágrimas e recuperando o fôlego, o tempo todo pensando: *Puta merda.*

Enquanto seguíamos em direção ao centro da cidade, disse a mim mesma que eu provavelmente estava exagerando, que nada terrível de verdade havia acontecido. Sim, um fotógrafo desprezível parecia saber o que estava acontecendo entre Joe e eu e havia tirado fotos que certamente saíram horríveis. Mas o que ele poderia fazer com elas? Quem iria querer publicá-las sem provas mais concretas de que eu estava ligada a Joe? E mesmo que saíssem em um tabloide, e daí? Eu não havia cometido crime algum. Joe e eu éramos adultos solteiros e tínhamos feito apenas o que milhões de outros adultos solteiros da cidade tinham feito na noite anterior. Qual era a pior coisa que poderia acontecer?

Quando cheguei ao meu apartamento, já tinha me acalmado o suficiente para ligar para Joe e lhe contar do ocorrido. Mas deixei alguns detalhes de fora, inclusive a palavra *prostituta.*

— Ah, Cat. Sinto muito, querida.

Ele nunca havia me chamado de *querida* antes, e fiquei surpresa com o quanto isso me consolou.

— Não é culpa sua — falei.

— É, sim — disse ele. — Eu deveria ter descido para chamar um táxi para você.

— Você se ofereceu. — Ele sempre se oferecia. — De todo modo, isso só teria piorado as coisas.

— Talvez. Mas eu ainda queria ter estado lá com você. Tenho lidado com esses idiotas a vida toda. No mínimo, deveria ter preparado você melhor.

— Como você teria feito isso? — perguntei.

— Não sei, com umas dicas…

— Quais?

— Tipo… nunca corra.

— Por que não?

— Porque é como fugir de um urso. Só deixa tudo mais intenso e piora as coisas. Você tem que ficar calma. Fingir que eles não estão lá… Além disso, você não quer que pensem que você está atordoada. Eles adoram isso. As fotos são vendidas por um preço mais alto quando a pessoa parece irritada ou chateada… é por isso que eles provocam. Você precisa ignorar.

— Tudo bem — falei, fazendo algumas anotações mentais, mas pensando que provavelmente era mais fácil falar do que fazer. — Bom, eu só queria avisar mesmo…

Joe deve ter percebido a relutância na minha voz, porque pronunciou o meu nome como se fosse uma pergunta preocupada.

— Cate?

— Oi?

— Não fique com medo — disse ele.

— Eu não estou com medo — falei, uma mentira descarada.

Naquela noite, voltei para casa depois do trabalho e fui recebida pelo cheiro forte de maconha e pelas risadas de Elna e Curtis na sala de estar. Quando deixei a bolsa e as chaves na cozinha, virei no corredor e vi os dois esparramados no sofá em meio a uma nuvem de fumaça, assistindo a um vídeo de Mary J. Blige no BET Awards. O bong de Elna estava na mesinha de centro entre os dois, junto com um pacote de biscoitos integrais e um recipiente vazio de pasta de grão de bico. Claramente, estavam lá havia algum tempo.

— Ahhhh! Ela chegou — disse Curtis, olhando para mim.

— É, ela chegou — repetiu Elna.

— Oi, pessoal — falei com um grande suspiro enquanto tirava os saltos e me jogava em uma almofada no chão do outro lado da mesa de centro.

Curtis me ignorou, olhando para Elna.

— Será que a nossa garota sabe o problema que arrumou?

Elna sorriu, depois deu de ombros.

— Acho que não, mas talvez... É sempre difícil saber quando se trata de Cate.

Era uma das suas brincadeiras favoritas, falar de mim como se eu não estivesse presente; embora, sendo justa, nós três fazíamos isso uns com os outros.

Revirei os olhos e lancei um olhar acusatório para Elna.

— Então você contou para ele?

— Minha senhora — disse Curtis, balançando o dedo na minha cara. — Ela não me contou merda nenhuma. Você saiu na *Page Six*!

O meu estômago se revirou assim que notei a coluna de fofocas do *New York Post* na mesa de centro. Curtis a ergueu e a sacudiu na minha cara.

— Extra, extra! Leia tudo aqui!

Afastei a mão dele e resmunguei:

— Eu quero mesmo ver?

Elna me encarou com olhos vidrados, depois deslizou o bong pela mesinha de centro na minha direção.

— Bem, talvez você queira fumar isso primeiro.

— Merda. É tão ruim assim? — perguntei, recusando o bong e pegando o jornal.

— Assim... — disse Elna, enquanto Curtis segurava a coluna fora do meu alcance. — Não é tão ruim...

Eu gemi.

— Certo, me dê esse troço.

Curtis balançou a cabeça e deu um tapinha no sofá ao seu lado.

— Não. Venha aqui. Não consigo parar de olhar para ele.

— Ele? — perguntei, levantando-me e indo até o sofá. — Tem uma foto de Joe?

— Tem — disse Curtis. — Um pedaço de mau caminho.

Quando me sentei espremida entre meus amigos, vi a manchete O NOVO CASO DE JOE KINGSLEY acompanhada por três fotografias dispostas em sequência. A primeira era uma foto de média distância, tirada ontem à noite, de Joe e eu entrando no prédio. Ele estava segurando a porta para mim, a mão na parte baixa das minhas costas, o que não era tão incriminador. Mas eu não podia dizer o mesmo da *segunda* foto: um close meu em plena luz do dia, *saindo* do prédio de Joe usando a mesma calça jeans e a mesma blusa, com o cabelo bagunçado e um olhar desnorteado. Na terceira foto, eu estava parada na esquina, segurando a bolsa na frente do rosto. A legenda explicava tudo para os leitores menos perspicazes: *Ex-modelo Cate Cooper foge com o rabo entre as pernas depois de uma noite quente com Joe Kingsley.*

— Argh — falei, afundando a cabeça entre as mãos. — Inacreditável.

— Vou lhe dizer o que é *inacreditável* — disse Curtis com uma pausa dramática. — O que é inacreditável é eu precisar ficar sabendo pelo jornal! Por que você não me contou? O que está acontecendo aqui?

— Certo. Calma — falei, então resumi os eventos da forma mais sucinta que pude.

Eu contei que estava saindo com Joe desde a Fashion Week e não havia contado antes porque não achava que fosse durar e não queria criar expectativas.

— Pois bem, elas estão criadas! Criadas a pão de ló! — disse Curtis. — Eu nunca vou esquecer o jeito como ele olhou para você na praia naquele dia. É algo sério, aliás?

Hesitei, então contei a verdade.

— Não sei. Quer dizer, ele me chamou de namorada ontem à noite, mas… Não consigo acreditar que vai durar muito mais tempo.

— Vai, sim! — exclamou Curtis. — E não se esqueça, eu exijo fazer a sua maquiagem no casamento.

Eu balancei a cabeça e disse:

— Viu só? É por isso que eu não contei...

— Ela tem razão — disse Elna.

— Estou falando sério, Curtis. Chega desse papo de casamento! Não vai acontecer.

— Ok. Bem, que tal a sua maquiagem normal para o dia a dia? — perguntou ele, batendo na foto do meio com o dedo. — Se você vai aparecer nos tabloides, precisamos melhorar isso aí.

— Caramba, Curtis! Eu não sabia que ia ser *fotografada*! O cara me emboscou.

— Dá para perceber — disse ele, então começou a rir. E Elna também.

— Parem com isso, pessoal — falei, logo antes de o telefone começar a tocar.

Elna atendeu, conversou por alguns segundos e depois me passou o aparelho, mexendo a boca: *É a sua mãe.*

— Ai, meu Deus — sussurrei. — Ela sabe?

Elna cobriu o boca com a mão e disse:

— Bem, foi meio difícil entender o que ela dizia porque ela está esbaforida, mas, sim... Tenho certeza de que ela sabe.

Preparando-me, peguei o telefone e a cumprimentei enquanto a minha mãe disparava uma rajada de perguntas: *É verdade? Você passou a noite com Joe Kingsley? O que está acontecendo? Chip disse que você saiu na* Page Six!

Confirmei que era tudo verdade, certa de que Chip havia encontrado uma maneira de falar mal de mim para a minha mãe.

Dito e feito, as próximas palavras que saíram da boca dela foram:

— Chip disse que foi um casinho de uma noite só.

Mordi o lábio. Além de tudo, agora eu me sentia magoada e na defensiva. Claro que a minha mãe acreditou na versão negativa de Chip. Ela sempre ficava do lado dele em vez do meu. Sempre. Mas o orgulho me fez responder.

— Não, mãe. Não foi um casinho de uma noite só. Estamos saindo — falei, na linha tênue entre me defender e exagerar perigosamente sobre o meu relacionamento com Joe.

— Ah, nossa. Que incrível! — disse ela. — Você conheceu Dottie?

— Não.

— Vai conhecer?

— Não sei, mãe. Eu duvido. Provavelmente vamos terminar em breve…

— Posso conhecê-lo antes disso, por favor? — perguntou ela, claramente não botando fé na minha capacidade de continuar o relacionamento.

— Não sei, mãe — repeti, só querendo desligar o telefone.

— Vamos lá, Cate! *Você sabe* como eu amo os Kingsley.

— Eu sei, mãe. Mas ele é uma pessoa de verdade — falei, tentando colocar em palavras o conflito que eu havia enfrentado nos últimos dois meses.

— Eu sei que ele é uma pessoa de verdade — disse ela. — O que você quer dizer com isso?

— Quero dizer que ele não é quem você acha… Ele é só um cara normal.

— Bem, de acordo com a revista *People*, ele também é o homem mais sexy do mundo.

Suspirei.

— Mãe, *por favor*.

— Está bem. Mas você acha que eu poderia tirar uma foto com ele? Algum dia?

— Vamos ver — respondi, pensando que do jeito que ela estava se comportando, eu não poderia deixá-la chegar perto dele.

CAPÍTULO 15

Joe

Algumas noites depois de os paparazzi pegarem Cate saindo do meu apartamento, fui jantar com o meu primo, Peter, a noiva dele, Genevieve, e Berry. Convidei Cate, mas ela recusou, pelo terceiro dia consecutivo, mencionando não querer outro incidente como o do fotógrafo.

— Então, quem é a modelo da vez? — perguntou Berry logo depois que as nossas bebidas foram trazidas para a mesa.

Foi a primeira vez que a mantive no escuro sobre algo importante na minha vida, e eu nem sabia por que fiz isso, a não ser por um vago sentimento de querer proteger Cate. A pergunta dela confirmou o meu instinto e me irritou.

— Eu achava que você não lia o *Post*? — falei.

— E não leio. É um lixo — disse ela. — Vi por cima do ombro de alguém no metrô.

— Até parece — falei, enquanto Peter e Genevieve ouviam com expressões divertidas. — Admita logo, você me persegue.

— Nos seus sonhos — disse Berry, tomando um gole de vinho. — Então o que está acontecendo? É só uma aventura?

— Não — respondi. — Não é "só uma aventura". Na verdade, já faz dois meses que estou saindo com ela.

— Uau. Dois meses inteiros?

— Sim — falei, ignorando o sarcasmo. — E estamos em um relacionamento sério.

— Ah! — exclamou Genevieve com a voz doce de sempre. — Bom para você, Joey.

— Tudo bem — disse Berry. — Então, conte-nos sobre ela.

— O nome dela é Cate Cooper — falei, sentindo aquele calor e formigamento que Cate sempre me fazia sentir. — Ela é incrível.

Berry olhou para mim e perguntou:

— Onde vocês se conheceram?

— Nos Hamptons. — Hesitei e então acrescentei: — Ela é aquela que você me disse para *não* namorar.

— Eu disse?

— Disse. Faz cerca de um ano. Eu a conheci quando ela estava trabalhando na praia. Lembra?

— Ah, sim. *Essa* modelo.

— *Ex*-modelo. Ela se aposentou.

— E o que ela faz agora?

— Trabalha com Wilbur Swift.

— Quem? — disse Berry.

— Wilbur Swift, o estilista? — perguntou Genevieve.

Assenti com a cabeça.

— Nunca ouvi falar dele — disse Berry.

Genevieve atualizou Berry:

— Você adoraria as coisas dele. O estilo é tão clean e minimalista. — Ela se virou para Peter e disse: — Sabe aquele vestido azul-marinho que eu tenho, o com debrum branco?

— O que você usou na festa de Laura? — perguntou ele, referindo-se ao chá de bebê da nossa prima, que aconteceu... meses antes.

Era a cara de Peter se lembrar desse tipo de detalhe.

Genevieve assentiu, parecendo orgulhosa do noivo atencioso.

Agora que Wilbur tinha sido legitimado, dei a Berry um sorriso presunçoso, então me virei na cadeira, jogando uma perna para o lado da mesa e apontando para o meu mocassim.

— São mocassins da coleção de Wilbur. Macios feito manteiga. Os meus novos favoritos. Mas, enfim. Cate é o braço direito dele. Ela tem um estilo impecável, e é tão... descolada — falei, desejando ter as palavras para capturar sua essência. — E, sim, ela me vendeu os sapatos.

Berry assentiu e disse:

— Interessante. Então, onde ela estudou?

Olhei para ela e balancei a cabeça.

— Olha, Berry. Sei o que você está fazendo, e não vou entrar nesse jogo.

— O quê? — perguntou, toda inocente, os olhos arregalados.

— Você pode parar de ser esnobe por um segundo?

— Não sou esnobe — disse ela, acreditando sinceramente no que estava dizendo. — Só estou fazendo perguntas básicas. É supernormal perguntar onde alguém estudou.

— Não é. Mas bela tentativa. Essa pergunta tem implicações elitistas. E você sabe disso. Você parece a minha mãe — falei, ficando irritado. Olhei para Peter e disse: — Não parece?

Sempre diplomático, o meu primo deu de ombros e disse:

— Ah, não sei, Joe. Ela só está perguntando onde a moça estudou. Não é como se estivesse perguntado qual *country club* ela frequenta ou o que o pai faz da vida.

— Não é? É sério, Joe — disse Berry. — O que eu deveria estar perguntando?

— Eu não sei, coisas tipo… o que gostamos de fazer juntos. Se ela é *simpática*.

— Ah, eu já *sei* o que vocês gostam de fazer juntos — disse ela, revirando os olhos. — Assim como todo mundo que lê o *Post*. Mas vou perguntar, então. Ela é simpática?

Eu sorri, balancei a cabeça e respondi:

— Sinceramente? Não. Não mais que a média.

Genevieve riu e perguntou:

— Espera aí. Sério?

— Bem, ela não é uma escrota nem nada do tipo, mas não é uma daquelas garotas simpáticas demais. Ela não é falsa. Cate não tem *nada* de falsa.

Berry ergueu as sobrancelhas, zombando:

— Nada? Uma modelo que não fez cirurgia nos seios?

Assenti e falei:

— Tá bom, Ber. Agora você está sendo uma escrota.

— Ok, me desculpe — disse Berry, a expressão suavizando um pouco. — Quando podemos conhecê-la?

— Só quando eu puder confiar que você vai ser educada com ela.

— Sou sempre educada!

Resisti à tentação de lembrá-la de Nicole, e de algumas outras vezes em que ela não foi nem um pouco simpática com mulheres de quem eu gostava, e disse:

— Também temos que deixar passar esse primeiro encontro com os paparazzi.

— Como assim? — perguntou Peter.

— É que ela acabou de ser perseguida há alguns dias e agora está um pouco tensa... Cate odeia drama.

— E ela está namorando você? — Peter riu. — Boa sorte, cara.

— Exatamente — disse Berry. — E uma curiosidade: mulheres que saem por aí dizendo que odeiam drama no fundo *adoram* drama.

— É bem assim mesmo, na verdade — concordou Genevieve.

— Então me diga, Ber — falei. — Você odeia drama?

— Você sabe que sim — respondeu ela, caindo na armadilha, como eu sabia que aconteceria.

— Então no fundo você ama?

— Não — respondeu Berry. — Mas essa é a diferença. Não saio com o solteirão mais famoso do mundo e depois reclamo quando a minha foto sai no jornal. E você vai ter que me perdoar, mas eu não acredito muito que uma modelo... ou uma ex-modelo, que seja... odeie fotógrafos e atenção.

Peter franziu a testa e disse a Berry:

— Tenho que concordar com Joe. Você não pode partir do pressuposto de que ela adora drama ou atenção por causa da antiga profissão dela ou só porque está saindo com Joe.

— Exatamente! Por mais que você ache difícil acreditar, Berry, Cate está saindo comigo *apesar* do meu sobrenome... E é por momentos assim, como hoje, que ela não quis se juntar a nós.

— Você a convidou? — perguntou Berry, parecendo surpresa.

— Claro que convidei. Ela é a minha *namorada*. Estou me apaixonando por ela — deixei escapar, o coração disparado.

— Uau! — exclamou Peter, empurrando a cadeira para trás com surpresa exagerada, então olhando para as duas. — Vocês ouviram o que o solteiro mais cobiçado do mundo acabou de dizer?

— Com certeza — respondeu Genevieve, juntando as mãos e aproximando-as do coração. — Você está falando sério, Joe?

Sem vacilar, respondi que sim, então encarei Berry.

— E eu preciso que você confie em mim e dê a ela o benefício da dúvida, para variar.

Berry olhou para mim por alguns segundos e perguntou:

— Quão sério é o relacionamento? Ela é... para casar?

Tomei um gole de vinho e respondi a uma pergunta diferente da que ela parecia estar fazendo.

— Bem, se com "para casar" você quer dizer alguém com quem consigo me imaginar casando? Então a resposta é sim. Ela com certeza é.

Na manhã seguinte, a minha mãe ligou se fazendo de boba, esperando que eu lhe contasse a notícia que ela claramente já tinha ouvido de Berry. Eu me fiz de idiota de volta, obrigando-a a ser direta.

— Ah! E fiquei sabendo que você está apaixonado... — disse ela depois de um pouco de conversa-fiada. O tom era neutro, mas eu sabia a verdade.

— É, parece que sim — comentei, irritado.

— E ela trabalha com moda?

— Isso. Ela é muito estilosa. Trabalha com Wilbur Swift. Você o conhece, certo?

— Por alto. Então, Joseph, você diria que ela é mais parecida com Phoebe ou Margaret?

Mordi a língua, não no sentido figurado, e respondi:

— Não sei se entendi a pergunta direito, mãe. Ela não se parece com nenhuma das duas. Ela é ela mesma. — Fiz uma pausa e acrescentei: — Como todos nós.

— Sim — disse a minha mãe. — É verdade, suponho... Bom, quando posso conhecê-la?

— Em breve.

— Em breve quando?

— Assim que eu a convencer de que a vida dela não vai ser uma porcaria comigo nela — falei.

Então disse à minha mãe que tinha mesmo que desligar.

CAPÍTULO 16

Cate

Nos dias que se seguiram à minha estreia nos tabloides, recebi inúmeros telefonemas e e-mails de amigos e conhecidos que tinham lido o *Post* ou ouvido a fofoca. Todos queriam saber sobre o meu envolvimento com Joe. Eu lhes disse que estávamos saindo, mas que não era sério. Estávamos apenas nos divertindo. Ninguém questionou, é claro, porque era assim que o mundo o via. Ele era o cara que adorava se divertir.

Enquanto isso, fiquei na minha. Estava nervosa demais para correr o risco de ser flagrada outra vez e disse a Joe que só precisava de alguns dias para me acalmar. Na quarta noite que passamos separados, ele me convidou para sair com alguns amigos e familiares. Recusei, optando pela minha sala de estar sem paparazzi com Elna e Curtis. No final da noite, ele me ligou do que parecia ser um telefone público em um bar.

— Onde você está? — perguntei.

— Brother Jimmy's — disse ele.

— Qual?

— O da Segunda Avenida.

— Ah — falei, animada por ele estar tão perto do meu apartamento.

— Posso dar uma passada aí? Preciso ver você. Por favor? — perguntou Joe, soando um pouco bêbado. Talvez *muito* bêbado.

A minha mente fez os cálculos, comparando o risco de ser pega versus a recompensa considerável de vê-lo, mas decidi que era melhor prevenir do que remediar.

— Eu não acho que seja uma boa ideia.

— Ah, fala sério! Por que não?

— Porque está tarde.

— Não está tão tarde.

— Mesmo assim. Vai parecer que sou o lanchinho da madrugada — falei.

— Isso é ridículo. Você é a minha namorada — retrucou ele. — Não é o *lanchinho da madrugada*.

Suspirei, pensando que era fácil falar quando não era *ele* que estava sendo chamado de prostituta.

Discutimos em círculos por alguns segundos antes de eu dizer:

— Olhe, Joe. Se você for fotografado vindo até a minha casa a esta hora, *ninguém* no mundo vai interpretar como você sentindo saudade da sua namorada.

Ele suspirou e disse:

— Está bom. Então posso ir vê-la de manhã? Podemos passar um tempo juntos?

— Eu realmente não posso — falei. — Tenho que chegar cedo no trabalho.

— E depois do trabalho?

— Talvez. Não sei.

Ele hesitou, então disse:

— Cate, o que está acontecendo? Se vamos ficar juntos, temos que de fato passar tempo juntos.

— Eu sei…

— Então qual é o problema? Você está tentando terminar comigo? Já?

— Ainda não — falei.

— Ai.

— Estou só brincando — tranquilizei-o com uma risada. — Mas fiquei mesmo abalada depois do que aconteceu. E agora só quero me esconder para não ter um fotógrafo nojento me perseguindo na rua me chamando de prostituta.

— Ah, Cat. Que merda — disse Joe. — Ele chamou você disso?

— Sim — falei. — Chamou.

— Certo. Olha, é isso que eu estava tentando explicar para você...
— começou ele, de repente soando sóbrio. E muito sério. — É por isso
que precisamos sair como um casal de verdade. Essa coisa de ficar pelos
cantos está saindo pela culatra. Nós não temos nada a esconder.

— O que você quer dizer com "sair como casal"? O que isso implica?

— Bom, pode ser um monte de coisas diferentes. Podemos ir a um
evento juntos. Com direito a tapete vermelho e tudo. Posar e sorrir de
braços dados.

— Eu não sei se quero ir a um evento — falei, imaginando todas as
conversas que precisaria ter com filantropos arrogantes.

— Certo. Podemos sair para jantar e avisar a um fotógrafo onde
estaremos.

— Você quer dizer... *cooperar* com os paparazzi? — perguntei, com
nojo só de pensar.

— Sim. Mas seria nos nossos termos.

— Como faríamos isso?

— Bom... Um dos caras, o nome dele é Eduardo, me segue há anos...
Mas ele é menos ofensivo que os outros. Sei que ele faria isso por nós...
Então podemos plantar uma declaração oficial.

— Uma declaração oficial? — perguntei, o coração batendo mais
rápido. — Como assim?

— Você sabe... Algo tipo: "Uma fonte próxima de Joe Kingsley confirma que os dois estão em um relacionamento sério há alguns meses".
Esse tipo de coisa, que será publicado ao lado da nossa foto.

— Você já fez isso antes? — quis saber, pensando em Margaret e nas
garotas antes dela.

— Não.

— Então por que está fazendo isso agora?

— Porque quero proteger você.

— Preciso de mais proteção do que as outras? — questionei, refletindo
que não havia a menor chance de alguém ter xingado Margaret, uma
sangue-azul de cabelo chanel formada em Harvard.

O PESO DE NOSSOS NOMES

— Não — respondeu Joe. — Você na verdade é mais durona do que qualquer garota com quem já estive.

— Então por quê? — insisti.

— Porque sou louco por você, Cate. E quero que o nosso relacionamento dê certo. Mais do que tudo. E se é algo que vai nos ajudar a continuar juntos, então quero fazer. É por isso.

Era tão difícil acreditar no que ele estava me dizendo, mas, de alguma maneira, consegui.

NAQUELA SEXTA-FEIRA À NOITE, depois de levar uma eternidade pensando no que vestir para o jantar, saí do meu apartamento usando um vestidinho Yohji Yamamoto preto, *slingbacks* pretas e batom vermelho. Fazia uma semana inteira que eu não via Joe, e o meu coração disparou quando o avistei sorrindo para mim pela janela do banco traseiro de um carro preto brilhoso.

Abri a porta rapidamente, antes que ele pudesse sair e abri-la para mim, sentando-me ao lado dele.

— Oi — cumprimentei, sentindo-me estranhamente tímida.

— Olá — respondeu ele em voz baixa. — Você está *fantástica*.

— Você também — falei, notando que ele usava o mesmo terno Wilbur que tinha usado em Paris.

Nós nos encaramos por mais alguns segundos antes de Joe se virar para dizer ao motorista que podíamos partir.

Quando nos afastamos do meio-fio, perguntei para onde estávamos indo, pois Joe queria que fosse uma surpresa.

— Aureole — respondeu ele. — Eu queria levar você a algum lugar um pouco mais criativo… mas foi difícil conseguir uma reserva de última hora.

— Você teve dificuldades para conseguir uma reserva? — perguntei. — Parece pouco provável.

— Eu não usei o meu próprio nome, espertinha.

Eu ri, então disse:

— Que nome você usou, então?

— Myles Savage.

Achando graça, perguntei:

— De onde você tirou isso?

— Um réu em um dos processos. De quem eu gostava muito.

— Mas você o processou mesmo assim?

— Não tive escolha. Mas posso ou não ter cometido um deslize na declaração final — disse ele com uma piscadela.

Sorri. Joe já havia confidenciado que às vezes ia mal de propósito em um caso quando achava que a justiça não estava sendo feita.

— Então, como se sente? — quis saber ele.

— Um pouco nervosa — admiti. — Mas feliz.

— Bom. Eu também — disse Joe, sorrindo, antes de se inclinar e me dar um leve beijo na bochecha.

Alguns minutos depois, viramos na Sixty-First Street. Joe finalmente soltou a minha mão quando chegamos ao restaurante. Eu já tinha ido lá uma vez, nos meus tempos de Calvin Klein, e estremeci ao me lembrar de como passei vergonha ao comer a camada felpuda do miolo da alcachofra. Eu tinha mudado muito desde então, mas eu ainda não pertencia àquele lugar, acompanhada de Joe. Afastei o pensamento quando o motorista começou a sair do carro.

— Não precisa — disse Joe. — Pode ficar sentado. Eu cuido disso.

— Tem certeza, sr. Kingsley? — perguntou o motorista.

Joe confirmou, então apontou pela minha janela para um homem fumando um cigarro na calçada a apenas alguns metros do restaurante.

— Lá está ele — indicou Joe. — O meu colega. Eduardo.

Assenti, o estômago se revirando, então conferi o batom no espelho compacto. Estava bom, mas eu retoquei mesmo assim, adiando o momento.

— Está pronta? — perguntou ele.

Assenti.

Joe sorriu e fez um sinal de positivo com o polegar antes de sair do carro para a rua e, em seguida, circular o veículo até a minha porta, dando a Eduardo tempo para se posicionar. No segundo em que ele puxou a maçaneta, o carro foi banhado por flashes de câmera. Quando Joe estendeu a mão, eu a segurei, saindo do veículo com o máximo de elegância possível e subindo no meio-fio, o que é sempre difícil de fazer de vestido e salto alto, ainda mais estando meio cega.

O PESO DE NOSSOS NOMES

Os instantes seguintes foram, por mais que eu odeie admitir, um pouco emocionantes; muito diferentes da última vez que fui fotografada na rua. Dessa vez, foi mais parecido com a experiência de modelo. Além disso, eu estava preparada e acompanhada do meu namorado, que sempre fazia gestos cavalheirescos, como colocar a mão nas minhas costas, me guiar até a porta do restaurante murmurando para que eu tomasse cuidado. Eu ainda não acreditava em contos de fadas ou que a nossa história teria um final feliz. Mas, naquele momento, não pude deixar de me sentir um pouco como a Cinderela.

Quando chegamos à porta, Joe parou, com a mão ainda nas minhas costas, depois se virou para me olhar e sorrir. Não acho que ele estivesse posando para a última foto. Parecia mais que queria me tranquilizar de que havíamos passado pelo desafio. De qualquer maneira, sorri de volta para ele no segundo em que a câmera disparava mais uma vez.

Seria a foto que escolheríamos no dia seguinte, em uma reunião secreta com Eduardo pouco antes de ele vender os direitos exclusivos para a revista *People* por duzentos mil dólares. Ele nos deu metade do dinheiro, que Joe e eu doamos para a Kingsley Foundation. Fiquei perplexa que alguém fosse pagar tanto dinheiro por uma *fotografia*. Mas o que realmente me surpreendeu foi tudo o que aconteceu depois que a revista chegou às bancas.

CAPÍTULO 17

Joe

No minuto em que a edição da revista *People* chegou às bancas e o mundo viu aquela foto deslumbrante de Cate entrando no Aureole segurando o meu braço, ela se tornou uma sensação, e não a minha última aventura. Os paparazzi acamparam do lado de fora do apartamento dela e da loja Wilbur Swift, seguindo-a por toda a cidade, enquanto repórteres e programas de televisão lotavam a sua secretária eletrônica com pedidos de entrevistas.

Dava para perceber que Cate odiava aquela atenção, mas ela suportou tudo com elegância, aceitando o meu conselho sobre não correr ou tentar se esconder e, em vez disso, apenas seguir com a vida. Atribuiu todo aquele escarcéu (como ela chamou) à referência no artigo da *People* a uma "fonte próxima dos Kingsley" que confirmou um "relacionamento sério". Obviamente, isso deixou algumas pessoas em frenesi, mas eu disse a ela que ia além. Afinal, a imprensa e o público nunca ficaram tão entusiasmados assim com Margaret.

Quando comentei isso com Cate certa noite, ela pareceu surpresa.

— E por que não?

— Porque ela não é você — falei, pensando que Margaret era o tipo de garota com quem todos esperavam que eu ficasse, mas Cate era o tipo de garota que todos gostariam de ser. — Quer dizer... Você já se olhou no espelho?

Eu sorri, apalpando a bunda dela enquanto estávamos perto do fogão, fazendo macarrão.

— Vamos lá. Fala sério — disse ela, esquivando-se do meu elogio e da minha mão. — Você acha que é por sermos um casal tão improvável?

— Improvável? Como assim?

— Você sabe — respondeu, parecendo um pouco desconfortável. — Temos origens bem diferentes.

— Não são tão diferentes assim — falei.

— Comparado à sua e à de Margaret, são bem diferentes.

Dei de ombros, arrependido por ter mencionado Margaret em primeiro lugar e me prometendo não fazer isso de novo.

— Ah, esqueci de contar! A minha mãe viu a revista *People* — falei, mudando de assunto.

— Ah, é?

— Sim. Acho que o cabeleireiro mostrou a ela ou algo assim... Mas, enfim, ela me disse que você parece ter uma "elegância discreta".

— Isso é gentil.

— Pois é. Ela quer muito conhecer você — falei, testando um fio do macarrão e decidindo que estava pronto. — E isso está longe de ser comum. Acredite em mim.

Cate ficou pensativa, depois perguntou se a minha mãe havia conhecido Phoebe.

— Não — respondi, desligando o fogão e colocando uma luva térmica.

— Por que não? — perguntou Cate, seguindo-me até a pia enquanto eu despejava o macarrão em um escorredor.

— Porque eu sabia que a minha mãe não iria gostar dela.

— E por que não?

— Porque Phoebe não tinha conteúdo.

— Como assim? — insistiu Cate.

— Sei lá... Ela era um pouco superficial. Só se importava com a fama, dinheiro e produtos de grife — falei, me lembrando de como ela era descarada, sempre tentando ganhar brindes.

— Também gosto de produtos de grife — comentou Cate, dando de ombros. — Quer dizer, eu trabalho para um estilista.

— Não é a mesma coisa — falei, assentindo.

— Se você diz... — disse ela, a voz falhando.

— Sim. Digo mesmo. E a minha mãe vai concordar. Ela vai adorar você.

Cate olhou para baixo, corando.

— Mesmo eu não tendo feito faculdade?

Claro que eu sabia que ela não tinha feito curso superior, mas era a primeira vez que ela dizia isso em voz alta, e eu odiei vê-la tão envergonhada.

— Cate, você seguiu um caminho diferente. Você é autodidata e venceu sozinha. Viajou pelo mundo. Fala francês fluentemente. Isso é mais impressionante.

— Mais impressionante do que o quê? Um diploma de Harvard? — perguntou ela. — Duvido muito...

— Bom, eu, não. E conheço a minha mãe. Ela pode ser esnobe? Pode, com certeza. Mas ela reconhece quando alguém tem conteúdo. E, mais do que tudo, ela valoriza caráter e autenticidade, e você tem os dois de sobra.

Cate me deu um pequeno sorriso sem parecer muito convencida, então disse:

— Tudo bem. Mas tem mais uma coisa que preciso contar...

— O quê? — perguntei.

Ela mordeu o lábio e respirou fundo.

— É bem vergonhoso.

— Você pode me contar — falei, baixinho. — O que quer que seja ...

Ela engoliu em seco, então encontrou o meu olhar, as bochechas ganhando um tom ainda mais intenso de rosa.

— Bem, além de, hã, não ter feito faculdade... eu na verdade... não concluí o Ensino Médio...

— Ah — falei. Não esperava ouvir aquilo e, devo admitir, eu entendia por que ela estava tão envergonhada, mas fiz o possível para tranquilizá-la: — Não tem problema, querida. O que importa para mim é quem você é, não quantos anos de ensino formal você teve. Você pode ser inteligente sem ter diplomas.

Ela balançou a cabeça, parecendo tão infeliz, como se estivesse prestes a chorar.

O PESO DE NOSSOS NOMES

— Não sei, Joe. Eu realmente não acho que a sua mãe vai pensar dessa forma.

— Ela vai, sim. Ela sabe que algumas das pessoas mais bem-sucedidas do mundo... não concluíram o Ensino Médio — falei, tropeçando um pouco na fala enquanto tentava evitar palavras com conotação negativa como "largaram a escola".

— Cite uma — desafiou Cate. — Deste século.

— Não consigo pensar em um exemplo assim do nada, mas há muitas... Tenho certeza de que o John Travolta é um deles... E a minha mãe ama esse cara. Ela viu *Grease: Nos Tempos da Brilhantina* umas dez vezes. Foi o primeiro filme que ela comprou quando arranjamos um videocassete.

— Então, como a sua mãe gosta de *Grease*, ela vai aceitar eu ter largado a escola? Duvido — disse, mas pelo menos estava sorrindo. — A sua família é um símbolo de pedigree e boa educação para a grande maioria das pessoas no país. Duvido muito que a sua mãe aceite isso.

— Olhe, você saiu de casa para ir atrás de oportunidades melhores, certo?

— Bem, sim... Entre outros motivos...

Eu queria perguntar sobre esses outros motivos, mas presumi que fosse uma questão de dinheiro e não quis chateá-la ainda mais.

— Então me diga, como isso é diferente da história de Travolta?

— Ele é um pouco mais bem-sucedido do que eu.

— Ele é mais famoso. Não mais bem-sucedido.

— Ai, meu Deus, Joe. Fale sério! — exclamou ela com uma risada. — Ele é, sim!

— Certo — continuei, tentando outro ângulo. — Você se arrepende da sua carreira de modelo? Todas as experiências que teve por causa dela?

Cate hesitou, então respondeu:

— Bem, sim e não ...

— Ei! É melhor que a resposta seja não! Não teríamos nos conhecido se você não tivesse sido modelo.

Ela assentiu.

— Eu sei. Já pensei nisso... E, de fato, pude conhecer o mundo por causa do trabalho. Fui a lugares que de outra forma nunca teria conhecido. Mas, ainda assim, todos deveriam se formar no Ensino Médio.

— Certo… Então vá tirar o diploma de equivalência — sugeri, dando de ombros. — Também nunca é tarde para fazer faculdade, se é isso que você quer. E, se não quiser, tudo bem também. Você tem uma ótima carreira e é inteligente para caramba. No fim das contas, não passa de um pedaço de papel…

— Eu vou repetir, realmente não acho que a sua mãe vai concordar.

— Sim, ela vai. Vai dar tudo certo.

— Você vai contar a ela?

— Não acho que seja necessário fazer um grande anúncio. Mas, se o assunto surgir, falamos a verdade. E se ela não gostar…

— O que vai acontecer…

— Então, problema dela — respondi, elevando um pouco o tom de voz.

— Você não está falando sério.

— Sim, eu estou — garanti. — Totalmente sério.

Cate me encarou por alguns segundos antes de me agradecer baixinho. Eu balancei a cabeça e disse:

— Você não precisa me agradecer. Isso é bem básico… O mínimo de lealdade.

— Talvez — respondeu ela com um pequeno sorriso. — Mas quero agradecer mesmo assim.

CAPÍTULO 18

Cate

No acordo que fizemos com Eduardo e a *People* ao vendermos os direitos exclusivos de nossa fotografia, eles concordaram em seguir regras estabelecidas por nós e publicar apenas o que queríamos que publicassem. Ou seja, as informações mais básicas sobre mim. Nome, idade, cidade natal, cargo e uma referência ao fato de que já fui modelo da Elite. E, claro, havia a falsa fonte próxima aos Kingsley nos declarando um casal oficial.

O plano de Joe deu certo. O nosso relacionamento ganhou legitimidade da noite para o dia — droga, *eu* ganhei legitimidade — e era impossível não achar a mudança gratificante e, devo admitir, um pouco empolgante.

Claro, ser elevada ao título de namorada legítima de Joe teve um preço, como tudo na vida. Eu não era mais anônima, e isso era uma das coisas que sempre adorei na cidade. Lamentei a perda repentina da privacidade que cultivei por tanto tempo, mesmo durante o auge da carreira de modelo. Nunca fui um nome famoso como Cindy, Christie ou Elle.

Talvez eu estivesse um pouco paranoica, mas sentia como se fosse constantemente observada — no metrô, no parque, em todos os lugares. Mesmo quando não estava, temia que isso mudasse a qualquer momento. Eu nunca podia baixar a guarda, e era física e mentalmente cansativo saber que eu estava sempre a uma manchete de ser exposta como uma impostora. Algo como: SEM NEM TERMINAR A ESCOLA, CATE ENGANA O PRÍNCIPE DA AMÉRICA.

Decidi que precisava contar a verdade a Joe sobre não ter concluído o Ensino Médio antes que a imprensa descobrisse, então criei coragem uma noite enquanto fazíamos o jantar. O breve olhar de choque no rosto dele me deixou arrasada, embora ele logo tenha se recuperado, dizendo todas as coisas certas. Foram alguns minutos dolorosos e humilhantes, mas foi como se um peso tivesse sido tirado dos meus ombros. Na verdade, fiquei tão aliviada que me passou pela cabeça contar tudo sobre a violência de Chip e sobre os meus verdadeiros motivos para sair de casa. No fim, porém, decidi ficar em silêncio, como fiz com Wendy. Preferia ser alvo de julgamentos do que de pena, ainda mais porque entendia que o segundo não livrava você de ser o primeiro.

Alguns dias depois, Joe me convidou para passar o fim de semana nos Hamptons. A mãe dele e Berry estariam lá, e ele queria que eu as conhecesse. Eu aceitei, tentando não pensar demais em tudo, o que era difícil quando Curtis ficava me enchendo de perguntas deslumbradas.

— O que você vai levar como presente para a anfitriã? — perguntou ele alguns dias antes da viagem, quando estávamos lá em casa.

— Não sei.

Não tinha nem pensado nisso, o que me deixou preocupada. O que mais eu poderia estar deixando passar?

— Bom, você precisa comprar o presente perfeito.

Assenti e perguntei:

— Uma boa garrafa de vinho não tem erro, certo?

— Ah, tem, sim, dependendo do vinho... — disse Curtis. — Além disso, é um clichê.

— Às vezes as coisas são clichês por um bom motivo — argumentei. — Vinho parece uma escolha segura.

— Não é hora de fazer escolhas seguras — afirmou Curtis, balançando a cabeça e andando pelo quarto. — Esse é o seu momento e você precisa aproveitá-lo. Levá-lo mais longe. Causar uma boa impressão.

— Tudo bem, então. Que tal uma garrafa de champanhe?

— Presunçoso demais.

— Uma garrafa de pastis?

— Francês demais.

— Dottie é parte francesa.

— Mas *você* não é. Portanto, é puxação de saco... E podemos, por favor, pensar em algo não alcoólico?

— Certo. Que tal uma vela perfumada?

— Eca. Uma vela? É mais clichê do que vinho. E, de todo modo, aroma é uma preferência muito pessoal.

Suspirei e pedi uma sugestão, o que eu deveria ter feito logo de início.

— Não sei... Mas precisa ser caro... Mas não pode ser visto como caro demais. Como um daqueles artigos domésticos que chamam a atenção, até você pegar para olhar e levar um susto com a etiqueta de preço.

Assenti, pensando que era o inverso da regra usual, que era fazer algo parecer mais caro.

— Algo mais para ABC Carpet & Home, não Barneys ou Tiffany — disse ele.

— Bom, claro. Obviamente nada da Tiffany — concordei, imaginando o exagero absurdo se eu aparecesse com uma caixa azul e uma fita de seda branca.

— Não pode ser uma marca conhecida, mas precisa passar a ideia de luxo... Como um roupão turco listrado fabuloso, chique o suficiente para ser usado por cima do biquíni na beira da piscina.

Eu ri, achando graça da comparação tão específica.

— Ah, claro. Um roupão turco listrado fabuloso, é óbvio.

Curtis se sentou na minha cama e alisou as cobertas, ignorando-me.

— Precisamos pensar em um estilo de vida sofisticado, com certeza... Slim Aarons, Babe Paley, Bunny Mellon... Nesse nível.

— Ou, digamos, Dottie Kingsley?

— Ai, meu Deus, sim. Sim! Bom ponto — exclamou, pressionando a mão na têmpora. — Dá para acreditar que isso está acontecendo?

— Nada está *acontecendo* — falei, embora soubesse o que ele queria dizer.

— Bem, está *prestes* a acontecer — insistiu Curtis. — Está tudo encaminhado, garota.

Eu ri, mas não pude deixar de me sentir um pouco empolgada também.

— Então, vamos ver... onde você vai levar as suas coisas?

— Estamos falando da minha mala?

— Sim. Mas você sabe que não pode levar uma mala de verdade, certo?

— Não posso? — perguntei, olhando para a mala de mão que eu tinha tirado do armário.

Ele seguiu o meu olhar e ficou horrorizado.

— Esse troço? — perguntou ele, apontando. — Sem chance.

— Como assim, Curtis? É uma mala preta básica!

— Ainda assim. Não. Você vai parecer uma comissária de bordo.

— Qual o problema em ser uma comissária de bordo? — perguntei, entrando no modo defensivo e do contra.

— Ah, pare com isso. Você sabe o que eu quis dizer. Não há nada de errado em ser comissária de bordo. Também não há nada de errado com uma mala preta básica — explicou. — Mas é o visual errado... Você não está em uma viagem de negócios. Está passando o fim de semana com os ricaços.

Olhei para ele com reprovação e disse:

— Por favor, nunca mais se refira a eles como "os ricaços".

— Mas é verdade. Você vai passar o fim de semana com os ricaços — repetiu Curtis com mais entusiasmo. — Nos Hamptons. Com os Kingsley. Então vai precisar de algum tipo de bolsa transversal.

— Uma *bolsa transversal*? — Eu ri.

— Sim, uma bagagem não rígida. Tipo uma mala esportiva Louis Vuitton. Ou uma bolsa de couro marrom, gasta, com uma linda pátina. Como se tivesse dado a volta ao mundo.

— *Esta* mala já deu a volta ao mundo, e dificilmente vou ter tempo de gastar uma bolsa de couro nos próximos dias — falei.

— É, não. Desculpa. Esse troço é deprimente e sem graça. O que mais você tem? Alguma coisa com um ar mais nobre?

Achei graça novamente.

— Você é ridículo.

— Ok, que tal a mala esportiva?

— Desculpa. Não tenho.

— Você não tem uma única mala esportiva?

— Não do tipo que você está falando.

— De que tipo é, então?

— Uma bolsa tote L.L. Bean — falei, pensando na que a mãe de Wendy tinha me dado havia muitos anos.

Curtis franziu os lábios, pensando.

— Acho que podemos usar isso... É grande?

Assenti com a cabeça.

— E qual é a cor dos detalhes?

— Azul-marinho.

— Certo... E tem monograma?

— Tem — falei.

— Melhor ainda.

— Certo. — Dei uma risada. — Mas, por favor, me explique por que você acha que L.L. Bean é melhor do que uma mala Tumi?

— Porque você precisa escolher um dos extremos. Esse tipo de gente que nasceu rico, de família, adora coisas muito caras ou muito baratas... Eles dirigem um Mercedes novinho em folha ou um Volkswagen acabado... Usam Rolex ou Timex... E resistem a qualquer troca de eletrônicos porque "Ei, o meu ainda funciona!". É um esnobismo reverso. O novo-rico é que gosta de coisas novas.

— Uau — falei, pensando na lealdade teimosa de Joe ao vinil e às fitas cassete em vez dos CDs. — Você tem razão.

— Sim — disse Curtis. — Preste atenção, garota. Eu sei o que estou fazendo aqui.

Naquela manhã de sábado, Joe veio me buscar pouco antes do nascer do sol, acompanhado por Quinta-feira. Para o meu divertimento, ele dirigia um velho Jeep Wagoneer com painéis de madeira dos anos 1970. Sorrindo para mim mesma, coloquei a bolsa tote L.L. Bean no banco de trás, junto com uma sacola de presente contendo um roupão de linho escolhido por Curtis, depois entrei no carro.

Joe sorriu para mim e disse:

— Você está muito fofa.

— Obrigada — agradeci com uma risada, pensando que ninguém nunca tinha me chamado de fofa antes.

— E olha só, nós estamos *combinando* — disse ele, olhando-me de cima a baixo enquanto dava um tapinha na minha perna.

Eu assenti com a cabeça; nós dois *estávamos* vestindo calça jeans e branco, mas as semelhanças paravam aí. Talvez pensando mais do que devia no que seria apropriado para um fim de semana na praia com Dottie Kingsley, eu tinha escolhido uma blusa de seda sem mangas, uma calça jeans larga e chinelos de couro, enquanto Joe usava uma calça Levi's velha, uma camiseta encardida e tênis vermelhos de cano alto.

— Belos sapatos — comentei.

— Você não gosta de Chuck Taylors? — perguntou ele, fingindo estar ofendido antes de conferir o espelho retrovisor e sair com o carro.

— Não muito — falei. — Ainda mais quando são vermelhos.

Joe riu.

— Bom, a minha mãe também os odeia.

— É por isso que você os escolheu? — perguntei.

Ele riu e me entregou um dos dois copos de café no porta-copos entre nós.

— Aqui está. Três cremes, sem açúcar.

— Ah! Você é maravilhoso.

Dei-lhe um beijo rápido, depois me recostei no banco, acomodando-me.

Joe seguiu pela Segunda Avenida, uma das mãos no volante e a outra mexendo no botão do rádio. Encontrou John Mellencamp cantando "Wild Night" e imediatamente se juntou a ele. Era barulho demais para aquela hora da manhã, mas o entusiasmo era contagiante. Olhei pela janela e sorri, sentindo uma felicidade que beirava a empolgação. Sair da cidade era sempre emocionante, ainda mais no verão e quando você está com alguém de quem gosta. Gosta *de verdade*. *A vida é boa*, pensei, e alguns minutos depois, quando entramos na Long Island Expressway, eu também cantava junto com o rádio.

As duas horas seguintes passaram voando enquanto Joe e eu ríamos, conversávamos e ouvíamos música. De vez em quando, eu sentia que estava começando a me preocupar com as apresentações que tinha pela frente, mas, na maior parte do tempo, mantive a ansiedade sob controle. Eu não era de falar besteiras por aí, era calada demais para isso. Ia dar tudo certo. Ou talvez não. De um jeito ou de outro, eu sobreviveria.

QUANDO CHEGAMOS AO MOINHO de vento em Halsey Lane, os efeitos da minha conversa encorajadora comigo mesma haviam passado, e a euforia da viagem foi substituída por um profundo pavor. Para ser justa, os Hamptons sempre tinham esse efeito em mim, mesmo quando eu não estava indo até lá para conhecer Dottie Kingsley. Podia ser um lugar muito divertido, e era inegavelmente lindo, mas também era cansativo. Para onde quer que você olhasse, havia banqueiros, advogados, relações públicas e, sim, modelos; todos disputando uma posição de destaque, tentando freneticamente descobrir aonde ir, o que vestir e como entrar nos restaurantes, clubes e festas mais badalados. Parecia um grande teste de elenco. Embora eu tivesse optado por sair da cena anos atrás e as minhas memórias de todas aquelas festas pretensiosas em que todos se vestiam de branco estivessem em um passado distante, não havia como fingir que eu não estava a caminho do maior teste da minha vida.

Enquanto seguíamos por uma estrada residencial sinalizada como particular, Joe acenou para um homem sentado em um Buick, lendo jornal. Ele diminuiu a velocidade até parar, abaixou a janela e gritou:

— E as novidades, Hank?

— O mesmo de sempre! Que bom ver você, Joe!

Joe acenou outra vez e seguiu com o carro, contando-me que Hank trabalhava para a família havia anos.

— Ele é um segurança? — perguntei.

— Ele faz um pouco de tudo. Faz-tudo. Jardineiro. Porteiro — concluiu quando chegamos ao final da estrada e à entrada levando à garagem dos Kingsley.

Joe virou o carro, mas não consegui ver nada. A propriedade era protegida por altas sebes que lhe conferiam privacidade.

— Aqui vamos nós — disse ele, passando por um portão aberto. — Lar, doce lar.

Conjurando imagens das antigas revistas da minha mãe, eu sabia que seria impressionante. Mas, quando a extensa propriedade à beira-mar surgiu, prendi a respiração. Era muito mais espetacular pessoalmente, como costumam ser os marcos fotografados. A "propriedade Kingsley" incluía três prédios, todos de madeira branca reluzente. A casa principal era uma mansão. Tinha uma ampla varanda frontal e um toldo listrado de verde e branco, e conseguia ser grandiosa e charmosa ao mesmo tempo. Era ladeada por duas construções menores, que Joe disse serem a casa da piscina e a casa de hóspedes.

— Uau. É linda — falei.

Estava impressionada com a explosão de cores, o gramado verde impecável, as rosas cor-de-rosa escalando as treliças brancas, as hortênsias roxas florescendo por todo o quintal e o pano de fundo do céu azul vívido encontrando o mar no horizonte.

— Sim. Este lugar é muito especial — disse Joe enquanto estacionava o carro, e até ele sabia que a propriedade ia além da beleza típica dos Hamptons.

A voz e o sorriso dele eram suaves, quase reverentes, e não pude deixar de pensar no seu pai e no peso da história da sua família, especialmente quando olhei para cima e vi uma bandeira americana hasteada em um mastro no centro do gramado.

— Quando foi construída? — perguntei, curiosa, mas também protelando, não me sentindo totalmente pronta para sair do carro.

— Em 1910 — contou. — O meu avô construiu a mansão.

— É mesmo? — Fiquei impressionada.

— Bom, não. — Joe riu. — Ele mandou construir.

— Ah, sim, claro. E agora toda a sua família divide?

— Isso.

— Como funciona? Você tem tantos primos… — perguntei, ainda protelando. — Vocês botam os nomes em uma lista para passar determinados fins de semana?

— Na verdade, não — disse Joe. Ele abriu a porta, pisou no caminho de conchas esmagadas e deixou Quinta-feira sair do carro. — A gente se vira. De qualquer forma, é mais divertido quando estamos todos aqui juntos.

Sorri, achando graça na ideia de a família estar "se virando" para ocupar uma enorme propriedade à beira-mar nos Hamptons, então, relutante, abri a porta enquanto Joe pegava a bagagem no banco de trás. Tentei pegar a minha, mas ele não deixou, então segui Quinta-feira e ele pelo caminho, subindo as escadas que levavam à varanda da casa principal. Quando chegamos à porta, Joe fez sinal com as duas mãos ocupadas para que eu entrasse primeiro.

Respirei fundo e abri a porta, segurando-a para Joe. O vestíbulo estava mal iluminado e tinha um papel de parede floral desbotado que me surpreendeu, até que me lembrei da teoria de Curtis. Essas pessoas não tinham nada a provar.

— Ooooi? — chamou Joe em voz alta, largando nossas malas ao pé de uma ampla escadaria que fazia uma curva de noventa graus na metade.

Quando ninguém respondeu, ele murmurou que deviam estar nos fundos, então me conduziu por um longo corredor, passando por duas grandes salas cheias de móveis antigos escuros com estofados desbotados pelo sol e estantes de parede a parede. Tirando bibliotecas, eu nunca havia visto tantos livros.

Ao chegarmos à varanda dos fundos, senti um arrepio inesperado tanto pela vista arrebatadora quanto pela percepção renovada de que eu estava bem ali, naquele cenário tão famoso. Escondida em um vasto gramado verde do comprimento e da largura de um campo de futebol, havia uma piscina azul-turquesa cercada por um deque de pedra, uma quadra de tênis rodeada por mais sebes e lindos jardins formais. Além da perfeição bem-cuidada, havia a costa curva e irregular e uma extensão infinita de água cintilante pontilhada de barcos coloridos, cujas velas Joe mais tarde chamaria de balões, um nome que adorei.

— Ali estão elas! — disse ele, apontando para uma fileira de cadeiras Adirondack brancas no canto mais distante do pátio, duas delas ocupadas.

Senti um frio na barriga de ansiedade quando Joe pôs as mãos em concha ao redor da boca e gritou um olá. Dottie e Berry se viraram e acenaram, então se levantaram ao mesmo tempo e começaram a caminhar a passos lentos na nossa direção enquanto Quinta-feira corria pelo quintal. Berry ficou um passo atrás de Dottie, o que me lembrou da rainha da Inglaterra e me fez perguntar se aquela família seguia um protocolo semelhante. Quando se aproximaram da varanda, pude ver que as duas usavam vestidos retos — o de Dottie, amarelo-limão, e o de Berry, uma mistura de azul pastel e rosa — e questionei a minha roupa por um instante. Lembrei-me de que precisava ser eu mesma; era o único jeito.

— Vamos lá — disse Joe, pegando a minha mão e me levando pelos degraus da varanda e pelo gramado.

O aperto era mais firme do que o normal, como se tivesse percebido que eu estava nervosa. Ou talvez ele estivesse.

— Nossa, vocês chegaram rápido! — comentou Dottie enquanto se aproximava de nós.

Na mesma hora, reconheci a voz dela. De onde, não tinha certeza. Talvez de algum documentário ou episódio de *60 Minutes* que a minha mãe me obrigou a assistir. Era surreal estar na frente de uma mulher que eu acabara de conhecer, mas sobre a qual eu sentia saber tanto.

— Sim. Acho que foi um recorde! — disse Joe, apertando a minha mão.

— Espero que você não tenha corrido — falou a mãe dele enquanto diminuíamos a distância.

— Só um pouco! — Joe sorriu.

Ele soltou a minha mão e deu um abraço formal e um beijo na bochecha dela. Fiquei na expectativa de que ele fizesse o mesmo com Berry, mas em vez disso ele estendeu a mão e bagunçou o cabelo da amiga. Ela empurrou a mão dele para longe e riu, e eu pude sentir a proximidade dos dois na hora.

— Mãe, Berry... esta é Cate — apresentou Joe. — Cate, estas são a minha mãe e Berry.

Empurrei os óculos de sol para cima, prendendo-os no cabelo como uma tiara, mas me arrependi na hora, tanto porque o sol agora estava nos meus olhos quanto porque Dottie e Berry continuaram de óculos escuros. Não querendo agir de maneira inquieta ou parecer nervosa, aceitei a decisão, semicerrando os olhos por causa da claridade enquanto Dottie estendia o braço esguio graciosamente para apertar a minha mão.

— Cate — disse ela, fazendo do meu nome uma frase inteira. Os seus dedos eram delicados como os de um pássaro, a pele estranhamente fria considerando o sol. — Como vai?

Por algum motivo, a sua maneira de expressar aquela simples pergunta me deixou perdida, e eu tropecei na minha resposta.

— Estou bem, obrigada... É muito bom conhecer você... vocês duas — acrescentei, voltando o olhar para Berry.

— O prazer é todo nosso — disse Dottie em um tom que combinava com o aperto de mão.

Não exatamente distante, mas quase. Os óculos escuros que usava eram grandes, cobrindo grande parte do rosto, mas eu ainda conseguia distinguir as maçãs do rosto proeminentes que Joe tinha herdado. Como a propriedade em si, ela era mais impressionante em pessoa, e quase intimidadora, apesar da pequena estatura.

— Sim — disse Berry com uma voz alegre, dando um passo à frente para me dar um abraço rápido. — Ouvimos falar *tanto* de você, Cate.

— Idem — falei, uma palavra que eu acho que nunca havia usado antes. — Obrigada pelo convite, sra. Kingsley. A sua casa é *adorável*. — Outra palavra que eu quase nunca usava.

Dottie assentiu em resposta, como se eu tivesse acabado de declarar um fato em vez de fazer um elogio, e comentou:

— Estamos muito felizes com a sua visita... Vamos entrar? Vocês estão com fome depois da viagem?

Qual era a resposta educada? Sim ou não? Felizmente, Joe respondeu por nós, anunciando que estava morrendo de fome.

Enquanto voltávamos para dentro de casa, preparei-me mentalmente para um brunch formal na sala de jantar em uma mesa posta com prataria e cristal. Fiquei surpresa e aliviada ao descobrir que iríamos comer em uma mesa rústica perto da cozinha, com talheres simples e alguns pães e bolos, frutas e uma jarra de suco de laranja que parecia ter sido espremido na hora.

— Tem um bule de café recém-passado na cozinha — disse Berry.

— E eu posso colocar a chaleira no fogo se você preferir chá — ofereceu Dottie, olhando para mim.

Recusei educadamente ambas as ofertas enquanto nos dirigíamos para a mesa, nos sentávamos e começávamos a nos servir. Ninguém falou por alguns momentos constrangedores. Então Dottie se virou para mim e sorriu.

— Então, Cate, Joe nos contou que você cresceu em Montclair — disse ela, usando o garfo na maneira europeia para furar um morango partido ao meio.

— Isso mesmo — falei.

— É um lugar adorável — disse ela. — Os seus pais ainda moram lá?

— Moram — falei. — Bem, a minha mãe e o meu padrasto.

— Entendi. E o seu pai?

— Ele faleceu quando eu era bem nova, na verdade.

— Ah, sinto muito — disse Dottie, olhando de relance para o filho, como se dizendo que ele deveria tê-la avisado.

— Obrigada — falei, olhando para baixo.

Perguntei-me se deveria mencionar a perda dela também. Ou a de Berry, já que Joe me contou que ela perdeu os pais em um acidente de avião. Mas decidi que era melhor deixar os horríveis acidentes em comum para trás.

Ao que parecia, Berry concordava, porque logo mudou de assunto.

— Joe comentou que você trabalha com moda — começou ela enquanto espalhava cream cheese na metade de um bagel.

Estava mais para uma afirmativa do que para uma pergunta, mas respondi mesmo assim:

— Sim, trabalho.

— Sinto muito, esqueci o nome do designer, qual era mesmo? — perguntou Berry.

— Wilbur Swift.

— Isso mesmo. Desculpe. Não entendo nada de moda, para o horror de Dottie.

— Ah, Berry — disse Dottie, balançando a cabeça. — Você sabe que isso não é verdade.

— Que eu não entendo nada de moda ou que você fica horrorizada? — questionou a jovem com uma risada.

— Nenhuma das duas coisas é verdade! Agora, com Joe já é outra história — alfinetou Dottie.

— Ei, ei! Assim você me magoa! — protestou ele, fingindo estar ofendido, mas parecendo estranhamente orgulhoso de si mesmo.

Dottie o ignorou e olhou para mim.

— Cate, espero que você possa ajudá-lo com isso.

— Estou tentando, sra. Kingsley — falei, entrando no jogo.

Joe riu e nos acusou de ter inveja do seu estilo.

— Que estilo? — implicou Berry.

Os dois discutiram por alguns segundos, parecendo dois irmãos, até que Dottie os interrompeu.

— E como vai o trabalho, Joe? — perguntou ela, as sobrancelhas erguidas.

Joe evitou fazer contato visual, dando uma grande mordida em um donut.

— Está indo bem — disse ele com um dar de ombros, o lábio inferior sujo de açúcar.

Dottie o encarou.

— Só... bem?

— É — responde. — Estou pensando em pedir transferência para outra área. Talvez crimes de colarinho branco.

— Por que crimes de colarinho branco? — perguntou ela. — Tem mais prestígio do que drogas?

— Sim. Bom, mãe, drogas não trazem prestígio algum — brincou Joe. — Na verdade, há um grande estigma em relação ao seu uso.

— Ora, Joseph — ralhou Dottie, acenando para que parasse. — Você sabe o que eu quis dizer. Seria uma promoção?

— Não, mãe — disse ele, falando devagar, com o maxilar tenso. — Não seria uma promoção. É apenas uma área diferente... Estou cansado de processar pequenos delitos envolvendo drogas que, na maioria das vezes, parecem ter uma motivação racial. Gary concorda.

Dottie assentiu.

— Seria melhor em termos de conexões políticas? Para concorrer a um cargo? — Joe deu de ombros e a mãe dele continuou: — O que você acha, Cate?

— Sobre passar a cuidar de crimes de colarinho branco? — perguntei, encontrando o olhar dela, perguntando-me por que me sentia tão nervosa.

Dottie balançou a cabeça e disse:

— Não. Sobre Joe concorrer a um cargo algum dia?

Eu podia sentir todos olhando para mim enquanto eu me atrapalhava com a resposta.

— Hã. Não sei — falei. — Quer dizer... Acho que ele daria um ótimo... político... sabe... se é isso que ele quer fazer.

— A palavra-chave é *se* — murmurou Joe.

Dottie fingiu não o ter ouvido enquanto me encarava.

— Sim. Concordo, Cate — disse ela. — Acho que ele seria maravilhoso. Ele tem muito a oferecer e pode fazer a diferença.

Por alguns segundos, o clima na mesa pareceu um pouco tenso. Então Berry botou a conversa de volta nos trilhos, falando alegremente sobre o recente noivado do primo de Joe, Peter, e o casamento na primavera que ele e a noiva, Genevieve, estavam planejando em Annapolis, Maryland, a cidade natal dela. Fiquei escutando a conversa, perguntando-me se eu iria. Só podia esperar que sim.

Depois do brunch, Joe e eu fomos para os nossos respectivos quartos para mudarmos de roupa. Eu não sabia direito qual era a programação, apenas que íamos sair no barco dele e que seríamos só nós dois. Eu já tinha estado em barcos antes, mas apenas nos dois extremos — iates para sessões de foto como modelo ou cruzeiros cafonas com guias turísticos contando piadas de mau gosto em meio à fumaça nauseante da gasolina. Por isso, eu não estava muito certa do que esperar ou do que vestir. Optei pelo mais seguro, vestindo um tanquíni por baixo da saída de praia e um par de chinelos de couro. Então, achando-me um pouco sem graça, peguei na bolsa o lenço Hermès que Joe havia me dado, dobrei-o ao meio e enrolei-o na cabeça, dando um nó duplo debaixo do rabo de cavalo.

Quando enfim abri a porta, Joe estava me esperando no corredor.

— Oi, querida — disse ele, sorrindo para mim. — Gostei do seu lenço.

— Ora, obrigada — falei, estendendo a mão para tocá-lo. — Um bonitão me deu de presente em Paris.

— Uau. — Ele sorriu de novo. — Ele deve gostar *muito* de você, hein?

— Parece que sim.

DEMOROU ALGUM TEMPO PARA chegarmos à marina, e mais ainda para tirarmos o barco de Joe do cais. Isso me lembrou da experiência de esquiar; na única vez que fui, não pude acreditar em todo o esforço necessário só para chegar às pistas. Não parecia valer a pena, e eu não parava de pensar que preferia ficar sentada na praia com um bom livro.

Porém, quando chegamos à água cristalina, com a brisa do mar no rosto, tudo fez sentido, e eu quase entendi por que essas pessoas amavam tanto barcos. Era mesmo emocionante, e o meu coração disparou quando Joe acelerou o motor em direção ao horizonte sob o céu azul brilhante pintado com nuvens finas.

Por mais deslumbrante que fosse a vista em todas as direções que olhássemos, era difícil desviar a atenção de Joe. Acho que nunca o vi mais sexy do que pilotando o barco, uma mão no timão e a outra segurando o boné de beisebol virado para trás enquanto ele fazia curvas fechadas na água, exibindo-se. Agarrando a parte superior do para-brisa no console central, gritei para ele diminuir a velocidade, mas Joe apenas riu e foi mais rápido, molhando-nos com os respingos do mar. Racionalmente, eu sabia que não corríamos qualquer perigo real, que Joe sabia o que estava fazendo, mas houve momentos em que ainda senti um pouco de medo. Era um tipo bom de medo, no entanto. Uma descarga de adrenalina daquele belo mundo e daquele belo homem.

Depois que ele se fartou da brincadeira, nós demos meia-volta, indo em direção à costa. Achei que talvez estivéssemos voltando para o cais, mas, em vez disso, subimos e descemos uma série de enseadas tranquilas. Ao longo do caminho, em alguns momentos, Joe me deixava guiar o barco enquanto contava histórias. Algumas eram sobre o pai e o avô, casos de família repassados a ele. Mas ele também compartilhou as próprias memórias, que iam de singelas e doces a bizarras e fanfarronas. Houve até uma história de uma experiência de quase-morte envolvendo uma volta em um caiaque durante uma tempestade. Escutei, maravilhada, tanto pela estupidez quanto pela bravura. Fiquei especialmente fascinada com a reação da mãe dele e de Berry; a mãe ficou apavorada e Berry apenas zangada. Era uma dinâmica que eu conseguia imaginar perfeitamente depois de conhecê-las.

Como se estivesse lendo a minha mente, Joe perguntou o que eu tinha achado delas.

— Eu amei as duas — deixei escapar.

Era uma declaração um pouco exagerada, mas ainda assim sincera, talvez porque o meu coração estivesse tão cheio.

Ele pareceu aliviado.

— É mesmo?

— Sim. Berry é um doce. — Hesitei e acrescentei: — Sinceramente, não esperava. Eu sabia que ela seria legal, mas imaginei que seria um pouco… mais difícil comigo.

Joe assentiu, sem se dar ao trabalho de se fazer de desentendido, o que eu apreciei.

— Sim. Ela pode ser muito protetora… mas deu para ver que também adorou você.

Eu sorri e lhe disse que isso me deixava feliz.

— E a minha mãe? Agora consegue entender o que eu disse sobre ela? Não conseguiu passar vinte minutos sem me interrogar sobre uma candidatura. Ela é implacável.

— Sim — falei. — Mas ela só quer o melhor para você e acha que você pode usar o seu sobrenome para fazer a diferença. Você realmente daria um ótimo servidor público.

— Ah, gostei dessa descrição — disse Joe. — Soa melhor do que político… Você acredita mesmo nisso?

— Sim. Você se importa de verdade com as pessoas. Você se importa com os casos que processa e se importa com o motivo pelo qual os réus se encontram nas condições que os levam a cometer crimes — falei, sentindo uma onda de orgulho dele. Joe era uma pessoa tão boa. — Eu amo isso em você.

— Uau. Isso é muito gentil. Obrigado — respondeu ele quando entramos em uma enseada muito pitoresca.

A costa rochosa era acidentada e a água parecia vidro. Nos minutos seguintes, ficamos parados, admirando a paisagem. Então Joe desligou o motor e anunciou que aquele era o local perfeito para um piquenique. Ele contornou o console até a frente do barco, pegou a âncora e a jogou ao mar. Fiquei olhando enquanto ele amarrava, com rapidez e competência, algum tipo de nó náutico sofisticado, pensando em como era atraente quando um homem era tão hábil com alguma coisa.

Ele olhou para cima, flagrando-me no momento em que eu o observava, e sorriu.

— O que foi?

— Eu estava me perguntando se você foi escoteiro.

Joe riu e perguntou:

— No que você estava pensando de verdade?

Engoli em seco, sentindo-me corar quando coloquei a mão no seu antebraço bronzeado e respondi:

— Está bem. Eu estava pensando que assistir a você dar um nó é meio sexy.

Joe riu.

Sorri quando ele foi para a parte de trás do barco, estendeu uma toalha nas tábuas do assoalho e me pediu para que eu me juntasse a ele. Sentei-me ali enquanto ele desempacotava um pequeno cooler.

— Quando você montou tudo isso? — perguntei, impressionada com a organização.

— Eu não montei. Implorei a Berry para comprar isso em uma loja na cidade — disse ele, abrindo uma garrafa de vinho branco gelado com um saca-rolhas e servindo-o em copos de plástico. Ele me entregou um, depois tirou os óculos escuros, prendendo-os na gola da camisa.

— A nós — brindou, erguendo o copo com uma expressão comovente.

— A nós — repeti, brindando.

Por cerca de meia hora, bebemos vinho e comemos uvas, queijo, biscoitos e sanduíches de pepino, conversando e rindo.

Em algum momento, fiquei um pouco alta, a conversa se transformou em beijos e depois em amassos.

— Isso é seguro? — sussurrei quando ele deslizou a mão por baixo da parte de cima do meu tanquíni, então a puxou para cima e beijou um seio enquanto espalmava o outro.

— É — respondeu ele. — Estamos em uma área totalmente privada.

— E as câmeras de longo alcance? — perguntei, pensando em todas as celebridades que tinham sido fotografadas com os seios à mostra durante as férias.

— Não tem ninguém aqui, querida — disse ele, agora pegando a minha mão e pressionando-a contra a sua ereção.

Ele soltou um gemido baixo que me deixou mais molhada, e eu sabia o que estava prestes a acontecer. Dito e feito, Joe me fez deitar, puxando a parte de baixo do meu tanquíni. Devagar, ele deslizou um dedo para dentro de mim, então o tirou ainda mais devagar antes de sugá-lo. Ainda entre as minhas pernas, passou a usar a boca.

Foi tão bom, tão incrivelmente bom, que implorei para que ele parasse, embora eu estivesse segurando a sua cabeça no lugar, correndo as mãos pelo seu cabelo. Então, quando eu estava prestes a explodir de prazer, ele abaixou o calção de banho, subiu em cima de mim e me penetrou lentamente.

— Como? — sussurrou ele quando já estava dentro de mim. — Como é que pode ser tão perfeito?

— É porque somos nós — falei, sem fôlego.

— Sim. Porque. Somos. Nós — disse ele, movendo-se dentro de mim com cada palavra enquanto o barco começava a balançar, a água batendo nas laterais.

Olhei para o céu, observando as nuvens passarem, sentindo-me completamente indefesa enquanto Joe falava comigo em voz baixa, dizendo que eu era sua. Eu pertencia a ele. Ele pertencia a mim. A voz dele no meu ouvido me fez gozar rápida e intensamente, e quando apertei as suas costas com as duas mãos, ele gozou também, repetindo o meu nome várias vezes.

Depois, ficamos deitados juntos por um bom tempo, suados e recuperando o fôlego. O sol estava quente, mas havia uma brisa e nós dois pegamos no sono. Não tenho certeza de quanto tempo se passou, mas,

O PESO DE NOSSOS NOMES

quando acordamos, vestimos os trajes de banho. Então Joe se sentou e disse que estava na hora de nadarmos.

— Espera aí — falei. — Não há tubarões?

Ele riu e disse:

— Um montão. Mas eu sou corajoso.

Eu não conseguia saber se ele estava brincando ou não.

— Estou falando sério! Responda, Joe! — exigi, enquanto ele estava de pé na parte de trás do barco, preparando-se para pular na água. — Tem tubarões aqui?

— Nunca vi um tubarão nesta enseada — respondeu. — Mas nunca se sabe. Para tudo há uma primeira vez!

Perguntando-me se era a primeira vez que ele havia feito sexo naquele barco, levantei-me e fui até ele, então olhei para a água, nervosa. Não conseguia ver o fundo.

— Qual a profundidade?

— Cerca de três metros.

Um segundo depois, ele pulou. Enquanto Joe mergulhava, admirei as linhas do corpo dele. Quando voltou à superfície, sacudiu a água do cabelo, sorrindo para mim.

— Entre! Está uma delícia.

Era o que as pessoas sempre diziam depois de pular na água fria; eu não ia cair nessa.

— Eu passo — falei.

— Você não vai nadar? — perguntou ele.

Era a última coisa que eu queria fazer. Além de saber que a água estaria fria, eu não queria passar vergonha. Eu até sabia nadar, mas mal e porcamente, e guardava uma memória vívida de ter falhado em um teste de natação na aula de educação física do nono ano. Era impossível acreditar como tinha sido exaustivo apenas ficar flutuando.

Mas Joe continuou a implorar, e eu não queria ser *aquele tipo* de garota. Então perguntei se havia uma escada.

— Uma escada? — Ele riu, nadando de costas atrás do barco. — Não tem escada, querida. É só entrar.

— Bem, então como eu volto para o barco?

— Tem uma pequena plataforma para sair da água aqui atrás. Está vendo? — perguntou ele.

Olhei para baixo e assenti.

— Vamos lá. Entre de uma vez. *Agora*.

Percebi que ele não ia desistir, então respirei fundo e fui para a parte de trás do barco, me acomodando devagar na plataforma de teca que mais parecia um pequeno banco logo acima do mar. Balancei as pernas na água fria, na esperança de que isso fosse o suficiente para satisfazer a vontade de Joe. Eu não queria confessar mais um defeito. Mas ele nadou até mim, agarrou as minhas panturrilhas e tentou me puxar para dentro do mar.

Àquela altura, entrei em pânico e deixei a verdade escapar.

— Joe, não! Eu não sei nadar!

O sorriso dele se transformou em surpresa, depois em preocupação.

— Você não sabe nadar? — perguntou, agora meio fora d'água, os braços apoiados nas minhas coxas.

— Bem, eu sei um pouco — falei. — Mas não muito bem. Eu só… Não gosto de águas muito profundas.

— Bem, precisamos resolver isso, querida.

Assenti com a cabeça, muito envergonhada, enquanto Joe se içava para fora da água na plataforma ao meu lado e dizia:

— Todo mundo precisa saber nadar. Não é seguro…

— É seguro se eu ficar longe da água — falei, interrompendo-o com um sorriso.

— Mas, Cate — disse ele. — Você não adorou o nosso passeio?

Assenti e disse que sim, que tinha gostado muito.

— Então, vamos matricular você em uma aula de natação. Ou eu mesmo posso ensiná-la. Caramba. Por que não começamos agora?

Balancei a cabeça, entrando em pânico, ciente do quão persuasivo ele poderia ser.

— Hoje, não. Por favor? Outro dia. Em breve.

— Tudo bem — disse ele. — Nós provavelmente deveríamos começar em uma piscina, de todo modo.

— Isso. Com certeza em uma piscina. Onde eu possa ver o fundo. E onde não tenha tubarões.

Joe subiu de volta no barco e me puxou atrás de si. Ele pegou uma toalha limpa e a enrolou ao meu redor, embora fosse ele quem estivesse molhado.

— Me desculpe... — falei.

— *Por quê?*

— Por não saber nadar.

— Não importa — disse Joe, balançando a cabeça. — Você é exatamente o que eu quero.

Assenti com a cabeça, me sentindo um pouco melhor, me lembrando do que tínhamos acabado de fazer.

— Cate? — sussurrou Joe, segurando o meu rosto.

— O quê? — perguntei.

— Eu amo você — sussurrou no meu ouvido.

Eu respirei fundo, dominada demais pela emoção para sequer soltar o ar, que dirá falar, mas finalmente recobrei o fôlego e a voz.

— Eu também amo você — sussurrei de volta.

Joe se inclinou e me deu um beijo longo e lento que parecia selar a nossa declaração conjunta.

E assim, pela primeira vez, comecei a imaginar um futuro com ele.

CAPÍTULO 19

Joe

Era um dia lindo e ensolarado, perfeito para o primeiro passeio de Cate no meu barco. Eu estava nas alturas quando mostrei tudo a ela (e me exibi um pouco também). Então, quando pensei que as coisas não poderiam melhorar, ancoramos em uma enseada tranquila e fizemos amor antes de adormecermos nos braços um do outro. Quando acordamos, fui nadar, para queimar a minha energia nervosa, porque sabia que estava na hora de contar a ela. Eu não podia esperar mais um dia.

Quando subi de novo no barco, finalmente lhe disse: *eu amo você*. Simples assim. Pude ver nos seus olhos que ela sentia o mesmo, mas ainda senti como se o meu coração estivesse prestes a explodir no peito quando Cate respondeu que me amava também.

QUANDO CHEGAMOS EM CASA, Cate e eu encontramos Berry na varanda dos fundos jogando paciência em uma mesinha quadrada que chamávamos da "mesa de jogos". Na mesma hora, pude ver que ela estava meio mal-humorada, pois mal tirava os olhos das cartas, respondendo secamente às minhas perguntas sobre o seu dia ("foi tudo bem") e sobre o paradeiro da minha mãe ("ela está descansando"). Foi muito desconfortável e um pouco rude.

Mais alguns segundos se passaram antes de Cate pedir licença de maneira discreta, dizendo que ia subir para tomar banho. Quando a vi entrar em casa, passou pela minha cabeça segui-la e tranquilizá-la de que Berry às vezes ficava melancólica, e que, quando isso acontecia, podia parecer antipática. Mas uma pequena parte paranoica de mim temia que eu tivesse feito algo para chatear a minha amiga. Será que eu não tinha expressado gratidão suficiente pelo piquenique que ela havia comprado para mim? Será que devia tê-la convidado para se juntar a nós no barco? Sentei-me ao seu lado, esperando que ela olhasse para cima.

Quando não olhou, pigarreei e disse:

— Você está ganhando?

Berry assentiu e, nos segundos seguintes, terminou o jogo com vários lances rápidos. Fiquei assistindo enquanto ela juntava as cartas e começava a embaralhá-las, os olhos ainda baixos.

— Certo, Berry. O que houve? — perguntei em voz baixa. — Aconteceu alguma coisa hoje?

— Sim — disse ela, finalmente encontrando o meu olhar. — Podemos dizer que sim.

— E aí? Você vai me contar ou não? — perguntei, tentando ser paciente, mas começando a ficar aborrecido.

O que cresceu para uma irritação completa quando ela apenas deu de ombros.

Berry soltou um suspiro cansado, como se eu estivesse testando a paciência *dela*, então fez sinal para que eu fechasse a porta. Inclinei-me para trás na cadeira, fechando-a. Então cruzei os braços, esperando.

Vários segundos se passaram antes que Berry dissesse:

— Você sabia que ela cresceu obcecada por você?

Encarei-a, completamente confuso.

— Do que você está falando? Ela quem?

— Cate — sibilou Berry, baixinho. — Ela tinha um pôster seu na parede do quarto. Ela e a mãe eram obcecadas por você. Ainda são.

— Isso é loucura — falei, a voz baixa e firme, embora eu pudesse sentir o coração começando a acelerar.

— Desculpe. Mas é *verdade* — disse Berry.

— Como você sabe disso? — questionei, com raiva.

— Saiu no *National Enquirer*.

— Você está *de brincadeira* comigo? — perguntei, a voz mais alta. — O *National Enquirer*?! Desde quando você lê tabloides?

— É uma citação da própria mãe de Cate.

— E o *National Enquirer* nunca inventa citações?

— Tem fotos também. Da mãe de Cate com a parafernália dela dos Kingsley. Você tem que ver.

— Primeiro de tudo, eu me recuso a ler essa merda — falei. — Em segundo lugar, eu apostaria mil dólares que eles mentiram ou distorceram a verdade ou de alguma maneira manipularam a mãe dela para dizer essas coisas. E, em terceiro lugar, mesmo que seja verdade e Cate tivesse um pôster meu em tamanho real no quarto quando criança, e daí? O que isso tem a ver com o nosso relacionamento agora?

Berry olhou para mim, piscando, um olhar de dona da verdade no rosto.

— Bem, deixe-me perguntar uma coisa, Joe.

Olhei para ela, esperando.

— Ela já mencionou isso em algum momento? — perguntou.

— Você está partindo do princípio de que é verdade!

— Eu vi as fotos!

— Do quarto de Cate quando ela era criança?

— Não. Mas da mãe dela e de todas as coisas. Ela alguma vez contou sobre esse passado?

— Passado? Que a mãe dela coleciona um monte de merda? Como muitos americanos? Quer dizer, o meu pai era um herói de guerra, sabe?

— Mas você, não.

— Sim, Berry. Eu já sei disso. Obrigado.

— Ah, vamos lá, Joe. Não vamos entrar nesse jogo agora...

— Jogo? — perguntei. — Uau. Está bem. Entendi.

— Não estamos falando sobre o seu pai, Joe! Estamos falando sobre o fato de que Cate cresceu obcecada por você. E tinha fotos suas no quarto. Ela lhe contou isso?

— Não, esse assunto não surgiu, Berry. Temos outras coisas para conversar, felizmente.

— E você não acha que é uma grande omissão da parte dela?

— Não. Eu não acho mesmo.

— Então você não está nem um pouco desconfiado?

— *Desconfiado?* Do quê?

— Das intenções dela.

— Das intenções dela? Cate me ama!

— Bom, sim, eu imaginei... Claramente ela tinha uma missão.

— Não importa, Berry! Nós nos conhecemos *por acaso*. Passei por ela na porra da praia. Eu fui falar com *ela*... Se for para falar nesses termos, eu é que tinha uma missão. Ela me rejeitou por um bom tempo. Fui até Paris para levá-la para sair, pelo amor de Deus.

Berry olhou para mim, balançando a cabeça.

— É verdade — falei. — Foi o que aconteceu. Esses são os fatos.

— Bem, claramente foi uma estratégia eficaz da parte dela — insistiu Berry. — Se fazendo de difícil ou algo assim.

— Cate não estava se fazendo de difícil... Ela foi difícil de conquistar. Relutou muito em sair comigo.

Berry revirou os olhos.

— Tá bom.

— É *verdade*, Berry! Ela tinha um namorado.

— Ela tinha um *namorado*? — perguntou, como se isso fosse mais uma evidência contra Cate. — Eu não sabia disso.

— Sinto muito por não ter lhe contado todo o passado romântico da minha namorada, junto com todos os detalhes da infância dela.

Berry piscou, sem reação.

— Ela traiu o namorado?

— Não. Ela terminou com ele e depois saiu comigo — falei, mudando de leve a linha do tempo. — Por que você está dando tanta importância a isso?

— Você está mesmo tentando me dizer que não vê esse pôster como um mau sinal?

— Não — falei, irredutível. — Não vejo.

— Então, essa mulher, a mãe de Cate, tem uma obsessão pelos Kingsley e cria a filha para ser do mesmo jeito. Anos mais tarde, essa filha do nada se apaixona por você... um Kingsley?

— É mesmo tão difícil acreditar nisso? Que alguém poderia realmente me amar?

— Não é isso que estou dizendo, e você sabe.

— Então o que você está dizendo?

— Estou dizendo que é uma coincidência estranha que ela tenha crescido com essa paixão por você e que agora esteja namorando você... E, só para constar, Dottie concorda.

— Ah, pelo amor de Deus, Berry! Você mostrou à *minha mãe* um artigo do *National Enquirer* difamando a minha namorada? É sério?

— Só queremos o melhor para você, Joe. Só queremos que você tome cuidado. Você às vezes confia demais...

— Pare de me dizer para tomar cuidado! — gritei. — É condescendente e ultrajante.

Ela começou a dizer alguma coisa sobre sempre cuidar de mim e estar do meu lado, mas eu não estava mais ouvindo. Em vez disso, levantei-me e entrei de volta na casa, batendo a porta da varanda ao passar.

Se Berry queria falar sobre *lados*, eu poderia escolher um lado. Na verdade, eu já tinha escolhido.

UM MINUTO DEPOIS, EU estava do lado de fora do quarto de Cate. Bati uma vez à porta e entrei antes que ela pudesse responder, encontrando-a parada perto da janela, enrolada em uma toalha. Ela estava tão linda e, por um segundo, esqueci a raiva. Então ela perguntou se Berry estava bem, e eu soube naquele instante que tínhamos que ir embora. Não podíamos ficar naquela casa.

Respirei fundo e disse:

— Na verdade, não. Mas é uma longa história. Vou contar tudo no carro. Quero ir...

— Ir aonde? — perguntou ela, caminhando até mim, penteando o cabelo molhado com os dedos.

— Para a cidade.

Franzindo a testa, Cate quis saber:

— Espera. O quê? Você quer voltar para casa?

— Quero.

— Por quê? O que houve?

— Eu conto no carro. Apenas confie em mim. Nós precisamos ir.

———

Cerca de dez minutos depois, Cate e eu estávamos vestidos, com tudo pronto e no carro, Quinta-feira e a bagagem no banco de trás. Felizmente, para o bem da minha mãe e de Berry, não as vi quando saímos de casa. Caso contrário, poderia ter feito um escândalo, coisa que as duas não suportavam. Elas preferiam falar mal das pessoas pelas costas.

Quando pegamos a estrada, ocorreu-me que, ao ir embora, eu estava aumentando o drama. Também sabia que estava sendo cabeça quente e teimoso. Mas parecia a única opção. Eu precisava defender a mulher que eu amava. O que Berry havia insinuado sobre Cate era tão incrivelmente injusto, e eu não ia ouvir e aceitar.

Vários minutos de silêncio se passaram antes que Cate falasse.

— Você quer me contar o que está acontecendo?

Era a última coisa que eu queria fazer, mas eu sabia que tinha que falar a verdade para ela. Éramos um time, e era assim que ia ser.

Segurei o volante com força, respirei fundo e disse:

— Parece que saiu uma matéria negativa sobre você no *National Enquirer*.

— Ai, meu Deus — sussurrou ela. — O que dizia?

— Eu não li. Mas Berry comentou que tem uma citação da sua mãe — falei, olhando para ela.

Cate pareceu horrorizada.

— Da minha *mãe*?

— É. Mas eles inventam coisas o tempo todo. Inclusive citações.

— O que ela disse? Qual foi a citação?

— A *suposta* citação… — corrigi, olhando de relance para o rosto dela e vendo uma expressão de pura angústia.

— Joe. Me diga de uma vez.

Inspirei devagar, enchendo os pulmões ao máximo antes de expirar.

— Supostamente, ela disse que você tinha um pôster meu no seu quarto quando era nova… E que ela colecionava coisas sobre a minha família…

— Merda. *Surreal* — sussurrou Cate, como se falasse sozinha.

Ela se virou para olhar pela janela para que eu não pudesse mais ver o seu rosto.

— Eu sei — falei. — É surreal. Foi o que eu disse a Berry... Eu não acredito em nada disso.

— Na verdade... — começou Cate em voz baixa, ainda olhando pela janela. — Não é mentira. Eu tinha mesmo um pôster seu no meu quarto. Há muito tempo.

Senti um aperto no peito, não porque vi isso como um mau sinal, mas porque eu sabia que muitas outras pessoas veriam. Droga, a minha melhor amiga e a minha mãe viam.

— Me desculpe. Eu deveria ter contado.

— Não tem problema — falei, embora tivesse preferido ficar sabendo pela própria Cate. Eu odiava ter que descobrir algo sobre ela por outras pessoas. — Isso não muda nada.

— Eu sinto que muda — disse ela.

— Não, não. De verdade. Você era só uma garota... E de qualquer maneira, estou lisonjeado. Você tinha bom gosto.

— Pare com isso, Joe. Você não está *lisonjeado*. Provavelmente parece tão esquisito...

— Não, não. Eu juro...

Eu não parava de encará-la, mas Cate não olhava na minha direção, então de repente saí da estrada, entrando em uma rua lateral. Parei no meio-fio em frente a uma casa aleatória e estacionei o carro.

— Por favor, Cate — falei, virando-me no banco. — Por favor, olhe para mim.

Demorou mais alguns segundos, mas ela finalmente encontrou o meu olhar. As bochechas dela estavam vermelhas e ela parecia estar à beira das lágrimas.

— Ah, querida — falei. — Não fique chateada.

— Não posso evitar, Joe.

— Certo. Mas você pode só... conversar comigo?

— Não sei o que dizer.

— Diga-me como está se sentindo...

— Como você acha que estou me sentindo? — perguntou, a voz falhando. — Como você se sentiria se a sua mãe falasse sobre você no *National Enquirer*?

— Péssimo. Eu me sentiria péssimo.

— Sim. Essa é uma boa palavra.

— Mas tenho certeza de que ela não fez por mal. Tenho certeza de que ela pensou que só estava contando uma história fofa — falei. — E *é* fofa.

— Pare com isso — disse Cate, fechando os olhos e pressionando as duas mãos nas têmporas. — Não é fofa. É humilhante. E passa uma impressão totalmente errada.

— Não para mim.

— Mas para Berry. E para a sua mãe.

— Quem se importa?

— *Eu* me importo. E você também. Sei que sim.

— Eu me importo muito mais com você.

— O que Berry disse? — quis saber ela.

Balancei a cabeça e suspirei.

— Berry é muito protetora em relação a mim. Só isso.

— Conte-me o que ela disse, Joe. Por favor.

Suspirei de novo.

— Ela chamou isso de "mau sinal".

— Merda — sussurrou Cate, mordendo o lábio. — Ela acha que sou algum tipo de alpinista social...

— Não diga isso...

— Interesseira...

— Pare. Não.

Cate fechou os olhos e balançou a cabeça.

— Olhe, Cate. Ela não conhece você — falei. — Ela vai mudar de ideia. Eu disse a Berry que era um monte de besteira. E, sinceramente, acho que deveria ter ficado lá e conversado sobre a situação. Mas fiquei tão puto...

— A sua mãe viu o artigo?

— Viu. Berry mostrou para ela.

— Ela também acha que é um mau sinal?

— Eu não sei direito. Não a vi antes de sairmos.

Cate assentiu e fez uma pergunta que partiu o meu coração.

— Você tem vergonha de estar comigo?

— Não! — disse com o máximo de ênfase que pude. — Tenho orgulho de estar com você. Tanto orgulho. E eu não poderia ligar menos para o que os tabloides dizem. Fui embora por uma questão de princípios. Estou farto de ter Berry e a minha mãe se metendo na minha vida, não vou mais aturar essa merda. Essas preocupações estúpidas sobre nome, reputação, aparência e o que as pessoas pensam… É tudo bobagem… Eu só quero ser feliz. E você me faz feliz.

Cate hesitou, depois me encarou e disse:

— Você também me faz feliz, Joe. Mas…

— Mas *nada* — falei. — Por favor, não deixe que isso nos afete. Por favor.

— Tudo bem — disse ela. — Vou tentar.

Tirei o cinto de segurança e me inclinei para lhe dar um abraço forte. Ela me abraçou de volta, mas sussurrou um pedido de desculpas no meu ouvido.

— Não peça desculpa, querida. Você não fez nada.

— Está bem — disse Cate quando nos separamos. — Mas vou matar a minha mãe.

Balancei a cabeça.

— Não. Também não é culpa dela. Os tabloides manipulam as pessoas o tempo todo. Só precisamos conversar com ela e explicar as coisas, para que isso não aconteça de novo… Precisamos protegê-la.

— Vou falar com ela — disse Cate.

— Não. *Nós* vamos — falei. — Estamos nisso juntos, Cate. Eu e você.

CAPÍTULO 20

Cate

Se alguém tivesse me dito para imaginar o pior dos cenários, não sei se eu poderia ter pensado em algo mais horrível do que a minha própria mãe me vendendo para o *National Enquirer*. Dar qualquer tipo de entrevista já teria sido ruim, mas ela foi muito mais longe, anunciando para o mundo que eu fui apaixonada por Joe na adolescência e que ela alimentou esse interesse com a própria obsessão pelos Kingsley. Claro, era verdade, o que tornava tudo ainda pior. Não havia como eu negar quando Joe me contou sobre a matéria.

Então confessei tudo aos tropeços, humilhada. Por um momento, perguntei-me se seria o nosso fim. Eu conseguia facilmente acreditar que ele acharia a história tão repulsiva que eu o perderia. Em vez disso, insistiu docemente que estava lisonjeado, e toda a raiva parecia dirigida a Berry. Fiquei um pouco tocada por quão cavalheiresco Joe estava sendo, mas o fato de ele sentir a necessidade de defender a minha honra com tanta veemência, tomando a decisão unilateral de ir embora dos Hamptons, só me deixou mais envergonhada.

Durante a maior parte do trajeto para casa, eu estava incomodada demais para falar. Fiquei olhando pela janela, a mente em um turbilhão de pensamentos paranoicos que relutava em colocar em palavras.

Mas, quando estávamos chegando a Manhattan, virei-me para ele e perguntei:

— Tem certeza de que não está um pouco chateado comigo?

Joe pareceu surpreso com a pergunta, o que foi reconfortante.

— Sim, tenho certeza. Por que eu estaria chateado com você?

— Não sei... Por causa do pôster.

— Um pôster que você tinha quando era uma menina?

— Um pôster sobre o qual não contei.

— Isso não importa — disse ele. — É algo banal.

— Então por que fomos embora com tanta pressa? Se você não está chateado?

— Você perguntou se eu estava chateado com *você*. E não estou. Mas *estou* chateado com Berry. E com a minha mãe.

— Por quê? Não é culpa delas a minha mãe ter dado uma entrevista para um tabloide.

Eu estava bancando a advogada do diabo, mas também tentando entender o que havia de fato acontecido, bem como a dinâmica íntima dos três.

Joe hesitou, franzindo a testa, olhando para fora do para-brisa como se imerso em pensamentos.

–– Realmente não entendo por que Berry sentiu a necessidade de ler aquelas porcarias quando tinha acabado de conhecer você. Ainda mais porque ela é sempre a primeira a criticar os tabloides.

— Bom, não é meio natural? — perguntei, tentando tanto ser justa. — Eu mesma estou com vontade de ler também, sabe?

— É, faz sentido. Mas ela não precisava comprar o jornal, levá-lo para casa e mostrá-lo para a minha mãe.

— Verdade. Mas por que não rir da história e seguir em frente? Em vez de ir embora furioso?

— Porque elas tiraram conclusões falsas, que você era uma fã maluca me perseguindo. É absurdo.

— Mas se é tão absurdo, por que ficar tão furioso? Isso não dá credibilidade às acusações dela? E se o tabloide tivesse falado que eu era uma alienígena? Sem umbigo?

Joe sorriu.

— Nossa senhora. De onde você tira essas coisas?

Dei de ombros e disse:

— E aí? Se o artigo tivesse falado isso, você teria ido embora furioso?

O PESO DE NOSSOS NOMES

— Depende — disse Joe. — Se Berry tivesse acreditado? Talvez.

Balancei a cabeça.

— Acho que não. Acho que você teria rido na cara dela e seguido com a sua vida.

— O que você está querendo dizer?

— O que eu quero dizer é que... que talvez você não esteja só chateado com o que Berry pensa. Talvez você esteja chateado porque, lá no fundo, você também pense assim.

— Isso não é verdade — rebateu Joe, um pouco rápido demais.

— Está bem... Mas você acha mesmo que eu precisava de uma defesa tão firme?

— *Precisava?* Não. Não acho que você *precisava*. Mas acho que você *merecia*. Não é justo o que ela estava insinuando sobre você...

— Eu sei que não é — falei, apreciando a lealdade e a probidade inabalável dele. De justiça básica, até. — Mas ainda assim não quero que você brigue com a sua família por minha causa.

Joe balançou a cabeça e disse:

— Não estou brigando com a minha família por *sua* causa. Estou brigando por causa *delas*. Da atitude delas... dos julgamentos... E isso não tem nada a ver com você. Acontece há anos, em vários aspectos. E eu tive que colocar um limite.

— Obrigada — falei, porque não tinha agradecido ainda.

— Não me agradeça. É tão básico. Você faria o mesmo por mim, não faria?

— Sim. Claro que faria.

— Então tudo bem. Por favor, não se preocupe. Eu vou cuidar disso. Elas vão mudar de ideia.

Eu assenti, confiando nele, resistindo ao instinto de fugir e me esconder.

— Então. Minha casa ou a sua? — perguntou Joe.

— A minha — falei. — Está mais perto.

QUANDO ENTRAMOS NO APARTAMENTO, Elna saiu do quarto com uma expressão de surpresa e confusão.

— Ei! O que você está fazendo aqui? — Ela fixou os olhos em mim como se Joe fosse invisível.

— Mudança de planos — falei, então emendei direto em uma apresentação, pensando que era um pouco doido que eles não tivessem se conhecido ainda. — Elna, este é Joe. Joe, esta é Elna.

Os dois se cumprimentaram, então Joe perguntou se podia usar o banheiro.

— Claro — falei, apontando para o quarto mais adiante no corredor. — Você pode usar o meu.

Ele assentiu com a cabeça e se afastou rapidamente com as nossas malas. Elna ficou olhando para as costas dele até que Joe entrou no meu quarto, então sussurrou:

— O que está acontecendo?

Eu lhe contei o resumo, a vergonha voltando com tudo. Como eu já esperava, Elna ficou indignada e chocada por mim, mas conseguiu me acalmar um pouco.

— Se Joe está protegendo você, então quem se importa com o que as outras pessoas pensam?

— Eu me importo…

— Então pare — disse ela.

Eu assenti no instante em que Joe voltava, e Elna logo falou sobre o elefante na sala.

— Cate me contou o que aconteceu. Foi mesmo incrível da sua parte defendê-la — disse ela. — Obrigada.

Joe assentiu e deslizou o braço ao redor da minha cintura.

— Claro. Sempre.

Sorri com relutância, e Elna sugeriu que nos sentássemos.

— Posso servir uma bebida forte para vocês? Acho que estão precisando.

— Tudo bem — disse Joe. — Já que você vai me obrigar…

— Cate? — perguntou Elna.

— Aceito uma também. Ou talvez uma dose — falei com uma risada, antes de levar Joe para o sofá.

Eu estava brincando, mas um minuto depois Elna voltou com uma pequena bandeja de plástico. Nela havia três garrafas de Amstel Light já abertas e três copos diferentes de shot com uma bebida de um marrom dourado.

— Eu estava brincando sobre as doses! — falei, embora de repente parecesse uma boa ideia.

Elna deu de ombros e disse:

— Brincando ou não, acho que essa situação pede uma dose de tequila, não é, Joe?

Ele sorriu e concordou:

— Com certeza.

Ela pousou a bandeja.

— Não temos limão, mas posso pegar um pouco de sal, querem?

— Não — disse Joe. — Vamos do jeito simples.

— Gosto do seu estilo — elogiou Elna enquanto entregava a ele um copo de Nova York, então me dava um com a bandeira britânica, ficando com o copo de Vegas para si.

— Às mães de merda! — brindou ela, erguendo o copo. — E antes que você ache que não estou no clube, Joe, fique sabendo que a minha é a pior de todas!

Fiquei surpresa por ela insultar Dottie.

— Joe não tem uma mãe de merda — falei.

— Você também não tem — disse Joe para mim. — Mas as duas erraram feio.

Ele então ergueu o copo. Fiz o mesmo, e nós três viramos a tequila, devolvendo os copos à bandeja em sincronia.

— Então. Vocês acham que eu deveria ligar para a minha mãe? — perguntei, olhando para o telefone sem fio na mesinha ao lado.

— Tem certeza de que está pronta? — perguntou Joe em uma voz gentil.

Assenti, pensando que a tequila tinha ajudado.

— Tudo bem — disse ele. — Mas não seja dura demais. Ela só cometeu um erro.

— Discordo — disse Elna. — Foi mais do que um *erro*. É algo totalmente inaceitável. — Ela desviou o olhar para mim e disse: — Dê um esporro nela.

— Uau — riu Joe. — Elna, lembre-me de nunca fazer nada contra você!

— É só não fazer nada contra Cate, e você e eu ficaremos bem.

Elna estava sorrindo, como se fosse uma piada, mas eu sabia que não era, e percebi que Joe também sabia.

Ele deu a ela um aceno solene de cabeça, então disse:

— Eu prometo.

Respirei fundo, peguei o telefone e disquei o número de minha antiga casa. Enquanto ouvia o sinal da chamada, visualizei o telefone verde dos anos 1970 na parede da cozinha, desejando que a minha mãe atendesse antes de Chip. No entanto, ouvi a voz repugnante dele:

— *Residência Toledano.*

— Olá, Chip. É Cate — falei com o máximo de calma possível, mesmo quando todos os músculos do meu corpo ficaram tensos. — A minha mãe está aí?

— Está. Mas ela não pode falar agora.

Senti a mandíbula se contrair com mais força. Era possível que ela de fato não estivesse disponível, mas era muito mais provável que ela estivesse ali parada e ele só quisesse controlar a situação.

— Tudo bem — falei. — Por favor, diga a ela para me ligar o mais rápido possível? Preciso conversar com ela.

— Conversar sobre *o quê?*

Respirei fundo e disse:

— Você sabia que ela deu uma entrevista para o *National Enquirer?*

— Aham. Sabia — disse Chip com orgulho.

Naquele segundo, eu soube que a história tinha o dedo dele. Ele provavelmente tinha ligado para o jornal.

Respirei fundo para me acalmar, mas a voz ainda saiu trêmula quando eu falei:

— Então, quanto eles pagaram a você?

— Ah, foi um bom dinheiro — regozijou-se Chip.

Mordi o lábio com tanta força que até doeu, tentando pensar em uma réplica.

— Bem, não foi muito inteligente da sua parte — comentei, por fim.

— Se você tivesse esperado um pouco mais, talvez mais alguns meses, até eu e Joe termos um relacionamento mais sério, a informação teria valido muito mais.

Um silêncio satisfatório preencheu a linha.

— E só para você ficar ciente: todo mundo sabe que o *National Enquirer* não paga tanto quanto, digamos, a revista *People*. Mas não faz mal! Vivendo e apren…

Antes que eu pudesse terminar a frase, Chip desligou na minha cara, confirmando a vitória. Eu desliguei o telefone e suspirei.

Elna falou primeiro:

— Chip?

Assenti.

— Ele é um babaca — disse ela.

— É — falei, ainda assimilando tudo.

Por um segundo, eu me senti melhor em relação à minha mãe, até um pouco culpada por tê-la julgado tão rápido. Mas ela ainda carregava parte da culpa, como Elna sempre dizia. Na pior das hipóteses, ela tinha conspirado com ele; na melhor, não tinha me defendido. Ela nunca me defendia.

Olhei para Joe, que parecia confuso e preocupado.

— Era o seu padrasto? — disse ele.

— Isso. Era o *marido da minha mãe*. E Elna está certa. Ele é um babaca.

Eu sabia que estava pisando em um campo minado, e a última coisa que eu queria era mais lavação de roupa suja da minha família. Então parei ali.

Acho que Elna percebeu que Joe não sabia a verdade sobre como eu cresci, porque ela logo mudou de assunto.

— Enfim. Ele que se dane. Qual é a programação desta noite? Posso ficar segurando vela?

— Com certeza! — respondeu Joe, com tanto entusiasmo que aqueceu o meu coração.

— Vamos ligar para Curtis também? — perguntei.

— Sim! Ligue para o Curtis — disse Joe.

— Claro — concordou Elna, depois sorriu para Joe. — Mas cuidado: ele provavelmente *ainda* tem um pôster seu na parede do quarto.

Joe riu e fui tomada por uma sensação de alívio. Sim, a minha mãe havia me decepcionado, e Berry e a mãe de Joe também eram péssimas. Mas nenhum de nós podia controlar isso e com certeza não era motivo para jogar a toalha em nosso relacionamento. Inclusive, eu podia sentir que tudo aquilo estava nos deixando mais próximos, e fui lembrada do que eu já sabia. Que Elna e Curtis eram mais a minha família do que a minha própria carne e sangue. Que você pode formar a própria família.

Liguei para Curtis, contando-lhe tudo, inclusive a piada de Elna às custas dele. Ele riu, depois disse que estava a caminho.

Na meia hora seguinte, Elna, Joe e eu terminamos as cervejas, conversando sobre assuntos alegres e contando a Joe histórias engraçadas sobre Curtis. O palco estava perfeitamente montado quando ele entrou na sala de estar, sentou-se ao lado de Joe e tirou um antigo livrinho de autógrafos. Eu sabia que ele só estava continuando a piada sobre ser fã e que o livro continha principalmente assinaturas de personagens da Disney que ele recolhera quando criança. Porém, para ser sincera, acabou cutucando um pouco a ferida da história do pôster na minha parede, mas dobrei a língua e deixei Curtis ser ele mesmo. Fiquei olhando enquanto ele abria o livrinho e o entregava a Joe, junto com uma caneta esferográfica presa a uma das páginas.

— Primeiramente — disse ele, cruzando as pernas. — Posso, por favor, pegar o seu autógrafo? Sou o seu maior fã…

Elna balançou a cabeça e riu.

— Meu Deus, Curtis — falei. — Você não acha que já passei vergonha suficiente hoje?

— Ah, pare com isso! — disse Joe, dando um tapa na minha perna, rindo. — Fico lisonjeado! Devo assinar aqui nesta página?

— Sim, por favor. Logo abaixo da assinatura do Mickey.

— Mickey Mantle? — perguntou Joe.

— Não, senhor — disse Curtis. — Mickey *Mouse*.

Os olhos de Joe se arregalaram.

— Espera. Um segundo. Você conheceu o *Mickey Mouse*?

— Conheci, sim — disse Curtis, sentando-se mais ereto. — E a Minnie, o Pluto, o Pato Donald e a Margarida.

— E o Pateta? — perguntou Joe.

— Sim, o Pateta também.

Joe assentiu, fingindo estar impressionado.

— Onde você os encontrou? No Disney World? Ou foi na Disneyland?

— Nenhum dos dois. Eu os vi em Philly Spectrum. No verão de 1974. Disney on Ice. Ainda fico arrepiado só de lembrar — disse Curtis. — Um dos pontos altos da minha vida, com certeza. Este é o segundo.

Joe riu e rabiscou o autógrafo logo abaixo do de Mickey, antes de fechar o livrinho com autoridade. Ele o colocou na mesa de centro na frente de um Curtis radiante.

— Então — disse Curtis, apontando para os copos vazios. — Parece que estou atrasado.

Joe assentiu e disse:

— É, cara. Você vai ter que correr atrás.

— Certo. Mas não bebo doses sozinho. É uma regra da qual não abro mão.

— Justo. Posso tomar outra.

— Cate e El? — perguntou Curtis, ficando de pé.

— Pode ser — falei enquanto Elna assentia.

Alguns instantes depois, estávamos todos bebendo um dose de tequila, abrindo mais cervejas e começando o jogo de bebedeira favorito de Curtis, *Eu nunca*. Era a versão adulta de *Verdade ou consequência*, e possivelmente tão perigoso quanto, ainda mais com Curtis fazendo as perguntas. Ele começou pegando leve, dizendo:

— Nunca dei carona para um desconhecido.

Enquanto Joe tomava um gole de cerveja, eu sabia que não devia me deixar enganar. Curtis estava só começando.

— A pessoa surtou quando percebeu que era você? — perguntou ele.

Joe riu e respondeu:

— Não. Ele ficou tranquilo.

— Diferente de *você* — alfinetei Curtis.

Ele deu de ombros, então aumentou a intensidade do jogo.

— Certo. Eu nunca… fucei as coisas de alguém com quem estava saindo.

Dessa vez, apenas Curtis bebeu. Enquanto todos nós caçoávamos, ele disse:

— Mas eu sempre acabo confessando!

— Você confessou porque se sentiu culpado ou porque acabou encontrando alguma coisa que o irritou a ponto de não conseguir guardar segredo? — perguntei, já sabendo a resposta.

Ele fez uma careta para mim e mudou de assunto:

— Tudo bem. Sua vez, Joe.

— Não, cara — disse ele. — Você está indo bem.

Curtis sorriu.

— Tudo bem. Eu nunca... tive um caso de uma noite só.

— Defina caso de uma noite só — disse Joe.

— Bem, isso é um sim, se eu já ouvi um — comentou Curtis, rindo.

— Estou falando sério — continuou Joe, enquanto eu me inclinava, muito curiosa sobre a resposta. — As definições variam muito. É quando você dorme com alguém uma vez e depois nunca mais? Ou quando você dorme com alguém na noite em que conhece a pessoa e depois nunca mais?

— A segunda opção — respondeu Curtis. — Acho que o termo implica que não só aconteceu apenas uma vez, mas também foi uma decisão impulsiva. Tipo, no dia em que vocês se conheceram.

— Está bem. Ufa. Me salvei — disse Joe.

Enquanto Curtis e Elna bebiam, encontrei uma brecha: fiz sexo com um cara que conheci na mesma noite, mas só depois que o relógio bateu meia-noite. Então foram dois dias separados. Não bebi.

— Certo. Eu nunca... fui desonesto com um parceiro — disse Curtis.

Elna bebeu sem vergonha; Curtis se absteve com ar orgulhoso; e Joe fez uma careta tímida, depois pediu esclarecimentos.

— Tipo mentir sobre ter feito alguma coisa? Ou trair a pessoa?

— Qualquer um dos dois — disse Curtis enquanto eu esperava, encarando Joe.

Joe tomou um gole de cerveja.

— Bebeu por qual dos dois? — perguntei. — Uma mentira ou uma traição?

— Eu não tenho que responder a isso! Curtis disse que podia ser qualquer um deles....

— Certo, então... Nunca traí um parceiro ou parceira — falei, cruzando os braços e olhando para ele.

— Caramba — disse Joe, então bebeu de novo.

— Por falar em mau sinal... — brinquei, sorrindo.

— Pare com isso! Foi só uma vez. E eu era novo! Estava no Ensino Médio! — protestou Joe. — Além disso, você já traiu também, Cate!

— Nunca!

— Traiu, sim! — insistiu ele, depois pediu a opinião de Curtis e Elna sobre a situação com Arlo e o nosso primeiro jantar em Paris.

— Não foi um encontro! — afirmei.

— Foi, sim — disse Curtis. — Beba.

— Argh, que seja — falei, tomando um longo gole.

O jogo continuou por um tempo, ficando mais ousado e picante.

Eu nunca tive uma amizade colorida.

Eu nunca fiz sexo em um avião.

Eu nunca fiz oral em alguém em um táxi... ou em uma sala de cinema.

Antes que eu me desse conta, estávamos todos bêbados. Lembrei a Joe que a nossa última refeição havia sido muitas horas atrás, no barco, e sugeri que pedíssemos comida.

— Não, vamos sair — disse ele. — Alguém está com vontade de comer um bom bife?

— Simmm! — exclamou Curtis.

Joe começou a recitar nomes de churrascarias sofisticadas enquanto Elna balançava a cabeça.

— Nunca vamos conseguir uma reserva tão tarde.

Curtis e eu nos entreolhamos e percebi que ele estava pensando a mesma coisa que eu: qualquer restaurante colocaria a mesa de Joe no topo da lista de espera. Tive a sensação de que Joe também estava pensando isso, e que a ideia o envergonhou.

— Tem razão, Elna — disse ele. — Que tal um hambúrguer e uma cerveja em um bar?

— Melhor ainda — disse Curtis, calçando as botas.

Até pensei nos paparazzi, mas eu estava bêbada o suficiente para não me importar. Que tirassem fotos nossas. Que falassem mal de mim. Eu estava entre amigos e nada mais importava.

Menos de vinte minutos depois, nós quatro entramos em um pub irlandês aleatório na Segunda Avenida. Eu havia passado na frente muitas vezes, mas nunca tinha entrado. Era uma das coisas que eu adorava na cidade: sempre havia algo para descobrir. Enquanto os meus olhos se ajustavam à luz fraca, pude ver que a clientela era mais velha, majoritariamente masculina, e não muito sofisticada. A melhor parte era que estavam todos muito mais interessados na luta de boxe no televisor acima do bar do que no fato de Joe Kingsley estar na presença deles. Nós nos esprememos em uma cabine pequena, pedimos uma jarra de cerveja e mais frituras do que conseguiríamos comer.

Em algum momento, nos levantamos e tocamos músicas na jukebox nos fundos do bar, cantando e dançando ao som de clássicos animados como "Sweet Home Alabama" e "Brown Eyed Girl" enquanto nos misturávamos com alguns dos clientes mais animados. A última coisa de que me lembro é de Joe se interpondo entre mim e um irlandês mais velho. Ele fingiu estar com ciúme, então me beijou na frente de todos. Era muito diferente de um jantar com Dottie Kingsley nos Hamptons, muito diferente de como pensávamos que o fim de semana seria. Mas, de certa forma — na verdade, de várias formas —, foi ainda melhor.

CAPÍTULO 21

Joe

Nos dias seguintes, a minha mãe e Berry deixaram várias mensagens na secretária eletrônica, pedindo desculpas e implorando para que eu ligasse para elas. Eu as ignorei e devo dizer que me senti bem em botar um limite.

No começo, percebi que Cate apreciou a minha lealdade e que isso a fez se sentir um pouco melhor com relação ao ocorrido, mas, com o passar dos dias, ela começou a ficar inquieta e tentou me encorajar a fazer as pazes.

— Elas pediram desculpas — lembrou-me certa noite enquanto nos preparávamos para dormir.

— Foram umas desculpas bem fuleiras, na melhor das hipóteses.

— Mas pediram.

Lembrei-a de que a mãe dela também havia se desculpado, mas que Cate ainda estava zangada com ela.

— É totalmente diferente — argumentou ela.

— Como?

— Porque a defesa da minha mãe é que ela "não disse nada de ruim".

— Bom, ela tem razão.

— Não tem, não! E você *sabe* disso, Joe. Falar com os tabloides sobre mim... ou sobre nós... não é certo. Nunca.

— Sim, mas as *intenções* dela não deveriam valer de alguma coisa?

Ela olhou para mim, imersa em pensamentos.

— Bem, a sua mãe e Berry também tinham boas intenções. Eles estavam apenas cuidando de você.

— À sua custa — falei.

— Mas estou bem — garantiu ela. — Você está muito mais chateado com isso do que eu.

Eu não sabia bem se era verdade, então murmurei algo sobre ser uma questão de princípio. O que era. Eu estava farto de vê-las fazendo o que queriam sem consequência.

— Não me fale sobre "princípios". A minha mãe vendeu informações sobre mim para a bosta do *National Enquirer*. É por causa dela que estamos nesta situação, para início de conversa.

— Não — balancei a cabeça. — Estou nesta situação desde que nasci. A minha mãe se preocupa mais com as aparências do que comigo. E Berry vai atrás.

— Tudo bem — cedeu Cate. — Estamos andando em círculos.

Eu assenti.

— Então — disse ela, cruzando os braços. — O que acha de fazermos um pequeno acordo?

— E qual seria? — perguntei.

Se ela fosse a minha adversária no tribunal, eu estaria ferrado.

— Se você fizer as pazes com a sua mãe e com Berry, eu levo você para conhecer a minha.

Sorri porque sabia que ela havia conseguido o que queria.

— Tudo bem — concordei, por fim. — Aceito.

ALGUNS DIAS DEPOIS, TIVE que apresentar um argumento inicial importante como coadvogado em um julgamento por assassinato. Cate tirou uma folga no trabalho para vir me assistir, o que achei muito tocante. Era a primeira vez que ela me via em ação, e, modéstia à parte, o meu desempenho foi excelente, provavelmente porque sabia que ela estava lá. A minha avó também veio e as duas se esbarraram no corredor do tribunal, cada uma se reconhecendo pelas fotos, então se sentaram juntas no auditório. Foi a melhor sensação do mundo quando olhei e vi as minhas duas pessoas favoritas lado a lado.

Depois, a minha avó nos levou para jantar no Harry's na Hanover Square. Ela e Cate se deram bem logo de cara, tomando martínis e conversando como duas estudantes tagarelas. Eu sabia que se entenderiam, mas fiquei surpreso com o quão relaxadas as duas estavam enquanto conversavam sobre o amor em comum por antigas atrizes e clássicos de Hollywood. Elas concordaram que não havia ninguém melhor do que Ingrid Bergman em *Casablanca*, mas pareciam igualmente obcecadas por Katharine Hepburn, elogiando-a em *Núpcias de escândalo* e *Adivinhe quem vem para jantar* (aparentemente, as duas tinham uma queda por Sidney Poitier).

— Adoro como Katharine Hepburn fala o que pensa e é pouco convencional — comentou Cate.

— Sim, e é rabugenta com a imprensa — disse Gary, rindo. — Ela não tem paciência para as bobagens deles.

Fiquei na expectativa de que Gary fosse contar a Cate que era muito amiga de Katharine, mas ela não disse nada, provavelmente não querendo se exibir.

— Sabe… Ela começou a usar calças em público muito antes de a maioria das mulheres ousar fazer isso — acrescentou a minha avó.

— Não antes de você, Gary! — lembrei.

— Estamos falando de Hollywood, Joe — disse a minha avó, sempre tão modesta. — Ela é uma pioneira nesse meio…

— É — falei. — E você é a pioneira original!

A minha avó tentou se desviar do elogio outra vez, mas Cate voltou ao assunto, perguntando sobre o ativismo de Gary pelo sufrágio feminino. As perguntas levaram a uma longa e animada discussão sobre política e foi a primeira vez que vi Cate falar sobre o tema além de me dizer em quem tinha votado nas eleições de 1992. Ela estava tão à vontade com Gary, muito mais do que com a minha mãe e Berry, embora, para ser justo, Cate não tivesse tido a oportunidade de conversar muito com elas.

Pensando naquilo, eu me arrisquei a abordar o que havia acontecido mais para o fim do jantar, contando à minha avó sobre a viagem desastrosa aos Hamptons. Ela ficou do meu lado, como eu sabia que ficaria, e expressou a quantidade apropriada de empatia a Cate. Eu não sabia bem qual seria a reação de Cate se eu tocasse no assunto, afinal, era tão reservada, mas ela entrou na conversa, acrescentando informações aqui e ali, culpando a própria mãe mais do que a minha.

Eu balancei a cabeça, discutindo com ela, então contei à minha avó sobre o acordo. Que iríamos perdoar as nossas mães e Berry.

— Acho que é a atitude certa — concordou Gary. — Vocês precisam se lembrar, as pessoas, em geral, fazem o melhor que podem.

Cate se inclinou, ouvindo.

— E se o melhor que elas podem fazer ainda for péssimo? E estou falando da minha mãe agora. Não da dele.

— Bem — disse Gary. — Nesse caso, temos que nos esforçar ainda mais para perdoá-las.

Quando Cate assentiu com sinceridade, sorri e falei:

— Mas, Gary, por que o seu melhor é tão melhor do que o das outras pessoas, hein?

— Não é. Nós só concordamos, Joey.

— Sempre — falei.

— E dá para ver que vocês dois também — disse a minha avó.

— Sim, nós também, Gary — balancei a cabeça, então sorri para Cate. — Realmente.

No dia seguinte, liguei para a minha mãe e perguntei se poderia passar lá depois do trabalho para conversar.

— Claro — disse ela. — Que horas?

— Às seis?

— Perfeito. Gostaria de ficar para o jantar?

— Não, obrigado. Só quero conversar sobre algo. Não deve demorar muito — falei.

— Tudo bem — disse ela.

— Ótimo. Você se importa se eu pedir a Berry para ir também? Eu adoraria conversar com vocês duas juntas.

— Claro. Vejo vocês dois hoje à noite.

Esbarrei em Berry no saguão do prédio da minha mãe. Nós dois estávamos encharcados, pegos de surpresa por uma chuva de verão inesperada, o que nos deu assunto para conversar no elevador. Chegamos ao saguão e a minha mãe foi correndo buscar toalhas.

Depois de me secar o melhor que pude, fui até a sala, direto ao ponto, ocupando o lugar de sempre no sofá. A minha mãe me acompanhou.

— Aceita uma bebida? — ofereceu, enquanto Berry entrava no lavabo.

— Sim, por favor — falei. — Vou tomar um bourbon. Puro.

Ela assentiu, então passou pelo piano de meia cauda e foi até o carrinho do bar, examinando as garrafas.

— Pode ser Knob Creek? — perguntou ela, olhando para mim. — É o que tenho. O tio Mark terminou o Blanton's.

— Pode ser, mãe — falei.

— Gostaria de uma bebida, querida? — perguntou ela a Berry quando se juntou a nós na sala de estar.

Berry recusou, sentando-se na ponta do sofá com um espaço incomum entre nós. Ninguém falou nada até a minha mãe voltar com o bourbon e um martini para si. Ela me entregou o copo e ficou perto de mim.

— Obrigado — agradeci, olhando para ela.

— De nada — respondeu, finalmente se acomodando na poltrona.

Ao tomar o primeiro gole, tive uma estranha sensação de *déjà vu*. Percebi que estava mais para uma breve lembrança da semana do meu aniversário de dezoito anos, quando as duas me emboscaram com a conversa sobre Nicole. Dessa vez, porém, o jogo havia virado. Pigarrei e comecei a falar.

— O que aconteceu nos Hamptons não pode *jamais* acontecer de novo — falei, com a maior ousadia e clareza que pude.

— Joseph... — começou a minha mãe.

Eu ergui a mão e a interrompi:

— Por favor. Deixe-me terminar.

As sobrancelhas dela se ergueram de surpresa, mas ela apenas assentiu, ficando em silêncio enquanto eu continuava o *meu* sermão.

— Não posso fazer nenhuma de vocês gostar de Cate, nem posso forçar nenhuma das duas a aprová-la. Na verdade, sei que não aprovam.

Cate não tem o pedigree que sempre acharam importante. Nem de perto. Ela não foi para a faculdade e, antes que vocês leiam sobre isso na imprensa, vou logo dizer: ela não concluiu o Ensino Médio.

Fiz uma pausa, deixando-as absorverem a informação, quase gostando do choque que as duas tentaram mascarar com acenos de cabeça, os olhos arregalados.

— Tudo bem — disse a minha mãe, olhando para Berry de relance.

— Eu sei que você não acha que está *tudo bem*, mãe. Sei que *vocês duas* estão julgando Cate neste exato momento... E sei que acham que ela não é boa o suficiente para mim. Que eu deveria estar com uma pessoa mais parecida com Margaret. — Fiz uma pausa, desafiando-as a negarem, aliviado quando não o fizeram. — Mas, se querem um relacionamento conosco... comigo... vão precisar guardar essas opiniões para si mesmas — continuei, agora a todo vapor. — Porque eu não me importo com o que as pessoas pensam sobre Cate. Nem vocês. Nem a imprensa. *Ninguém.* A minha opinião sobre Cate é a única que importa. E eu acho que ela é a mulher mais incrível que já conheci. Ela é forte, independente e bem-sucedida por mérito próprio. Ela também é brilhante... E sabe tanto do mundo quanto qualquer garota que já conheci em Harvard, além de ser muito mais autêntica.

Parei de repente, lembrando que eu não estava tentando vender algo nem apresentando um argumento final em um caso no tribunal. Não precisava convencê-las; só tinha que deixar claro o que não aceitaria mais e pronto.

— Então, isso é tudo — falei. — Por favor, guardem as suas opiniões para si. Porque eu amo Cate. E ela veio para ficar.

O silêncio encheu a sala, mas me obriguei a continuar ali sentado, esperando, até que Berry finalmente pigarreou e disse:

— Você está certo, Joe. Sinto muito.

Chocado, eu a encarei, sem conseguir me lembrar de uma única vez nos vinte anos em que a conhecia em que ela tivesse simplesmente se desculpado, sem condições, explicações ou *mas*.

— Obrigado — falei, assentindo.

— Eu também sinto muito — disse a minha mãe. — Só estávamos preocupadas com você...

— Isso não é desculpa.

— Eu sei — disse a minha mãe, olhando para baixo.

— Estou apaixonado... E estou muito feliz.

— E ficamos felizes por você — afirmou ela.

— Sim — garantiu Berry, assentindo. — E só para você saber... *gostar* dela nunca foi o problema.

— Não — concordou a minha mãe. — Ela é *adorável*...

— A questão era simplesmente...

Balancei a cabeça e interrompi Berry.

— Não *há* questões, lembra?

Berry suspirou e disse:

— Sim. E estamos fazendo o possível para nos desculpar. Nós *realmente* sentimos muito.

Tomei um gole de bourbon e enfim perdoei as duas.

— Certo — falei com um breve aceno de cabeça. — Desculpas aceitas.

A minha mãe me deu um sorriso de boca fechada, mas parecia prestes a chorar. Ocorreu-me que ela provavelmente estava chateada com a história de não concluir o Ensino Médio, não com a maneira como ela fez Cate se sentir. Mas já era um começo.

— Tudo bem — falei, terminando a bebida. — É melhor eu ir.

— Já? — A minha mãe pareceu desapontada. — Você acabou de chegar!

— Sinto muito — falei, endurecendo-me contra qualquer sentimento de culpa. — Mas tenho planos para jantar com Cate.

Deixei o copo na mesa de centro, em vez de levá-lo para a pia, como sempre fazia.

— Ah — disse a minha mãe, parecendo um pouco melancólica. — Bom, divirta-se.

— Sim — repetiu Berry. — Divirta-se. Por favor, diga a ela que mandamos um oi.

— Pode deixar — falei com um aceno rápido.

Então me levantei e me dirigi para a porta.

———

POSSO TER PESADO UM pouco a mão na hora de me expressar, mas o recado foi dado. Alguns dias depois, Berry ligou e convidou Cate para almoçar, e a minha mãe mandou um bilhete para ela, desculpando-se pela maneira como tudo tinha transcorrido nos Hamptons e dizendo que esperava que voltássemos logo. Por acaso, eu estava na casa de Cate quando ela recebeu a mensagem, então lemos juntos.

— Meu Deus. O que você falou para ela? — perguntou Cate.

Ela parecia preocupada, mas também tocada.

— Eu expliquei para ela e para Berry como as coisas vão ser daqui para a frente.

Esperei que ela fizesse mais perguntas, mas Cate apenas guardou o bilhete de volta no envelope e o colocou na mesa da cozinha.

— Você sabe o que isso significa, certo? — perguntei, enfim.

— O quê?

Eu a puxei para os meus braços e sussurrei no seu ouvido:

— Isso significa… que é a sua vez.

— A minha vez de quê? — perguntou ela, com um arrepio.

— A sua vez de fazer as pazes — falei, então lhe dei um beijo na testa. — Com a sua mãe.

Ela soltou um muxoxo evasivo, então coloquei a mão sob o seu queixo e fiz com que ela me olhasse nos olhos.

— Vamos lá, Cate — falei, a voz tão severa quanto eu conseguia. — Nós tínhamos um acordo. Você prometeu.

— Eu sei. Estou quase lá.

— O que isso quer dizer?

— Quer dizer que estou tentando marcar algo…

— Você ligou para a sua mãe?

— Liguei.

— E?

— Ela nos convidou para jantar.

— *É mesmo?* Quando?

— No fim de semana. Sábado à noite.

Eu sorri e disse:

— Isso é fantástico.

— Eu ainda não disse sim.

— Por que não?

— Porque eu odeio Chip. E não quero vê-lo. Ou estar na casa dele.

— Certo. Bom... Poderíamos jantar na cidade? Nós três?

— Não — respondeu Cate rapidamente. — Ela não gosta de dirigir...

— Podemos mandar um carro para buscá-la, não?

Ela balançou a cabeça.

— Não. Isso vai causar um problema com Chip. Vai por mim.

Hesitei.

— Posso fazer uma sugestão? — Cate assentiu. — Vamos encarar esse desafio de frente. — Ela assentiu de novo e eu continuei: — Você me protege... E eu protejo você.

No sábado, busquei Cate no final da tarde e partimos para Montclair. Dava para perceber que ela estava nervosa, então a certa altura estendi a mão e a coloquei na sua coxa.

— Podemos tentar ter uma atitude positiva? Vai ser divertido!

— Você não conhece Chip... Não vai ser divertido. Mas eu convidei Wendy, como escudo.

— Ah, legal — falei. — Estou animado para conhecê-la.

— É — disse ela, soando para baixo.

— Atitude positiva! — lembrei. — Tenho certeza de que vai dar tudo certo.

— Pode ser que sim ou pode ser horrível... Depende.

— Depende do quê?

— Do humor de Chip. Do quanto ele bebeu. Do clima. Quem sabe?

Eu estava começando a odiar esse cara, mas imaginei que Cate deveria estar exagerando.

— Vai dar tudo certo — falei de novo, dando um tapinha na perna dela e ligando o rádio.

Cerca de trinta minutos depois, chegamos a Montclair. Era um daqueles subúrbios de Jersey com reputação de ser bom para famílias, mas era ainda mais bonito do que eu esperava. Enquanto dirigíamos pelo pitoresco centro da cidade, repleto de lojas, restaurantes e um antigo teatro, comentei que parecia um lugar idílico para crescer.

— Para algumas pessoas, talvez — disse ela, baixinho.

— Você não gostava?

— A cidade era legal.

Ela deu de ombros, então indicou que era para pegar à direita na próxima curva.

— Só legal? Do que você não gostava? É muito pequena? Eu sempre quis ter crescido em uma cidade pequena — falei, tagarelando na tentativa de manter uma atmosfera otimista.

— A cidade é ótima. Eu só não gostava da *minha casa* — disse ela.

Olhei para Cate, chocado com a declaração triste, e de repente me ocorreu que ela podia ter crescido na "parte ruim da cidade", por assim dizer. Mas, depois de mais algumas voltas, chegamos a uma rua tranquila e arborizada. As casas eram modestas, mas perfeitamente respeitáveis, e senti alívio. Não por mim, mas por ela.

— É aquela ali.

Cate apontou para uma casa estreita de dois andares com detalhes laterais em alumínio branco e persianas verdes. A grama parecia recém--cortada e regada, e o jardim simples era o mais perfeito possível, como o desenho de uma criança. Assobiando, exibi as minhas habilidades de baliza ao estacionar o carro em uma vaga apertada ao longo do meio-fio.

— E *voilà!* — falei, desligando o motor.

— É — disse Cate. — Seja o que Deus quiser.

Eu ri.

— Ei! E o nosso combinado de tentar ter uma atitude positiva?

Cate revirou os olhos e disse que tentaria, não fazendo movimento algum para sair do carro até que contornei o veículo e abri a porta. Quando ela pisou na calçada, coloquei a mão nas suas costas e caminhei ao seu lado em direção à varanda da frente. A casa ficava a apenas alguns metros da rua, então em segundos estávamos na porta. Curiosamente, ela tocou a campainha, e a mãe apareceu na hora. Era uma mulher atraente, e dava para ver que tinha sido muito bonita quando jovem, embora a pele agora estivesse envelhecida, como se ela fosse fumante ou pegasse muito sol.

— Ah! Olá! Vocês chegaram! Entrem! Entrem! — disse ela, sorrindo para nós através da porta de tela antes que Cate a abrisse.

Sorri e a cumprimentei, então limpei os pés no capacho, embora soubesse que os sapatos estavam limpos. Cate entrou primeiro, abraçando a mãe e respondendo a algumas perguntas sobre a viagem enquanto eu seguia logo atrás. Uma vez do lado de dentro, dei uma olhada rápida no vestíbulo, notando o piso de linóleo cinza com um padrão elaborado e uma pintura emoldurada da Virgem Maria pendurada na parede.

— Mãe, este é Joe. Joe, esta é a minha mãe... Jan — disse Cate.

— É um prazer conhecê-la, sra. Toledano.

— Ah, por favor, me chame de Jan — disse ela, olhando para mim com uma expressão deslumbrada que eu já tinha visto muitas vezes antes.

Fui apertar a mão dela, então mudei de ideia, inclinando-me para lhe dar um abraço rápido e sem jeito.

— Minha nossa, como você é alto — comentou Jan, corando e soltando uma risada alta e nervosa. — E mais bonito pessoalmente. Meu Deus do céu.

— *Mãe* — ralhou Cate, baixinho, parecendo envergonhada. — Pare com isso.

Eu ri e fiz um gesto para acalmar Cate.

— Não brigue com a sua mãe! Ela só está sendo gentil — falei. — Obrigado, sra. Toledano.

Ela sorriu para mim enquanto Cate espiava escada acima.

— Chip está em casa?

— Ainda não — disse Jan. — Mas ele deve voltar a qualquer minuto. Wendy está vindo também! Mas ela não pode ficar muito... Ai, meu Deus, onde está a minha educação? Entre! Sente-se!

Eu sorri, depois segui Cate e a mãe dela por um pequeno corredor, passando pela cozinha e entrando na sala de estar *muito marrom*. O carpete e o papel de parede eram marrons; o sofá era marrom; a mesinha de centro era marrom; as cortinas pesadas, fechadas e bloqueando qualquer luz natural eram marrons.

Cate e eu nos sentamos lado a lado no sofá enquanto a mãe dela nos oferecia algo para beber, recitando uma extensa lista de bebidas, que incluía não apenas água, cerveja, vinho e Coca-Cola, mas também Crystal Light, Mountain Dew e leite...

— Leite, mãe? — perguntou Cate, balançando a cabeça. — Ele não tem doze anos.

Eu ri e brinquei:

— Ela não disse leite *com chocolate*.

— Exatamente — concordou Jan.

Fingi considerar a opção, depois disse a ela que aceitaria uma cerveja.

— Temos duas — disse ela. — Rolling Rock em lata e Heineken em garrafa. Imagino que prefira a garrafa?

— Na verdade, aceito a Rolling Rock — falei.

— Quer um copo?

— Pode ser na lata mesmo — falei.

— Pegue um copo, mãe — disse Cate.

A mãe dela assentiu e perguntou a ela se queria alguma coisa. Cate balançou a cabeça.

— Está bem, então! Volto em um instantinho.

Enquanto esperávamos, peguei a mão de Cate e apertei.

— Ela é muito gentil — sussurrei.

— Obrigada — sussurrou Cate de volta, dando-me um pequeno sorriso.

Um momento depois, a mãe de Cate voltou com a cerveja.

— Então, senhoras... Vou beber sozinho, é? — perguntei com uma risada.

Jan disse que sentia muito, parecendo genuinamente preocupada.

Eu lhe disse que só estava brincando, mas ela se levantou mesmo assim, voltando para a cadeira com um copo de vinho branco. Segurando-o no colo, ela disse:

— Bem, sei que Cate vai ficar chateada comigo por dizer isso, mas eu *preciso*...

— *Mãe*...

— Tudo bem. Deixa a sua mãe falar... — incentivei, sorrindo.

Jan olhou para Cate e disse:

— Posso?

— Ah, que seja — disse Cate com um suspiro.

Jan se virou para mim e disse:

— Bem, eu só ia dizer... Mal consigo *acreditar* que você esteja sentado aqui na nossa casa agora. E que esteja namorando a *minha* filha. É simplesmente incrível. Eu amava o seu pai e acompanho você desde o dia em que nasceu...

— Está bem, mãe. Já chega — interveio Cate. — Ele entendeu.

— Bom, obrigado. De verdade. É muito gentil da sua parte dizer tudo isso — falei. — E significa muito para mim o carinho que você tinha pelo meu pai. Ele sem dúvida fez muito para deixar as pessoas orgulhosas.

— Sim, ele fez mesmo. Realmente. O seu avô também. E a sua avó, Sylvia? Que pioneira! Eu simplesmente a amo!

— Mãe, você nem a conhece...

— Joe entendeu o que estou tentando dizer...

— Sim, entendi, Jan. E agradeço, muito... — Hesitei, então optei por uma abordagem direta: — Sei que Cate ficou chateada por causa da história com o *National Enquirer*, mas achei muito fofa. Adorei saber que a sua filha tinha um pôster meu na parede do quarto.

— Ai, meu Deus — suspirou Cate, baixinho, enfiando o rosto nas mãos.

— Está vendo, Cate? — disse Jan, exultante. — Eu falei que não era grande coisa!

— Não mesmo — falei, tentando fazer as duas se sentirem melhor ao mesmo tempo.

Jan pareceu aliviada.

— Bom, obrigada por dizer isso... Mas não vai acontecer de novo. Cate me explicou como a mídia é, eu não sabia. Achei que não havia problema, desde que você não dissesse nada negativo. O que eu jamais faria.

— Sim. Os tabloides são muito maldosos. Eles distorcem o que você diz. Caramba, eles chegam até a inventar. É preciso tomar cuidado, em geral é melhor não dizer nada.

— Eu sei — disse ela, assentindo com sinceridade. — Aprendi a minha lição. Não vai acontecer de novo. Eu *prometo*.

— Bom, obrigado. Mas estou mais preocupado com *você*, Jan. Só quero que você e Cate fiquem bem — falei, passando o braço em volta dos ombros de Cate.

— Puxa — comentou Jan. — Que doce.

— Estou sendo sincero.

— Obrigada, Joe.

A campainha tocou, interrompendo a maré de elogios.

— Ah, deve ser Wendy! — animou-se Jan.

Um instante depois, uma linda mulher de cabelo castanho irrompeu na sala.

— Olá! Olá! Olá! — disse Wendy, dando um grande abraço na mãe da amiga.

Ela sem dúvida era a líder de torcida que Cate havia descrito: enérgica e alegre, com um andar saltitante enquanto se aproximava de nós. Cate e eu nos levantamos, e Wendy a abraçou por um tempo que pareceu excepcionalmente longo.

— Eu estava com tanta saudade! — exclamou ela.

Parecia um pouco exagerado, dado o quão perto viviam uma da outra, mas ela soava sincera.

No segundo em que se separaram, Wendy se virou para mim, dando-me um largo sorriso.

— Oi! Você deve ser Joe! — Ela estendeu o braço para apertar a minha mão. — Eu sou Wendy! É tão maravilhoso conhecê-lo. Cate estava escondendo você. Há um tempão. Da melhor amiga.

— Eu não o *escondi* — argumentou Cate. — Só estávamos evitando chamar a atenção.

— Bom, antes tarde do que nunca! — falou Wendy.

Ela jogou o cabelo escuro para trás, depois se virou e saltitou de volta para a poltrona ao lado de Jan, sentando-se, alisando a saia curta e cruzando as pernas muito bronzeadas.

— Então, me diga. O que vocês contam de novo?

Cate olhou primeiro para Jan, então para Wendy. As duas deram de ombros em resposta e Cate perguntou sobre Gabby.

Os olhos de Wendy brilharam quando ela começou a falar sobre a filha. As histórias eram um pouco enfadonhas, mas a tagarelice me livrou de qualquer pressão para puxar assunto. Também pareceu melhorar o humor de Cate, toda aquela alegria agindo como um antídoto para o carpete marrom.

Depois de cerca de meia hora de conversa, preenchida principalmente por Wendy, Jan perguntou se estávamos com fome.

— Preparei um molho de cebola — disse ela. — Está na geladeira. Posso buscar, querem?

— Infelizmente, tenho que ir — declarou Wendy.

— Já? — perguntou Jan.

— Eu sei. Queria não precisar! Mas Matt é incapaz de fazer Gabby tirar uma soneca, que dirá colocá-la na cama.

Ela se virou para mim e disse que foi maravilhoso me conhecer.

— Obrigada por ter vindo — agradeceu Cate.

— Claro! Eu tinha que conhecer o seu novo namorado! — disse a ex-líder de torcida, com um largo sorriso para mim.

Eu sorri de volta.

— Vamos marcar alguma coisa em breve.

Antes que Wendy pudesse responder, ouvimos passos no vestíbulo. Um segundo depois, Chip apareceu. Levantei-me para apertar a mão dele, mas ele se recusou a olhar para mim, dando um olá geral.

Jan anunciou que ia buscar uma cerveja para ele e fugiu para a cozinha.

Wendy quebrou o silêncio, perguntado:

— Como estão as coisas, sr. Toledano? Ajudando a manter a ordem por aí?

Foi a coisa certa a dizer, ao que parecia, porque Chip sorriu, assentiu com a cabeça e disse:

— Tentando! Como você está, Wendy?

— Ótima, obrigada! — disse ela, então o atualizou sobre como iam o marido e a filha enquanto Jan voltava e lhe entregava a cerveja.

Fiquei olhando a situação se desenrolar, chocado que alguém pudesse passar tanto tempo em um cômodo sem reconhecer a presença de duas das outras quatro pessoas presentes. Foi desconfortável, estranho e muito rude, e comecei a ficar com raiva por Cate.

Wendy obviamente também percebeu a atmosfera, porque disse:

— Então, sr. Toledano, já conheceu Joe?

Chip disse que não, depois olhou para mim e assentiu com a cabeça.

— Olá.

— Oi — falei em resposta. — Obrigado por me receber.

— Sem problemas.

— Bom, é melhor eu ir — disse Wendy, parecendo pouco à vontade também.

Jan e Cate fizeram menção de se levantar, mas Wendy balançou a cabeça.

— Ninguém precisa se levantar! Eu sei onde fica a porta. Cate, me ligue! Amo você!

— Também amo você — respondeu Cate, a voz tensa.

Assim que Wendy saiu, fomos para a sala de jantar para beliscar o molho de cebola de Jan, seguido de um jantar com lasanha, pão de alho e salada. Enquanto isso, a babaquice passivo-agressiva e a falta de educação de Chip continuaram. Ele não se dirigiu a Cate nenhuma vez nem agradeceu à esposa por preparar a refeição ou me fez uma única pergunta sequer. Na verdade, todas as atitudes pareciam pensadas para mostrar que ele não sabia quem eu era ou não se importava com isso. Obviamente, eu não precisava que inflassem o meu ego, muito menos alguém como ele, mas a situação foi longe demais quando ele perguntou onde os meus pais moravam.

O pé de Cate me encontrou debaixo da mesa, o dedão pressionando o meu, enquanto eu pigarreava e dizia:

— O meu pai morreu.

— Sinto muito por ouvir isso.

— *Chip* — ralhou Jan, parecendo horrorizada. — Você sabe quem é o pai dele. Joseph Kingsley Jr..

Chip olhou para mim com uma expressão vazia, depois deu de ombros como se dissesse *Nunca ouvi falar dele*. Era tão absurdo que balancei a cabeça e soltei uma risada amarga. Ele poderia me desprezar o quanto quisesse, mas não o meu pai.

— Qual é a graça? — perguntou Chip.

— Nada — falei, balançando a cabeça, ainda sorrindo.

— Parece que você está se divertindo com alguma coisa, não? — perguntou ele, encarando-me, claramente tentando me intimidar. — O que é?

— Bom, com certeza não estou achando graça do meu pai ter morrido — falei, olhando para ele, impassível.

— Certo. Bom, é melhor a gente ir — disse Cate, levantando-se, pegando o prato e empilhando-o em cima do meu junto com os talheres.

Ela se virou e foi a passos duros para a cozinha, e ouvi um barulho quando ela largou tudo na pia. Um segundo depois, ela estava de volta, os braços cruzados, dizendo-me mais uma vez que estava na hora de irmos. Enquanto isso, Chip continuou comendo.

— Mas eu fiz sobremesa — disse a mãe dela.

— Eles disseram que precisam ir, Jan — falou Chip.

— Eu sei, mas…

— Mas o quê? — perguntou ele. — O que você não entendeu?

Ela abriu a boca para responder, depois a fechou.

— A gente come sobremesa na próxima vez, Jan — falei, levantando-me. — Na minha casa.

— Ah, seria maravilhoso — disse ela. — E eu adoraria conhecer a sua mãe.

— Ela também adoraria conhecer você. Venha visitar a gente na cidade em breve — falei, então acrescentei o quanto eu achava que as duas teriam em comum, e que ela também deveria conhecer os Hamptons.

Eu estava apenas tentando irritar Chip. A minha tática pareceu funcionar, porque ele se levantou da mesa sem dizer uma palavra, saiu da sala de jantar e subiu as escadas.

Parecendo perturbada, Jan correu atrás dele.

— Viu só? Entende o que eu quis dizer? — sussurrou Cate. — Ele é um *terror*. Um terror.

Coloquei o braço ao seu redor, beijei a sua testa e sussurrei:

— Eu sei. Vamos lá. Vamos embora daqui.

Ela assentiu e nós dois fomos até a porta. Então, quando estávamos prestes a sair, ouvimos Chip gritando lá de cima.

Cate fechou os olhos e balançou a cabeça. Então se virou e olhou para a escada na direção dos gritos. Não dava para entender o que ele dizia, mas não parecia nada bom.

— Caramba. Ela está bem? — perguntei, agora preocupado além de tudo o mais que já estava sentindo.

Cate balançou a cabeça. Olhei para ela, juntando todas as peças do quebra-cabeça. Em retrospectiva, sinto-me estúpido por ter demorado tanto tempo para entender o que estava acontecendo naquela casa. Chip era mais do que um idiota; ele batia na mulher.

— Devo ir lá em cima? — perguntei a Cate.

— Não — respondeu ela com rapidez. — Essa seria uma péssima ideia. Eu vou...

Jan apareceu de repente na escada, descendo a passos rápidos. Quando chegou ao andar de baixo, ela forçou um sorriso e murmurou:

— Desculpem. Ele está de mau humor. O trabalho dele é tão estressante...

— Mãe — sibilou Cate, baixinho. — Pare de inventar desculpas para ele.

— Eu não estou... eu só... Vai ficar tudo bem.

Ela sorriu de novo, um sorriso maior ainda, mas eu consegui ver o medo no seu olhar, assim como a marca vermelha reveladora no braço direito.

CAPÍTULO 22

Cate

— Mãe, por favor, *por favor*, venha com a gente — implorei, baixinho, enquanto estávamos parados na porta da frente.

— Não posso, querida — sussurrou ela, balançando a cabeça.

— Você pode, sim, mãe — falei, tentando ao máximo manter a calma. — Ele vai machucar você.

— Não... Eu posso resolver isso — disse ela.

Olhei para Joe e pude ver choque, assim como medo. Era algo que eu nunca tinha visto no rosto dele antes. Joe nunca ficava com medo. De nada.

— Jan, sei que não é da minha conta... — começou ele, a voz baixa, mas firme.

Era o que as pessoas sempre diziam, e não era verdade.

— É da nossa conta, sim — falei, interrompendo-o. — Precisamos tirar ela daqui. Agora.

— Ah, Catie — disse ela, na sua voz de esposa recatada. — Eu vou ficar bem. Eu prometo.

— Não, mãe — falei, sentindo-me cada vez mais frenética. — Está na hora. Já passou da hora. Por favor. Deixe-me ajudar você. Vá para o carro.

Antes que ela pudesse responder, Chip estava descendo as escadas.

— O que vocês estão sussurrando aí?

Lutei contra o instinto arraigado de me encolher, reunindo coragem para segurar a mão da minha mãe.

— Ela vai embora com a gente — falei, encarando Chip. — É sobre isso que estamos sussurrando.

— Ela não vai porra nenhuma! — disse Chip, agarrando o outro pulso da minha mãe e puxando-a o mais forte que conseguiu, como se ela fosse a corda em um cabo de guerra.

Joe ergueu as mãos, as palmas para a frente, os ombros voltados para Chip.

— Opa! Que isso, cara! Solte o braço dela! Calma!

Os olhos de Chip se estreitaram quando ele largou o braço da minha mãe e deu um passo lento e dramático em direção a Joe.

— Seu imbecil pedante! — gritou Chip. — Não ouse me dizer o que fazer.

— Que isso, cara. Não estou fazendo nada disso. Eu só... só quero que todo mundo fique calmo.

— Para fora da minha casa! — disse Chip. — E leve essa sua piranha interesseira com você.

Prendi a respiração, horrorizada e humilhada, quando Joe estreitou os olhos para Chip.

— O que foi que você disse? — perguntou ele.

— Está ficando surdo? — perguntou Chip.

— Peça desculpas — disse Joe, os dois cara a cara. — Agora. Ou então...

— Ou então o quê? — perguntou Chip.

— Ou então você vai arrumar um grande problema!

Chip deu de ombros com um sorriso malicioso.

— Como quiser. Vamos lá, mauricinho. — Ele passou por mim e pela minha mãe, então saiu porta afora, avançando alguns passos pelo gramado da frente antes de se virar para a casa. — Estou esperando! — provocou ele, os braços cruzados.

Joe deu um passo em direção à porta, mas bloqueei o caminho com o corpo e disse:

— Não, Joe. Ele não vale a pena.

Joe balançou a cabeça.

— Não vou deixá-lo falar assim de você, Cate! Sem chance!

O PESO DE NOSSOS NOMES

— E eu não vou deixar você brigar com ele — falei, imaginando o escândalo no gramado da frente de casa, assim como as manchetes do dia seguinte. Virei-me para a minha mãe para um último apelo frenético. — E, mãe, eu estou implorando... Se você já se importou comigo, se me ama, você vai entrar no carro e deixar esse homem, de uma vez por todas.

Ela olhou para mim como um animal ferido e desorientado, então sussurrou:

— Não posso. — O olhar estava vazio. — E vocês dois precisam ir.

Naquele segundo, algo morreu dentro de mim, e eu desisti, de uma vez por todas.

— Está bem, mãe — falei, o nojo abafando todas as outras emoções. — Como quiser... Adeus e boa sorte. Vamos embora, Joe.

Virei-me e saí pela porta, passando por Chip e indo direto para o carro. Para o meu alívio, Joe me seguiu, mesmo quando Chip continuou a provocá-lo:

— Eu já sabia, mauricinho!

Joe fez menção de abrir a porta do carro para mim, mas eu lhe disse que não precisava e, um segundo depois, ele se sentou no banco ao meu lado, ligando o motor. Quando o carro se afastou do meio-fio, os faróis iluminaram a casinha que um dia fora o sonho da minha mãe. Naquele segundo, prometi a mim mesma que nunca mais voltaria àquele lugar. *Eu jurei por Deus.*

Joe segurou a minha mão durante todo o trajeto de volta para casa, mas falamos muito pouco. Dava para ver que ele estava em choque, e talvez eu estivesse também. Obviamente, eu tinha visto Chip agredir a minha mãe milhares de vezes, mas ver tudo se desenrolar com uma testemunha — com *Joe* — foi um novo tipo de trauma para mim. Ou talvez fosse o *mesmo* trauma, só que outro nível de vergonha. A negação habitual não funcionaria daquela vez. Joe tinha visto as minhas origens e não havia como voltar atrás.

Ele me levou para a casa dele sem nem perguntar. Foi bom, pois eu provavelmente teria dito que queria ficar sozinha, mas percebi que não queria de fato. Assim que entramos no apartamento escuro, ele acendeu algumas luzes, cumprimentou Quinta-feira e me puxou para si, em um longo abraço. Quando enfim nos afastamos, preparei-me para uma série de perguntas e fiquei aliviada quando ele disse apenas:

— Por que você não toma um banho enquanto levo o cachorro para passear?

— Tudo bem — falei.

Ele beijou a minha testa antes de eu me virar e ir até o quarto, depois até o banheiro, fechando a porta antes de remover as roupas devagar. Fui me olhar no espelho, mas então desviei os olhos, constrangida com o meu próprio reflexo. Disse a mim mesma que não tinha feito nada de errado, mas ainda assim senti uma onda de culpa e vergonha intensa ao entrar no chuveiro. Era o melhor lugar para chorar, mas naquela noite as lágrimas não vieram.

Cerca de vinte minutos depois, finalmente saí do banho, me enxuguei e me enrolei no roupão de *chenille* de Joe. Saí para a sala e o encontrei sentado no sofá com a calça de pijama xadrez verde e azul favorita. Na mesinha de centro havia duas canecas de chá, os saquinhos ainda em infusão, e um prato de torradas cortadas na diagonal com manteiga.

— Coloquei um pouco de mel no seu chá — disse ele com um pequeno sorriso. Quando não sorri de volta, Joe continuou: — Sinto muito. Eu não sei o que dizer...

— Você não precisa dizer nada.

— Será que a gente devia ligar e ver como a sua mãe está?

— Não — falei, balançando a cabeça.

— Está bem. Só venha se sentar comigo, que tal?

Ele deu um tapinha no sofá.

Sentei-me e Joe me entregou a caneca quente, ainda soltando vapor. Levei-a aos lábios sem tomar um gole, então me virei na direção dele e perguntei:

— Você acha que podemos fingir que isso não aconteceu?

Ele pareceu surpreso, as sobrancelhas erguidas.

— Não sei, Cate...

— Por favor?

Ele suspirou, passou a mão pelo cabelo e assentiu.

— Hoje à noite, sim… podemos fingir. Mas não para sempre.

Aceitei, já era melhor que nada, e nós dois bebemos o chá em silêncio.

— Você deveria comer alguma coisa — disse ele a certa altura, apontando para a torrada.

Balancei a cabeça e disse que não estava com fome, lembrando por que tinha ficado tão magra na época do colégio.

Depois de um tempo, as minhas pálpebras foram ficando pesadas com o efeito mágico da camomila. Quando percebi, Joe estava me balançando com delicadeza para me acordar.

— Vamos, querida — disse ele, ajudando-me a levantar. — Vamos para a cama.

CAPÍTULO 23

Joe

Por mais perturbadora que tenha sido a visita a Montclair, acho que acabou fazendo com que Cate e eu nos aproximássemos. Com certeza passei a entendê-la melhor do que antes, e tantas coisas ficaram claras, inclusive os seus motivos para abandonar o Ensino Médio e se mudar de lá. Também entendi por que ela sempre tinha sido tão resistente a relacionamentos românticos, fazendo o possível para manter os homens à distância, como fez comigo no início. Mesmo agora, ela não queria conversar sobre o que havia acontecido com a mãe e Chip e, sempre que eu tentava tocar no assunto, ela se fechava. Decidi deixá-la em paz por alguns dias, dando-lhe tempo para processar o que estava sentindo.

Cerca de duas semanas depois, tentei de novo.

— Cate, posso perguntar uma coisa? Sobre a sua mãe e Chip? — comecei, logo depois de termos feito amor.

Ela estava deitada nos meus braços e senti o seu corpo ficar tenso.

— Tudo bem — respondeu, soando mais do que um pouco relutante.

— Quando você era mais nova, você tentou pedir ajuda? Para algum professor ou psicólogo da escola ou para os pais de Wendy?

— Não.

— Por que não?

— Eu estava com muito medo.

Eu a abracei ainda mais forte, então disse:

— Com medo de que ele machucasse você e a sua mãe?

— Não eu. Mas ela. E ele *teria* feito isso — afirmou. — Com certeza.

— Ele já bateu em você?

— Não. Na maioria das vezes, eram apenas agressões verbais. Mas eu sempre sentia que ele estava prestes a me bater também. Acho que Chip usava isso contra a minha mãe como mais uma forma de controle. Se ela não fizesse o que ele queria, eu seria a próxima.

— *Caramba* — falei, baixinho, sentindo uma nova onda de raiva daquele homem.

Para ser sincero, eu estava até com medo do que poderia fazer com ele se o visse de novo.

— De todo modo — disse Cate. — E se eu tivesse contado…? Nada teria acontecido. Chip teria negado. Me chamado de mentirosa. Teria sido a minha palavra contra a dele. E ele é policial…

— Mas as pessoas teriam visto os cortes e os machucados — falei, sentindo náuseas. — Teriam que acreditar em você.

— Não, não acreditariam, Joe — garantiu Cate. — Não é assim que essas coisas funcionam. A minha mãe teria negado e dado as desculpas de sempre, falando que tinha caído da escada… E aí, o que alguém poderia fazer? Não poderiam obrigá-la a dizer a verdade.

— É — falei com um suspiro.

Era um padrão que eu tinha visto e ouvido falar, tanto por histórias quanto na minha profissão. Provavelmente era por isso que os meus colegas que trabalhavam em casos de violência doméstica eram os primeiros a ficar esgotados, sem falar nos assistentes sociais, que cuidavam da parte mais ingrata.

— Além disso, para ser totalmente honesta… — Cate hesitou. — Não era só medo de Chip. Também era um medo do que as pessoas pensariam da minha mãe e de mim. Eu sei que parece bizarro… Agora que estou mais velha e fora da situação, consigo perceber isso.

— Como assim? Elas só pensariam que vocês duas eram vítimas de algo terrível…

— Pois é — disse ela. — Exatamente. Mas eu não queria ser uma vítima. Eu tinha vergonha. — Ela ficou em silêncio por vários segundos, depois baixou a voz e disse: — Em algum nível, ainda tenho.

— Ah, Cat. Você não tem *nada* do que se envergonhar!

— Eu sei disso *racionalmente*. Mas sempre pareceu uma questão de classe social para mim...

— Mas não é o caso — falei com o máximo de ênfase. — A violência doméstica não discrimina.

— Sei disso *agora*. Mas, quando garota, eu não conseguia enxergar a situação desse jeito. E eu me sentia tão impotente. Acho que internalizei muitas das coisas que Chip me dizia... Que eu era burra. Que eu nunca seria nada na vida. Era difícil não me sentir... uma imprestável.

— Quando isso mudou? — perguntei. — Assim que você saiu de casa?

Cate não respondeu de imediato, mas eu podia ouvir a sua respiração e sentir o seu peito subindo e descendo contra o meu.

— Levou um bom tempo. Muito tempo — disse ela, por fim. — E, às vezes, ainda consigo ouvi-lo... e ainda acredito nele.

— Ai, meu Deus, Cate, não. Você é *tão* incrível...

— Eu realmente não sou, Joe. Você sempre diz isso. E eu agradeço, de verdade. Amo que você me veja assim. Mas, se eu fosse incrível, teria tirado a minha mãe dessa situação.

— Você mesma disse que não é tão fácil...

— Eu sei, mas ainda sinto que falhei com ela — confessou. — Elna discorda... Ela coloca toda a culpa na minha mãe.

— Por não ter ido embora sozinha?

— Isso. Em algum nível, acho que Elna está certa. Acredito nesse ditado que diz que cada um de nós é o capitão do próprio navio ou algo assim. Que você não pode ajudar uma pessoa que não quer ser ajudada. Mas ela é a minha mãe, sabe?

— Eu sei — falei, beijando a sua testa. — Sinto que a gente deveria tentar fazer *alguma coisa*. Poderíamos denunciá-lo... Seria a palavra dele contra a *nossa*, ele perderia.

— Sim, mas a que custo? O que ele faria com a minha mãe?

— Poderíamos conseguir uma ordem de proteção...

— Até parece que *isso* funciona.

— Poderíamos contratar seguranças para ela...

— Acredite, já pensei em tudo isso. A cada poucos meses, bolo um novo plano. Mas na outra noite...? Algo morreu dentro de mim e comecei a achar que Elna está mesmo certa. Como a minha mãe pôde fazer isso consigo mesma? Como ela pôde me deixar viver daquele jeito? Quer dizer, meu Deus! Eu penso em ter filhos... Não consigo imaginar como deixaria alguém tratar um filho meu daquele jeito.

— Eu sei, querida... pensei muito sobre essas coisas também, ultimamente. Sobre ter filhos — falei, acariciando o seu cabelo. — E como quero ser diferente da minha mãe.

— Entendo. Mas sinto que Dottie fez um bom trabalho. Você se saiu bem, e tinha tudo para não ser uma boa pessoa — disse Cate.

Dava para ver que ela estava sorrindo, mas também falando sério.

— Eu sei. Ela é uma boa mãe. É mesmo. Mas às vezes me ressinto de toda a pressão e fama dos Kingsley. Não vou fazer isso com o meu filho... — Pensei por um segundo e acrescentei: — Claro, com a minha carreira medíocre, parte da pressão será diluída.

Eu ri, mas Cate, não.

— Não, Joe — repreendeu ela. — Não se coloque para baixo. Não conheço homem melhor.

— Uau! Você está falando sério?

— Claro que estou.

Ela inclinou a cabeça para cima e me deu um beijo suave e comovente que fez o meu coração explodir.

O RESTO DO VERÃO transcorreu feliz e sem grandes acontecimentos. Não houve mais drama com as nossas famílias, em parte porque limitamos o contato com ambas. Cate ligava para ver como a mãe estava de vez em quando, mas não tentava vê-la e eu não a pressionei. Lá no fundo, eu fantasiava com uma missão de resgate ou vingança, mas por enquanto protegi a saúde mental de Cate e priorizei o nosso relacionamento.

Enquanto isso, Cate foi se acostumando com a fama crescente. Ela ainda desprezava e temia os paparazzi, e julgamos melhor pecar por excesso de discrição, mas também não nos escondemos. Íamos a bares e restaurantes, espetáculos da Broadway e jogos de beisebol. De vez em quando, até íamos juntos a eventos beneficentes e festas de gala, o tipo de solenidade chata cujos convites eu recusava há meses. Para uma pessoa tímida, Cate tinha um talento natural para circular em um salão e sabia ligar o carisma como um interruptor de luz. Em um momento, ela estava sentada no banco de trás do carro, ansiosa, temendo o evento que estava por vir e, no outro, estava encantando celebridades e políticos.

Acredito que o segredo do seu charme era sempre ser ela mesma. Apesar das inseguranças, Cate nunca se afastava muito da sua essência para tentar impressionar as outras pessoas, nem tentava se esconder atrás de mim. Em vez disso, socializava sozinha, esquivando-se da bajulação que vinha com o posto de minha namorada enquanto mostrava interesse genuíno pelas outras pessoas. Ninguém poderia acusá-la de ser só um rostinho bonito ao meu lado. Inclusive, eu podia sentir que estava ficando dependente *dela*. Não aguentava ficar longe de Cate e até a acompanhei em algumas viagens de negócios a Londres.

No entanto, por mais intenso e fervoroso que fosse o nosso relacionamento, nunca me pareceu doentio ou obsessivo. Antes dela, eu acreditava que a paixão tinha um preço. Que você precisava escolher entre estar loucamente apaixonado e estar em paz. Com Cate, eu tinha as duas coisas, e era mágico.

CONFORME O VERÃO DEU lugar ao outono e Cate e eu entramos na nossa terceira estação juntos, decidi que estava na hora de comprar um anel; não podia mais esperar para começarmos uma vida juntos oficialmente. Eu não tinha certeza de como seria o nosso futuro, mas sabia que o definiríamos juntos — do *nosso* jeito.

Não achei uma boa ideia consultar a mãe dela antes de pedir Cate em casamento, mas uma parte antiquada de mim queria consultar *alguém*. Então convidei Elna para almoçar, e nós dois nos encontramos no Rao's no East Harlem, um dos meus restaurantes favoritos.

Só por garantia, trouxe comigo uma pilha de pastas, espalhando-as sobre a mesa entre nós para que parecesse um almoço de negócios. A última coisa de que eu precisava era que os tabloides me acusassem de trair Cate com uma modelo.

Elna riu, claramente percebendo o que eu estava fazendo, então disse:

— Belo cenário.

— É melhor prevenir do que remediar.

— Sim, tem razão.

— Então — falei, sorrindo. — Acho que você deve saber por que estamos aqui.

— Sim. Acho que sei.

— Vou pedir Cate em casamento.

— Isso é maravilhoso — comentou, mas a expressão no seu rosto era tão inescrutável que fiquei preocupado.

— Você acha mesmo?

— Sim. Eu acho.

— Então por que você não está sorrindo?

— Porque estou pensando... Isso é coisa séria. A vida de Cate vai mudar. Quer dizer, *já* mudou, mas vai mudar *de verdade*. Para sempre.

Engoli em seco, sentindo-me nervoso. A conversa não estava tomando o rumo que eu esperava.

— Pois é. Essa é a ideia de casamento — falei, forçando um sorriso. — A vida vai mudar para nós dois. Espero que para melhor.

— Sim — disse ela. — Espero que sim.

— Certo, Elna. Você está me assustando.

— Não é a minha intenção. — A expressão dela se suavizou um pouco. — Fico feliz por você. Por vocês dois.

— Então, eu tenho a sua bênção?

Elna sorriu.

— Sim, claro que sim.

Soltei um suspiro de alívio e perguntei:

— Você acha que ela vai dizer sim?

— Acho muito provável.

— Mas não é certo?

— Nada é certo com Cate — disse ela. — Acho que você já sabe disso.

Assenti, então perguntei a ela se poderia me ajudar a escolher um anel.

— Ai, merda! — Elna balançou a cabeça, rindo. — Eu estava torcendo para você não me pedir isso... Não faço *ideia* do que sugerir.

— Você está falando sério? — perguntei. — Isso não é algo que as mulheres discutem?

— Talvez a maioria das mulheres... Mas não a gente.

— Merda — falei. — Então, nenhum palpite sobre o estilo de diamante ideal?

— Bom, eu diria algo clássico, mas não previsível ou chato demais.

— Um redondo é chato ou clássico? — perguntei.

— Eu diria que é clássico. Mas não sei… Talvez um pouco chato também?

— Ok… — Ri. — Você sabe que *não* está me ajudando aqui, não é?

Ela sorriu e deu de ombros.

— Eu avisei. Não é a minha praia.

— Será que Curtis saberia?

— Provavelmente. Mas você não pode perguntar a Curtis! Ele não consegue guardar segredo nem que a vida dele dependa disso.

— Está bem. E Wendy?

Elna fez uma careta.

— Não sou muito fã de Wendy, mas, na verdade, não é má ideia… Acho que é o tipo de assunto que ela teria conversado com Cate.

— Você poderia me dar o número dela?

— Posso. Mas tome cuidado. Wendy é do tipo que usa você ter pedido conselhos sobre o anel para levar o crédito por todo o seu casamento… E para agir como se fosse a sua melhor amiga para sempre.

— Sim. Mas eu já tenho uma melhor amiga — falei, sorrindo. — E estou querendo me casar com ela.

Naquela noite, liguei para Wendy e perguntei se ela planejava vir à cidade em breve, e disse que adoraria encontrá-la para tomar um café.

— Claro! Que tal amanhã? — perguntou ela.

— Ótimo — falei. — Por favor, não diga a Cate que conversamos.

— A minha boca é um túmulo.

Na tarde seguinte, nos encontramos em uma cafeteria perto do Madison Square Park. Fui direto ao ponto.

— Preciso de alguns conselhos sobre anéis de noivado — falei.

— Ai, meu Deus! Isso é tão emocionante! — exclamou Wendy, e eu notei um dos baristas olhando para nós.

O PESO DE NOSSOS NOMES 247

Eu não a conhecia bem o suficiente para pedir silêncio, mas me inclinei para a frente e baixei a voz, esperando que ela entendesse o recado.

— Pois é. Estou muito animado. Mas, obviamente, isso é um grande segredo. Ninguém pode saber desta conversa.

— Mas é *claro*! — disse ela, sentando-se o mais ereta possível. — E estou tão honrada por você ter me pedido ajuda. De verdade. Isso é incrível. Realmente emocionante.

Não quis estragar o entusiasmo contando que pedi ajuda a Elna primeiro. Disse apenas:

— Eu sei como você e Cate são próximas e há quanto tempo você a conhece.

— Sim. Cate é como uma irmã para mim — afirmou Wendy, os olhos marejados. — De verdade. Eu a amo tanto e fico tão feliz que ela esteja vivendo um conto de fadas com o Príncipe Encantado que ela merece...

Assenti e sorri, mas estava começando a ficar um pouco desconfortável. Havia algo nos termos *conto de fadas* e *Príncipe Encantado* que parecia um pouco condescendente com Cate. Eu disse a mim mesmo que estava sendo crítico demais e segui em frente.

— Então... Ideias sobre o anel ideal?

— Bem, vamos ver... Sei que Cate amou o meu — disse Wendy.

Ela pôs a mão em cima da mesa e olhou a gigantesca pedra retangular que mais parecida feita de vidro do que um diamante.

— É muito bonito — falei, embora a última coisa que eu pretendesse fazer fosse copiar o anel de Wendy.

— Obrigada! O meu marido se saiu muito bem. É uma lapidação esmeralda. Uma curiosidade: menos de três por cento dos diamantes do mundo são desse estilo. Então, são os mais raros, o que os torna os mais caros...

Assenti com a cabeça e sorri.

— Ah, e boas notícias: Cate experimentou uma vez e ficou perfeito. Então, sabemos que o tamanho do dela é seis e meio! — Ela falou alto demais de novo, e levei o dedo aos lábios.

— Opa! Desculpe — disse Wendy.

— Tudo bem. Só é bom tomarmos cuidado.

— Ah, claro.

— Então. Ela nunca mencionou de qual lapidação mais gosta?

— Hum... Acredita que não consigo me lembrar de uma única vez? O que é superestranho... Quer dizer, escolhi o meu estilo favorito quando dei o meu primeiro beijo!

Assenti, feliz por Cate não ser assim, embora isso tornasse a minha empreitada mais complicada.

— Só um conselho? — ofereceu Wendy com um sorriso.

— O quê? — perguntei.

— É tudo ou nada, sabe? — Ela riu e acrescentou: — Além disso, evite os formatos de pera, marquês, ou Deus me livre, coração. Eca.

— Obrigado. — Assenti com a cabeça e sorri. — Tudo isso é muito útil.

— O prazer é meu. E eu não poderia estar mais feliz pela minha amiga! Quer dizer... *Nossa!* Quem teria *imaginado*? É uma história de *Cinderela*.

— Bem, isso é muito gentil. Mas o sortudo sou eu.

Wendy assentiu, parecendo séria.

— Sim. Você é mesmo. E ela vai adorar o que quer que você escolha.

— Espero que sim.

— Ah, é só uma ideia, mas você considerou um anel de família? Algo passado de geração em geração?

— Sim, até considerei. Mas não sei... Acho que Cate e eu gostamos da ideia de um novo começo — falei, pensando que nós dois queríamos fugir de nossos passados.

Aliás, eu também já estava querendo fugir de Wendy. Dava para ver que ela tinha boas intenções e estava sinceramente feliz por Cate. Mas, ainda assim, fui embora da cafeteria me sentindo um pouco desconfortável.

Quando cheguei em casa, entendi. Cate não ia querer que eu perguntasse às suas amigas sobre o anel. Ela gostaria que eu escolhesse sozinho. Mesmo que errasse no estilo, seria a coisa certa.

CERCA DE UMA SEMANA depois, coloquei um boné de beisebol e óculos escuros, certifiquei-me de que não estava sendo seguido e entrei na Harry

Winston para o meu atendimento pós-expediente com um senhor mais velho chamado Horace. Eu sabia que pagaria mais ali do que no distrito dos diamantes, mas parecia certo e romântico.

Horace imediatamente me deixou tranquilo tanto pelo conhecimento quanto pela discrição, dando-me uma explicação detalhada sobre diamantes e me garantindo de que não haveria vazamentos para a imprensa. Depois de conversarmos sobre essas informações básicas, ele me pediu para lhe contar mais sobre Cate.

— Bom, ela é maravilhosa — falei. — Mas imagino que você esteja perguntando sobre o gosto dela em joias?

— Isso mesmo — disse Horace. — Conte-me sobre o estilo dela.

— Na verdade, ela não usa muitas joias...

Então descrevi as poucas que ela usava com regularidade. O relógio Cartier era o único que estava sempre presente, assim como dois pares de brincos, um de diamantes e outro de pérolas, que ela alternava. Fora isso, Cate usava apenas uma pulseira de ouro de vez em quando.

— Entendi. Adorável — disse Horace, acenando com aprovação. — Parece que ela é bastante discreta... Uma minimalista.

— Isso! — falei, sabendo que estava radiante. — Essa é exatamente a palavra! Ela é minimalista. Ela brilha, mas não é chamativa.

— Compreendo. Bem, você veio ao lugar certo, sr. Kingsley.

Eu sorri, mais empolgado a cada segundo.

Durante a hora seguinte, nós examinamos diamantes de todas as formas e cores, inclusive um amarelo. Eram todos lindos, mas nenhum perfeito para Cate. Então Horace mencionou um estilo chamado anel da eternidade, e eu me animei, intrigado com o nome.

— O que é isso?

Ele me explicou que se tratava de um anel com pedras do mesmo tipo e tamanho que davam a volta completa no aro e me mostrou um exemplo em uma caixa de vidro.

— São considerados clássicos?

— Muito — disse Horace, explicando que os anéis da eternidade remontavam a quatro mil anos, do tempo dos antigos egípcios, que os ofereciam como símbolos de amor e vida eternos.

— Ah, nossa! Adorei.

— Sim, eles são lindos mesmo. Devo lhe dizer, no entanto... É bem incomum para um anel de noivado. O anel da eternidade é mais usado como aliança ou dado de presente em um aniversário de casamento. A maioria das mulheres prefere uma única pedra maior para o anel de noivado...

— Eu sei. Mas Cate não é como a maioria das mulheres — falei.

— Tenho certeza de que não é.

— Eu gostei bastante dessa ideia. — As engrenagens na minha mente começaram a trabalhar. — E se misturarmos com outra pedra também? Alternando entre algo colorido e os diamantes?

— Com certeza poderíamos fazer isso. Se preferir assim, recomendo esmeraldas ou safiras. São pedras muito resistentes.

— Adorei a ideia das safiras... Para combinar com os olhos dela.

— Hum. Sim. Um anel da eternidade de diamantes e safiras — confirmou Horace, assentindo com a cabeça. — Ficaria lindo.

— Mas ainda brilharia? Quero muito brilho.

Ele assentiu.

— Sim, sem dúvida. Para ter ainda mais brilho, eu recomendaria pedras redondas. Será impressionante e único.

— Sim. É isso que eu quero. Impressionante e único. Como Cate.

— Bom, podemos criar um desse jeito, sr. Kingsley.

— Joe — corrigi, sorrindo. — Por favor, me chame de Joe.

Horace sorriu e disse:

— Podemos criar um desse jeito, Joe.

— Obrigado — falei. — Quanto tempo vai demorar?

— Está com pressa?

— Sim. Na verdade, estou.

— Ficará pronto em uma semana.

CAPÍTULO 24

Cate

Levar Joe para conhecer a minha mãe e Chip foi uma experiência dolorosa por vários motivos. Obviamente, fiquei humilhada e com vergonha pelo contraste entre a família dele e a minha. Também me senti muito culpada e ressentida em relação à minha mãe. E então havia um ódio puro e avassalador por Chip que havia tempos eu não me permitia desenterrar.

Mas, nos dias e semanas seguintes, aquela provação acabou sendo estranhamente catártica também. Fiquei aliviada por Joe saber a verdade sobre Chip, pois sentia como se fosse a última parte de mim que eu não havia mostrado. De certa forma, não foi muito diferente de quando contei a Elna, embora parecesse um pouco mais arriscado com Joe, ou, pelo menos, mais humilhante. Afinal, os amigos em geral não abandonam você quando descobrem os seus podres, mas namorados famosos com uma família da elite podem muito bem abandonar.

Mas Joe não me deixou nem agiu de maneira paternalista. Ele entendeu as nuances em jogo e descobri que a recompensa por contar a ele foi tão grande quanto o risco que havia imaginado. Soubesse ele ou não, a reação à minha revelação representou um grande avanço, tanto para nós como casal quanto para mim como pessoa. De uma maneira estranha, senti-me verdadeiramente compreendida e segura pela primeira vez na vida.

Enquanto isso, à medida que a minha confiança no nosso relacionamento crescia, os holofotes em nós também ficavam mais fortes.

Era como se o mundo pudesse sentir que estávamos mais apaixonados do que nunca, embora fosse mais provável que estivéssemos saindo juntos com mais frequência, sem nos importar tanto com os paparazzi. Fiz o possível para ignorar o circo. E, quando ficava sabendo de uma manchete negativa, não dava muita importância.

Mais difícil de ignorar, porém, era a agenda cada vez mais ocupada. A minha lista de clientes explodiu, todos querendo vestir Wilbur e trabalhar comigo. Convites para almoços, festas e bailes de galas chegavam aos montes. Revistas de moda me convidavam para posar para capas. Outros designers me mandavam montanhas de brindes, implorando para que eu usasse as roupas, os sapatos, as joias e as bolsas deles. Na maioria das vezes, eu recusava, pois parecia errado e um conflito de interesses, dado que eu trabalhava para Wilbur. Mas, quando aceitava os presentes, os itens esgotavam imediatamente. Segundo Curtis, que estava nas nuvens com a minha fama crescente, os tabloides apelidaram o fenômeno de "efeito Cate". Ele também disse que as mulheres estavam começando a imitar o meu estilo minimalista, deixando de lado o bronzeamento artificial por uma pele mais natural e trocando o "corte Rachel" em camadas por cabelos longos e lisos. O meu colorista de longa data, Miguel, contou-me que a sua agenda agora estava cheia, com uma lista de espera de meses, pois as pessoas descobriram quem era o responsável pelas minhas mechas loiras.

Certa noite, enquanto Curtis fazia a minha maquiagem para um evento do qual Joe e eu íamos participar, ele me disse que todas as suas clientes queriam saber que cor de batom eu usava.

Sorri e disse:

— Você falou a elas que se chama "vermelho"?

— Elas sabem disso — respondeu Curtis com uma risada. — Querem saber a marca e o tom exatos. Querem saber qual delineador de lábios você usa. Querem saber qual hidratante você usa. Querem saber *tudo* sobre você. Você está se tornando um *ícone da moda* — concluiu, aplicando blush. — E assim que eu fizer a maquiagem do seu casamento, você também vai *me* tornar uma estrela.

Eu ri do comentário, mas Curtis insistiu teimosamente no assunto.

— Quando acha que Joe vai pedir você em casamento?

O PESO DE NOSSOS NOMES

— Calma lá — falei. — Só estamos juntos há sete meses.

— E daí? Vocês nunca falam sobre isso?

— Não.

Era a verdade, embora tenhamos falado sobre um futuro *distante*, até conversando sobre nomes de bebês em determinada ocasião. Não foi nenhuma surpresa quando Joe disse que não queria um "Joseph Quarto", que ele gostaria que o nosso filho tivesse a própria identidade, mas que gostava do nome Sylvia para uma menina, em homenagem à avó.

— E você? — havia perguntado Joe, parecendo um pouco tímido. — De que nomes você gosta?

Dera de ombros, então lhe disse que nunca havia pensado muito no assunto, mas que gostava de nomes excêntricos e monossilábicos para meninos, como Finn, Tate e Quill.

— Ah, eu adoro Finn — dissera ele.

Claro, não contei a Curtis sobre *aquela* conversa. Não havia por que alimentar o monstro.

NAQUELE FIM DE SEMANA do Dia de Colombo, Joe e eu havíamos planejado ir aos Hamptons com Peter e Genevieve. Nós quatro já tínhamos saído para jantar e beber várias vezes, e eu realmente gostava da companhia deles. Peter me lembrava muito de Joe, embora fosse mais sério, e era muito divertido conversar com Genevieve. Ela demonstrava interesse sincero pelo mundo da moda, e descobrimos que a sua estilista, Amy Silver, era uma das minhas clientes favoritas.

Em cima da hora, porém, Peter, banqueiro da Goldman Sachs, foi chamado para trabalhar. Fiquei um pouco decepcionada, pois estava animada para ver Genevieve, mas também fiquei feliz pelo tempo livre com Joe. Tinha sido uma semana especialmente frenética para nós dois, e a ideia de dar longas caminhadas pela praia com Quinta-feira, aconchegar-me na frente da lareira e dormir até tarde parecia excelente. Dava para ver que Joe sentia o mesmo e fiquei preocupada que ele estivesse um pouco aborrecido com alguma coisa. Não o pressionei, porém, imaginando que ele tocaria no assunto quando estivesse pronto.

Como eu imaginava, cerca de trinta minutos depois de pegarmos a estrada para o leste, ele pigarreou e disse:

— Então, quero falar com você sobre uma coisa.

— Sim? — respondi, ficando um pouco nervosa, torcendo para que não fosse nada ruim.

— Sei que vivo falando que quero largar o emprego — começou ele, lançando-me um olhar pensativo antes de voltar a atenção para a estrada. — Mas acho que estou pronto para dar o aviso prévio.

— Isso é ótimo, querido! — falei. — Tem ideia do que quer fazer?

Ele respirou fundo e disse:

— Bom... Como você se sentiria se eu realmente virasse político?

— Você está falando sério? — perguntei, encarando-o.

Joe assentiu.

— Uau — falei. — E se candidataria a quê?

— Ao Congresso. Câmara dos Representantes.

— Uau — falei de novo, ficando arrepiada com a ideia. — Conte-me mais.

— Sabe aquela grande reunião que tive outro dia? Aquela com a qual eu estava nervoso?

— Sei.

— Bom, foi com Judith Hope — disse ele.

— Eu deveria saber quem ela é?

— É a presidente do Comitê Democrata do Estado de Nova York. E ela está tentando me convencer a concorrer ao Congresso... O que você acha?

— Bem, o que *você* acha? Pensei que não quisesse fazer isso.

— Eu não queria, mas acho que mudei de ideia. Talvez eu possa fazer algo de bom. Mais do que estou fazendo agora...

— O que sua mãe disse? — perguntei.

— Não falei com ela sobre isso.

— Você falou com a sua avó?

Ele balançou a cabeça.

— Não, querida. Queria falar com você primeiro.

— Ah, nossa — falei, honrada, mas também sentindo o peso da responsabilidade.

— Você acha que eu seria bom nisso? — quis saber.

— Acho que você seria incrível. Mas quero que seja feliz.

— *Você* me faz feliz.

— Você também me faz feliz... Mas estou falando do seu *trabalho*.

— Você é mais importante para mim do que meu trabalho...

— Joe! — falei com uma risada. — Foco!

— Certo. Desculpe — disse ele, sorrindo. — Estou tentando.

— Você acha que se candidatar pode ser algo que você queira de verdade? Ou você faria isso porque é Joe Kingsley e as pessoas esperam isso de você? — perguntei.

— Não sei... Eu diria que nenhuma das duas opções. Acho que se eu concorresse, seria porque acredito que tenho a obrigação de ajudar o máximo de pessoas possível.

— Essa é uma ótima resposta.

— E enquanto você estiver ao meu lado, acho que podemos fazer muito... Não que eu espere que você desista da sua carreira para ser esposa de político ou algo do tipo.

— Na verdade, estava pensando que talvez esteja na hora de eu fazer algumas mudanças também — falei.

Algumas das minhas reflexões recentes sobre o trabalho de repente se cristalizaram na minha mente.

— Por que você diz isso? — perguntou ele. — Pensei que você amava o seu trabalho.

— Eu amo. Em vários aspectos. Quer dizer, amo alguns dos meus clientes. Mas, na maioria das vezes, não é tão gratificante. No fim das contas, eu vendo roupas para gente rica.

— É muito mais do que isso e você sabe. Wilbur conta com o seu trabalho. Você está fazendo muito pela marca dele. Do ponto de vista dos negócios. Das vendas. E do lado criativo.

— Obrigada, Joe. Mas, na verdade, você está fazendo mais pela marca dele do que eu.

— Não estou nada! Comprei algumas coisas em fevereiro — disse ele, tão fofo e literal. Ou talvez estivesse apenas sendo modesto. Às vezes era difícil saber.

— Joe, olha. Eu sei que sou boa no meu trabalho. Mas a questão principal é que o fato de eu estar namorando você tem muito mais a ver com o aumento das vendas dos produtos de Wilbur do que a minha habilidade como vendedora. E não sei se isso pode continuar por muito mais tempo — expliquei, escolhendo as palavras com cuidado.

— O que você quer dizer com isso? — perguntou ele, parecendo preocupado.

Respirei fundo e respondi:

— A essência do meu trabalho é vender para clientes sofisticados, e é muito difícil fazer esse atendimento agora que apareço tanto na imprensa.

— Por quê?

— Porque estou prestando um serviço, e as pessoas ricas esperam... e querem... ser o centro das atenções. A dinâmica não funciona se eu for alguém que elas veem nos tabloides. Elas não gostam disso ou, às vezes, gostam até demais... Mas não importa, essa fama deixa a dinâmica estranha. Simplesmente não dá certo.

— Merda — disse ele. — Desculpe...

— Por favor, não se desculpe. Senão não vou querer contar as coisas para você.

— Certo, desculpe... Quer dizer, não vou... Eu só odeio que seja assim. E me sinto culpado.

— Por favor, não se sinta. Não é tão grave assim. Eu prometo — falei. — Só acho que preciso de uma mudança. É bom mudar, não é?

Joe assentiu e perguntou se eu queria continuar na indústria da moda.

Respondi que não sabia, pensando que não havia muito mais que eu fosse qualificada para fazer.

— Você gostaria, não sei, de voltar a estudar? — indagou ele, me lançando um olhar rápido. — Há várias opções na cidade. NYU. Fordham. Columbia. The New School ou Parsons. Com a sua experiência de trabalho, você poderia entrar em qualquer uma.

Sorri e tentei fazer graça, perguntando a ele se estaria disposto a me escrever uma carta de recomendação.

— Aposto que uma carta de Joe Kingsley aumentaria muito as minhas chances.

— Vamos lá, Cate — disse ele. — Estou falando sério! Você gostaria de voltar para a escola?

— Talvez — falei. — Talvez à noite.

— *À noite?* Eu nunca veria você!

— Bom, tenho que ganhar a vida.

— Verdade. Mas você poderia morar comigo.

— Eu ainda precisaria de um emprego.

— Não precisaria, não. Eu poderia cuidar das contas.

— Não, obrigada — retruquei, sentindo-me envergonhada. — Não quero ser sustentada pelo meu namorado.

— Certo. Bom, você poderia trabalhar para a minha campanha? Por um salário?

— Então você seria o meu chefe? — respondi, deixando o problema evidente.

— Não. Seríamos parte de uma equipe — disse ele. — E eu estaria concorrendo com um programa que nós dois acharíamos importante.

— Que seria o quê, exatamente?

— Não sei. Só sei que quero ajudar as pessoas. Podemos resolver os detalhes depois. Juntos.

Olhei para ele, pensando que ele soava mais que um pouco ingênuo. Mas não era um mau começo para alguém que se sentia tão sem saída antes. E eu gostei bastante da parte de estarmos juntos.

A PREVISÃO DO TEMPO para a maior parte do fim de semana não era boa, e o céu já estava ficando cinza. Assim que chegamos, Joe sugeriu que levássemos Quinta-feira para dar um passeio enquanto ainda podíamos. Achei uma boa ideia, então colocamos as malas no andar de cima e rapidamente vestimos moletons e tênis. Ao sairmos pela porta, Joe parou no vestíbulo, pegou uma bola de tênis para Quinta-feira e depois vasculhou uma cesta contendo um apanhado de bonés de beisebol e outros chapéus. Vi o gorro de tricô com listras de arco-íris que ele tinha usado no dia em que nos conhecemos.

— Eu me lembro deste aqui — falei, pegando-o da pilha, perguntando-me se ele sabia a importância dele.

Joe me deu um sorrisinho fofo, confirmando que sim.

— Vou usar de novo...

Eu ri e o chamei de ridículo.

— Você quer um chapéu? Está ficando frio lá fora... — ofereceu.

— Tudo bem — falei, puxando o elástico do meu rabo de cavalo e soltando o cabelo antes de escolher um gorro de lã branco com ranhuras.

Coloquei-o e, canalizando os meus dias de modelo, olhei para Joe com um falso beicinho.

Ele sorriu e me puxou para um abraço, sussurrando que me amava. Joe não dizia aquilo com frequência, então significava muito toda vez. Eu lhe disse que também o amava, sentindo-me muito feliz.

Saímos pela varanda dos fundos, seguindo Quinta-feira, que correu até a cerca no limite da propriedade, abanando o rabo, esperando que o alcançássemos. Um momento depois, Joe destrancou o portão e nós três descemos a passarela de madeira, passando pelas dunas cobertas de ervas marinhas. Joe e eu paramos no ponto onde as tábuas encontravam a areia, admirando a vista. Aquele primeiro vislumbre do oceano me impressionava todas as vezes. Não havia nada parecido, não importava o clima. De certa maneira, eu gostava ainda mais de dias como este.

— Para que lado? — perguntou Joe.

Olhei para um lado, depois para o outro, apontando para o nordeste, onde o céu parecia um pouco menos ameaçador. Joe assentiu com a cabeça enquanto Quinta-feira corria para a beira da água, latindo e perseguindo uma gaivota.

Começamos o passeio, encontrando aquele ponto perfeito onde a areia molhada era dura o suficiente para andar, mas não estávamos ao alcance das ondas. Rimos das travessuras de Quinta-feira, mas não conversamos muito, caindo em um silêncio confortável, juntos. Um bom tempo e distância se passaram, embora fosse difícil medir qualquer um dos dois na praia, até que Joe perguntou no que eu estava pensando.

Fui sincera e respondi que estava me lembrando da nossa conversa sobre a possível candidatura ao Congresso.

— Esse assunto deixa você estressada?

— Não.

— Nem um pouco?

— Nada está me estressando agora — falei. — Tirando o céu — acrescentei, olhando para cima no momento em que um trovão ressoava à distância.

Estava escurecendo e ventando mais também.

— Será que devemos voltar?

— Talvez.

Lembrei-me de ter ouvido uma vez que as chances de ser atingido por um raio na praia eram maiores. Perguntei a Joe se isso era verdade e ele assentiu.

— Sim — disse ele. — Não por causa da água, só porque você é o caminho mais curto do céu até o chão.

— Caramba — falei, parando de andar.

— Mas eu sou mais alto, então você ainda está segura — zombou Joe, puxando-me para os seus braços.

— Não se você estiver me abraçando — falei, empurrando-o de brincadeira.

Ele me garantiu que *ninguém* seria atingido por um raio, abraçando-me novamente. Eu me aconcheguei junto dele, pensando que não havia outro lugar no mundo onde eu preferisse estar.

Depois de alguns segundos, Joe me soltou e disse:

— Sabe onde estamos agora?

— Não. Onde? — perguntei, olhando em volta.

— Estamos a uns cinquenta metros de onde nos conhecemos — disse ele, apontando para a costa.

— Ai, meu Deus — suspirei, lembrando. Eu sorri e disse: — Você foi um sem-vergonha naquele dia.

— Fui? — questionou Joe, rindo.

Era claro que ele sabia direitinho do que eu estava falando.

— Usando o seu pobre cachorro para falar com uma garota qualquer na praia.

Joe sorriu de volta para mim.

— A gente faz o que tem que fazer.

— E olhe só para você agora — falei. — Ainda usando o mesmo gorro ridículo.

— Ei! — disse Joe, fingindo estar ofendido. — O que tem de tão ridículo nele?

— Tudo. — Sorri. — Você parece um bobo da corte.

Ele riu.

— Não pareço, não! Os chapéus de bobo da corte têm três pontas. E sininhos.

— Está bem. Mas ainda é ridículo.

Ele estendeu a mão, agarrou o pompom vermelho-cereja no topo e puxou o gorro, largando-o na praia.

— Melhor assim?

— Muito — falei, enquanto Quinta-feira pegava o gorro na areia e fugia com ele.

— Bom garoto — gritei atrás dele. — Livre-se dessa coisa.

Quando me virei para Joe, ele estava olhando para mim com uma expressão estranha.

— Você está bem? — perguntei.

Ele assentiu, mas dava para ver que a respiração estava estranha, como se ele estivesse prestes a chorar.

— Joe, qual o problema?

Ele mordeu o lábio, depois passou a mão pelo cabelo mais comprido do que o normal.

— Nada — disse ele. — Tudo está perfeito.

Então, de repente, ele se abaixou, apoiando-se em um dos joelhos, enfiou a mão no bolso e tirou um anel. Embora fosse perfeitamente óbvio o que estava acontecendo, eu ainda estava em um estado de descrença. Ele me olhou e disse o meu nome em uma pergunta sussurrada:

— *Cate?*

— Sim? — perguntei, o coração batendo forte no peito, as lágrimas enchendo os olhos.

Joe começou a falar. A voz estava baixa e as palavras saíram rápidas quando ele me disse o quanto me amava e que nunca havia conhecido ninguém como eu e que queria passar a vida comigo. Disse outras coisas também, mas não consegui me concentrar nas palavras. Era como se a visão embaçada pelas lágrimas afetasse a audição também. Ou talvez o meu coração estivesse batendo muito alto.

— Catherine Cooper — ouvi-o dizer ao fim do discurso —, você quer se casar comigo?

Abri a boca para responder, mas o "sim" ficou entalado na garganta e só consegui assentir com a cabeça. Ele pegou a minha mão esquerda e deslizou um anel delicado no dedo. Brilhando com safiras e diamantes, o anel coube perfeitamente.

— É lindo — falei, sem fôlego, lutando contra mais lágrimas e então decidindo que não precisava fazer isso.

— *Você* é linda — disse Joe, sorrindo para mim no instante em que o céu abria.

— Venha aqui.

Puxei-o para um abraço.

— Eu amo você, Cate — sussurrou ele no meu ouvido, e nunca foi tão bom ouvir aquelas palavras.

— Também amo você, Joe — sussurrei de volta.

— Para sempre? — perguntou ele.

— Para todo o sempre — falei.

Naquele momento, Quinta-feira voltou com o chapéu de Joe, claramente querendo participar.

— Bom menino! — disse Joe. — Ela disse sim! Não vai mais se livrar da gente.

Ele se abaixou, abriu a boca de Quinta-feira e pegou o gorro babado e sujo de areia, prontamente colocando-o de volta na cabeça.

— Acho que não vou poder me livrar desse gorro, hein? — perguntei, sorrindo para Joe.

Ele assentiu, sustentando o meu olhar por um longo tempo antes de me beijar com delicadeza na chuva que caía.

CAPÍTULO 25

Joe

O plano original era levar Cate a Paris e recriar o nosso primeiro encontro, pedindo-a em casamento na mesa com vista para o pátio do Le Bristol. Mas, devido às nossas agendas de trabalho lotadas, eu sabia que poderia levar semanas até termos a chance de ir para a França, e não havia como esperar tanto tempo. Além disso, eu temia que uma viagem a Paris pudesse fazê-la desconfiar do que estava por vir e o romântico em mim queria surpreendê-la.

A outra ideia era sair ao pôr do sol para um passeio no meu barco — em que eu ainda não havia feito os reparos para a estação — e pedir Cate em casamento na enseada onde fizemos amor. Estaria um pouco frio naquela época do ano, ainda mais na água, mas poderíamos nos agasalhar. Consultei Peter e Genevieve sobre a ideia. O plano não só teve a aprovação deles como os dois se ofereceram para me ajudar a executá-lo. Basicamente, iríamos todos para o leste no fim de semana e, enquanto Cate e eu estivéssemos no barco, eles ficariam na casa, preparando um jantar romântico para dois com muitas velas e rosas. Genevieve não gostou muito da ideia das rosas, chamando-as de clichê e cafona. Peter argumentou que *eu era* cafona, e que Cate deveria saber no que estava se metendo.

— Tudo bem — Genevieve cedeu. — Mas vamos escolher rosas cor--de-rosa, não vermelhas.

— De jeito nenhum — falei. — Cate odeia rosa.

O PESO DE NOSSOS NOMES

— Não. Ela *não usa* rosa. Mas gosta da cor em outras pessoas.

— Como você sabe?

— Nós conversamos sobre isso.

— Quando? Como esse assunto surgiu?

— Você não acredita em mim?

— Sim, eu acredito em você. Só quero saber o contexto.

Ela riu e perguntou por quê.

— Porque quero saber tudo sobre ela — falei.

Genevieve olhou para Peter e disse:

— Caramba. Ele está *obcecado*. Você é obcecado assim por mim?

Só havia uma resposta certa, e Peter assim respondeu, rindo.

— Claro que sou.

Genevieve se virou para mim e explicou:

— O contexto era o vestido rosa de dama de honra que ela teve de usar no casamento da amiga… Um vestido que ela detestou.

— Viu só? — perguntei. — Eu falei…

Genevieve me interrompeu.

— Não. Ela com certeza disse que gosta de rosa em algumas pessoas, mas não nela. Ela mencionou especificamente o vestido de Marilyn Monroe em *Os homens preferem as loiras*.

— É. Ela ama esses filmes antigos — assenti com a cabeça.

— Meu Deus. Você *está mesmo* obcecado — disse Genevieve, olhando para mim desta vez e balançando a cabeça.

Eu sorri e respondi que sim, ela estava certa.

Infelizmente, o plano elaborado foi frustrado por duas razões: Peter foi chamado para trabalhar e a previsão do tempo estava para chuva. Genevieve sugeriu que esperássemos até o fim de semana seguinte, mas eu lhes disse que iria improvisar sozinho. Não queria esperar. Cate e eu iríamos de carro no sábado de manhã, passaríamos um dia relaxante juntos e liberaríamos a tensão do trabalho. Então, logo após o anoitecer, eu acenderia uma fogueira, abriria uma garrafa de champanhe e faria o pedido. Depois, supondo que ela aceitasse, comemoraríamos em um bom restaurante ou, se Cate não estivesse com vontade de sair, poderíamos ficar em casa e cozinhar juntos. Daria tudo certo, e Cate não era o tipo de garota que precisava de pétalas de rosa espalhadas aos pés.

Na manhã de sábado, Cate, Quinta-feira e eu pegamos a estrada às nove. Eu só conseguia pensar no anel, ainda mais durante a nossa conversa sobre o futuro. Contei sobre a minha reunião com a presidente do Partido Democrata Estadual e sobre como ela estava tentando me convencer a concorrer ao Congresso, e Cate me disse que também estava pensando em sair do emprego. A conversa foi um pouco densa e estressante, mas eu disse a mim mesmo que daria tudo certo. Cuidaríamos dos detalhes juntos; eu só precisava que ela dissesse sim.

Quanto mais nos aproximávamos dos Hamptons, mais empolgado e nervoso eu fui ficando. Não sabia como aguentaria o dia inteiro, mas sabia que precisava de algum exercício e sugeri que levássemos Quinta-feira para um passeio na praia antes que começasse a chover.

— Claro — disse Cate.

Enquanto desfazíamos as malas e trocávamos de roupa, olhei para o tênis onde o anel estava escondido. Tentei me convencer a esperar até mais tarde, mas, assim que Cate entrou no banheiro, enfiei a mão no sapato, abri a caixa de veludo preto e guardei o anel no bolso do moletom. Eu queria estar pronto caso o momento ideal surgisse.

E o momento ideal surgiu um quilômetro e meio depois, na praia, com Quinta-feira ao nosso lado, perto do lugar onde nos conhecemos. Lutando contra o maior nervosismo da minha vida, criei coragem para me ajoelhar, enfiar a mão no bolso e tirar o anel. A minha mente girava em um turbilhão enquanto eu tentava me lembrar do discurso que vinha ensaiando mentalmente havia dias. Não faço ideia se fui eloquente ou pareci um idiota tagarela. A única parte que lembro com alguma clareza é a maneira como ela olhou para mim e assentiu com a cabeça, os olhos cheios de lágrimas.

Eu me senti quase bêbado quando caminhamos de volta para casa sob a chuva torrencial, o corpo tomado pela adrenalina de um jeito bom. O vento aumentou e as ondas ficaram cinza-escuras e fortes. Quando estávamos quase chegando no quintal, houve um clarão elétrico no céu seguido por um trovão ensurdecedor. Cate gritou e Quinta-feira começou a latir, e nós três corremos desvairados de volta para casa. Quando chegamos à varanda dos fundos, estávamos encharcados e com uma combinação estranha de frio e suor. Tirando as roupas molhadas, nós rimos, então corremos nus escada acima para o banheiro, indo direto para o chuveiro.

A partir daí, as imagens estão gravadas no meu cérebro. Beijar Cate debaixo da água quente. Segurá-la contra a parede de azulejos pretos e brancos. Penetrá-la devagar, então aumentar a intensidade até ela gemer o meu nome. E, acima de tudo, o jeito como ela olhou para mim depois, os olhos azuis brilhando tanto quanto o anel no seu dedo.

CAPÍTULO 26

Cate

Naquele fim de semana chuvoso nos Hamptons, Joe e eu conversamos muito sobre o futuro. Ele tomou a decisão de largar o emprego e eu resolvi tirar a equivalência, fazer faculdade e ajudar na campanha.

Também decidimos manter o noivado em segredo da imprensa. Para isso, eu usaria a aliança na mão direita e negaria o significado real, algo crível por causa do estilo não tradicional do anel. Ligamos para alguns amigos íntimos e familiares para contar as novidades, incluindo Elna, Wendy, Peter e Genevieve, que já sabiam dos planos de Joe, assim como a avó e a mãe dele, Berry e Curtis, fazendo todos jurarem guardar segredo. Infelizmente, não liguei para a minha mãe. Com Chip na vida dela, não era seguro. No fundo da mente, eu me perguntava se poderíamos sequer convidá-la para o casamento. Quando mencionei isso a Joe durante o café no domingo de manhã, ele pareceu horrorizado.

— O quê? A sua mãe *precisa* estar presente — disse ele. — Vamos encontrar uma maneira segura de levá-la até lá sem ele.

— Não sei se é possível. Talvez seja arriscado demais — falei, imaginando Chip ligando para a imprensa e revelando tudo. Ou coisa pior.

— Nós vamos conseguir — garantiu Joe, colocando mais açúcar na xícara. — Não se preocupe com isso.

— Ou poderíamos simplesmente nos casar sem cerimônia ou festa? — perguntei.

O PESO DE NOSSOS NOMES

— É isso que você quer?

Hesitei, porque, de certa forma, foi o que eu sempre quis, mesmo antes de saber que com o casamento eu entraria para a família mais importante que poderia imaginar. Faltavam elementos demais na minha vida para um casamento tradicional, incluindo um pai para me levar ao altar. Casamentos também custam uma fortuna. Eu tinha algum dinheiro guardado, mas ainda parecia um desperdício.

— Bom, não fazer nada seria mais fácil — falei, por fim.

— Esqueça o que é *mais fácil* — disse ele. — É isso que você *quer*?

Suspirei, então balancei a cabeça e disse que não, principalmente porque sabia que não era isso que Joe queria, e não achava justo com ele que os meus problemas guiassem a decisão. Isso não era jeito de começar uma vida juntos.

— Que bom. Porque quero ver você caminhando até o altar. Muito.

— Está bem. Mas também não quero um casamento muito grande — falei, sorrindo e pensando em Wendy e Genevieve e em como o planejamento às vezes parecia atrapalhar os sentimentos genuínos envolvidos na cerimônia.

— Concordo. Prefiro algo pequeno — disse Joe.

— A sua mãe vai aceitar?

— Ela vai ter que aceitar. É o *nosso* casamento. — Abri um sorriso.

— Então… o que você imagina?

— Não sei. — Olhei para o meu lindo anel, sentindo muitas emoções de uma vez só. Olhei de volta para Joe e respondi: — Algo íntimo e muito particular.

Ele me encarou e disse:

— Estou esperando.

— Bom, vamos ver… Imagino apenas duas pessoas com a gente. Um padrinho e uma madrinha.

— Elna e Peter?

— Isso. Elna e Peter — falei, pensando que Wendy poderia ficar magoada, mas ela superaria.

— Em uma igreja ou ao ar livre? — perguntou ele, como um garotinho ouvindo uma história.

— Tanto faz. Mas talvez uma igreja fosse uma boa — falei, pensando que isso também eliminaria a possibilidade de os paparazzi filmarem a cerimônia de um helicóptero. Além disso, não precisaríamos nos preocupar com o clima.

— Onde fica essa igreja?

— Em algum lugar remoto e isolado... Talvez uma pequena capela de madeira com alguns bancos dentro.

Seria o último lugar em que alguém suspeitaria que Joe Kingsley se casaria.

— Ah, sim. Estou gostando bastante... O que mais? — incentivou, a sua expressão ficando mais doce a cada segundo.

— Humm... Podemos fazer os votos depois de escurecer... À luz de velas, porque talvez não tenha eletricidade na nossa pequena igreja.

Joe fechou os olhos e inalou.

— Sim. Velas cobrindo o altar.

— Isso. A igreja *cheia* delas... — falei. — E o pastor pode precisar de uma lanterna também. Para ler a Bíblia.

Com os olhos ainda fechados, Joe disse:

— Em qual estação? Verão?

— Talvez — imaginei uma brisa quente entrando pelas janelas abertas da igreja, balançando o buquê e o meu cabelo. Ou talvez o ar estivesse frio. Sempre adorei a ideia de um casamento no inverno com neve caindo do lado de fora. Eu poderia usar uma estola de pele falsa e luvas compridas. — Qualquer estação pode funcionar bem.

Joe abriu os olhos.

— Vai ter música?

— Sim. Claro. Mas nada muito elaborado ou alto demais. Nenhum órgão. Talvez um vocalista ou violinista.

— Que tal uma harpa?

Eu ri e disse:

— Não. Não vai ter espaço para uma harpa. A igreja é pequena demais.

— Você vai usar branco? — perguntou ele, parecendo esperançoso, talvez porque recentemente tivesse me ouvido dizer a Genevieve que eu adorava vestidos de noiva não tradicionais, que fossem curtos ou coloridos.

— Sim. Vou usar branco — falei, porque estava evidente que era o que ele queria. — Mas não posso contar mais nada sobre o vestido. Dá azar.

Eu sorri, imaginando um vestido justo e um véu simples. Talvez uma coroa de flores no cabelo.

— Vou usar um smoking?

— Não — falei. — Não vai ser tão formal.

— Ah, certo... Então, apenas um terno?

— Sim. Um terno escuro. Com o caimento perfeito.

— Que tal aquele que comprei de você?

Assenti com a cabeça e disse que sim, seria perfeito, junto com uma gravata azul-claro ou prata, talvez com um leve brilho.

Joe se afastou da mesa e deu a volta para me levantar.

— Conte-me sobre o nosso primeiro beijo como marido e mulher — pediu, enquanto os braços envolviam a minha cintura.

— Vai ser perfeito — falei, olhando para ele. — Nem muito curto, nem muito longo. Na medida.

— Será que devemos praticar?

— Sim. É uma boa ideia — falei, fechando os olhos.

Senti o seu hálito quente no meu rosto e os lábios roçando de leve nos meus.

— Assim? — sussurrou Joe.

— Hum. Quase... Mas acho que deveríamos tentar de novo.

Ele me beijou uma segunda vez, um pouco mais forte, levando mais tempo.

— Assim?

— Ah, sim — falei. — Exatamente assim.

Os dois meses seguintes foram, simplesmente, os mais felizes da minha vida. Foi também a primeira vez que me lembro de curtir de verdade as festividades de fim de ano, pelo menos desde que eu era pequena, antes de Chip entrar em cena. Joe e eu demos uma breve pausa em todo o planejamento para o futuro e mergulhamos de cabeça nas atividades românticas que sempre observei melancolicamente outros casais fazerem.

Fomos ver a árvore de Natal no Rockefeller Center ser acesa e assistimos às Rockettes no Radio City Music Hall. Patinamos na pista de gelo do Wollman Rink e andamos de trenó em Pilgrim Hill. Tomamos chá no Pierre e chocolate quente no Junior's. Percorremos os corredores de brinquedos da F.A.O. Schwarz e olhamos as elaboradas maravilhas de inverno nas vitrines das lojas de departamentos, da Macy's à Saks e à Lord & Taylor — que Joe chamava de *pièce de résistance* das vitrines. Havia algo tão cativante em como ele abraçava as festividades, inclusive atividades das quais muitos desdenhavam por serem "coisa de turista". Não se achava melhor do que ninguém, e eu me apaixonava mais a cada dia que passava.

AO ENTRARMOS NO ANO novo, Joe finalmente pediu demissão do emprego e começou a montar a equipe de campanha com discrição. Enquanto isso, me inscrevi para fazer a prova de equivalência, encomendei folhetos da faculdade e dei o aviso prévio. Foi um momento de sentimentos conflitantes. Por mais triste que Wilbur dissesse estar por me perder, ele pareceu entender que a minha função na empresa não era mais viável. Ele ficou felicíssimo quando lhe contei que Joe e eu estávamos noivos.

Enquanto estávamos sentados na sua sala elegante com vista, pigarreei e fiz a pergunta na qual vinha pensando.

— Você pode fazer o meu vestido?

Wilbur ficou boquiaberto e demorou um segundo para responder.

— Você está falando sério?

— Sim — falei, sorrindo. — Estou falando sério.

— Tem certeza? Há designers bem mais famosos por aí…

— Quero você. Diga sim de uma vez.

— Meu Deus, sim. *Sim!* Seria uma grande honra!

Wilbur era dado a exageros, mas, quando ele levou a mão ao peito e piscou para conter as lágrimas, deu para ver que estava sendo sincero.

— Obrigada.

— Não. *Eu* que agradeço — disse, levantando-se e começando a andar em volta da mesa como sempre fazia quando estava animado com um projeto. — Conte-me. Quando e onde será o casamento?

Pigarreei e disse que estávamos pensando em junho ou julho, para não ofuscarmos o casamento de Peter e Genevieve na primavera, e que havíamos escolhido uma pequena igreja histórica em Shelter Island chamada Union Chapel in the Grove.

— Ah, eu adoro Shelter Island! — comentou o estilista.

— Eu também. Joe me levou lá no Ano-Novo — falei, lembrando-me do fim de semana romântico que passamos na Ram's Head Inn, uma pousada com vista para a Peconic Bay.

Contei a Wilbur que havíamos esbarrado por acaso na pequena capela na margem oeste da ilha. Tinha sido estabelecida como um salão de oração metodista em 1875.

— Perfeitamente pitoresca — disse Wilbur.

Eu sorri.

— Sim. Exatamente o que queremos. Algo acolhedor, discreto e privado... Então tudo vai ser ultrassecreto.

— Claro! Eu juro — prometeu Wilbur, erguendo a mão direita e pousando a esquerda em uma Bíblia imaginária. — Você sabe que discrição é o meu nome do meio.

Abri um sorriso.

— Você já tem florista? Bufê? Onde vai ser a recepção?

— Ainda não sabemos. Só demos alguns telefonemas para a pousada e para a igreja. Foi o máximo que fizemos...

— Ah, querida. Você deu telefonemas? A notícia vai vazar *tão* rápido — disse Wilbur, parecendo preocupado.

Balancei a cabeça e lhe contei sobre os nossos pseudônimos: Sylvia e Dean Bristol, em homenagem à avó dele, ao meu pai e ao hotel parisiense onde nos beijamos pela primeira vez.

— *Adorei* — disse Wilbur, sentando-se de volta à escrivaninha.

Ele puxou um caderno de desenho da gaveta de cima e o abriu em uma página em branco. Depois, pegou um lápis apontado de um copo de estanho ao lado do computador e olhou para mim.

— Então, vamos falar sobre o vestido. No que está pensando?

Sorrindo, respondi:

— Bom, você conhece o meu gosto tão bem quanto eu.

— Conheço. Simplicidade elegante e "enxuta".

— Sim. Quero algo simples. Nada de rendas, contas ou outros enfeites.

Wilbur assentiu.

— Sem mangas?

— Sim. Mas não quero tomara que caia.

— Alças finas?

— Isso. Talvez um vestido de seda, cortado no viés? Até o chão, mas sem cauda.

Wilbur assentiu, o lápis voando pela página enquanto começava um dos seus famosos croquis.

Depois de alguns segundos, ele olhou para cima e indagou:

— Véu ou não?

— Véu, acho. E talvez longas luvas brancas? Para dar um toque de glamour?

— Ah, *céus*, sim… E o buquê?

— Lírios-do-vale — falei. — São as flores favoritas de Joe e a mãe dele as usou no buquê quando se casou.

— Fabuloso — disse ele. — Uma referência à tradição Kingsley.

— Sim. Mas nós queremos muito fazer as coisas do nosso jeito…

— Entendo. Uma Cinderela moderna.

Eu ri e perguntei se isso fazia dele a minha fada madrinha.

— Bibidi-Bobidi-Bu — brincou Wilbur, sacudindo o lápis como uma varinha.

DEPOIS DAQUELE PRIMEIRO ESBOÇO, o meu vestido — assim como os preparativos para o casamento — foi feito rápida e secretamente. Usamos os pseudônimos sempre que podíamos e, quando não foi possível, fizemos os fornecedores assinarem acordos de confidencialidade bem rígidos. Enquanto isso, a minha onda de felicidade continuou.

Mais impressionante do que a felicidade, porém, era a completa ausência de dúvidas sobre mim mesma e o habitual e implacável cinismo. Pela primeira vez, não estava esperando algo dar errado. *Por que sempre mantive as expectativas tão baixas?*, eu me perguntava. Como pude acreditar que o amor verdadeiro não existia? Ou que, de alguma maneira, eu não era digna dele? Com Joe ao meu lado e a aliança na mão esquerda (ou na direita, quando eu estava em público), nada poderia nos deter.

Ou assim pensei até aquela fria e ensolarada manhã de março no parque.

Eu tinha acabado de correr a segunda volta ao redor do reservatório e estava fazendo o alongamento habitual na South Gate House quando vi um homem se aproximando. Não sou muito boa em reconhecer rostos, mas poderia jurar que já o tinha visto antes. Ele tinha uma quantidade incomum de cabelos loiros, considerando que estava na meia-idade, e, com o queixo marcado, os olhos azuis e a pele envelhecida, tinha um ar meio Robert Redford. Quer dizer, uma versão mais acabada de Robert Redford, vestindo um moletom largo verde-oliva.

Conforme ele se aproximava, manteve os olhos fixos em mim, e fiquei nervosa. Não vi sinal de câmera, porém suspeitei que pudesse ser um repórter. Mas eu estava usando o disfarce padrão para o parque, óculos de sol grandes e um dos gorros de lã de Joe. Até tinha enfiado o rabo de cavalo por dentro do casaco de lã, pois descobri que o cabelo era o que sempre me denunciava. Portanto, era improvável que alguém me reconhecesse, a menos que ele tivesse me seguido desde casa.

Eu disse a mim mesma que estava sendo paranoica, que ele devia estar só observando inocentemente as pessoas, como muitos nova-iorquinos faziam. Isso se confirmou quando ele parou a alguns metros de mim e se apoiou na cerca de arame que Joe sempre chamava de "a poluidora visual do parque" e olhou para a água. Era evidente que aquele homem estava cuidando da própria vida e eu precisava fazer o mesmo.

Terminei o alongamento e passei por ele, pensando na lista de tarefas do dia. Mas assim que deixou a minha mente, o desconhecido reapareceu no canto do meu campo visual, caminhando ao meu lado em perfeita sincronia. Àquela altura, senti um calafrio. Ele com certeza estava me seguindo. A única dúvida que restava era se ele era um repórter ou algum tipo de perseguidor.

Com o coração martelando nos ouvidos, comecei a correr. Ele fez o mesmo, então chamou o meu nome.

— Cate. Por favor, pare. Só quero falar com você. Por favor.

A voz era baixa e calma, e algo na maneira como ele disse *por favor* extinguiu o meu medo, substituindo-o por aborrecimento.

Parei, virei-me e encarei-o.

— Pare de me seguir! — exigi. — Agora!

— Me desculpe — disse ele. — Eu preciso falar com você. Só por um minuto. *Por favor.*

Balancei a cabeça, mas ele insistiu.

— Não é o que você está pensando. Não é sobre Joe ou algo do tipo — disse o homem.

— Então do que se trata? — perguntei, as mãos na cintura.

— Podemos nos sentar? Por favor? — perguntou, apontando para um banco. — Prometo que só preciso de cinco minutos…

Hesitei, querendo dizer não. Mas a curiosidade levou a melhor, junto com os olhos azuis dele. Eles pareciam gentis. Lembrei a mim mesma que Ted Bundy também tinha olhos azuis que pareciam gentis, mas falei:

— Tudo bem. Cinco minutos.

O homem me agradeceu e seguiu até o banco, sentando-se em uma ponta. Eu o acompanhei, sentando-me na outra, esperando que ele começasse a falar. Olhei para o relógio, deixando claro que o tempo estava passando.

Enquanto isso, ele cruzou as pernas e depois as descruzou, como se não conseguisse ficar confortável. Ou talvez estivesse apenas protelando. Mais alguns segundos se passaram enquanto ele tirava um maço de cigarros e um isqueiro do bolso e me oferecia um.

Balancei a cabeça.

— Tudo bem se eu fumar? — perguntou, soando muito nervoso. E nada predatório.

Relaxei um pouco mais, então dei de ombros e disse que ficasse à vontade, observando enquanto ele acendia o cigarro, dava uma longa e lenta tragada e exalava.

— Certo. Pode me dizer logo quem você é, caramba? — perguntei, afastando a fumaça.

— Você não sabe mesmo? — indagou, encontrando o meu olhar.

— Não faço a mínima ideia — respondi, embora ele parecesse mesmo estranhamente familiar. — Nos conhecemos?

O silêncio se estendeu enquanto eu o encarava, esperando.

— Sim, Cate — disse, por fim. — Eu sou o seu pai.

Pulando do banco como se ele estivesse pegando fogo, dei alguns passos para longe, então olhei para aquele homem, algo explodindo dentro de mim.

— Você é um doente, viu?

— Cate…

— Bela tentativa — falei. — Mas o meu pai morreu quando eu tinha três anos.

Ele balançou a cabeça.

— Não, Cate. Não morri… Caramba, foi isso que a sua mãe lhe disse?

— Sim. Foi o que ela me disse — confirmei, a voz trêmula, o mundo girando. — Porque foi isso que aconteceu. O meu pai sofreu um acidente de carro. Ele morreu. Você não é o meu pai.

— Sou, sim, Cate. — Ele assentiu com a cabeça, uma expressão desesperada no rosto. Largou o cigarro e o esmagou no chão de terra, depois olhou para mim outra vez. — Eu *me envolvi* em um acidente de carro. Um acidente que eu causei. Eu estava bebendo e dirigindo e… Eu matei um homem e a esposa grávida. Fui acusado de três assassinatos… Fui para a prisão. Por vinte e dois anos. Acabei de sair…

Eu balancei a cabeça, pensando que aquilo não podia ser verdade. Era *impossível*. Mas, quando ele me encarou, lembrei-me de onde tinha visto os olhos dele antes. Eram os olhos da fotografia. A única que eu tinha do meu pai.

— Ai, meu Deus… — Eu me ouvi dizer. Os joelhos cederam e eu desabei de volta no banco.

Os minutos seguintes foram como um sonho, a voz dele entrando e saindo de foco. Ele falou sobre as cartas e cartões de aniversário que me mandou da prisão e como todos voltaram como não entregues ao destinatário. Ele me contou sobre o sofrimento e a culpa. Como não passou um dia sem pensar naquele casal e no bebê ainda não nascido. Contou que encontrou Jesus, orou por perdão e viveu pensando no dia em que poderia me ver outra vez.

Lágrimas quentes escorriam pelo meu rosto enquanto a raiva fervia dentro de mim. Raiva dele por beber, dirigir e matar pessoas. Raiva de Chip por ter tomado o seu lugar. Raiva da minha mãe por ter mentido para mim todos esses anos.

— Por que ela não me contou? — perguntei. — Por quê?

— Não sei, querida.

— Não me chame assim.

— Desculpe...

Respirei fundo algumas vezes e disse:

— A minha mãe sabe que você saiu da prisão?

Ele assentiu.

— Sim. Eu a procurei primeiro...

— E?

— E as coisas não correram muito bem. Ela me implorou para não procurar você.

— Por quê? — perguntei, embora soubesse exatamente o motivo.

Para proteger a si mesma e às mentiras. Eu me perguntei se Chip sabia a verdade. Eu duvidava, ou ele teria esfregado isso na minha cara há muito tempo.

Mas o homem me deu uma resposta diferente.

— Por causa de Joe e da sua bela vida. Ela não queria que eu estragasse as coisas.

— Ela contou a você sobre Joe?

— Não. Eu vi a entrevista dela no *National Enquirer*. Um amigo meu a reconheceu e me mostrou... Foi assim que a encontrei...

Fechei os olhos quando assimilei a realidade amarga e vergonhosa. Era pior do que eu jamais tinha imaginado. Joe era um ex-aluno de Harvard concorrendo ao Congresso e tinha um pai que morreu como um herói americano. Eu abandonei o Ensino Médio e o meu pai havia matado três seres humanos e passado a maior parte da vida na cadeia. Era *muito* pior do que Chip, pois Chip nunca havia assassinado ninguém. E não éramos do mesmo *sangue*.

Pensei no que os tabloides diriam sobre mim quando descobrissem. O que a *mãe* de Joe diria. Era demais — *demais* — e todos os meus sentimentos de dúvida e inadequação voltaram com tudo. Joe era bom demais para mim, simples assim, e mesmo que ele conseguisse passar por cima da verdade terrível sobre as minhas origens, eu sabia que eu jamais conseguiria.

— Eu tenho que ir — falei, levantando-me de novo.

— Cate... — implorou, olhando para mim, derramando as próprias lágrimas. — Sinto muito por não ter estado presente quando você precisou...

— Sentir muito não vai trazer aquelas pessoas de volta.

— Eu sei. Meu Deus, eu sei... Mas reparei o que fiz tanto quanto pude. E as famílias das vítimas me perdoaram. Só espero que você também possa.

— Você esteve ausente a minha vida inteira. A minha vida inteira.

— Eu sei. Mas você ainda é jovem... Não é tarde demais.

Eu balancei a cabeça e me afastei lentamente. Não queria ouvir outra palavra.

— É, sim. É tarde demais.

— Cate, você é a única coisa com a qual me importei de verdade. Eu sou o seu pai...

— Não! Você não é o meu pai. Eu não tenho pai — falei. — Ou mãe. Vocês dois estão mortos para mim.

Então me virei e fugi dele o mais rápido que pude.

CAPÍTULO 27

Joe

Por vários meses depois de Cate e eu ficarmos noivos, tudo correu tão bem. A vida era emocionante, auspiciosa e simplesmente *maravilhosa*. Percebi que, além do meu amor por ela, estar com Cate também me permitia escapar de ser um Kingsley, pelo menos em parte. O nosso relacionamento foi a primeira coisa na minha vida que não me senti obrigado a fazer, como Harvard, a faculdade de Direito e o trabalho respeitável como promotor. Até a campanha parecia mais um peso nos ombros, um fardo do meu legado. Mas com Cate ao meu lado, a pressão parecia administrável. Ela vivia me dizendo que eu poderia fazer aquilo. Que estava orgulhosa de mim. Que eu não precisava ser o meu pai, mas que eu era mais do que a máscara leviana e de espírito livre atrás da qual eu sempre havia me escondido.

Então, de repente, da noite para o dia, tudo mudou. Pelo menos, foi assim que me pareceu, embora talvez tenha acontecido de forma mais gradual e eu só estivesse ocupado demais com a campanha para perceber.

Eu tinha voltado da despedida de solteiro de Peter em Miami, apenas duas semanas antes do casamento dele. O voo pousou por volta das duas e liguei para Cate no instante em que cheguei em casa vindo do LaGuardia. Fazia apenas quarenta e oito horas desde que tínhamos nos visto, mas eu estava morrendo de saudade.

Elna atendeu o telefone e, depois de conversarmos por alguns segundos, ela chamou Cate.

— Oi! Onde você esteve? — perguntei a ela. — Tentei falar com você duas vezes ontem. Recebeu os meus recados?

Cate falou que sim. E nada mais.

— Você está bem?

— Estou. Só me sentindo um pouco mal...

— Ah, que droga. Acha que é gripe? Tem um monte de gente pegando.

— Não — disse ela. — É mais uma dor de cabeça.

— Uma enxaqueca? — perguntei, familiarizado com as que a minha mãe sofrera ao longo dos anos.

— Não tenho certeza — respondeu, parecendo vaga e distante.

— Certo. Quer que eu leve alguma coisa para você? Remédios ou sopa?

— Não. Vou ficar bem. Só preciso me deitar.

— Ok. Me diga como você está mais tarde, está bem?

— Pode deixar.

Então rapidamente desligou.

MAIS TARDE NAQUELA NOITE, quando não tive notícias, passou pela minha cabeça que Cate poderia estar brava por causa da despedida de solteiro de Peter. Ela não tinha feito perguntas, mas eu tinha certeza de que presumira que a festa tivera strippers, o que de fato acontecera. Comparada a outras despedidas de solteiro, tinha sido bem leve — apenas as palhaçadas de praxe em uma suíte de hotel —, mas eu ainda estava me sentindo culpado, desejando que tivéssemos optado por um passeio de barco.

Correndo o risco de atrapalhar o seu sono, liguei de novo para Cate. Ela atendeu no primeiro toque, parecendo bem acordada.

Querendo saber por que ela não tinha me ligado, perguntei como estava se sentindo.

— Quase do mesmo jeito — respondeu, a voz tão monótona quanto na primeira ligação.

— Ah... Bom, desculpe incomodá-la de novo, mas fiquei preocupado. Você está chateada comigo por causa do fim de semana?

— Do fim de semana?

— Quer dizer, por causa das strippers... Foi uma estupidez, mas totalmente inofensivo. E só quero que você saiba que nada aconteceu.

— Caramba, Joe — disse ela. — *Espero* que nada tenha acontecido mesmo.

Sentindo-me um pouco estúpido, eu falei:

— Sim. Claro... Eu nem pedi uma dança no colo. Caso você esteja se perguntando.

— Eu não estava. Mas obrigada — disse ela, com uma risadinha que não consegui decifrar.

— Certo... Então você tem certeza de que não está chateada comigo?

— Sim. Tenho certeza.

— E não tem nada errado?

Ela hesitou, então disse:

— Não. Não mesmo.

— Não mesmo?

Ela suspirou e disse:

— Só tenho muita coisa na cabeça.

— Tipo o quê? — perguntei, ficando cada vez mais preocupado.

— Você sabe... Tudo. O casamento. A campanha. É muita coisa. Só não tenho certeza se podemos dar conta de...

— Dar conta da campanha? — perguntei a ela, porque não havia um dia em que eu não cogitasse jogar a toalha antes mesmo de declarar a candidatura.

Eu não tinha experiência e, além do quão preocupante aquilo era, eu nem tinha certeza do que defendia. Às vezes, até me sentia um pouco paranoico, pensando que estava apenas sendo manipulado, sendo usado pelo meu sobrenome. Assim como no trabalho no escritório do promotor, todos os envolvidos na campanha tinham as suas motivações, mas, em vez de ser uma engrenagem, parte da operação, agora eu estava no olho do furacão.

— Não da campanha — respondeu Cate. — Eu quis dizer do casamento.

— Do casamento? Aconteceu alguma coisa? A imprensa descobriu?

— Não. Mas tenho certeza de que vão. Talvez devêssemos adiar o casamento para você poder se concentrar na campanha.

— De jeito nenhum. Me casar com você é a minha maior prioridade.

— Mas…

— Mas o quê?

— Não sei… — disse ela, a voz sumindo. — Nada, eu acho.

— Cate. Por favor, fale comigo. Diga-me no que está pensando. Não tenho ajudado o suficiente com o planejamento? — perguntei, de repente convencido de que era isso.

As últimas semanas tinham sido incrivelmente corridas. Fui bombardeado com intermináveis tarefas administrativas, desde a contratação de pessoal até o preenchimento da papelada e a preparação para a arrecadação de fundos. Além disso, havia a questão do Dia dos Namorados, uma data que ela me disse que odiava e que queria ignorar. Eu acreditei nela, mas talvez tivesse sido um teste. E eu falhei. A minha mente estava em turbilhão enquanto esperava ela responder.

— Só não sei se é o momento certo… Não sei se faz sentido planejar um casamento enquanto as nossas vidas estão tão corridas. E qual é a pressa?

— Não há pressa. Mas também não vejo sentido em esperar. E, quanto mais esperarmos, maior a chance de a mídia descobrir.

— É — concordou ela. — Mas, se eles descobrirem, haverá uma comoção ao mesmo tempo que você anuncia a candidatura.

— Certo. Então você quer esperar até depois da eleição? É isso que está dizendo?

— Sim. Eu acho.

— E sobre morar comigo? Você quer colocar isso em suspenso também?

Prendi a respiração, rezando para que ela dissesse que não. Em vez disso, ela suspirou e disse:

— Não sei. Talvez. Você sabe que a sua mãe odeia a ideia…

— Eu não me importo… — falei, ficando chateado.

— Está bem, Joe — disse ela. — Só estou me sentindo um pouco sobrecarregada. Só isso. E essa dor de cabeça… Só quero voltar a dormir, pode ser?

— Claro, querida.

Eu disse a mim mesmo para ser paciente, que o humor dela melhoraria. Mas senti um nó no estômago quando desliguei o telefone.

Nos dias seguintes, foi mais do mesmo. Cate continuou me evitando e inventando desculpas até que finalmente disse a ela que estava indo vê-la. Naquele exato momento.

— Estou prestes a sair para correr — disse ela, esquivando-se mais uma vez.

— Onde?

— No reservatório.

— Posso encontrar você lá?

Ela hesitou, então deu uma desculpa sobre como os paparazzi provavelmente a reconheceriam se ela estivesse comigo. Mas eu estava determinado a vê-la, já amarrando os tênis Nike.

Um minuto depois, eu estava saindo pela porta, correndo para o parque. Quando cheguei ao reservatório, comecei a andar no sentido horário contra o tráfego de pedestres, procurando por ela. Depois de cerca de meia volta, eu a vi correndo na minha direção. Vestida toda de preto, ela parecia tão forte, o ritmo mais rápido do que o normal.

Ela não me viu até estar quase de frente para mim, mas, assim que me notou, deu um sorriso. Foi um bom sinal.

— Que coincidência ver você por aqui! — falei, sorrindo para ela.

Ela revirou os olhos e balançou a cabeça.

— Você é impossível — respondeu, inclinando-se para apoiar as mãos nos joelhos e recobrar o fôlego.

— Eu precisava ver você.

Ela se endireitou, então me encarou, a expressão indecifrável.

— Bom, aqui estou.

— É. Você é um colírio para os olhos... Se importa se eu me juntar a você?

— E eu tenho escolha? — perguntou com uma risada.

Eu sorri para ela e disse que não.

— Vamos lá, então — disse ela, afastando-se de mim e acenando por cima do ombro para que eu me juntasse a ela na corrida.

Respirei fundo e inverti a direção, alcançando-a. Nos vinte minutos seguintes, corremos em silêncio enquanto eu sofria para acompanhá-la. Em determinado ponto, Cate parou de repente, desviando do caminho abruptamente. Depois se abaixou e começou a se alongar. Eu a imitei, sentando-me de pernas cruzadas na grama ao lado, esperando que ela dissesse alguma coisa.

Quando não falou, pigarreei e disse:

— Tudo bem, Cate. O que está acontecendo? Você não está agindo normalmente.

— Eu já disse. Só estou me sentindo sobrecarregada — respondeu, evitando o meu olhar enquanto abria as pernas em um *V* e tocava o nariz em um joelho, depois no outro.

— Você está querendo desistir? — perguntei de uma vez.

— Eu não diria desistir — disse ela, enrolando. — Só acho que estamos indo... um pouco rápido.

— Certo. Podemos ir mais devagar, se é isso que você quer mesmo.

Ela assentiu.

— Sim. Só acho que devemos ir mais devagar por enquanto. Você precisa se concentrar na sua campanha. Dar tudo de si. Não pode ter nenhuma distração agora.

— Você não é uma distração.

— Casamentos são uma distração — disse ela. — Veja só Peter e Genevieve. Eles estão consumidos por isso...

— Não vamos fazer esse tipo de casamento.

— Ainda assim. Se a mídia descobrir...

— Você não quer só fugir e se casar, então?

— Joe. Pare! Já falei o que eu quero! Eu quero esperar! Você não está ouvindo!

— Está bem, querida — falei, colocando a mão na sua perna. — Calma.

Ela empurrou a minha mão e disse:

— Não peça para eu me acalmar! Odeio quando você faz isso!

Olhei para Cate, surpreso, porque não conseguia me lembrar de uma única vez em que tivesse lhe pedido para se acalmar. Quase discuti, mas decidi que provavelmente não era uma boa ideia. Em vez disso, apenas pedi desculpas.

— Não se desculpe — disse ela. — Apenas pare com tudo isso.

— Tudo o quê?

— Ficar me procurando e me importunando... Só preciso de um pouco de espaço.

— De mim?

— De tudo! — disse ela, a voz ficando mais alta, e flagrei uma mulher olhando para nós. O rosto dela se iluminou quando ela nos mostrou para a amiga.

— Shhh — falei, olhando para o chão. — As pessoas estão olhando...

— Não faça *shhh* para mim! E é claro que estão olhando! Você veio ao parque quando eu lhe disse para não vir!

— Eu vim ao parque porque você se recusou a me ver — falei, a preocupação se transformando em frustração com um quê de raiva.

— Exatamente. Eu me recusei a ver você porque não queria ver você. Entendeu como funciona? — A voz dela estava gélida.

— Nossa. Por que você está sendo tão babaca?

— Não estou sendo babaca, Joe! Eu falei que queria correr sozinha e você apareceu mesmo assim! Isso é egoísta para caramba. Nem tudo tem a ver com você! — gritou, ficando de pé e olhando feio para mim.

— Caramba, Cate — falei, me levantando e a encarando. — Sei que nem tudo tem a ver comigo. Eu estou tentando...

— O quê? — continuou, gritando. — Está tentando fazer o quê, exatamente?

— Estou tentando conversar com você. Estou preocupado.

— Bom, não fique! Estou bem! Eu estava bem antes de você. Estou bem agora. E eu vou ficar bem... — Ela parou de repente, e o meu coração também.

— Termine a frase — falei. Ela balançou a cabeça. — Vamos lá, Cate. Fale logo de uma vez. O que você ia dizer?

— Nada — respondeu ela, claramente mentindo.

Então balançou a cabeça e se virou para ir embora. Eu agarrei o seu braço e disse:

— Você vai ficar bem *depois* de mim? Era isso que você ia dizer?

Ela se afastou.

— Não. Eu só ia dizer que *sempre* ficarei bem.

— Não ia, não. Não era isso que você estava prestes a dizer.

Ela mordeu o lábio, balançou a cabeça e indagou:

— Está bem, Joe. Você quer insistir no assunto?

— Sim. Quero.

— Ok, então — disse Cate, os olhos brilhando de raiva.

Esperei alguns segundos, então observei em choque quando ela tirou o anel e o enfiou no meu peito.

— Não posso mais fazer isso.

— O quê? — perguntei, recuando, horrorizado.

— Pegue o anel, Joe. — O seu olhar era duro.

— Não — balancei a cabeça. — Não faça isso...

— Pegue, Joe. *Agora.*

Continuei balançando a cabeça, depois comecei a implorar.

— Por favor, não faça isso. Por favor.

Mas ela claramente não estava ouvindo. Ela deixou o anel cair no chão, virou-se e foi embora.

CAPÍTULO 28

Cate

Não sei ao certo onde o fotógrafo estava escondido nem qual era o alcance da lente da câmera, mas ele capturou cada segundo da nossa briga no parque — *em vídeo* —, incluindo a parte depois que saí, quando Joe se sentou de volta no chão e chorou, o rosto nas mãos.

Na verdade, nunca assisti às imagens, mas Elna, Curtis e Wendy, sim. Assim como Deus e o mundo depois que o vídeo e as fotos foram vendidos para a *Entertainment Tonight* e dezenas de outros canais. Pedi aos meus amigos que me contassem a verdade, e assim o fizeram, lendo em voz alta as manchetes, que iam de O GALÃ LARGADO a CATE CRUEL, e a simples e sucinta TERMINARAM!.

Foi a maior comoção de todas, provando mais uma vez que as más notícias vendem mais do que as boas. O único lado bom era que as coisas finalmente pareciam definidas. A nossa briga filmada cristalizou a minha desconfiança de que não poderia me casar com Joe. Se a imprensa surtou por causa de uma briga no parque, não consigo imaginar o que faria quando descobrisse a verdade sobre o meu pai. Seria insuportável para todos os envolvidos, sem falar nos danos que causaria à imagem de Joe, à carreira política dele e ao relacionamento com a sua mãe. Resumindo: os tabloides acertaram, pela primeira vez.

Terminamos.

Eu me escondi do mundo enquanto os fotógrafos vigiavam o meu apartamento e o telefone tocava sem parar. Passei a filtrar as ligações, ignorando todas, inclusive as de Joe, que deixou vários apelos na minha secretária eletrônica.

A única vez que atendi foi quando ouvi a voz da minha mãe falando sobre como estava triste ao saber que Joe e eu tínhamos brigado. Dominada pela raiva, agarrei o telefone com uma das mãos enquanto Elna segurava a outra.

— Nunca mais me ligue — falei, a voz baixa e firme.

— Cate? É você?

— Sou — falei, fechando os olhos, determinada. — E me ouça bem, porque vai ser a última vez que você vai ouvir a minha voz.

— O que está havendo? Estou tão confusa...

— Sério, mãe? Você vai mesmo se fazer de boba?

O silêncio encheu a linha.

— Eu conheci *Dean*, mãe — falei. — No Parque. Uma pena os paparazzi não terem feito um vídeo do encontro, embora eu tenha certeza de que é só uma questão de tempo até a notícia vazar...

— Ah, Catie... Sinto muito, só queria proteger você.

— Para de merda, mãe! Essa é a maior baboseira que eu já ouvi. Você nunca me protegeu. Nunca! Nem uma vez na vida.

— Catie. Por favor. Eu tentei...

— Não, mãe. Se você quisesse me proteger, teria deixado Chip. Não teria se casado com ele, para início de conversa. Cresci com um monstro que arrasou completamente a minha autoestima porque você, mãe, é uma covarde. Uma covarde egoísta — falei, a voz agora trêmula.

Elna ainda estava segurando a minha mão e a apertou o mais forte que pôde.

— Sinto muito — soluçou a minha mãe ao telefone.

— Como você pôde mentir para mim assim? Sobre o meu próprio pai? Como?

— Cate, por favor! Tente entender. Você era uma garotinha. Um bebê. Eu não queria que você crescesse sabendo que o seu pai estava na cadeia...

— Então você me disse que ele *morreu*? Que tal uma mentira mais agradável, como, sei lá, ele se mudou para a África para alimentar pessoas famintas?

Eu estava sendo sarcástica, mas a minha mãe não percebeu.

— Mas aí você teria esperança de que ele voltasse.

— Bem, adivinhe só? Surpresa! Ele voltou!

— Não era para ele ter voltado — disse ela. — Disseram que seria prisão perpétua sem liberdade condicional.

— Ah, pelo amor de Deus, mãe! Você não escuta o que diz?

— Você era tão pequena…

— Certo, e depois que eu cresci? Quando era adolescente? Quando saí de casa? Nunca passou pela sua cabeça ter uma conversa comigo e me contar a verdade?

— Um milhão de vezes — disse ela, soluçando. — Mas eu não conseguia…

— POR QUE NÃO? — gritei, soltando a mão de Elna ao me levantar e começar a andar pela sala.

— Porque então Chip saberia e ele teria…

— Ele teria O QUÊ, mãe?

— Ele teria enlouquecido.

— Enlouquecido que nem daquela vez em que jogou cocô de gato no meu quarto? Ou que nem da vez em que quebrou a sua clavícula? Ou algo diferente?

— Cate, pare. Por favor.

Enquanto ouvia a minha mãe soluçando, fazendo o possível para justificar o injustificável, senti os últimos vestígios da compaixão que já tive por ela desaparecerem.

— Estou falando sério, mãe. Estou farta. Por favor, nunca mais me ligue.

Desliguei antes que ela pudesse responder e imediatamente voltei para a cama, onde fiquei por três dias, exceto quando Elna me obrigava a me levantar para tomar banho ou comer.

No quarto dia, Elna e Curtis organizaram uma mini-intervenção no meu quarto.

— Cate, você não pode se esconder para sempre — começou Elna.

— Você precisa encarar o mundo.

— E você tem que falar com Joe — acrescentou Curtis. — Ele deixou tantas mensagens. Ele ligou para nós dois…

O PESO DE NOSSOS NOMES

— O que você disse a ele? — perguntei, sentando-me na cama.

— Nada — garantiu Curtis. — Eu juro.

— Elna?

— Ele não disse nada. Nem eu. Mas você precisa falar com Joe.

— Não tenho o que falar. Acabou. Devolvi o anel a ele.

— Certo, olhe — começou Elna. — Se você não quer se casar com ele, tudo bem...

— Não está tudo bem, não! — Curtis entrou na conversa.

— Está, *sim*, Curtis — afirmou Elna, a voz severa. — Mas, mesmo que ela não se case com Joe, ela deve a ele uma explicação sobre por que está fazendo isso.

— Por que ela está fazendo isso? — perguntou Curtis a ela.

Suspirei porque já havia explicado a ele várias vezes. O meu pai era um ex-presidiário responsável pela morte de três pessoas. Eu repeti os fatos.

— Mas você não tem culpa de nada — disse Curtis. — Você nem sabia disso...

— Ninguém vai acreditar que eu não sabia. Eu disse a Joe que ele estava morto.

— Mas você achava que ele *estava* morto! Joe vai acreditar em você. Você não é uma mentirosa, Cate. Ele sabe disso.

— É demais — falei, pensando nas coisas que *havia* escondido dele ao longo do relacionamento. — E Dottie e Berry nunca vão acreditar. Nunca.

— Mas é a verdade... — insistiu Curtis.

— Às vezes a verdade não importa. Você entende alguma coisa sobre política? Sobre a família Kingsley?

— Eles já tiveram escândalos antes. Você ouviu os rumores sobre o pai de Joe ter traído a mãe dele, não?

— São só rumores — falei. — Joe não acredita neles.

— Onde há fumaça, há fogo — comentou Curtis.

— Você está *mesmo* comparando infidelidade a assassinato?

— Não foi assassinato. Foi uma tragédia... E sim, foi um crime, mas não é motivo para você *não* se casar com o amor da sua vida.

— Elna? — perguntei, virando-me para ela. — Você poderia, por favor, explicar para ele?

Elna pigarreou e disse:

— Acho que você não está entendendo, Curtis. Não é que o crime do pai dela seja motivo para ela não se casar com Joe. E não é uma questão de se Joe vai acreditar que ela não sabia, porque eu acho que ele vai acreditar. É que Cate vê isso como mais uma prova de que ela não pode viver a vida dos Kingsley.

— Mas ela *pode*! — disse Curtis.

— Mas talvez ela não queira… — concluiu Elna.

— Cate não quer se casar com o cara mais gostoso do universo que está loucamente apaixonado por ela e a trata como uma rainha? — perguntou ele.

— Talvez ela não queira a pressão que vem junto com isso. Ser sempre julgada. A sensação, embora equivocada, de que não é boa o suficiente.

Assenti.

— Sim. Tudo isso. Obrigada, El.

— Mas você o ama — argumentou Curtis. — O amor não conquista tudo?

— Não — falei. — Não. Além disso, se eu realmente o amo, preciso deixá-lo ir. Ele vai ficar melhor sem mim.

— Não acredito nisso — disse Curtis. — E nem você. Sei que não acredita.

— Sim, eu acredito! Elna, me ajude aqui…

A minha amiga suspirou e disse:

— Não posso ajudar nisso. Não cabe a mim decidir. Nem a Curtis. Nem à imprensa ou a Dottie ou a Joe. Você tem que decidir por si mesma.

Suspirei e disse a ela que já tinha decidido.

— Tudo bem — disse Elna. — Está certo, então. Mas você ainda precisa se levantar, se vestir e seguir com a vida.

Assenti, sabendo que ela estava certa.

— E você tem que ir conversar com Joe — acrescentou. — Tem que dizer o que está acontecendo. Você não precisa se casar com ele, mas lhe deve uma explicação.

— Não posso contar a verdade — falei, inflexível. — Ele vai tentar me convencer de que está tudo bem, de que ele entende, de que nós vamos dar um jeito.

— Porque vocês *vão* dar um jeito! — insistiu Curtis.

— Mas eu não quero mais. Não quero. Não quero mais — declarei, chorando.

Elna colocou a mão no meu braço e me disse para me acalmar.

Assenti, tomando fôlego.

— Apenas vá conversar com ele, Cate. Conte uma versão da verdade. Diga-lhe *alguma coisa*.

— Ai, meu Deus, aquele pobre coitado — lamentou Curtis.

— Ele vai ficar bem — falei, enquanto imagens repugnantes de Joe com outras mulheres enchiam a minha cabeça. — Ele vai superar rápido.

— Isso não é justo — continuou Curtis, balançando a cabeça. — Só porque ele é um Kingsley não significa que ele não fica de coração partido.

— Ele vai ficar bem — repeti, me perguntando se algum dia eu ficaria.

CAPÍTULO 29

Joe

Foi a nossa primeira grande briga. Na verdade, a nossa *única* briga desde que ficamos juntos. No entanto, o mundo inteiro, incluindo os meus amigos e familiares e toda a equipe da campanha, assistiu a tudo em vídeo.

Fiz o possível para minimizar o acontecimento, rindo como se a mídia estivesse exagerando as coisas mais uma vez. Sim, nós brigamos, eu lhes disse, mas logo fizemos as pazes. Tudo ficaria bem.

Berry foi a única para quem falei toda a verdade, e contei com o seu apoio como nos velhos tempos. Analisamos a briga em busca de pistas, assim como tudo o que aconteceu desde que Cate e eu ficamos noivos. Nós dois ficamos perplexos, mas Berry concluiu que eu não havia feito nada de errado e que algo devia estar acontecendo com Cate. Eu só precisava ser paciente, disse a minha amiga, e dar a ela um pouco de tempo e espaço.

Fiz o possível para seguir o conselho, mostrando o máximo de autocontrole que pude, o que não foi muito. Deixei várias mensagens na secretária eletrônica de Cate e liguei para os seus amigos. Só queria lembrá-la do quanto eu a amava e que sentia a sua falta.

Mas quatro dias torturantes se passaram e o telefone não tocou. No domingo de manhã, eu estava em um estado de completo desespero. O fato de estar chovendo não ajudava, pois eu adorava dias chuvosos com Cate. Tudo o que eu queria era estar debaixo do cobertor com a mulher que eu amava. Tentei ser produtivo e me distrair, fingindo que já era segunda-feira. Liguei para a minha equipe, fui ao escritório para trabalhar nas listas de doadores e depois fui para a academia para um treino mais pesado que o normal. Nada fez com que eu me sentisse melhor, então liguei para Berry e a convenci a vir beber comigo.

Em meia hora, ela estava na minha porta com uma garrafa de vinho, uma pizza e um velho álbum de fotos que havia descoberto recentemente no apartamento da minha tia.

— Já são cinco da tarde em algum lugar do mundo, certo? — perguntou ela.

— Com certeza — falei, sorrindo para ela. — Pode entrar.

Nas horas seguintes, Berry e eu examinamos fotos antigas, algumas delas dos tempos do Ensino Fundamental, e ouvimos CDs daquela época nostálgica, uma trilha sonora da nossa amizade. Enquanto isso, tomamos vinho. Berry não era de beber muito, mas conseguiu acompanhar o meu ritmo naquela tarde, talvez sentindo que era disso que eu precisava. Uma companheira de bebedeira.

Fiz o possível para não falar sobre Cate, porque àquela altura não havia nada de novo a dizer. Mas depois de um tempo Berry a mencionou.

— Se ela não entrar em contato com você antes do casamento de Peter no fim de semana, acabou — declarou ela. — Mesmo que ela queira voltar, acabou. Você não pode aceitá-la de volta.

Assenti com a cabeça, ouvindo, desejando um pouco de clareza, mesmo que isso significasse seguir as regras e prazos de Berry.

— Quando diz casamento, você está se referindo à cerimônia no sábado ou à quinta-feira, quando os voos estão marcados?

— Quinta-feira — disse ela, muito decidida. — Cate sabe quando os voos são.

— Certo — falei, assentindo. Isso dava a Cate mais quatro dias. Com certeza ela não me evitaria por tanto tempo. — E por que esse é o limite mesmo?

— Porque uma coisa é agir desse jeito quando só você e eu sabemos o que está acontecendo; outra coisa é deixar você ir ao casamento sozinho.

Assenti novamente.

— Continue.

— Você é o padrinho, Joe. Ela sabe o quanto o casamento de Peter é importante para você e para a sua família… Se ela deixar você passar por esse fim de semana sozinho, quando você terá que responder às perguntas de centenas de pessoas, ela é uma vaca sem coração.

— Nossa. Isso é um pouco duro.

— Você acha?

— E aquela história de "ela pode estar passando por alguma coisa"?

— Tenho certeza de que ela *está* passando por alguma coisa — afirmou Berry. — Mas isso não dá a ela o direito de tratar você dessa forma. — Assenti enquanto a minha amiga continuava: — Você deu tudo a ela. Uma garota que nem se formou na escola…

— Berry, não diga isso…

— Bom, é verdade!

— Mas não tem *nada* a ver com o que está acontecendo.

— Até parece — disse Berry. — Olhe só, Joe. Goste ou não, você é um grande partido, e ela é uma desempregada que abandonou o Ensino Médio.

— Ela teve que largar o emprego por *minha* causa.

— Mesmo assim. Onde ela está com a cabeça? Não faz o menor sentido. E, além de ser uma completa loucura, também é cruel.

— Cruel?

— Sim, Joe. Cruel.

Eu assenti. Porque de repente também comecei a ver as coisas daquela maneira.

— Certo. Então, se ela não me ligar até quinta-feira, acabou — falei, ficando um pouco raivoso.

— Isso. Acabou. — Berry me encarou por um longo tempo e disse: — Está ficando tarde e estou bêbada. É melhor eu ir.

— Não! — protestei, segurando a mão dela, em pânico. Eu não queria ficar sozinho. — São só oito da noite. Fica mais um pouco. Dorme aqui. Por favor, Ber? Você pode ficar com a minha cama. Eu durmo no sofá.

Berry riu e disse:

— Ah, sim, é disso que você precisa. Que os paparazzi me peguem saindo daqui amanhã de manhã.

— Talvez — falei, sentindo uma onda de pura tristeza.

Berry deve ter percebido, porque disse:

— Vai ficar tudo bem, Joe. Apenas dê a ela mais um tempo.

— Mas e se Cate não ligar? — perguntei, olhando para a caixa de pizza vazia. — E se eu nunca mais falar com ela?

— Bom, então não era para ser.

Olhei para Berry, a cabeça um pouco confusa por causa do vinho. De repente, lembrei-me de uma das nossas primeiras conversas sobre os pais dela e sobre como algumas pessoas eram sem coração ao dizer que "as coisas acontecem por um motivo". Era uma besteira, ela havia declarado, insistindo que o universo era puro caos brutal.

— Achei que você não acreditasse nessas coisas — falei, por fim.

— Que coisas?

— Destino e coisas do tipo.

— Eu não acreditava — disse Berry, descansando a cabeça no meu ombro. — Mas nos últimos tempos não tenho tanta certeza…

— O que mudou?

— Não é o que *mudou* — respondeu, as palavras um pouco arrastadas. — É o que *não* mudou.

— Não entendi.

Berry se virou e olhou para mim com lágrimas nos olhos.

— Ah, caramba, Berry — falei. — Por que você está chorando?

— Não estou — disse ela, enxugando os olhos com os dois punhos cerrados.

— Vamos lá. Fale comigo. Qual o problema?

— Não sei.

— Você sabe, sim.

— Só estou triste.

— Por quê? Me diga.

Ela respirou fundo algumas vezes.

— Estou triste porque… porque sinto falta dos meus pais. Depois de todos esses anos, ainda sinto a falta deles.

— Eu sei, Ber… — Segurei as mãos dela.

— E estou triste porque *você* está triste e eu odeio quando você fica triste — disse ela, agora falando mais rápido. — E estou triste porque cheguei aos trinta e poucos anos ainda solteira, sem nenhum pretendente à vista.

A vida amorosa de Berry — ou, mais tipicamente, a *ausência* de vida amorosa — era algo que nunca discutíamos. Às vezes, até me convencia de que isso não era importante para ela. Berry tinha uma ótima carreira e mais amigos do que qualquer pessoa que eu conhecia. Eu lhe disse isso, mas ela balançou a cabeça, o queixo tremendo.

— É melhor aceitar, Joe. Estou sozinha. E não estou me fazendo de coitadinha. É só um fato.

— Você não está sozinha — falei. — Você tem a mim.

— Não desde Cate. E nós dois sabemos que o único motivo pelo qual estou aqui hoje é porque ela está sendo uma *vaca maluca...*

Eu fiquei tenso, confuso pelas lealdades conflitantes. Berry fungou e limpou o nariz na manga.

— Desculpe. Eu não deveria ter dito isso.

— Está tudo bem — comentei.

— Não, não está. Não quero ficar contra Cate. Quero que vocês façam as pazes e quero ser amiga dela. Mas, Joe, também não vou deixar que ela maltrate você. E precisei de toda a minha força de vontade para não ligar para ela e dizer umas verdades.

— Own — falei, me sentindo tocado, embora achasse bom Berry não ter feito isso. — É muito gentil, mas não acho que seja uma boa ideia.

Ela sorriu em meio às lágrimas e disse:

— Não se preocupe... Mas pode me prometer uma coisa?

— Qualquer coisa.

— Prometa que a nossa amizade nunca vai mudar. Não importa o que aconteça. Não importa com quem você fique.

— Prometo. E, poxa, se Cate me deixar de vez, talvez a gente devesse se casar.

Fiquei esperando Berry rir ou me dizer que a ideia era ridícula. Em vez disso, os seus olhos se encheram de lágrimas. Ela balançou a cabeça e sussurrou:

— Não diga isso.

O meu sorriso desapareceu quando eu respondi:

— Desculpe. Foi só uma piada.

— Eu sei, mas... Não fale assim — pediu ela, uma lágrima caindo.

— É uma ideia tão horrível assim? — perguntei, fazendo uma última tentativa de piada.

Berry mordeu o lábio e balançou a cabeça.

— Não, Joe. — O queixo estava trêmulo. — Eu me casaria com você amanhã, se pudesse.

Eu gelei, imaginando que devia ter ouvido errado, que o álcool estava pregando peças em mim, mas ela continuou:

— Sou apaixonada por você desde o sétimo ano.

Abri a boca, mas nada saiu. Em vez disso, coloquei os braços ao seu redor e a puxei contra o peito.

— Caramba, Berry — falei, beijando o topo da cabeça dela.

— É — disse ela. — Eu sei.

Com a mente acelerada e nebulosa ao mesmo tempo, sussurrei:

— Eu também amo você, Berry. Mas...

— Joe. Pare. Eu sei. Sei que você não sente o mesmo. Sei que está apaixonado por Cate. Mas eu precisava falar. Depois de todos esses anos, eu só precisava falar.

Assenti, os olhos marejados também.

— Fico feliz que tenha me contado.

— É mesmo?

— Sim. E eu prometo que nada... nem *ninguém*... vai mudar o quão próximos nós somos.

Então, como se fosse uma deixa, o telefone tocou. Acho que nós dois sabíamos, mesmo antes de eu atender, que era Cate.

CAPÍTULO 30

Cate

Naquela noite de domingo, menos de uma semana antes do casamento de Peter e Genevieve, tomei a dolorosa decisão de seguir a cabeça em vez do coração. Por mais que eu o amasse, não combinávamos. Não ia dar certo. Terminar com ele era o único jeito, e eu precisava fazer isso antes que a imprensa descobrisse sobre o meu pai. Era apenas uma questão de tempo, e eu não podia ficar esperando aquela bomba explodir na vida de Joe.

Então peguei o telefone e liguei para a casa dele. Tocou algumas vezes antes de ele atender.

— Oi — falei, o coração disparado. — Sou eu.

— Oi, Cate — respondeu ele, soando tão cansado e triste.

— Posso ir aí? Para conversar?

— Claro. Quero muito falar com você.

— Posso ir agora?

Ele hesitou, então disse:

— Bom, Berry está aqui, na verdade.

Sentindo-me aliviada por poder adiar a conversa por mais uma noite, sugeri:

— Não tem problema. Que tal amanhã?

— Só um instante. Você pode aguardar um segundo?

Eu disse que sim, então escutei vozes abafadas. Quando voltou, Joe informou:

O PESO DE NOSSOS NOMES

— Pode vir agora, na verdade. Berry já está de saída.

— Tem certeza?

— Tenho — disse ele. — Vejo você daqui a pouco.

CINCO MINUTOS DEPOIS, EU estava no táxi a caminho do centro da cidade. O trânsito estava tranquilo, o que era normal para uma noite de domingo, e cheguei ao SoHo em tempo recorde. Assim que desci do táxi, vi Berry sentada nos degraus do prédio de Joe, usando um casaco preto comprido acolchoado e galochas vermelhas.

— Oi — disse ela quando me aproximei.

A expressão dela era inescrutável, mas de alguma forma eu pude perceber que ela não estava feliz comigo. E que estivera me esperando ali.

— Oi — cumprimentei de volta, agora diante dela, a mão pousada no corrimão.

— Você vai partir o coração dele? — perguntou, ainda sentada.

Eu a encarei, sem palavras.

— Uau! Você vai mesmo terminar, não é?

Não consegui responder à pergunta com um sim ou não, então gaguejei uma explicação.

— Eu... Só acho que não servimos um para o outro. — falei.

A expressão de Berry ficou ainda mais sombria.

— Então por que você aceitou o anel, para início de conversa? — questionou com uma voz dura.

— Não sei... Foi um erro — respondi, sentindo-me muito atrapalhada e culpada. — Eu não deveria ter aceitado.

Ela assentiu, a mandíbula contraída, e eu me preparei para ser xingada. Em vez disso, a sua voz saiu calma e firme:

— Você está certa. Não deveria ter aceitado. Não é certo brincar com o coração de alguém assim.

— Não foi isso que eu fiz, Berry. Eu o amava, ainda amo... Só não acho que servimos...

— Está bem, Cate, que seja. Não preciso ficar ouvindo isso... Só queria lembrar que Joe tem o casamento do primo no fim de semana.

E é realmente importante. E ele precisa que você vá junto. Ele precisa de apoio.

Olhei para ela, absorvendo a informação, pensando que precisava arrancar o Band-Aid de uma vez. Pelo bem dele e pelo meu.

Berry continuou:

— Se você não for… vai estragar o fim de semana de Joe.

— Não vai estragar o fim de semana — falei.

— Para ele, vai sim. Com certeza. Joe vai ficar triste demais para fingir estar feliz pelo próprio primo. E ele é o padrinho, Cate. Todos estarão de olho nele, sentindo pena dele, fazendo perguntas sobre onde você está. Incluindo os noivos.

Assenti sem prestar atenção, perdida em pensamentos. A possibilidade da minha ausência afetar negativamente o casamento de Peter e Genevieve não havia me ocorrido. Pelo contrário, pensei que seria melhor para todos seguir logo em frente com os programas dos Kingsley.

— Mas… Eu não quero ser uma distração — argumentei.

— Você vai ser uma distração muito maior se não estiver lá. Além disso, é falta de educação. Ele confirmou presença para duas pessoas.

— Não tenho dúvida de que ele pode encontrar alguém para ir com ele — falei, arrependendo-me na mesma hora do tom sarcástico. Não era justo.

Berry soltou um muxoxo.

— Ele é Joe *Kingsley*. Não pode simplesmente aparecer com uma mulher aleatória no casamento do primo. É pior do que ir sozinho. Meu Deus. Você realmente não faz ideia da pressão que ele sofre, não é? Você ao menos se importa?

De repente, tive vontade de explicar que era exatamente por isso que eu ia terminar com ele. Mas não valia a pena, Berry não entenderia. Como poderia entender? Em vez disso, respirei fundo e disse:

— Vou conversar com ele. Vou dar a ele a opção. Mas não vou mentir sobre a minha decisão. Não vou mudar de ideia.

Berry balançou a cabeça e murmurou algo baixinho que soou como *Eu sabia que você iria trazer problemas.*

— Oi? — perguntei, encarando-a, de repente morrendo de raiva...
e ainda mais certa de que não poderia fazer parte do mundo de Joe. Do
mundo *deles*.

Ela me olhou bem nos olhos.

— Eu falei: Eu. Sabia. Que. Você. Iria. Trazer. Problemas — enunciou
ela.

— Sim — respondi, o coração fechando um pouco mais. — Aposto
que sim. Então você deve estar muito feliz, Berry. Você estava certa
sobre mim. Parabéns.

Berry abriu a boca para responder, mas eu a contornei, decidida a
ter a última palavra. Então usei a minha chave para destrancar a porta
da frente do prédio de Joe pelo que com certeza seria a última vez.

CAPÍTULO 31

Joe

Vinte minutos depois de Berry sair do meu apartamento, Cate bateu à porta.

Abri, forcei um sorriso e disse:

— Você perdeu a sua chave?

Ela a mostrou e respondeu:

— Não. Está bem aqui… Só não sabia se deveria usá-la.

Sorri outra vez.

— Fico feliz por você estar aqui. Entre.

Cate avançou dois passos para dentro do apartamento e, então, parou como se nunca tivesse estado lá antes. Cogitei lhe dar um abraço rápido, mas achei melhor não. Em vez disso, virei-me e gesticulei em direção à cozinha. Ela me seguiu e, quando chegamos lá, deixou a chave na ilha. Foi um mau sinal e senti um nó no estômago.

— Você está devolvendo?

Ela assentiu, olhando para a chave.

— Ok, então — falei. — Já entendi aonde isto está indo.

Cate ergueu o queixo, que começou a tremer, e disse:

— Sinto muito, Joe. Por tudo…

— Meu Deus, Cate. Você está mesmo terminando comigo?

— Só acho que não servimos um para o outro…

Eu a interrompi:

— Pare com essa desculpa vaga. Seja direta. Acabou?

Ela assentiu, os olhos cheios de lágrimas.

— Merda — falei, tonto, o coração acelerado. — É por causa de outra pessoa? Arlo?

— *Não* — disse ela, e pareceu suficientemente horrorizada para me tranquilizar quanto a esse ponto.

— Está bem. O que mudou? Fiz algo de errado?

— Não, Joe. Não é nada disso. Você não fez nada.

— Então por quê? Tem que ter um motivo.

— Não é *uma* coisa só...

— Que isso, Cate. Por favor, não me venha com essa besteira de "é complicado". Eu preciso de um motivo.

— Só acho que não somos compatíveis a longo prazo.

— Como assim, não somos compatíveis? Nós nos damos tão bem! Nós nunca brigamos.

— Nós não somos, simples assim.

Deixei escapar um suspiro frustrado.

— Então, é uma daquelas situações tipo "você gosta do termostato mais alto e eu gosto mais baixo"? Ou estava mais para: você não quer ter filhos e tem medo de me contar?

— Não é nada disso. São muitas coisas...

— Cite uma.

— Bom — disse ela, cruzando os braços. — Você é um Kingsley... e eu estou bem longe disso.

— Bem, isso é uma coisa boa, sua boba — falei, tentando sorrir. — Porque, se você fosse uma Kingsley, *seria* um problema.

Ela forçou um sorriso em resposta, então olhou para a bancada da cozinha outra vez.

— É sério, Cate. Preciso que você seja um pouco mais específica. Eu preciso de um motivo.

— *Motivos* — corrigiu.

— Nomeie-os.

Ela suspirou e disse:

— Eu nem terminei o Ensino Médio...

— Você vai resolver isso. O que mais?

— A minha mãe e Chip...

— Espere. Aconteceu alguma coisa?

— Não que eu saiba. — Ela deu de ombros. — Mas e se acontecer? Pode prejudicar a sua carreira.

— Não, não pode.

— Pode, Joe. Não seja ingênuo. Chip poderia dar um jeito de fazer isso. E essa situação toda é tão vergonhosa… As minhas origens não combinam com as suas. Você deveria estar com uma pessoa mais parecida com você.

De repente, senti-me enjoado, lembrando-me do que Berry acabara de confessar e me perguntando se Cate tinha algum tipo de intuição feminina. Se fosse o caso, talvez se sentisse culpada, como se estivesse atrapalhando Berry. Também me ocorreu que talvez Berry ou a minha mãe tivessem dito algo a ela. Talvez uma das duas na verdade tivesse lhe dito que ela precisava terminar.

Sentindo-me zonzo, perguntei:

— Isso é por causa de Berry? Ou da minha mãe? Alguma delas disse algo para você?

Ela balançou a cabeça.

— É uma decisão minha, Joe. Não delas.

Deixei escapar um suspiro cansado e esfreguei os olhos com as mãos.

— Podemos fazer terapia. Isso ajudaria?

— Não. Acho que não.

Assenti, sem querer desistir, mas sabendo que provavelmente não tinha escolha. Cate era uma mulher decidida; era uma das coisas que eu amava nela.

Olhei para Cate, dominado pelo coração partido, enquanto ela respirava fundo e dizia:

— Eu queria perguntar uma coisa e tenho certeza de que você vai achar uma má ideia… Mas você ainda quer que eu o acompanhe no casamento?

— Sério? Você ainda viria comigo?

O alívio tomou conta de mim, não só porque eu queria que ela estivesse presente, mas porque eu ainda tinha uma oportunidade. Uma chance de fazê-la mudar de ideia.

Ela assentiu.

O PESO DE NOSSOS NOMES

— Sim. Se você quiser.

— *Claro* que quero.

— Tem certeza?

— Absoluta.

— O que vamos dizer às pessoas? Se perguntarem sobre a briga no parque? — perguntou ela.

— Ninguém vai perguntar. Não é da conta delas, e não devemos explicações a ninguém.

— Está bem.

— Você vai usar o anel? — perguntei.

Ela congelou.

— Não sei, Joe.

— Por favor?

— Ok — respondeu com um suspiro.

Antes que ela pudesse mudar de ideia outra vez, eu me virei e fui para o quarto, peguei o anel na gaveta da cômoda e corri de volta para a cozinha.

— Aqui — falei, entregando-o a ela.

Ela me deu um olhar triste, então pegou o anel e o colocou na mão direita. Eu teria preferido a esquerda, mas era melhor do que nada. Eu estava de volta no páreo e senti uma pontada de esperança de conseguir reconquistá-la no fim de semana. Por enquanto, menos era mais, e eu me concentraria na logística. Assumiria o controle.

Foi quando tive a ideia de ir no meu avião. Voar com ela. Cate não era uma garota que se impressionava com luxos, mas achei que mal não faria.

— Então, escute — falei com o máximo de naturalidade. — Estou pensando em pilotar até Annapolis… Quer uma carona?

Ela pareceu surpresa.

— No seu avião?

— Sim.

— Mas já reservamos os voos…

— Eu sei. Mas achei que seria mais divertido assim. Além disso, podemos evitar as multidões e os paparazzi — argumentei, tentando manter a voz alegre.

— Você já pilotou até tão longe? — perguntou ela, mordendo o lábio inferior, parecendo preocupada.

— Não é longe. É um voo rápido e fácil. E Peter disse que o tempo vai estar lindo no fim de semana — acrescentei. — É moleza.

— A sua mãe e Berry não vão ficar preocupadas?

— Talvez. Mas problema delas — fiz questão de dizer, só para o caso de as duas terem algo a ver com a mudança de opinião de Cate.

— Está bem. — Ela assentiu. — Partimos a que horas?

— Claro que o horário é flexível. Mas acho que podemos deixar a cidade por volta das duas ou três. Chegar ao aeroporto umas quatro. Decolar logo depois. Assim, vamos pousar bem ao pôr do sol. Vai ser lindo.

Cate hesitou por mais alguns segundos, olhando para o anel, girando--o duas vezes no dedo. Então olhou para mim, me deu um leve sorriso e assentiu.

— Tudo bem — disse ela. — Parece ótimo. Obrigada, Joe.

CAPÍTULO 32

Cate

Depois que concordei em ir ao casamento de Peter e Genevieve com Joe, tentei deixar as emoções de lado, dizendo a mim mesma que só precisava passar a semana sem pensar muito na situação. Era impossível não ficar triste sabendo o que viria depois, mas viveria uma coisa de cada vez.

Nos três dias seguintes, fingi que estava indo para uma sessão de fotos como modelo e me preparei como nos velhos tempos. Fiz as sobrancelhas, retoquei as luzes e fiz as unhas. Então, na noite antes de partirmos, fui à Bergdorf e comprei um vestido crepe de seda preto ombro a ombro da Rive Gauche, a linha *prêt-à-porter* da Yves Saint Laurent.

Curtis, que insistiu em ir às compras comigo e ainda negava o término, rejeitou a ideia de eu usar preto. Ele disse que preto era deprimente para um casamento na primavera perto da água, e o vestido era "drapeado" demais para o meu corpo.

— Parece um saco de batatas — reclamou ele.

Eu lhe disse que esse era o objetivo. O vestido tinha o nível certo de discrição, e quanto menos as pessoas me notassem, melhor.

— Porque você não quer ofuscar a noiva? — perguntou Curtis, ansioso.

Revirei os olhos, mas sorri, pensando que todo mundo merecia ter alguém que lhe desse tanto apoio quanto Curtis.

— Não, meu bem. Porque estou de saída. Melhor eu me misturar com o fundo — respondi, pensando que também precisaria evitar o fotógrafo no casamento para não acabar em muitas das fotos de Genevieve.

Curtis enfiou os dedos nos ouvidos, fechou os olhos e gritou:

— Não estou ouvindo! Não estou ouvindo!

Esperei até que ele terminasse para dizer:

— Você é ridículo.

— Não, *você* é ridícula. E me recuso a acreditar que não vou fazer a maquiagem do seu casamento este ano.

— Espera aí. Essa revolta toda é por causa do fim do meu relacionamento ou porque você não pode fazer a maquiagem do meu casamento? — Eu sorri, determinada a manter o clima leve, ou pelo menos não tão pesado.

— As duas coisas — disse ele. — Ah! Por falar nisso, comprei um novo batom da MAC para você. Chama-se Russian Roulette. Você vai amar.

— Bom, o nome até parece apropriado, mas não vou usar batom vermelho este fim de semana.

— Por que não?

— Já falei. Quero ser discreta. Neutra.

— Batom vermelho *é* neutro.

— Ainda assim. É ousado demais.

— Vamos lá, Cate. Se você vai insistir em usar preto, pode pintar a boca de vermelho, por favor?

— Não sei por que você se importa tanto com isso. Mas está bem. Que seja. — Resolvi fazer a vontade dele.

— *Eu* não me importo — disse Curtis com um sorriso. — Mas Joe adora o seu batom vermelho.

O PLANO ERA NOS encontrarmos na casa de Joe às duas e depois irmos juntos para o aeroporto do Condado de Essex. Mas, por volta do meio-dia, ele me ligou dizendo que a reunião estava atrasada e que talvez fizesse mais sentido nos encontrarmos no aeroporto. Eu lhe disse que não havia problema, então perguntei a que horas eu deveria chegar.

— Umas quatro.

— Tudo bem — falei, sabendo que, para Joe, isso significava quase cinco. — Desde que a gente não tenha que voar no escuro — acrescentei, começando a ficar um pouco ansiosa com a viagem.

Como muitas pessoas, eu tinha um pouco de medo de aviões pequenos, e não ajudava saber o quanto Dottie e Berry temiam que ele pilotasse.

— Estamos no horário de verão, meu bem! O pôr do sol é só depois das sete. — Joe me tranquilizou. — Vai dar tudo certo.

— Tudo bem — falei. — Vejo você às quatro.

Como já era esperado, Joe entrou correndo no terminal alguns minutos depois das cinco.

— Desculpe o atraso! — disse ele, sem fôlego. — O trânsito estava uma loucura.

— Sem problemas — falei, fechando a revista. Levantei-me com uma expressão tranquilizadora.

— Caramba… — disse ele, sacudindo a cabeça.

— O que foi?

— Nada. É só que… Você é um colírio para os olhos. Faz um tempão.

Senti um nó no estômago, porque também adorei ver o rosto dele. Mas dei uma risada para dispensar o comentário.

— A gente se viu faz quatro dias.

— Sim. Mas eu estava caindo de bêbado.

— É mesmo? — falei, de repente me perguntando se Berry também tinha bebido.

Eu havia repassado a nossa conversa mentalmente inúmeras vezes, sentindo culpa e raiva por tudo o que ela disse… e *não* disse.

— Sim. — Ele deu de ombros.

— Bom, fico feliz que você não esteja "caindo de bêbado" *agora*.

Joe riu, mas no segundo em que as palavras saíram da minha boca, pensei no meu pai e no que ele havia feito, e senti uma onda de náusea. Dirigir — ou pilotar — bêbado não era motivo de piada.

Afastei esses pensamentos enquanto dois homens nos escoltavam até a pista. O mais velho e obsequioso estava de terno e gravata; o mais jovem, de colete laranja, trazia a minha bagagem.

— O que você acha? — perguntou Joe, sorrindo com orgulho enquanto nos aproximávamos de avião vermelho e branco.

Eu me lembrava de ouvi-lo dizer que a aeronave era uma Piper Saratoga.

— É muito bonita — falei, perguntando-me se era a flexão adequada para um avião. — Ou devo dizer bonito?

Joe riu e respondeu:

— Bonita. Com certeza é uma garota.

— Como você sabe? — indaguei, entrando na brincadeira.

— Porque ela é claramente linda — disse ele com um suspiro amoroso.

Sorri, mas podia sentir o nervosismo aumentando a cada segundo. O avião era menor do que eu esperava, e certamente menos resistente, quase como um avião de brinquedo com asas baixas e finas e uma hélice de três pás na frente.

Enquanto eu observava o homem de colete laranja pegar a bagagem de Joe, depois subir uma escada e colocar tudo no avião, passou pela minha cabeça desistir. O medo de voar de avião era a desculpa perfeita. E um bônus: a mãe dele estaria do meu lado. Eu me perguntei se ela sabia o que Joe pretendia fazer hoje.

Analisei a ideia, concluindo que seria vergonhoso, mas pouco me importando com isso. Lembrei a mim mesma que o jogo havia acabado; eu não precisava mais fingir ser uma garota legal, aventureira e destemida. Na verdade, era melhor dar a Joe mais assunto para conversar com a próxima namorada. Eu podia imaginá-lo contando a ela que eu tinha medo de tudo. Barcos, nadar, esquiar, aviões. Todas as coisas que ele amava.

Mas eu sabia o que aconteceria se desistisse. Joe ficaria comigo e eu estragaria os planos dele. Teríamos que remarcar os voos comerciais e só conseguiríamos chegar a Maryland na manhã seguinte, o que significava que ele perderia a partida de golfe dos padrinhos. Eu não tinha escolha a não ser engolir o medo.

Tentando manter a conversa leve, questionei:

— Quantos passageiros *ela* comporta?

— Seis! — contou com um sorriso orgulhoso. — Mas são só dois hoje, querida!

— Então nada de copiloto? — perguntei, embora já soubesse a resposta.

Joe havia me dito antes que o avião era certificado para um único piloto e, desde que ele tinha passado em seu último teste de voo, sempre pilotava sozinho.

— Não. Eu não preciso de um. É moleza. — Ele desviou o olhar do avião para mim. — Você não está preocupada, está?

— Não — menti.

O homem de terno, que até então fingira não estar nos ouvindo, virou-se para mim e disse:

— Esta é uma aeronave de alto desempenho, senhorita. Pode praticamente voar sozinha.

Eu sorri, relaxando um pouco, e Joe brincou com o homem:

— Você se esqueceu de mencionar que eu sou um ótimo piloto!

O homem riu, respondendo:

— Sim. O melhor, senhor.

— Monty, se você me chamar de senhor mais uma vez… — implicou Joe, levantando o punho em um gesto brincalhão.

— Desculpe, Joe. É a força do hábito.

Joe sorriu e assobiou, olhando para cima.

— Vamos ter céu azul até Annapolis!

Estávamos ao pé da escada, e Joe fez sinal para que eu embarcasse.

— Primeiro as damas!

Respirei fundo e subi os poucos degraus, abaixando-me para entrar no avião quando cheguei ao topo. A cabine era apertada e abafada.

— Tenham um ótimo voo! — gritaram os dois homens para nós em uníssono, acenando.

Acenei de volta enquanto Joe berrava um agradecimento. Então ele subiu as escadas, trancando a porta. Ainda agachada, perguntei-lhe onde deveria me sentar.

— Do meu lado! — disse ele, apontando para o assento do copiloto.

Sentei-me e coloquei o cinto de segurança, observando enquanto Joe conferia uma lista de verificação minuciosa, falando sozinho enquanto mexia em alavancas, botões e vários papéis laminados. Depois de vários minutos, ele colocou um fone de ouvido, ligou o rádio e começou a falar com a torre de controle, recitando letras e números. Joe era o homem mais competente que já conheci, e senti uma pontada de dor, perguntando-me como poderia abrir mão dele.

Depois de falar mais um pouco com a torre, ele se virou para mim e me ofereceu um fone de ouvido.

— Quer usar?

— Eu preciso?

Joe sorriu e disse:

— Só se você quiser ouvir.

— Claro — falei, assentindo e aceitando o fone. — Tem mais alguma coisa que eu precise saber?

— Os coletes salva-vidas estão bem atrás de nós — disse ele, apontando por cima do ombro. — Debaixo dos bancos da primeira fila.

— Nenhum outro recurso de segurança? — perguntei. — Máscara de oxigênio? Coisas do tipo?

Joe me deu um sorriso tranquilizador e disse:

— Não precisamos de oxigênio, querida. Não iremos tão alto. Apenas acomode-se, relaxe e aproveite o passeio. E a vista!

Assenti com a cabeça, colocando o fone de ouvido e forçando um sorriso em resposta.

Ele fez um último sinal de positivo com o polegar, e ligou o motor, ainda mexendo nos interruptores. Alguns segundos depois, começou a avançar, conduzindo o avião em direção à pista, onde esperamos na fila atrás de outros dois aviões. Fiquei olhando enquanto eles decolavam e nos aproximamos devagarzinho da primeira posição da fila.

Então chegou a nossa vez. O rosto de Joe se iluminou conforme o barulho do motor e da hélice foram ficando cada vez mais altos, gemendo e zumbindo ao mesmo tempo, até que finalmente estávamos decolando, subindo no ar. Foi aterrorizante, mas também emocionante, e me lembrou da vez que Joe me levou para passear de barco.

À medida que ganhávamos altitude, as vibrações e o ruído diminuíam e eu me senti começando a relaxar. Foi uma viagem tranquila pelo céu azul iluminado, o sol ainda bem alto do horizonte. Perguntei-me por que tinha ficado tão preocupada. Joe realmente tirou de letra e, a certa altura, até abriu uma latinha de Altoids e me ofereceu uma pastilha. Sorri, balancei a cabeça e apontei para o céu como se lhe dissesse para *manter o foco*. Ele assentiu, olhando para o horizonte.

Enquanto voávamos, comecei a sonhar acordada, pensando em todos os nossos momentos felizes juntos, recusando-me a contemplar o fim. Ainda não. Em algum momento, o zumbido das hélices, a luz quente do sol e a vibração do avião me fizeram pegar no sono.

Não sei bem quanto tempo se passou, mas quando acordei o sol estava começando a se pôr e estávamos nos aproximando de um corpo de água que devia ser a baía de Chesapeake. A vista era de tirar o fôlego. Estávamos chegando. Endireitei-me no assento e Joe se virou e sorriu para mim. Eu sorri de volta, sentindo uma onda de puro amor. Disse a mim mesma para me concentrar no que estava acontecendo, para curtir o nosso tempo juntos.

Então, de repente, o motor começou a fazer um barulho estranho de crepitação. No segundo seguinte, vi fumaça do lado de fora da janela. Olhei para Joe, rezando para que parecesse calmo. Em vez disso, vi o pânico estampado no seu rosto e fiquei assistindo enquanto ele mexia freneticamente nos interruptores e falava em tom urgente no rádio. Não consegui entender o que estava dizendo, mas não parecia bom, nem o estrondo que se seguiu.

Joe se sobressaltou e gritou *merda* enquanto a hélice desacelerava, até parar de maneira aterrorizante. No meio-tempo, o avião começou a perder altitude rapidamente, caindo e planando enquanto Joe continuava a virar e manobrar a aeronave.

— Não se preocupe! Vai ficar tudo bem! — gritou ele, sem olhar para mim.

Assenti com a cabeça, acreditando naquelas palavras. Joe daria um jeito; ele podia fazer *qualquer coisa*. Mas continuamos caindo, e Joe começou a parecer cada vez mais apavorado. Com o coração batendo forte nos ouvidos e a garganta apertada, fechei os olhos. Temendo que fosse o fim, a maldição dos Kingsley me passou pela cabeça. Joe e eu nunca havíamos conversado sobre ela, eu a considerava ridícula. Em toda família havia tragédia, ainda mais em uma família grande como a dele. No entanto, aqui estávamos nós.

Quando abri os olhos, Joe estava olhando para mim, gritando:

— Perdemos energia! Vamos ter que pousar na água!

Aterrorizada e agora começando a hiperventilar, olhei para ele e assenti.

Os segundos pareceram horas enquanto Joe gritava no microfone, o suor escorrendo pela testa e pelas bochechas. Comecei a rezar, depois recitei silenciosamente o Pai Nosso, pelo menos as palavras de que me lembrava. *Venha a nós o vosso reino, seja feita a vossa vontade* ecoou na minha cabeça até Joe começar a gritar:

— *Mayday! Mayday! Mayday!*

Era uma palavra que eu só tinha ouvido em filmes e de repente entendi o que as pessoas queriam dizer com "a sensação de estar fora do próprio corpo". Eu me sentia como se estivesse em outro lugar, observando o desenrolar de um desastre, e só conseguia ouvir vagamente o homem do outro lado do rádio que tentava ajudar Joe a pousar o avião na água.

Um segundo depois, tudo o que ouvimos foi o barulho de estática e o rádio ficou mudo. Estávamos sozinhos.

— Porra! — gritou Joe, arrancando o fone de ouvido e jogando-o no chão entre nós.

Daí em diante, os lábios dele se moviam, mas eu não conseguia ouvir o que ele estava dizendo e me perguntei se estava tentando se orientar ou rezando.

— Pegue o colete salva-vidas atrás do assento — gritou Joe a certa altura, os olhos ainda fixos no horizonte.

Eu estava paralisada, sem conseguir me mexer.

— Agora, Cate! O colete salva-vidas! Agora!

Tirei o cinto de segurança e obedeci, pegando o colete salva-vidas e colocando-o com as mãos trêmulas.

— Sente-se! Abaixe a cabeça! Prepare-se para a colisão! — gritou Joe.

Voltei para o lugar enquanto continuávamos a descer, planando para baixo, inclinando-nos em direção à água. Percebi que iríamos cair e talvez — *provavelmente* — morrer. Enquanto isso, Joe continuou a pilotar, concentrado, xingando. Os lábios nunca parando de se mover.

Naqueles segundos finais antes de atingirmos a água, a cabine ficou sinistramente silenciosa e os meus pensamentos estavam em turbilhão.

Visualizei a minha mãe e então o meu pai e os perdoei. Vi Elna, depois Curtis e Wendy. Na maioria das vezes, porém, eu pensava em Joe e eu juntos, uma centena de cenas e memórias passando pela minha mente.

Então nós colidimos com a água. Gritei e fechei os olhos, mas não morremos. Em vez disso, a parte de baixo do avião quicou na superfície, uma, duas, três vezes. E permaneceu intacta. Parecia um milagre. Quando batemos pela quarta vez e a asa do lado de Joe afundou na água, fomos jogados com força para o lado. A água nos cercou e começou a entrar na cabine na mesma hora. Olhei para Joe e vi sangue na sua testa, os olhos fechados.

Gritei o seu nome, mas ele não respondeu nem abriu os olhos. Não podia me ouvir. Ninguém podia me ouvir. Eu estava sozinha. Disse a mim mesma que precisava ficar calma e me concentrar, que não tinha muito tempo. O avião começou a encher de água e senti que estávamos afundando. Tirei o cinto de segurança, estendi a mão e apertei o botão para soltar o de Joe. Sacudi-o, tentando acordá-lo, ainda chamando o seu nome. Ele estava respirando, mas permanecia imóvel, sem reação. Puxei-o com toda a minha força para soltar o corpo do cinto, então me levantei e alcancei o trinco para abrir a porta. Ouvi um clique, mas ela continuou fechada, então chutei com o máximo de força e ela enfim se abriu, e mais água entrou. Voltei para Joe, arrastei-o do assento e puxei o seu corpo em direção à saída. A água na cabine agora estava na altura dos joelhos, o que me ajudou a levá-lo até a porta, pois ele estava flutuando. Olhei para fora, para a Chesapeake, a água ainda entrando no avião. Tínhamos que sair ou afundaríamos com a aeronave. Literalmente era uma situação de afundar ou nadar. Puxei o cordão do colete salva-vidas, aliviada quando ele inflou. Então respirei fundo pela última vez e avancei pela água gelada, puxando Joe atrás de mim.

Àquela altura já estava quase escuro e era muito difícil enxergar com as ondas batendo no meu rosto. Olhei em volta e notei que uma das asas do avião havia se quebrado e estava flutuando ali perto. Tremendo incontrolavelmente, tentei nadar até lá quando mal conseguia segurar a cabeça de Joe acima da água. Depois de algumas braçadas, senti-me exausta e de repente o esforço pareceu inútil. A asa estava longe demais e o meu corpo estava ficando dormente. Eu disse a mim mesma que precisava continuar. Não tinha escolha. De alguma forma, consegui nos levar até lá, agarrando a asa com um braço e segurando a cabeça de Joe com o outro. Quando me virei para olhar para trás, assisti ao avião desaparecer, ficando totalmente submerso na baía.

Foi ficando mais frio, escuro e desesperador conforme os minutos passavam, e comecei a soluçar tão incontrolavelmente quanto tremia. Eu sabia que era o fim. Disse a Joe que o amava, torcendo para que ele pudesse me ouvir de alguma forma.

Em determinado momento, fiquei completamente entorpecida, a ponto de não conseguir mais sentir o frio. Então, quando estava prestes a adormecer, ouvi um motor à distância. Tentei gritar, mas não consegui, estava exausta demais. Eu não tinha voz e as minhas mãos não estavam livres para acenar. Então, apenas rezei para que nos encontrassem. A última coisa de que me lembro foi a luz incrivelmente brilhante iluminando os meus olhos.

DIAS DEPOIS, FIQUEI SABENDO como tudo aconteceu. O pedido de socorro de Joe para a torre foi repassado para a Guarda Costeira, que na mesma hora despachou um barco para nos salvar. Além disso, testemunhas viram o pouso de emergência e os repórteres chegaram imediatamente ao local; o resgate foi transmitido para todo o país e o mundo.

Mas, naquela noite, quando Dottie entrou às pressas no meu quarto no hospital, eu não sabia de nada disso. Imaginei um cenário muito diferente: que ela havia sido chamada discretamente do hotel em Annapolis, sem que o público tivesse conhecimento do que havia acontecido.

— Ah, querida — disse ela, os saltos estalando no chão enquanto ela vinha para perto da minha cama. — Graças a Deus você está bem!

Notei a enfermeira olhando para nós por um instante antes de fechar a porta, dando-nos privacidade, e de repente me ocorreu que Dottie e eu nunca tínhamos ficado completamente sozinhas antes. Eu também nunca a tinha visto tão desgrenhada, mesmo nas fotos tiradas no dia em que o marido morreu. O cabelo despenteado, a maquiagem dos olhos borrada e os lábios nus.

— Você viu Joe? — perguntei, a voz saindo rouca e embolada, como se não fosse minha.

— Sim, querida. Eu o vi. Ele vai ficar bem. Muito bem — disse ela em uma voz tranquilizadora.

As enfermeiras haviam dito a mesma coisa, mas eu temia que não estivessem me contando a verdade. Eu sabia que Dottie não mentiria para mim sobre o filho. Senti uma última onda de alívio.

— Posso vê-lo?

— Em breve. Vocês dois vão ficar aqui em observação hoje à noite, só por precaução. Joe levou uma boa pancada na cabeça.

— Eu sei — falei, os olhos se enchendo de lágrimas, me lembrando de tudo.

Dottie estendeu a mão e deu um tapinha nos pesados cobertores térmicos que tinham sido puxados até o meu queixo.

— Querida, ele está bem. Eu juro.

Assenti com a cabeça, piscando para conter as lágrimas. Ela engoliu em seco e acrescentou:

— Graças a você, Cate. Você salvou a vida dele.

— Não — falei, balançando a cabeça. — Ele salvou *a minha*. Aquela aterrissagem… Não sei como ele conseguiu. Achei que fôssemos morrer.

— Cate. — A voz de Dottie repentinamente estava forte. — Ele *teria* morrido sem você. A Guarda Costeira me contou o que aconteceu, como você estava segurando-o.

Senti o queixo tremer, as lágrimas escorrendo pelo rosto.

— Shhh, querida. Por favor, não chore.

Dottie enfiou a mão na bolsa, pegou um lenço e secou as minhas bochechas.

— Desculpe — falei, fungando, tirando os braços de debaixo do cobertor, pegando o lenço e assoando o nariz. — Eu não deveria tê-lo deixado voar…

— Ninguém consegue impedir Joe de fazer o que ele quer — afirmou, sorrindo em meio às próprias lágrimas. — Nem mesmo você.

— Eu sei.

Ficamos sentadas em silêncio por vários segundos antes de Dottie pigarrear e dizer:

— Você não pode deixá-lo, Cate.

Olhei para ela, perguntando-me o quanto ela sabia exatamente. Dottie pôs tudo às claras.

— Berry me disse que você estava indo ao casamento só para ser legal, antes de terminar as coisas de vez...

— Eu o amo tanto — falei. Parecia a declaração mais verdadeira que eu já tinha feito na vida, até que continuei: — Mas só quero o que é melhor para ele.

— Eu sei que quer, querida. E espero que consiga ver que o melhor para ele é você.

Pensando no meu pai e naquele acidente horrível de muitos anos atrás, balancei a cabeça e disse:

— Acho que não, Dottie. Quem dera eu fosse... Mas acho que não.

— Sim. Você é — afirmou ela, assentindo com a cabeça enfaticamente. — Você *é*.

— Há coisas que você não sabe... — falei, a voz falhando.

Dottie contraiu os lábios, inalou pelo nariz e sentou-se na beirada da cama, segurando a minha mão. A pele dela estava fria, como naquele dia nos Hamptons quando ela me cumprimentou no quintal. Parecia uma outra vida.

— Cate — disse ela, me encarando. — Preciso falar uma coisa e quero que ouça com toda a atenção.

Assenti, piscando, esperando. Depois de mais alguns segundos de silêncio, ela continuou:

— Eu sei sobre o seu pai. Sei sobre a sentença dele e que ele saiu da prisão agora.

Atordoada, perguntei como ela sabia. Dottie respirou fundo e respondeu:

— A sua mãe me contou tudo.

— A minha *mãe*? Quando?

— Depois da briga com Joe no parque. Ela presumiu que era sobre isso... Ela não estava conseguindo falar com você, então foi até o meu apartamento.

Eu a encarei, incrédula. Era tanto para absorver.

— Eu não sabia sobre o meu pai até pouco tempo atrás. Achei que ele estava morto — falei, por fim, querendo deixar claro que não menti para Joe.

— Eu sei. A sua mãe também me disse isso.

— Joe sabe? — perguntei.

— Não — disse ela. — Não achei certo contar a ele. É a sua história, você deve contá-la quando quiser.

— Obrigada — falei, emocionada, exausta e sobrecarregada demais para conseguir dizer qualquer outra coisa.

— Joe está certo — afirmou Dottie, me olhando. — Você é uma boa pessoa. E eu rezo para que você se case com o meu filho. Quero que você seja a esposa dele, e quero que você seja a minha nora. A minha *filha*.

O momento pareceu um milagre; o segundo da noite.

— Você quer? — perguntei, a voz embargada.

— Sim. Eu quero. Cate, você salvou a vida dele. Nunca poderei agradecer o suficiente.

— Você acabou de fazer isso — falei, sorrindo em meio às lágrimas.

CAPÍTULO 33

Joe

Todos queriam saber o que eu estava pensando naqueles últimos momentos antes cairmos na água da baía de Chesapeake. *O que passou pela sua cabeça na hora?* Era a pergunta que as pessoas faziam e, pela expressão nos seus rostos, acho que esperavam algum tipo de resposta existencial profunda.

A verdade é que eu não estava pensando no sentido da vida, e jamais contemplei a possibilidade de morrer. Não fiz qualquer oração. Deus não me passou pela cabeça. Não é que eu não acreditasse Nele — porque eu acreditava e acredito —, mas não tive tempo. Em vez disso, concentrei-me no meu treinamento, tentando me lembrar de tudo o que havia aprendido sobre pousos de emergência. *Faça contato com a menor velocidade possível, na razão de descida mais baixa possível. O ângulo das asas deve estar ajustado em relação à superfície da água e não ao horizonte. Se dois marulhos tiverem alturas diferentes, pouse no mais alto. Para pousos de emergência na água, vá contra o vento. Quanto mais espuma nas ondas, maior o vento. Na hora de julgar altitude, é comum errar por até quinze metros, especialmente ao anoitecer. Evite a face da onda a qualquer custo.*

Além das instruções básicas, eu só estava preocupado com Cate. Ela não sabia nadar muito bem, e a água estaria congelante. Além disso, não teríamos muito tempo para chegar a um local seguro. Eu queria poder apertar um botão de pausa e tranquilizá-la, garantindo que tudo ficaria bem. Nós iríamos ficar bem. Eu iria protegê-la a qualquer custo.

O engraçado é que todos os meus pensamentos e otimismo teriam sido exatamente os mesmos se nós dois tivéssemos morrido. Eu estaria errado, é claro, mas jamais descobriria. De uma maneira estranha, essa reflexão, que me ocorreu pela primeira vez pela manhã, quando ainda estava no hospital, me deixou mais próximo do meu pai. Tentei me convencer de que a última emoção humana dele não foi o medo, mas alguma variação da mesma convicção corajosa que senti. Disse a mim mesmo que era mais parecido com ele do que imaginara.

Porém, nem nos meus sonhos mais loucos eu teria imaginado o rumo que as coisas tomariam. Que eu bateria a cabeça e acabaria desacordado. Que Cate ficaria sozinha. Que ela precisaria encontrar força e coragem sobre-humanas para nos tirar daquele avião quebrado antes que ele afundasse até o fundo da baía. Que então teria que manter a minha cabeça fora da água, de alguma maneira nos levar até a asa — quando, na verdade, mal conseguia nadar nas melhores condições — e aguentar firme, lutando contra a exaustão e a hipotermia. Em outras palavras, nunca imaginei que *Cate* teria que *me* salvar.

Fico à beira das lágrimas toda vez que penso nisso. Em como ela deve ter se sentido assustada e sozinha naquela água escura e fria sem qualquer ajuda da pessoa que a colocou naquela situação, aquele que deveria protegê-la.

— Me desculpe — falei para Cate de manhã cedo no dia depois do acidente, chorando enquanto a segurava nos braços.

Nós dois já tínhamos recebido cuidados médicos. Uma enfermeira e a minha mãe a levaram até o meu quarto, para que pudéssemos conversar a sós.

— Nunca vou me perdoar por deixar isso acontecer com você.

— Ah, Joe. Está tudo bem, querido. Estou bem — disse ela, também chorando. — Nós dois estamos bem. Nós conseguimos, meu amor.

— Eu sei. Mas deixei você sozinha — lamentei, enxugando as lágrimas.

— Mas eu não estava sozinha — sussurrou Cate, abraçando-me com força, nós dois deitados lado a lado na cama. — Estava com você. Eu aguentei por *sua* causa. Não ia abandoná-lo.

— *Meu Deus*, Cate — falei, baixinho, pensando que nunca havia me sentido tão amado.

Também senti uma nova onda de fé, como a que senti quando estava tentando pousar o avião. Dessa vez, porém, era em relação a Cate e eu. Eu sabia que ficaríamos bem. Não importava o que o futuro nos reservasse, ficaríamos bem.

EPÍLOGO

Cate

Já se passaram vinte anos desde que Joe e eu quase perdemos as nossas vidas nas águas geladas da baía de Chesapeake. Os pesadelos diminuíram bastante, mas não passa uma semana sem que eu me lembre da sensação de quase perder Joe.

Por muito tempo, quis apagar completamente as memórias desse dia, assim como o trauma de Chip e da minha infância. Com a ajuda de um terapeuta maravilhoso, porém, percebi que tudo isso faz parte da pessoa que sou — como mulher, esposa e mãe. *O que não mata fortalece*, é o que dizem, e acredito que seja verdade. Talvez, se eu não tivesse sido forçada a sobreviver a Chip, não tivesse conseguido salvar Joe. E sem dúvida sobreviver àquele acidente ajudou-me a fazer o que acabei fazendo mais tarde: a entrevista com Barbara Walters, na qual contei a ela, e ao mundo inteiro, sobre a violência doméstica com a qual cresci.

Por mais aterrorizante que fosse, também foi fortalecedor. Libertador. Porque, no fim das contas, a verdade de fato liberta. E libertou a minha mãe também, pois ela finalmente deixou Chip e aquela casa em Montclair. Ela agora mora em um apartamento em Murray Hill e trabalha na organização sem fins lucrativos que Joe e eu fundamos para ajudar mulheres que passam pelo que ela passou. Talvez mais incrível do que a sua libertação tenha sido o fato de que ela e Dean se tornaram amigos próximos, quem sabe porque ambos entendiam o que era redenção e segundas chances.

Também aprendi muito sobre as duas coisas, mas, para mim, a vida é menos sobre superar adversidades e mais sobre o poder da gratidão. Neste aniversário da queda do avião, sinto-me especialmente grata. Joe e eu estamos com os nossos filhos no nosso lugar favorito, a nossa segunda casa em Shelter Island, não muito longe da igreja onde nos casamos em uma pequena cerimônia diante de trinta e cinco entes queridos, inclusive Berry, que agora é uma das minhas amigas mais próximas.

Aos treze anos, Sylvie e Finn têm idade suficiente para conversas mais sérias, mas ainda são jovens demais para quererem fugir de nós, e Joe e eu apreciamos esse momento tão maravilhoso da infância deles. Quando terminamos de comer, Finn lava a louça sem que lhe peçam, enquanto Sylvie pega o telefone, que se tornou um apêndice. São os gêmeos mais próximos que já conheci, mas opostos em quase todos os sentidos. Finn é mais parecido comigo — de pele clara, cabelos claros e temperamento equilibrado —, enquanto Sylvie é um clone de Joe, barulhenta, adorável e de olhos escuros. Uma completa filhinha do papai.

Eu a observo agora, segurando o telefone, posando para uma selfie. Ela ergue as sobrancelhas e franze os lábios, falsamente expressiva e congelada por um segundo antes de voltar a digitar, mandar mensagens, passar a tela.

— Faz vinte anos. Uau! — reflete Joe de repente, em voz alta.

É a primeira vez que mencionamos a data, embora dê para perceber que ele esteve pensando nela tanto quanto eu.

— O que aconteceu há vinte anos? — pergunta Sylvie, sem tirar os olhos do telefone.

— A aterrissagem de emergência do seu pai — digo, porque não gosto de dizer *acidente*. Tremo, lembrando-me do frio.

— Ah. Isso. É — responde ela.

Fico esperando Joe falar mais, algo profundo, o que ele se tornou expert em fazer ao longo dos anos. Em vez disso, ele sorri, aquelas lindas linhas das rugas aparecendo ao redor dos olhos.

— Bem-feito por tentar terminar comigo — brinca ele, dando-me uma piscadela.

Eu rio e digo:

— Bom, é uma maneira interessante de ver as coisas.

— Você tentou terminar com o papai? — pergunta Sylvie, dando-me um olhar acusatório horrorizado.

— Tentou? A sua mãe *terminou* comigo. Ela desfez o nosso noivado.

— Espera. Vocês não eram casados quando sofreram o acidente?

— Não sofremos um acidente — diz Joe, também odiando a palavra. — Eu realizei um pouso de emergência na água com sucesso e habilidade.

— É, sua besta — diz Finn, voltando para a mesa e sentando-se ao meu lado. — Papai fez um pouso de emergência e eles estavam a caminho do casamento do tio Peter. Mamãe e papai se casaram três meses depois.

Sylvie revira os olhos e diz:

— Como se eu tivesse que decorar toda a linha do tempo da nossa família.

— É um evento importante — retrucou Finn. — A noite em que os nossos pais quase morreram.

— Mas eles *não* morreram — argumenta Sylvie.

— Não diga, inteligência rara.

— Tudo bem. Já chega — interrompo, fazendo o possível para acabar com as implicâncias antes que se transformem em uma briga.

— Então, mãe — continua Sylvie. — O que houve? Por que você tentou terminar com o papai?

— É uma longa história — respondo.

— Ai, meu Deus. Alguém traiu alguém? — pergunta Sylvie, os olhos brilhando.

Para ela, qualquer drama serve.

— Não, Sylvie. Ninguém traiu ninguém — afirmou Joe.

— Foi só um período complicado — acrescento.

— Complicado por quê? — insiste Finn.

— Bom, o vovô tinha acabado de sair da cadeia. O que foi muito estressante.

— E isso era culpa do papai por quê? — quer saber Sylvie.

— Eu não disse que era culpa do seu pai. Eu disse que era complicado. Eu estava chateada e envergonhada e em choque por causa do vovô. E eu estava preocupada que talvez o seu pai e eu não fôssemos compatíveis. Que fôssemos muito diferentes.

— Pai, isso é verdade? — pergunta Sylvie, claramente intrigada com a reviravolta na nossa história familiar.

— É verdade que a sua mãe se sentia assim — confirma Joe. — Mas, obviamente, não era verdade. Nós éramos feitos um para o outro, é bem óbvio. — Ele se inclina e me beija na bochecha. — E, como você pode ver, eu a reconquistei.

— Sim — digo, sorrindo. — E, além disso, a nossa briga não é realmente o foco aqui.

— Qual é o foco? — pergunta Finn, sempre querendo ir direto ao ponto.

— O foco é gratidão — respondo.

— Isso — completa Joe. — Temos muito a agradecer... É por isso que temos a responsabilidade de contribuir para a comunidade.

— Nós sabemos, pai — diz Sylvie. — A quem muito foi dado...

— Muito será exigido — continua Finn, assentindo com a cabeça.

— Sim. Exatamente — reforça Joe.

Ele se vira para mim e os nossos olhares se encontram por alguns segundos antes de ele se voltar para as crianças.

— E aliás, por falar *nisso*... Queremos conversar com vocês sobre uma coisa.

— Espera. A gente tá encrencado? — questiona Sylvie.

— Não. — Joe dá uma risada. — Quer dizer, sim, mas não da maneira que você pensa... Queremos conversar com vocês sobre o estado do mundo.

— Eca. Política de novo? — pergunta Sylvie.

— Se por política você quer dizer moralidade e lutar pelo que é certo, então sim — diz Joe. — Ainda há muito trabalho a ser feito.

— Você vai concorrer à presidência, pai? — quer saber Finn, os olhos brilhando de entusiasmo.

Joe olha para mim.

— Só se tiver a bênção de vocês — respondo.

Debatemos a ideia por muito tempo, e foi isso que Joe e eu finalmente decidimos. Ele deveria concorrer, mas só se as crianças concordassem. Teria que ser uma decisão da família.

— Eu teria que sair das redes sociais? — pergunta Sylvie com o seu jeito típico.

— Sim — digo. — Você provavelmente teria.

Ela resmunga.

— Bem, então digo não.

— Aff, Syl. Isso é tão egoísta — diz Finn, saboreando o passo em falso da irmã.

Sylvie tenta voltar atrás, dizendo que estava só brincando, mas não acredito.

— Eu entendo que seria difícil — explico. — Talvez você possa continuar no Instagram. Apenas bote a conta no privado e seja mais criteriosa na hora de postar uma foto.

— Está bem! — diz Sylvie. — Estou dentro! Ouvi dizer que tem uma pista de boliche na Casa Branca.

Joe ri e diz:

— Essa foi fácil!

— Você quis dizer *fácil de ser comprada*, pai — comenta Finn, fazendo uma careta para a irmã.

— Cale a boca, Finn — briga ela.

— Então, você acha que pode vencer, pai? — pergunta Finn, os olhos azuis grandes como moedas.

— Não sei, filho. Mas acho que temos uma boa chance.

— Boa mesmo — digo.

Joe olha para mim e sorri.

— E se você perder, pai? — quer saber Sylvie. — Vai ficar muito triste?

— Provavelmente. Mas isso não é motivo para não tentar, não é?

Sylvie balança a cabeça, parecendo séria.

— Não. Não é.

— E mesmo se você perder, ainda vai ser senador, certo? — questiona Finn.

— Se o bom povo de Nova York permitir que eu mantenha o cargo.

— Eles vão — dizem as crianças em uníssono.

— E a pergunta mais importante: a sua mãe vai continuar comigo? — fala Joe, vindo até mim, então me puxando para os braços.

Eu rio e digo:

— Vou! Não consigo me livrar de você. Até tentei uma vez...

— Sim, você tentou — relembra ele, aninhando o rosto contra o meu. — E você viu como isso acabou.

— Certo, vocês estão me dando nojo agora.

Finn se levanta da mesa.

— A sua cara me dá nojo — implica Sylvie, dando uma gargalhada e seguindo o irmão até a sala de estar, onde planejamos assistir a *Casablanca*, em memória da avó de Joe.

Ela faleceu antes de os nossos filhos nascerem, mas eles ouviram muito sobre ela, assim como sobre o legado do avô.

Faço menção de segui-los, mas Joe me abraça com mais força.

— Então, vamos mesmo fazer isso? — sussurra ele no meu ouvido.

— Vamos. — Afasto-me apenas o suficiente para olhá-lo nos olhos. — Sim.

Visualizo a Casa Branca por um segundo, imaginando como seria morar lá com Joe, as crianças e os nossos dois cachorros. Obviamente, é um caminho longo e árduo pela frente, mas tenho fé no meu marido, tenho certeza de que ele vencerá. Ele *sempre* dá um jeito.

Mas, ganhando ou perdendo, teremos um ao outro, e é o que realmente importa. Digo isso a Joe, e ele sorri e assente. Então nós dois nos viramos e nos juntamos aos nossos filhos perto da lareira.

Nota da autora

Desde pequena, sou fascinada pela família Kennedy. A minha mãe inspirou essa curiosidade inicial, compartilhando lembranças vívidas da própria infância com o pano de fundo romântico de Camelot. Lembro-me de quando ela me mostrou um exemplar da revista *Life* de julho de 1953 que havia guardado, quando tinha apenas oito anos. Na capa havia uma foto de John F. Kennedy e Jacqueline Lee Bouvier sorrindo em um veleiro, com a manchete SENADOR KENNEDY VAI NAMORAR. Adorei ver aquela foto, assim como tantas outras imagens felizes de Jack e Jackie ao longo dos anos com os dois filhos adoráveis, Caroline e John Jr..

Claro, eu sabia como a história deles terminava, pois a minha mãe também me contou como a CBS News interrompeu a novela *As the World Turns* com um boletim de notícias em que Walter Cronkite informava à nação chocada que o presidente Kennedy havia morrido devido a ferimentos de bala.

Conhecendo todas essas histórias e fotos, tanto as belas quanto as trágicas, entendi que os Kennedy haviam capturado a imaginação de uma nação e adquirido um significado cultural e emocional que ia além da política. Nós nos importávamos com essas pessoas não porque tivessem dinheiro, poder ou fama, mas porque testemunhamos alguns dos seus momentos mais íntimos, desde o dia do casamento até o nascimento dos seus filhos e o funeral de um pai, marido, filho e irmão. Como poderíamos não sentir que os conhecíamos?

À medida que crescia, o meu interesse pelos Kennedy e pela política também crescia. Formei-me em História na faculdade, depois estudei Direito na Universidade da Virgínia (*alma mater* de Robert e Ted Kennedy), onde estudei a Constituição e os direitos civis e muitas das coisas pelas quais a família Kennedy lutou. Eu admirava o espírito de serviço e o idealismo deles, mas também sabia dos escândalos e tragédias que os atormentavam. Passei a entender as camadas de hipocrisia e autodestruição que tantas vezes parecem acompanhar o privilégio e a ambição desenfreados. No final das contas, eu tinha esperanças de que John Jr. superasse tudo isso, escapasse da chamada maldição dos Kennedy e desse continuidade ao legado do pai. Acho que muitos americanos compartilhavam dessa esperança.

Depois que me formei na faculdade de Direito em 1997, mudei-me para Nova York, fiz o exame da Ordem de Advogados e fui trabalhar em uma grande empresa. Foi um momento emocionante para mim, tanto pessoal quanto profissionalmente. Eu nunca havia morado em uma cidade grande antes e era uma loucura pensar que a qualquer momento poderia esbarrar em JFK Jr. ou com a sua esposa, Carolyn Bessette-Kennedy, fosse no metrô, no Central Park ou nos lugares que frequentavam em Tribeca, de El Teddy's a Bubby's e The Odeon. Eu respeitava a privacidade deles, e sempre vira os tabloides com desconfiança, mas lembro-me de olhar timidamente para revistas com John e Carolyn na capa, cativada pelo carisma dele e pelo estilo incrível dela. Não havia como negar que eram ícones; não importando o quanto os dois desejassem levar uma vida normal.

Chegamos então a 16 de julho de 1999. Era uma sexta-feira à noite e deixei o escritório de advocacia onde trabalhava, pegando a escada rolante para a Grand Central Station. Eu passava pelo terminal várias vezes ao dia, indo e voltando do trabalho no prédio da Met Life, que ficava ao lado da estação. Muitas vezes estava com pressa demais para reparar na sua beleza. Naquela noite, porém, me senti estranhamente contemplativa e melancólica, pensando na mãe de John, Jackie, que tinha lutado para preservar e restaurar o marco histórico décadas antes. Ainda faltava muito para que tivéssemos celulares modernos, mas por algum motivo eu tinha comigo uma câmera de verdade e parei para tirar duas fotos: uma do teto azul-celeste, a outra do relógio de vidro Tiffany no meio da estação. Então segui o meu caminho, rumo à estação de Jitney, onde embarquei em um ônibus para os Hamptons. Como muitos jovens de vinte e poucos anos, os meus amigos e eu dividíamos uma casa de verão, todos nós nos amontoando na pequena casa aos fins de semana para que pudéssemos escapar de nossos empregos e do calor da cidade.

Na manhã seguinte, acordei no porão da casa alugada, onde cerca de uma dúzia de nós tinha dormido em sofás-camas e sacos de dormir. Uma pequena televisão estava ligada e os repórteres falavam sobre um acidente de avião. Eu ainda estava sonolenta, sem prestar muita atenção, até que percebi que era o avião de John que havia caído na costa de Martha's Vineyard quando estava a caminho do casamento da prima Rory. Carolyn e a irmã dela, Lauren, estavam a bordo. Assisti à cobertura o dia todo em choque e descrente, recusando-me a acreditar que eles tinham partido, mantendo uma esperança idiota de que John fosse aparecer de repente com o sorriso bobo que era a sua marca registrada, contando mais uma das suas histórias malucas. Claro, isso nunca aconteceu, e a perda daqueles três jovens me assombra desde então.

Embora eu ainda trabalhasse na área do Direito na época, já estava escrevendo o meu primeiro romance com a esperança de que um dia fosse publicado, e a contadora de histórias em mim começou a ficar obcecada com o componente pessoal da vida daquelas pessoas e das suas mortes públicas. Eu me perguntei como deve ter sido para John — a pressão que devia sentir para carregar o legado do pai. Também pensei muito em Carolyn — como deve ter sido difícil entrar para aquela família famosa.

Como escritora, muitas vezes me pergunto *e se?*. E é a essa pergunta que sempre retorno quando penso em John e Carolyn. E se John não tivesse pilotado o avião naquela noite? E se o tempo estivesse diferente? E se ele tivesse conseguido pousar o avião com segurança? O que os dois teriam feito da vida? Teriam tido os próprios filhos? Teriam sobrevivido aos flashes que os seguiam por toda parte? Teriam encontrado o felizes para sempre que escapou aos pais dele?

O peso de nossos nomes é o meu décimo primeiro romance (décimo segundo, se contar o que eu estava escrevendo nos meus dias de advogada, que nunca foi publicado), mas pensei em escrever este livro pela primeira vez anos atrás, enquanto pensava naquelas perguntas começando com *e se*. Quando finalmente decidi que era hora de contar a história, imaginei e criei Joe Kingsley e Cate Cooper. Como Joe, John sentia o peso esmagador das expectativas e da história. E como Carolyn, Cate se viu na sombra de um homem e uma família icônicos. Mas, tirando isso, Joe e Cate são personagens puramente fictícios com vidas íntimas únicas e os próprios passados, esperanças e sonhos.

É importante lembrar que nunca saberemos toda a verdade sobre o relacionamento de John e Carolyn e sobre os seus últimos momentos juntos, assim como nunca saberemos como seria a vida deles se não tivesse ocorrido uma tragédia. Acredito que isso seja parte da magia e da beleza da ficção: podemos pegar uma história triste e transformá-la em algo completamente diferente.

Tanta coisa aconteceu desde julho de 1999. O mundo mudou muitas vezes. Entramos em um novo milênio; sofremos o Onze de setembro; e entramos na era digital. Mas algumas coisas perduram, inclusive o mito da família Kennedy. Nas palavras do popular musical da Broadway que Jackie Kennedy tanto amava: "Não deixe que seja esquecido, que, por um breve e brilhante momento, houve um lugar conhecido como Camelot". Tenho esperança de que *O peso de nossos nomes* capture aquele brilho fugaz enquanto examina o lado mais sombrio da história. Acima de tudo, espero que inspire os meus leitores a se perguntarem: *e se…*

Agradecimentos

Em primeiro lugar, gostaria de agradecer à minha editora, Jennifer Hershey. Eu queria contar esta história há muito tempo e sou muito grata a ela por me encorajar a finalmente fazer isso, bem como a todas às suas dicas ao longo do caminho.

Agradeço a Sarah Giffin, sempre a minha maior incentivadora, que me ajudou a alcançar a linha de chegada de um primeiro rascunho durante o retiro de escrita em Wisconsin. Não existe irmã melhor no mundo.

À minha mãe, Mary Ann Elgin, que incutiu em mim o amor pelos livros e contos de fadas — inclusive Camelot.

À minha melhor amiga, Nancy LeCroy Mohler, que examinou e discutiu cada frase deste romance comigo (e também escreveu a fala de Cate em francês!).

À minha assistente, Kate Hardie Patterson, uma Mary Poppins da vida real, que é "quase perfeita em todos os sentidos". Tenho muita sorte de tê-la, pessoal e profissionalmente, junto com a minha fiel publicista, Stephen Lee, e a minha maravilhosa nova agente, Brettne Bloom.

Obrigada a Gina Centrello, Kara Welsh, Susan Corcoran, Jennifer Garza, Debbie Aroff, Kim Hovey, Allyson Lord, Corina Diez, Paolo Pepe, Loren Noveck, Erin Kane e toda a talentosa equipe da Penguin Random House, bem como Elena Giavaldi, que deu vida ao que eu idealizava para esta capa.

Obrigada a todos os meus amigos e familiares que contribuíram ou me apoiaram enquanto eu escrevia este livro, em especial Allyson Jacoutot, Jennifer New, John Tully, Jeff MacFarland, Laryn Gardner, Julie Portera, Michelle Fuller, Sloane Alford, Steve Fallon, Martha Arias, Ralph Sampson, Harlan Coben, Charles e Andrew Vance-Broussard, Lea Journo, Jim Konrad, Katie Moss e Troy Baker.

Acima de tudo, a minha sincera gratidão ao meu círculo íntimo: Buddy, Edward, George e Harriet. Amo vocês infinitamente.

Este livro foi impresso pela Vozes, em 2023, para a
HarperCollins Brasil. A fonte do miolo é Minion Pro.
O papel do miolo é avena $70g/m^2$
e o da capa é cartão $250g/m^2$.